退耕还林还草纪实

《退耕还林还草纪实》编委会｜编著

中国大地出版社
·北　京·

图书在版编目（CIP）数据

退耕还林还草纪实 /《退耕还林还草纪实》编委会编著. —北京 : 中国大地出版社, 2021.10
ISBN 978-7-5200-0737-5

Ⅰ. ①退… Ⅱ. ①退… Ⅲ. ①纪实文学－作品集－中国－当代 Ⅳ. ①I25

中国版本图书馆CIP数据核字(2021)第187952号

TUIGENG HUANLIN HUANCAO JISHI

责任编辑：王一宾
责任校对：王洪强
出版发行：中国大地出版社
社址邮编：北京市海淀区学院路31号，100083
电　　话：（010）66554518（邮购部）；（010）66554511（编辑室）
网　　址：www.chinalandpress.com
传　　真：（010）66554656
印　　刷：中煤（北京）印务有限公司
开　　本：787mm × 1092mm　1/16
印　　张：25.25
字　　数：520千字
版　　次：2021年10月北京第1版
印　　次：2021年10月北京第1次印刷
定　　价：98.00元
书　　号：ISBN 978-7-5200-0737-5

《退耕还林还草纪实》
编委会

前言

为纪念退耕还林还草工程实施二十周年，全面总结这一工程推进的主要历程、巨大成就和宝贵经验，国家林业和草原局于2020年6月30日发布了《中国退耕还林还草20年（1999—2019）》白皮书。一时之间，各大新闻媒体深入报道，社会各界反响强烈。但囿于篇幅，《中国退耕还林还草二十年（1999—2019）》白皮书未能详尽地表述退耕还林还草的深层背景和发展历史，许多同志提议在白皮书的基础上，对退耕还林还草决策实践过程做一个系统回顾，把重要内容和重大事件记述下来。我们也感到，作为退耕还林还草这一国家战略的亲历者和见证人，把所了解的这段历史完整地呈现给大家是一种责任和担当。在各有关方面的支持下，国家林业和草原局退耕还林（草）工程管理中心组织开展了这项工作。于是，就有了本书的问世。

退耕还林还草是党中央、国务院的重大决策，是人类尊重自然、顺应自然的生态觉醒，是社会文明进步的必然选择。自1999年实施以来，中央财政累计投入5353亿元，在25个省（自治区、直辖市）和新疆生产建设兵团的287个地（市）2435个县（市、区）安排退耕还林还草任务5.22亿亩，其中退耕地还林还草2.13亿亩、荒山荒地造林2.63

亿亩、封山育林 0.46 亿亩，完成造林面积占同期全国林业重点生态工程造林总面积的 40%，全国 4100 万农户参与工程建设，1.58 亿农民从政策补助中直接受益。工程区森林覆盖率平均提高 4 个多百分点，其成林面积占全球增绿面积的贡献率在 4% 以上。2020 年国家林业和草原局监测显示，全国退耕还林在 2019 年产生的生态效益总价值量为 1.42 万亿元，相当于中央总投入的 2.70 倍，是我国生态文明史上的标志性工程，其丰富的实践和创新成为“绿水青山就是金山银山”理念的生动写照。

《退耕还林还草纪实》采用纪实手法，以时间为经线，以事件为纬线，用权威的史料、详尽的实例、鲜活的细节、生动的文字，编织出一个个生动的中国故事。除了前言和附录外，主要分为四篇。第一篇，介绍了退耕还林还草的背景和缘起。第二篇，介绍前一轮的试点示范和工程建设实践。第三篇，记叙新一轮退耕还林还草决策、实施与发展趋势。第四篇，描述了二十多年来的重大变化和彰显的巨大成效。

为讲好退耕故事，本书点面结合，既有高站位、大视野、新理念，又有鲜活具体的事实案例；既有国家层面的宏观决策，更有基层一线的生动实践。作者力求把对退耕还林还草事业的深厚感情倾注在理性冷静的描述里，引导读者步步深入，走入千家万户，走向千山万水，走进务林人和退耕者的心灵，让读者去认识、理解、品味、评说，从而产生共鸣。

为保证书稿质量，编写人员深入内蒙古乌兰察布、湖北恩施、湖南湘西、陕西延安等退耕还林还草重点地区和典型地区调研采风，接触了许多退耕还林还草的组织管理者、建设者和受益人，同时查阅了大量历史文献资料，搜集了相关重要数据、历史图片等，为高质量完成本书编撰工作奠定了良好基础。

编完全书，掩卷沉思：退耕还林还草，让我们重新审视了人与自然、生态与文明的关系。生态危机是人类文明的最大威胁，修复生态就是修复文明复兴之基。二十多年来，正是在这一“退”一“还”间，实现了中华民族沿袭千年的生产生活方式变革，优化了国土空间利用，重建了陆地生态系统，推进了中国的生态文明，成为全球可持续发展的成功典范。这场持续二十多年的绿色运动，让神州大地添了底色，让华夏儿女守了底线，让中华民族有了底气。应该说，退耕还林还草改变的不只是山水！

当前，我国生态欠账依然突出，仍是“五位一体”总体布局中的短板，补齐生态短板、实现应退尽退、修复国土生态的任务艰巨。退耕还林还草是人类文明发展到一定阶段的产物，随着科技的进步、人口增长趋缓并达到峰值，人类对传统主粮的需求和对耕地的依赖程度将逐步降低，退耕还林还草将是一个长期持续的事业，“务林人”要有久久为功的战略定力。希望《退耕还林还草纪实》的出版，能为今后的退耕还林还草工作提供借鉴和参考。

《退耕还林还草纪实》编委会

2021 年 9 月

目 录

01 第一篇

缘起

第一章 从毁林开荒到退耕还林…02

第二章 生态危机与历史机遇…40

第三章 生态觉醒与大国决断…66

89 第二篇

伟大创举

第一章 试点示范…90

第二章 全面实施…115

第三章 巩固成果…152

163 第三篇

再出发

第一章 新一轮实施背景…164

第二章 组织实施及扩大规模…175

第三章 新航标、新征程…201

223 第四篇

绿色华章

第一章 地球变绿了…224

第二章 一举多得的民心工程…264

第三章 改变的不只是山水…307

323 附录一

重要文献

退耕还林条例…324

国务院关于进一步做好退耕还林还草试点工作的若干意见…335

国务院关于进一步完善退耕还林政策措施的若干意见…341

国务院办公厅关于完善退耕还林粮食补助办法的通知…348

国务院办公厅关于切实搞好“五个结合”进一步巩固退耕还林成果的通知…349

国务院关于完善退耕还林政策的通知…353

关于印发新一轮退耕还林还草总体方案的通知…357

关于扩大新一轮退耕还林还草规模的通知…365

关于扩大贫困地区退耕还林还草规模的通知…368

371 附录二

大事记

后记…388

第一篇 缘起

退耕还林还草是中国农村正在发生着的一件大事，是农业出现以来，尤其是新中国成立五十年后土地利用方式的一场深刻变革。

退耕还林还草到底是个什么样的工程？它的终极目标是什么？它为什么被称作世界生态修复史上的奇迹？它与生态文明和美丽中国建设、实现中华民族伟大复兴的中国梦有什么关系？这些问题，不是三言两语就能说清楚的。因为它涉及人类文明的演进，以及不同文明时期土地利用方式的变迁。

从原始文明、农耕文明到工业文明，再到今天我们孜孜以求的生态文明，每一种文明都与土地利用方式息息相关。

只有弄清楚人类土地利用的历史，我们才能理解退耕还林还草与生态文明之间的内在联系，进而认清退耕还林还草的伟大意义。

让我们追根溯源，从土地利用方式说起吧。

第一章
从毁林开荒到退耕还林

土地是人类赖以生存的根基。从某种意义上说，一部人类文明史，就是一部土地利用史。人们的衣食住行，以及宗教、文化、艺术活动，都是在土地上展开的。

最初，人类是通过采集和狩猎获取生存所需要的食物。但是，采集和狩猎获取的食物数量少，来源不稳定，于是他们开始有意识地保存一些种子，将其埋在土壤中。经过一年又一年的试验，终于掌握了谷物等粮食的种植方式。

农田被开垦出来，种上庄稼，人们再也不会为打不到猎物而饥肠辘辘。人类史上一个崭新的文明——农耕文明开始了。

一、农耕文明的出现

农耕文明，是指由农民在长期农业生产中形成的一种适应农业生产、生活需要的国家制度、礼俗制度、文化教育等的文化集合。农耕文明的重要表现为男耕女织，规模小，分工简单，自给自足，鲜有商品交换。

农耕的出现是人类文明的极大进步，是人类史上划时代的事件，未来学家美国人阿·托夫勒（A. Toffler，1928—2016）将农业革命（即从原始采集渔猎过渡到农业和畜牧业）称为人类发展史上第一次浪潮。

这次浪潮，创造出许多辉煌灿烂的古老文明。我们耳熟能详的世界四大文明古国——黄河与长江流域的古中国、印度河与恒河流域的古印度、幼发拉底河与底格里斯河流域的古巴比伦，以及尼罗河流域的古埃及，无一不是农耕文明的结晶。

据考证，中国，或者说东亚地区是世界三大农业独立起源地（西亚的大麦、小麦，东亚的大米、小米，美洲的玉米）之一，而中国早在公元前四五千年的时候，就形成了南北两个农业体系。我国早期的农耕文明“南稻北粟”的特点，奠定了中国农业生产格局。[1]

在黄河流域，形成了以小米为主的旱地农业体系，后来又从西方引进了小麦、大麦。在长江流域，形成了以大米为主的农业体系。在这个农业体系里，家畜以猪、水牛为主。而且，周围都是采集狩猎经济，没有强势文化，即使有一个比较强大的文化干扰，它的核心地区也稳如磐石。这就部分解释了中华文明为什么成为世界上唯一没有中断过的古老文明。

我们祖先对土地的利用方式，是在长期实践中逐渐变化、发展、进步的。原始农业即刀耕火种，是采用撂荒耕作制的方法实现用地养地。先以石斧，后来用铁斧砍伐地面上的树木等枯根朽茎，草木晒干后用火焚烧。经过火烧的土地变得松软，不翻地，利用地表草木灰作肥料，播种后不再施肥，过两三年地力下降，就弃而不种，迁到另外的地方再开垦新地。如此游荡不定的烧荒垦种，造成森林大片损毁。

到商代前后，一种叫作休闲耕作制的耕作方式发展了起来，土地的利用相对固定一些。与前者不同之处在于，原先种过的地，在休闲一定时间，使之自然恢复地力之后，再返回来开垦耕种。

到西周，形成了三年为一个周期的土地利用方式：第一年休耕，第二年重新耕种，第三年接着耕种。三年周期结束，下一个周期开始。如此循环下去，达到用地与养地的结合。

与采集和狩猎为代表的原始文明相比，农耕文明是人类社会的一次飞跃。

然而，农耕的出现，却使人类与自然环境的关系出现新的变化。

与采集和狩猎不同，人类的农耕，其目的是种植可食用植物。这样，人类的发展和林地、草地等自然环境逐渐对立起来，自然林地、草地开始遭到一步步的毁坏。

在“刀耕火种”过程中，人类是以通过破坏森林而获得食物的。“神农氏教民稼穑”的传说是人类开荒种地的有力证明之一。

在农业得到长足发展后，人口扩张成为必然。人口的扩张又需要更多的土地。在农耕时代的初期，毁林开荒还只存在于家庭、部落的范围内。由于规模有

[1] 胡效月，安成邦. 2007. 中国农业起源研究综述[J]. 安徽农业科学，(35)：8-10.

限，所以对自然环境的威胁也比较小。随着农耕文明继续发展，人类逐步结束了漂泊不定的游猎生活。他们走出山区，来到适合农耕的平原，建立了一座座村庄、一个个城镇，结成了社会，形成了国家。

大规模的毁林开荒由此开始了。几千年间，我国人口繁衍了数百倍，活动范围从黄河流域、长江流域遍布全国，所到之处，林地、草原大面积被毁。一部农业文明史，就是一部垦荒史！

历史果真如此吗？

如果你有所怀疑，那么，让我们以屯垦为例，多花点时间，沿着历史长廊，放慢脚步，认真听，仔细看，细细品。

二、历代垦荒史

1. 秦朝：最早的国家规模开垦

公元前221年，秦国统一六国，结束了战国时期的纷乱，建都咸阳，“徙天下豪富十二万户”，估计总人口达70万（《史记·秦始皇本纪》）。在生产力水平有限的情况下，农牧业是当时最重要的产业，人口的繁衍与相对集中，导致了咸阳等黄河流域出现了无地可耕的居民。

公元前218年，大将军蒙恬挥师北上，征伐河套地区。经过3年的战争，大获全胜，设县34个，秦朝的版图再次扩大，有了大量闲置土地。这时，另外一个问题出现了：河套北部与匈奴接壤，经常受到游牧民族侵袭。

一方面，无地可耕，国家发展受到制约；另一方面，土地闲置，边关空虚。于是移民戍边、开垦荒地的屯垦政令应运而生。秦朝的3万户居民携带先进的农耕工具踏上了北迁之路。经过几个月的跋涉，人们在今天的内蒙古伊金霍洛旗以北地区居住下来。面对大片的草地山林，他们开始了艰辛的劳作，垦田生产，开拓边疆。当时人们把这一开垦地区叫作“新秦”。

通过这次大规模移民，不仅促进了这一地区的开发，而且有效地制止了匈奴的骚扰，同时还在长期劳动中加强了汉族与其他民族的联系，秦朝政府也增强了国力，解决了人口分布不均的问题。

公元前214年，秦始皇又派军队征服了南方百越地区，在那里设南海、桂林、象郡三郡。次年，又迁徙居民50万戍守五岭，与越人杂居。

“屯垦兴，则国防巩固；屯垦废，则边防松乱。”秦朝的实践经验被历代王朝所重视，新政权的建立往往伴随着新的屯垦令的发布。

更多的田地被开垦出来，更多的草地、林地被毁，人与自然的斗争进入了新的时期。❶

2. 两汉：林草面积进一步减少

汉继秦兴。汉朝建立以后，匈奴不断攻掠汉朝的北部边境，因此防守北部边境、劝农发展经济成为最紧急的两件大事。为了有效地保卫边防，政府从内地招募犯人、奴婢、农民到边疆，与边疆驻军一起生活，平时种地，战时保边，以边疆土地供养边疆军民，以边疆军民保卫边疆安全。屯垦戍边不仅是利国利民、保卫边防的重要措施，而且是长治久安之策。

公元前105年，汉武帝派军队到伊犁河谷屯田，这是我国古代中央政府最早在新疆创办的屯田。此后至西汉灭亡为止的113年间，西汉中央政府曾组织2万多汉族军民在天山南北的西域都护府附近地区屯田50万亩❷❸。同时，为在河西站住脚，实现断匈奴“右臂”的目的，西汉王朝向河西地区大量移民，使河西地区由游牧区变为农业区。

据《汉书・地理志》记载，西汉向河西地区移民主要在汉武帝时期。

其移民包括当时的徙民与戍卒，河西四郡户口数7万户、28万多人，汉族为主。河西屯田随着河西边塞的不断西延，逐步沿河西走廊向西推进。西域的屯垦进入了第一个繁荣时期。

为有效治理西域，西汉于公元前60年设立西域都护府，是西汉政府设在西域的最高军政机构，标志着政府对西域的实际掌控。除此之外，汉朝还在西域设戊己校尉，负责军事及驻军的屯田。

东汉时期，东汉王朝通过军事上与匈奴的多次大规模较量，取得了重大军事胜利。为了巩固在边疆的统治，公元73年，东汉军队留屯于新疆哈密一带，设官管理。

在西南地区，两汉统治者在边境设郡县，遣兵屯戍，寓农于兵。这样，既巩固了对西南地区的统治，又减轻了人民的供需之苦。

---

❶ 邹纪万. 2009. 中国通史：秦汉史[M]. 北京：九州出版社.

❷ 赵曼. 2009. 筑起固边强国的铜墙铁壁——“屯垦戍边”在新疆[N].中国民族报，11-6(7).

❸ 1亩≈666.67平方米

经过汉朝的经营，人类农耕生产的区域由秦朝的河套地区向北又向西大面积推进，生产区的推进使得林地、草地的面积进一步减少，人民富裕，边疆安定，国家发展，同时，生态环境遭到了进一步的破坏。

3. 三国至南北朝：战乱之殇

三国两晋南北朝时期，政权更迭频繁，战争如家常便饭。频繁的战争让国家变得虚弱，局部的战乱造成田地的荒芜，这意味着要开垦新的荒地来满足生存和发展的需要，于是垦荒的区域进一步拓展。

与汉朝集中于西北的开垦不同，在三国、两晋、南北朝时期，屯田开荒遍地开花，边境线在哪，土地就开垦到哪。其中，曹魏对黄河中游的屯田，导致黄河流域的植被破坏；蜀国针对南方的开垦，直接影响到了长江上游植被；而东吴对江东地区的开垦，则破坏了长江中下游的植被。

4. 隋唐：林草毁坏

隋唐时期无疑是中国历史上最耀眼的王朝之一，国力昌盛，版图广大，“万国来朝”。

为了维护边疆安定，隋唐都无一例外地扩大了屯田规模。

公元609年是河西乃至西北屯垦史上重要的一年。这一年，隋炀帝西巡至张掖的焉支山，西域各国使节及高昌王都来朝拜。隋炀帝在这里设西海、河源、鄯善、且末四郡，大兴屯田。此后，河西及青海、新疆地区的屯垦，一直保持着强盛的势头。

唐玄宗也在全国大兴屯田。到开元末，屯田分布情况是：河东道131屯，关内道258屯，河南道107屯，河西道154屯，陇右道172屯，河北道208屯，剑南道9屯。可见，屯田之普遍。

据《西汉至清历代王朝开发新疆的思想评述》[1]披露，唐朝在新疆的屯田由安西、北庭两大都护府统一领导，以军屯为主，还有民屯和犯屯。全疆屯军5万人，屯田50万亩。

---

❶ 陈延琪. 1996. 西汉至清历代王朝开发新疆的思想评述[J]. 新疆大学学报 · 哲学社会科学版，10-15(24).

大面积林草被毁坏

李振基 摄

唐朝在新疆的屯田，从公元630年开始到791年结束，前后历经161年。唐朝在新疆屯田的规模之大，范围之广，人数之多，时间之长，成效之显著，都超过了前代，是历史上新疆屯垦的第二次高潮。它不但促进了西域的开发建设和社会经济的发展，而且使中原地区先进农业技术进一步传播到西部边远地区。屯田收获的粮、麻等，解决了官兵的绝大部分所需，成了稳定唐朝在西域统治的重要基石，对进一步巩固新疆在祖国版图中的地位，增进新疆各民族对中央政府的向心力起到了极为重要的作用。同时，促进了中亚经济文化的交流和丝绸之路的繁荣。❶❷

5. 五代十国和宋元时期：垦荒进入新阶段

整个五代十国和宋元时期，最显著的特点有二：一是战乱，二是民族大融合。北部、西部少数民族逐渐发展壮大，趁中原汉族政权更迭或东进或南下，战乱促使中原汉族政权大面积屯田以守卫边疆。同时，少数民族来到汉地学习

❶ 张珉，龚先砦. 2013. 唐代中央屯田机构管理探析[J]. 湖北社会科学，(7)：100-103.

❷ 刘锡涛. 2005. 唐人用林活动略述[J]. 陕西师范大学继续教育学报，9-6(22).

先进的耕种技术，引进汉族先进的耕种设备改变自己的游牧生活方式，并开始开荒种地，建立城市，过上稳定的生活。

从公元907年朱温灭唐，到960年赵匡胤建立北宋，这短短的54年，中国大地上经历了梁、唐、晋、汉、周五个朝代。在五朝之外，还相继出现了前蜀、后蜀、南唐等十几个割据政权，战乱可见一斑。政权更迭如此频繁，却只有周世宗柴荣鼓励拓荒，把中原无主荒地分配给逃亡人户耕种，在军队中普遍推行屯戍制度，无论是禁军，还是分镇兵，都得屯田。

北宋时期，由于采取守内虚外的政策，使周边少数民族政权与之形成了对峙局面。为抵御北方辽国、西北方西夏的入侵，政府在河北与西北地区实行屯田。同时，为开垦荒地和防御外敌，在内地的襄阳、唐州和湘西、川南边境等地也实行了屯田。

南宋与北宋有很大的不同，为抵御北方金与元的进攻，南宋在江淮、荆襄、川陕实行边境屯田，特别是宁宗、理宗时在湖北北部的屯田取得了明显的成果。直到南宋国势垂危时，仍在努力修复屯田，以供应军需。出于政治、军事的需要，南宋在内地的辰、沅、靖、澧四州以及两浙内地、广西实行屯田：募集士兵，给地耕作，或给离军还农者分配荒田耕作。政府给牛、种子，免除租役，奖励农耕，屯田发展十分可观。

这一时期，由于政权的更迭频繁、政府政策没有得到很好延续，加之腐败滋生，中央政权的屯田政策没有对生态环境造成非常大的影响。不过，少数民族因为掌握了先进的技术，有些游牧民族甚至改变了生活方式，对这一时期生态环境的影响较大。

西北地区的党项族建立西夏政权后，加强了对西北地区的经济开发。随着势力的扩大，党项族民户从青海、甘肃等贫瘠地区迁移到水草丰美的陕甘地区，在河套地区大量开垦荒地，甚至连宋夏边界的闲田禁地也冒着危险进行开垦，种植稻、麦、青稞等农作物。

1279年，元朝统一中国，这是中国历史上第一个由少数民族建立的全国性政权，疆域空前辽阔。我国民族大融合也进入高潮，先进的生产技术和生产方式被广泛运用，人们自觉地开荒种地成为这个时期的一个显著特点。

元朝是个尚武的朝代。从元朝成立起就没有停止过征伐，汉族政权的屯垦制度也被元朝采纳，大军打到哪，屯垦就进行到哪。元朝加强了对偏远地区的统治，元世祖封诸子为王，分别镇守和林、云南、回族、畏吾、河西、辽东等地。各地驻军，并设有屯田，促进了西北、西南少数民族地区的经济开发。相应地，这些地区的林地和草地也受到了进一步的破坏。

6. 明朝：屯田规模空前扩大

历经五代十国长达百年的乱世，又经过元朝长年的征伐作战，中原经济形势严峻。明朝开国皇帝朱元璋总结历史经验说："养兵而不病于农者，莫若屯田。"因此，明朝将屯垦列为基本国策，提倡军队屯垦务农，减轻民众负担，以利巩固边防。明太祖朱元璋曾令儿子率军队赴辽宁屯垦东部边疆，后又派另一个儿子率军队西往甘肃屯田。

洪武、永乐年间，统治者大力提倡"屯垦"，从而掀起了明朝大规模屯田的高潮。明朝屯田规模空前扩大，有军屯、民屯、商屯，而且持续时间长。不仅在西北地区继续推行屯田政策，而且在西南地区也开始全面兴屯。

为抗击北部蒙古族、南部藏族的进攻，明王朝在河西地区屯兵有11万~12万人。为解决军粮供给问题，大量的荒地被开垦出来，从而使河西的耕地面积快速增加。明初洪武末年，河西屯田24.45万亩，到神宗万历初年已增加到69万亩。

明王朝在云南的屯田规模不断扩大。据记载，万历年间仅军屯耕田就占全省耕地总面积的42%。

为稳固在贵州的统治，明朝在贵州推行了屯田制，主要是军屯。屯田面积从公元1552年的39万余亩增加到公元1621年的93万多亩。[1]

洪武四年全国民屯垦荒田数达18000万亩，占全国官田总数36700万亩的一半左右。通过人民的辛勤劳动，大量无主荒地变成了良田，促进了社会经济的恢复和发展。[2][3]

明初，在沿西北长城一线的九边地区大力推行屯田，使大量山地丘陵荒地垦辟为农田，使屯田"错列在万山之中，冈阜相连""即山之悬崖峭壁，无尺寸不耕"。

军屯的开展，使先进的生产工具、生产技术传入云贵、西北地区，成为当

---

❶ 齐涛. 2011. 中国古代经济史[M]. 山东：山东大学出版社.

❷ 王毓铨. 1965. 明代的军屯[M]. 北京：中华书局.

❸ 赵俪生. 1997. 古代西北屯田开发史[M]. 兰州：甘肃文化出版社.

地农业发展的促进因素，军粮自给也减轻了人民负担，促进了全国经济的发展，但间接破坏了人民赖以生存的自然环境，明朝成为历史上自然灾害最多的朝代之一。

明朝时期水灾，平均16个月一次，旱灾平均18个月一次。其他如蝗灾、雹灾、霜雪等，也屡屡发生。

据《中国救荒史》记载，明朝发生的自然灾害记录有1101次。其中，仅水灾一项就有196次，占比近1/5。如此频繁的自然灾害，有“天”的因素，也有人为因素。大规模的开垦荒地、破坏植被必然造成水土流失，引发各种自然灾害。

7. 清朝：人口压力推动大规模屯垦

清朝屯田与收复边疆的战争密不可分。

当清朝统一新疆后，屯田已经得到很大发展，遍及天山南北。政府也从屯田中得到了实惠，屯田渐渐成为开发边疆、发展当地经济的重要措施。到1911年，新疆人口达到216.20万人，耕地增到1055.47万亩。

由于屯田的迅猛发展，使新疆出现了“农桑辐辏，阡陌成群”的景象。清朝在西域屯垦，从1716年开始，到1911年清朝结束，共经历了195年，是中国历史上在西域屯垦时间最长的朝代。屯垦范围，东起哈密的塔勒纳沁，西到喀什噶尔，南抵和田的昆仑山北麓，北到额尔齐斯河以北的阿尔泰，分为24个屯区，遍布准噶尔盆地和塔里木盆地周边。

除新疆外，清朝的屯垦还延伸到北方和西南等地区，以军屯、民屯促进边疆地区经济开发。

北部地区在清朝前期地广人稀，除游牧地区外，都是茫茫荒原。清朝统一北方各部后，对北部地区采取封禁政策，一律禁止招垦。但到嘉庆以后，全国人口已突破3亿人，而人均耕地下降为3亩，大量流民向边远地区流动，各地出现了私垦。为了缓解内地人口压力，清朝晚期对北部地区等地全面开禁，从而拉开了北部地区大规模屯垦的序幕。

宣统二年，清政府彻底废除了禁垦措施，北部地区移民掀起高潮，大量移入地广人稀的漠北地区。不久，云集漠北的汉人约10万人，占到当时漠北54万人口的近20%，其中二分之一是农民。从嘉庆到宣统的116年间，哲里木盟十旗草地垦殖9000万亩。到光绪时期，这里牧业日渐凋零，许多北部地区群众由牧转农，促使北部地区由单一畜牧业经济向农牧业并重转化。

在清雍正年间对西南地区大规模改土归流后，对原来被土司占有的大量土地进行规模不同的开荒屯田。清朝鼓励百姓到山区或贫瘠地区开垦，加快人口由稠密区向稀疏区流动，促成了乾嘉时期对山峡地角、水滨河尾的开垦狂潮。

清朝初期，四川已是地尽抛荒，满目疮痍，一派荒凉景象。为了恢复经济，统治者大量在湖广等地招徕流民入川，采取一系列优惠政策，如发给流民盘缠、耕牛、种子，缓交赋税、轻徭薄赋等。由于移民大量入川，四川人口迅速恢复并急剧上升，到清朝中后期，已出现人口剧增与耕地有限的矛盾。

民国时期（1912—1949）只有短短38年，尽管北洋政府制定了我国历史上第一部《森林法》，国民党政府先后两次颁布并修正《森林法》，完善了地方性的护林法规；革命根据地及解放区也制定了具体详细的森林保护法规，还通过民主讨论制定禁山公约、护林公约，开展了一些植树造林活动。但由于战乱频繁、社会动荡、民不聊生、国弱民穷，森林资源继续遭受严重破坏。[1]

8. 新中国成立后：屯垦戍边继续

中华人民共和国成立后，党和政府面临医治战争创伤、克服经济困难、迅速恢复和发展生产的严峻局面。

一方面，吃饭成为第一位的大事。亿万人要吃饭，4万工厂生产要原料，全国粮、棉、油、肉等基本生活必需品严重短缺，加快发展农业生产的任务极为紧迫。同时，随着战争结束，庞大的军队开始整编，有200多万解放军官兵需妥善安置。另一方面，新中国漫长的边防线又亟待加强和巩固。这一连串大事牵动着中央领导人的心。毛泽东、刘少奇、周恩来、朱德等当机立断，毅然决定：组织军队参加农业生产，确保粮食供应。

一向眷恋土地、热爱农业的新疆军区代司令员王震首先响应中央号召，向新疆部队发布开展大生产运动的命令，动员11万名指战员在天山南北、戈壁荒滩安营扎寨，屯垦种田，创建军垦农场。

1954年10月7日，新疆军区生产建设兵团成立。兵团除原驻疆部队转业复员军人外，又接收了来自山东、河南、四川、广东、江苏等地的支边青年及知识分子，下辖十个农业建设师、一个工程建筑师、两个生产管理处。这是我国

---

[1] 王玲. 2012. 民国时期森林保护法规及措施研究[D]. 南京农业大学硕士学位论文.

自汉唐以来在边疆民族地区实施屯垦戍边政策的继承与发展，是我国现代屯垦戍边制度的一个伟大创新。

据新疆生产建设兵团《新疆兵团沿革》记载，到1966年底，兵团职工总数已达80万人，耕地面积1200万亩，粮食总产量超70万吨。

1954年2月，王震将军因工作需要调离新疆，出任解放军铁道兵司令员。他南下北上，实地勘察，指挥铁道兵抢修铁路。

这年秋天，王震到黑龙江看望从朝鲜战场回来参加修建铁路的铁道兵五师老兵。在密山、虎林一带，他发现有大片沉睡千年的亘古荒原，萌发了就地安置老兵“屯垦戍边”的想法。铁道兵党委同意了他的建议。

秋天，铁道兵五师首先在虎林县境内开始了屯垦。之后，铁道兵又有9个师的转业复员官兵进军北大荒，建起了一系列军垦农场群，继而成立铁道兵农垦局，统一指挥北大荒黑土地的开发。

经过三代人半个多世纪的艰苦奋斗，黑龙江垦区和黑龙江农垦系统建成了中国耕地规模最大、现代化程度最高、综合生产能力最强的国家重要的商品粮基地和粮食战略后备基地。

黑龙江垦区和黑龙江农垦系统下辖9个分局、113个农牧场，拥有986家国有及国有控股企业，2017年常住人口167.30万人，分布在全省12个市，辖区总面积5.54万平方公里[1]，垦区具备220亿公斤[2]的粮食综合生产能力和200亿公斤的商品粮保障能力。[3]

纵观历史，屯垦使全国大量土地得到了开发，西部地区形成了农牧兼营的经营方式，特别是清朝向蒙古、新疆边疆地区大规模的移民屯垦，既缓解了内地人口与土地增长的矛盾，也减少了边疆地区对内地粮食等农产品的过分依赖，促进了边疆地区的经济开发，有利于农业生产与发展。

但是，囿于当时的经济社会发展和思想认识水平，人们在垦荒的同时，缺乏生态保护意识，一味垦荒，向大自然过度索取，对生态环境造成了破坏。尤其是明朝以后，耕地开垦速度越来越快，对自然资源的破坏越来越严重。

---

[1] 1平方公里=1000000平方米

[2] 1公斤=1千克

[3] 黑龙江省农垦总局统计局. 2018. 黑龙江垦区统计年鉴[M]. 北京：中国统计出版社.

三、人口及耕地走势

土地是人类赖以生存的基本资源和条件，是社会发展的物质基础。正是我们的祖先世世代代在广袤的土地上辛勤耕种，才哺育了伟大的中华民族，创造了农耕文明史上一个又一个奇迹。

据《中国生态演变与治理方略》介绍，我国人口总体呈现增长的趋势。远古时代（约前180万—前2070），我国人口数量低于140万人；上古时代（前2069—前221），人口数量由140万人增长至2000万人；秦汉时期（前221—公元220年），人口数量由2000万人增长至6500万人。

魏晋南北朝时期（220—589）是我国历史上的大动荡大分裂时期。由于战乱频仍，人民流离失所、哀鸿遍野，人口数量急剧下降，最低时只有3800万人，最高时5000万人。隋唐时期（581—907），人口数量由5000万人增长至8300万人。

五代宋辽夏金时期（907—1234）是我国历史上又一个大动荡、大分裂时期，这一时期人口再次急剧下降，最低时人口数量只有3000万人，但高峰时增长至13000万人，创历史新高。

元明清（1206—1911）三朝，同样受改朝换代、战争破坏等因素影响，人口数量波动幅度较大，但明清两朝人口峰值继续创历史新高。具体来说，元朝时期（1206—1368），人口数量最低时为6000万人，最高时为10400万人；明朝时期（1368—1644），人口数量最低时为6500万人，最高时为15000万人；清朝时期（1616—1911），人口数量最低时为8164万人，最高时为43189万人。到了20世纪，人口波动仍然较大，但总体增长的趋势仍然未变。民国时期（1912—1949），人口数量最低时为37400万人，最高时人口数量为54167万人。中华人民共和国成立以后的50年间（1949—1998），人口数量由53167万人增长至126583万人，[1]延续了人口总体扩张的趋势。

虽然我国人口总体呈增长趋势，但在一定的历史阶段内也会出现人口急剧下降的情况，这与战争、饥荒等因素息息相关。据1992年第2期《时事报告》刊载的《我国历代人口》一文，秦始皇统一中国时，即公元前221年，我国的人口已达1200万人。但秦末的楚汉战争，使生产遭到了严重破坏，社会经济

[1] 姜春云. 2004. 中国生态演变与治理方略[M]. 北京：中国农业出版社.

凋敝，人口锐减，到西汉初年即公元前206年，人口只剩下700万人。三国时期（220—280），魏、吴、蜀三国历经60年的割据战争，全国人口数量由东汉初期的2100万人减少到767万人。

“国以民为本，民以食为天。”农耕文明时期，我国历朝历代政府都把耕地的重要性与国富民强紧密联系在一起，从西周时期起，一直执行的是重农抑商政策，扩张耕地面积成为大势所趋。耕地的变化，与人口的消长有着密切的关系。

据《后汉书・郡国志》等史料记载，西汉末年的公元2年，全国有户籍1220万户，人口5950万人，耕地8.27亿亩，人均耕地面积13.90亩。

社会在发展，人口在增加，明清两朝成为我国历史上人口增长最多的两个朝代。据明朝第二次全国耕地普查结果，明朝万历年间的耕地面积为7.86亿亩。有学者利用明朝1381年和1382年的土地资料统计，再结合人口变化模拟了明朝的耕地情况。明朝平均每年开垦出约208万亩土地，但人口的增长速度更快，因此人均耕地面积不断下降，从明初1368年的人均6.10亩下降到1582年的人均4.70亩。[1]

清朝建立以后，推行了一系列发展农业、开荒屯田的措施，促进了耕地的急速扩张。顺治二年（1645），全国在册耕地只有4.03亿亩。乾隆十九年，也就是1754年，耕地面积增加到7.08亿亩。加上不在册的耕地，这个时期全国实际耕地已经达到了10亿亩。从1645年到1754年的110年中，耕地面积增加了一倍有余，人口在这个时期也出现了大量的增长。随着人口的增长，人口和耕地比例失衡开始拖累国家经济。清乾隆三十一年（1766），人口增加到2.08亿人，耕地为7.41亿亩，人均为3.56亩。可见，清朝时期农民人均耕地相对较少。

鸦片战争以后，中国陷入了长达百年的社会动荡之中，直到1949年中华人民共和国成立。

由于统计方面的原因，1949年以来中国耕地资源数量变化至今尚没有一个客观的描述。据专家分析，以下3个时间点的数据是比较准确可靠的，可以作为耕地数据重建的基点和判断标准。

---

[1] 粤北客家人. 2019. 明朝未解之谜2：洪武年间土地被高估，真实的耕地数据在这里[DB].http://www.360doc.com/2019.

其一，1953年通过查田定产得到耕地面积数据162795万亩。

其二，20世纪80年代初，多家部门调查研究获得的数据为198750万~209950万亩。

其三，中国土地详查最终统一到1996年10月31日的耕地面积为195058.5万亩。

总体来看，新中国成立以来中国耕地资源数量是增加的。1949—1998年，全国人口由5.31亿增加到12.66亿，50多年来耕地面积增加了46950万亩，年均增加939万亩。但是，50多年的发展过程中，中国耕地资源数量并非一直上升，而是随不同的历史发展阶段不断地增减交替，并且呈现出明显的阶段性特点。

新中国成立至改革开放前，农业以扩张用地为主要发展手段，与此前的农业发展方式没有质的区别。人口与土地之间的矛盾依然存在，而且有上升的趋势。

随着人口的增长和经济的发展，对农产品的需求不断扩大，我国面临人口膨胀而急需解决吃饭问题的持续压力。

许多曾经的森林密布、野兽出没之地逐渐变为农田。以长江流域为例，1949年人口为1.90亿，至1997年达到4.20亿，增长了1.20倍，而中上游山丘区的人口增长率明显高于中下游平原区[1]。

据调查，山区每增加1人，相应增加坡耕地1.95~2.55亩。20世纪50—80年代，长江流域的坡耕地增加了40%~60%。陕西省安康地区20世纪50年代有耕地490万亩，到1976年增加到1030万亩，平均每年增加19万亩以上。在川中盆地丘陵区，垦殖率为50%~70%。

“山上种到山尖尖，山下种到河边边。”一些丘陵山区垦殖率越来越高，耕种坡度越来越陡，撂荒轮歇，顺坡耕作，广种薄收，粗放经营，农业生产条件恶劣，土壤侵蚀量成倍增加。

在中国西部广大丘陵山区，绝大部分开垦的多为坡地，从坡脚到坡顶连续顺坡垦耕并不罕见。据介绍，我国实施退耕还林前夕，全国25度以上坡耕地面积10916.25万亩。其中，黄土高原地区25度以上坡耕地面积3351.15万亩，

[1] 张迪祥. 1991. 新中国成立后长江流域人口总量变动分析[J]. 武汉大学学报（人文科学版）. (1):72-76.

西南地区25度以上坡耕地面积3107.10万亩。[1]

1978年，中国积极实施改革开放政策，开始借鉴发达国家的发展经验，包括如何认识林草与人类的关系。也是从这一年起，中国进入了耕地的缓慢持续减少时期。我国耕地面积从1979年的201708万亩下降到1999年的193800万亩，年均减少394.50万亩。

1949—2003年，中国耕地面积增加了38238.30万亩，年均增加708万亩，详细情况如下：1950年至1957年增加20895万亩，年均增加2611.80万亩；1958年至1961年减少12749.40万亩，年均减少3187.35万亩；1962年至1966年增加18403.95万亩，年均增加3680.70万亩；1967年至1969年减少838.50万亩，年均减少279.45万亩；1970年至1979年增加29146.80万亩，年均增加2914.65万亩；1980年至1999年减少7908万亩，年均减少395.40万亩；2000年至2003年减少8711.7万亩，年均减少2177.85万亩。[2]

应该说，我国仅用了世界上不足10%的耕地养活了占世界22%的人口。对全人类来说，这是一个了不起的贡献。但是，我们也为此付出了惨重的生态代价。

四、远去的森林王国

在人类社会早期，无论高山、低丘，抑或平原，到处是茂密的原始森林。

我国也不例外！

遗憾的是，由于自然条件的变化和几千年来人为的破坏，到20世纪初我国已成为世界上水土流失、荒漠化严重的国家之一。

那么，这个局面是怎样形成的呢？

据专家论证，几亿年前，中国大地基本上为茂密的原始森林覆盖。以后由于造山运动和地壳沉降，一些地区的原始森林被深埋地下，逐步演变成了煤田。西北地区的煤炭蕴藏量占全国的2/3，不少煤田有好几层，煤层有几米厚，足见当时参天巨木的茂密景象。

---

❶ 李鹤荣，范学科，黄玉敏等. 2003. 西部退耕还林在生态环境建设中的地位与作用[J]. 世界科技研究与发展.(3)：30-34.

❷ 封志明，刘宝勤，杨艳昭. 2005. 中国耕地资源数量变化的趋势分析与数据重建：1949—2003[J]. 自然资源学报，(1)：35-43.

专家对我国森林资源的演变过程进行了研究。结果表明，原始社会时期，我国森林覆盖率达60%。那时的东北地区，90%以上的土地为森林所覆盖，中南地区森林覆盖率也在80%以上。在湿润的东南半壁江山，有80%～90%的土地上覆盖着森林。在半湿润半干旱的中部地区，森林覆盖率有40%～50%。即使在高寒的青藏高原，高山地带或河谷部位也存在大量森林，森林覆盖率为10%～20%[1]。

西藏波密的原始森林
陈建伟 摄

在中国古代历史上相当长的时间内，陕西、甘肃等西北地区，曾经是植被良好的繁荣富庶之地。据考证，西周时期黄土高原大部分为森林所覆盖，其余是一望无际的草原。

战国时，陕西榆林地区是著名的“卧马草地”。公元4世纪，西夏国在榆林地区的靖边县建都统万城，是“临广泽带清流”的好地方。公元10世纪以前，有13个王朝在陕西关中地区建都，因为这里及周边地区繁荣富庶。但很少有人注意到，其实这里有良好的生态环境。

❶ 农夫. 2016. 沧海桑田的时光森林[J]. 绿色中国，(14)：34-41.

秦汉时期，黄土地上以“山多林多、民以板为室”著称。据甘肃文化出版社出版的《甘肃林业史话》，秦汉时期甘肃森林覆盖率约为30%。那时，陕西的森林覆盖率为40%～45%。

如此茂密的森林如能延续至今，试想，我们将会拥有怎样的蓝天绿树碧水？我们将会呼吸到多么新鲜的空气！我们的生活该有多么美好！

可惜，由于大规模的农业垦殖，刀耕火种，侵占了大量林地，加上历史战乱的破坏、大兴土木以及火猎毁林等原因，森林日益减少。

据考证，大约一万年前，原始农业出现，已进化的人类除采集与渔猎外，开始砍伐森林。同时，开垦农田以及用木材建造房屋，森林开始缓慢减少。

据中国林学会的回推与分析，2000多年前的两汉时期，森林覆盖国土的面积下降到50%以下；大约1000年前的唐朝年间，森林遭到更大破坏，森林覆盖国土的面积下降到40%以下。[1]

后来，由于人口增加，军屯民垦，毁林开荒，常常是“野火燎原一炬百里”；烧林取猎，司空见惯；伐木阻运，焚林驱兵，滚木击敌，则是战争常用的手段；加上封建统治者大兴土木，全国特别是黄土高原的森林越来越少，植被越来越稀，水土流失加剧，地貌支离破碎、沟壑纵横。

唐宋时期森林减到3亿亩，明清时期减到1.20亿亩，新中国成立前夕仅存0.55亿亩。[2]

生态每况愈下，繁荣富庶因此失去了根基。森林的消失必然带来了致命的后果。榆林地区由“卧马草地”变成不毛之地。流沙越过榆林城30多公里[3]，曾有10万人口的统万城早已成为沙漠废墟。

可惜，这样的悲剧并非孤例！陕西一带生态环境的变化，只是全国的一个缩影。

古代丝绸之路南道的塔克拉玛干沙漠南缘，曾是人丁兴旺的绿洲，拥有发达的灌溉农业，由于植被破坏，沙化扩大，绿洲早已消失。

---

❶ 中国林学会. 1997. 中国森林的变迁[M]. 北京：中国林业出版社.

❷ 姜春云. 2010. 姜春云调研文集[M]. 北京：中央文献出版社，新华出版社.

❸ 1公里=1千米

古代陆路丝绸之路路线图

高立鹏 摄

华北平原和太行山一带，2000年前到处是“地幽人迹少，树密鸟声多”的自然景观，森林覆盖率为60%～70%，而到20世纪中叶，仅残存一些天然次生林，森林覆盖率只有5%左右。

300年前科尔沁沙地还是“长林丰草，凡马驼牛羊孳息者，岁以千万计”的森林草原，后来成为“沙地旱海八百里”。

黄河上游两岸曾经草木茂盛，多禽兽，但自明代中叶以后，由于沿边城堡军屯的推行、不合理的耕作，以及过度的樵采和放牧，原来的草原遭受了极大的破坏。

森林及草原的破坏，导致当地人所说的“就地起沙”，而且在黄土发育的地区，还导致了严重的水土流失，黄河含沙量不断增加，由此又使引黄河水而形成的灌溉渠道淤塞，灌溉不畅。

清朝，地处干旱之区的宁夏平原“河水一石，其泥六斗，一岁所浚，且不能敌一岁所淤，往往渠高流浅，灌溉难周，枯旱立见……上下交病”。

这种情况从明朝开始严重起来，到清朝，有些渠道因“淤塞过甚，濒于废弃，地之高者，竟屡年荒芜”。[1]

到民国时期，就连源远流长的唐、汉、惠、清四大渠，也“年来被沙淤塞，水不畅流，以致下游时感水量不敷，因而受旱，而上游则以进水难于宣

[1] 王全臣. 1698. 宁夏府志（卷八）. 水利[M]. 台湾：成文出版社.

泄，每当黄河增长时，频患小灾”[1]，造成黄河流域时常发生旱涝灾害，给农业生产发展造成巨大破坏。

愈是近代，人类对生态环境的破坏愈烈。

1948年，国民政府农林部推算，全国森林面积为12.42亿亩，森林覆盖率为8.6%。其中，经过勘测调查的主要林区森林面积为7.55亿亩，蓄积量58.6亿立方米。

林业专家樊宝敏、董源曾经对我国森林的历史变迁做过归纳小结。据他们介绍，远古时代（约前180万—前2070年前），我国森林覆盖率由64%变化为60%；上古时代（前2069—前221），森林覆盖率由60%变化为46%；秦汉时期（前221—公元220），森林覆盖率由46%变化为41%；魏晋南北朝时期（220—589），森林覆盖率由41%变化为37%；隋唐时期（581—907），森林覆盖率由37%变化为33%；五代宋辽夏金时期（907—1234），森林覆盖率由33%变化为27%；元朝时期（1206—1368），森林覆盖率由27%变化为26%；明朝时期（1368—1644），森林覆盖率由26%变化为21%；清朝前期（1644—1840），森林覆盖率由21%变化为17%；清朝后期（1840—1911)，森林覆盖率由17%变化为15%；民国时期（1912—1949），森林覆盖率由15%变化为8.6%；1949年新中国成立至1998年，森林覆盖率由8.6%变化为23.04%。[2]

岁月无声。到了20世纪中叶，我国森林资源由富足转向匮乏。面对千疮百孔的陆地，如果历史有感，它将发出长长的叹息。

1949年以后，长期的战乱终于结束，中国人民盼来期待已久的和平发展机遇。

要发展就要增加人口，增加人口就要解决越来越多人的吃饭问题，受到当时科技水平的制约，解决这个问题的主要手段就是增加耕地，而增加耕地主要靠开荒。

在人口膨胀和解决吃饭问题的压力下，中国长期奉行“以粮为纲”，走过了一段忽视森林价值、视森林为农业发展障碍的弯路。

据第一次全国森林清查（1973—1976）数据，我国森林覆盖率和森林面积分别为12.70%和1.22亿公顷，比新中国成立前有所上升，但森林蓄积量仅

---

[1] 宁夏省建设厅第一科. 1936. 宁夏省建设汇刊[J]. 宁夏省建设厅. 11(1).

[2] 姜春云.2004. 中国生态演变与治理方略[M]. 北京：中国农业出版社.

86.60亿立方米，比新中国成立前有所下降，森林赤字有所扩大。[1]

原始森林被毁
陈建伟 摄

长江黄河上游的原始森林，具备很高的涵养水源的功能，本该为国土的长治久安、江河的稳定提供有力的保障。遗憾的是，新中国成立初期，国家处于追求木材资源效益最大化的阶段，这些地区森林砍伐速度进一步加快。

从20世纪50年代初到80年代初，30年间长江上游天然林面积减少了5062.50万亩。[2]按每亩“有林地”比“非林地”多蓄水3000立方米计算，森林减少致使拦蓄降水的能力降低了100多亿立方米。同期，水土流失、泥沙淤积也使江湖的库容减少了160亿立方米。

新中国成立初期，四川省森林覆盖率约20%；而1987年，仅为13%。川中丘陵地带58个县，几乎近半数的县，森林覆盖率不到3%。其中，19个县还不到1%。川西3个自治州森林覆盖率由20世纪50年代的19%下降到1987年的12%。其中，阿坝藏族羌族自治州森林面积减少了3/4，蓄积量减少了2/3，许多林业局出现了无木可伐的局面。这些地方恰好是1998年水患的源头区之一。长江上游森林资源的锐减，为1998年那场世纪洪灾埋下了伏笔。

---

❶ 胡鞍钢. 2012. 中国创新绿色发展[M]. 北京：中国人民大学出版社.

❷ 金鑫，徐晓萍. 2015中国问题报告[M]. 北京：中国社会科学出版社.

据第一次全国土地资源调查，1996年全国25度以上的坡耕地达9151万亩。据实地调查和各地反映，由于农村习惯使用“亩”计算坡耕地面积，而且一些地方不断开荒，实际陡坡耕地面积可能远大于在册数量。毁林开荒、陡坡耕种的直接后果是造成严重的水土流失、环境恶化和洪、旱灾害加剧。20世纪90年代以来，长江流域洪涝灾害的频次明显超过20世纪70—80年代。

大面积林草的毁坏绝不仅仅发生在长江流域，同样的悲剧也在黄河流域及北方地区上演。

黄土高原土质疏松，地表黄沙层土壤极易被破坏，这一地区的过度开垦、樵采放牧，造成严重的水土流失、河床泥沙淤积。20世纪50—70年代末，仅西北地区3次大规模毁草、毁林开垦，破坏草地1亿亩，毁林280万亩。[1]

毁林毁草开荒造成水土流失、土地沙化、严重的洪涝灾害和干旱。20世纪末，我国已成为世界上水土流失和荒漠化危害最严重的国家之一。

五、中国古代“退耕还林还草”的萌芽

中国古代百家争鸣，经历了漫长时间的锤炼，积淀了大量的思想精华。“参赞化育”“顺时取物”“知止不殆”等观点从宏观层面上讲，可以视为一种有计划地开发自然的朴素理念，是朴素的可持续发展思想。

从《尚书》中的“平治水土”，到《田律》的诞生，从管仲提出的山林川泽“财之所出”，到《汉书》的“审其土地之宜”，直至更为成熟的“桑基鱼塘”生产方式的形成，古人对生态建设有着自己独到的见解。

除了丰富的生态保护思想，古人还进行了大量生态修复实践：先秦时期，各国统治者在兴修水利的同时，也在河堤两岸种植树木以防水土流失。管子曾号召在堤防边的坡地上植树种草[2]，《吕氏春秋》也记载了类似的护堤经验。

中国历朝历代都制定有植树造林的政策，而宋朝是颁布有关政令最多的朝代之一。北宋成立之初，就继续推行了后周的植树令，倡导在平原农耕区种植桑榆，积极发展林业，并将历朝制定的奖惩政策沿袭下来[3][4]。

---

❶ 王瑞环，孟庆雷. 2007. 浅谈预防中国西北土地荒漠化的法律对策[J]. 环境科学与管理. (4)：29-34.

❷ 刘向.2006. 管子[M]. 北京：中华书局.

❸ 李焘. 2009. 续资治通鉴长编[M]. 北京：线装书局.

❹ 脱脱，阿鲁图等. 1985. 宋史[M]. 北京：中华书局.

明清时期，随着人口压力不断增加，森林面积逐渐减少，水土流失和沙漠化现象加剧，主政者看到了问题的严重性，出台了很多强化植树造林的措施。清雍正四年（1726），官员朱轼上呈《请定考核以专责成疏》，请求颁布法令，将农民植树作为官吏考核的指标。雍正朝更是提倡百姓栽种芦苇，其保护和修复生态的意图不言而喻。乾隆三十七年（1772）的《捐栽芦苇树木议叙》中，确定了将植树与官吏考核相结合的原则。

2001年，在湖北武当山发现了成片人造梯地遗址。经专家考察认为，在这片人造梯地上的“原始森林”其实是500多年前明代“退耕还林还草”形成的再生林，这样的说法也在明《太和山志》中得到了印证。

陕西省户县石井乡涝峪口村发现的清朝买山还林义行碑

同年，在陕西省户县石井乡涝峪口村发现了两块距今140多年的清朝买山还林义行碑，分别是《买山义行记》碑和《议叙修职郎贺公买山护村碑》，均立于清咸丰十年（1860年）二月，其中《买山义行记》碑记载清咸丰年间村中富商、盐知事贺遇霖慷慨捐资一千二百串铜钱，购买沿沟直至笔架山梁一带土地退耕还林，禁止开垦放牧，以抵御洪水。用碑记反映退耕还林活动的，在历史上十分少见。这两块石碑所在的涝峪口村坚持种植橡树、柏树，并设专人管护，村子周边林木茂盛，山花烂漫，水患基本根除[1]。

由此可见，中国历史长河中不乏退耕还林还草的探索和实践，这是我国传统文化中“天人合一”、敬天畏地、尊重自然、顺应自然思想的表现。这种思想承认人类与自然合为一体，承认人类社会是自然这个大生态系统中的子系统。

当然，这种思想，把人看作自然的一部分，虽然推崇对自然的保护，但更加主张顺势而为，往往对修复自然环境缺少主动性，况且在中国古代有着巨大

❶ 李养民. 2001. 户县发现清代石碑记退耕还林[N]. 中国绿色时报，3-30.

的粮食需求压力，退耕还林还草只是个别现象，出现在局部地区。

六、中国共产党的早期艰辛探索

1.新中国成立前中国共产党已认识到水土保持的重要意义

梳理退耕还林还草的历史，我们发现，中国共产党早在新中国成立前就认识到退耕还林还草的水土保持意义。

1949年4月，晋西北行政公署发布的《保护与发展林木林业暂行条例（草案）》规定：已开垦而又荒芜了的林地应该还林；森林附近已开垦林地，如易于造林，应停止耕种而造林。林中小块农田应停耕还林。这是“退耕还林”第一次出现在政策文件中。

新中国成立让我们的国家和民族开启了新征程，中国人民开始了大胆改造自然的探索与尝试。在这其中，既有毁林开荒、围湖造田等破坏自然的行为，也有退耕还林还草、造林绿化等修复生态系统的探索实践。

2.新中国成立初期党和政府对退耕还林还草的关注

新中国成立初期，党和国家领导人立足国情，对全国性的垦荒开地所带来的严重后果有着清晰的认识。尤其对刚刚走出陕甘宁边区的老一辈革命领袖们而言，他们对生态脆弱的西部地区的毁林开荒行为，以及千沟万壑的革命老区严重的水土流失，有着更直观、更深刻的认知，对扭转这种趋势也有着更强烈的渴望和更具体的思考。他们通过各种场合、不同的渠道，提出过退耕还林还草的想法和思路。

开国总理周恩来同志始终对森林减少、水土流失高度关注，从新中国成立初期到他去世，一直高度重视毁林开荒可能带来的严重后果。

1952年12月26日，周恩来同志签发的《关于发动群众继续开展防旱、抗旱运动并大力推行水土保持工作的指示》指出：“由于过去山林长期遭受破坏和无计划地在陡坡开荒，使很多山区失去涵蓄雨水的能力……首先应在山区丘陵和高原地带有计划地封山、造林、种草和禁开陡坡……”，明确指出要有计划地封山、造林、种草和禁开陡坡，以涵蓄水流和巩固表土。

1957年5月24日，国务院全体会议第二十四次会议通过的《中华人民共和国水土保持暂行纲要》规定：“原有陡坡耕地在规定坡度以上的，若是人少地多地区，应该在平缓和缓坡地增加单位面积产量的基础上，逐年停耕，进行造林种草”，提出对于人多地少地区，应该按照坡度大小、坡面长短，规定期限，修成梯田，或者进行保水保土的田间工程和耕作技术措施。

福建日报
7
南平专区采取各种增产措施
尽最后努力争取秋季全面增产
全國水土保持暫行綱要公布

《福建日报》刊登《中华人民共和国水土保持暂行纲要》公布的消息

从这些政策文件可以看出，党和政府充分地认识到造林绿化的重要性，号召地方大力植树造林。多个政策文件提出，要实行退耕还林还草，增加覆盖国土的绿色植被。这对改变人们的传统观念，推动地方修复生态、保护自然有着积极意义。

1966年2月23日，周恩来在中南海接见了西北林业兵团、有关各省林业厅的负责人以及林业部的领导同志。在听取全国林业工作情况汇报以后，周恩来语重心长地说：“我最担心的是林子砍多了！16年来，全国砍多于造，是亏了，再亏下去不得了！造林是百年大计，过去梁希老部长经常讲这个问题，现在抓紧造林还不晚。”[1][2]

新中国成立初期，邓小平同志担任中共中央西南局第一书记期间曾明确提出：“开荒不要鼓励，开荒要砍树，现在四川最大的问题是树林少。”[3]

3. “以粮为纲”下的退耕还林还草思想

新中国成立以后，我国的人口数量迅速从5.41亿人增长到了1978年的9.63亿人[4][5]，由此带来的粮食需求压力可想而知。而受气候、农业技术的限制，粮食的单位产量提高有限，“以粮为纲”成了一个时期的政策主导。

毁林开荒、变林为耕是当时为解决生存危机不得已的选项，我国粮食产量

---

❶ 佚名. 1998. 周恩来的林业建设思想（之四）. 林业管理体制要搞好，林业科技要先行[N]. 中国绿色时报，3-2.

❷ 刘东. 1996. 周恩来关于环境保护的论述与实践[J]. 北京党史，(5).

❸ 张洪明，杜万全. 2002. 四川早期退耕还林的宝贵探索[J]. 四川林勘设计，(12).

❹ 财政部. 2017. 中国财政年鉴（2017）[M].北京：中国财政杂志社，(12)：753-754.

❺ 原新，邬沧萍，李建民等. 2009. 新中国人口60年[J]. 人口研究，(9)：42-67.

从1949年的11318万吨增长到1978年的30477万吨，而伴随着的是全国森林面积急剧减少，湿地、草原、湖泊的大面积消失。有着“千湖之省”称号的湖北省，在20世纪50年代末有湖泊1066个；而到了80年代初，仅剩309个，减少了2/3[1]，湖泊数量和面积的减少已经到了可怕的程度。

虽然面临着全国人民的温饱难题，党中央、国务院对于生态建设，特别是林业建设依然非常重视。面对着人口的快速增长，毁林垦荒日渐加剧，党和政府深刻地认识到植树造林的重要性，也认识到合理调整开垦农田和营林造林平衡的迫切性。

1972年，王震率领国务院值班室、国家计划委员会、水电部等单位调研陕甘宁老区后，在关于老区农副特产品和物价调控的问题向周恩来同志汇报时明确提出，加速西北革命老区的生产建设需要农林牧并举，针对森林大量减少、水土流失严重的情况，建议加强川、塬、沟的治理，对陡坡地、高山地应逐步退耕还林还草，多种适合自然条件的经济林木[2]。

在“以粮为纲”的时代背景下，让全体中国人吃饱的历史任务尚未完成，受制于当时的经济社会条件、粮食生产水平和人口增长的压力，在短时间内改变毁林开垦、广种薄收及一些地方刀耕火种等传统落后的生产方式还不太现实，国土绿化的势头远远比不过逆向破坏的速度。这一时期，全国的森林、湖泊、草原等依然在不断减少，退耕还林还草仍然停留在文件和人们的口头上或意识中，难有真正意义上的实践。

七、改革开放至20世纪末的退耕实践

1978年12月，具有重大历史意义的十一届三中全会在北京召开。以此为标志，中国的发展进入了改革开放的新时期，中国林业建设也走向了新高潮。在改革开放初期至1999年启动实施退耕还林还草前的这段时期，中国陆续开展了一系列的生态建设工程，各地也尝试了许多真正意义上的退耕还林还草实践。

---

❶ 李世杰. 2005. 中国湖泊的变迁[J]. 科学大观园，(7)：4-8.

❷ 佚名. 1997. 周总理关心老区物价[J]. 价格理论与实践，(8)：41.

1. 生态建设思想的大跨越

改革开放之初，我国面临着严重生态环境问题。当时的森林面积约18亿亩，森林覆盖率仅12.50%。过低的森林覆盖率，不仅严重影响了祖国山河的秀美，而且导致了水灾旱灾频繁、生物物种减少等严重的生态后果。

为了遏制森林面积进一步缩小的趋势，尽快改善国土绿化状况，邓小平同志号召“植树造林，绿化祖国，造福后代”，并从战略高度对绿化祖国作出许多重要阐述，三北防护林等一些重大林业生态工程陆续启动。

自20世纪70年代末起，以邓小平为核心的党的第二代中央领导集体十分重视重大林业生态工程在绿化祖国中的重要性，从重视荒地、坡地的生态环境功能出发，开始深入思考把已开荒的耕地变为森林的具体行动。

1983年，胡耀邦同志到陕、甘等地视察时，提出“种草种树、发展畜牧、恢复生态、促进农业”的“反弹琵琶”的治理方针[1][2]，国家加大了对贫困地区投入，为解决当地人民的温饱问题，把扶贫与改善生态环境、防治灾害结合起来。

2. 国外重点生态工程的启示

与此同时，改革开放让国人开始接触、学习世界各国绿化工作的成功经验。从20世纪30年代开始，世界上先后出现过美国的“罗斯福工程”、苏联的“斯大林改造大自然计划”、北非五国的“绿色坝工程”以及日本的“治山计划”等重点生态工程。[3]

罗斯福工程——20世纪30年代，由于美国大量垦殖西部和南部大草原，造成土地严重沙化，沙尘暴频频发生，1932年发生了14次，1933年发生了38次。沙尘暴来袭时，横扫美国大部分领土，甚至从西海岸到东海岸，带走数亿吨表土，损失巨大。1934年一场“黑风暴”之后，美国总统罗斯福启动了“大草原各州林业工程”，迅速成立了大草原林业工程局。罗斯福总统发布营造防护林命令，并为此专门拨款7500万美元。从1935年至1942年，美国6个州

---

❶ 王有国，任景帅，何明渊等. 2007. 种草种树发展畜牧是建设社会主义新农村的必由之路[J]. 农业科技与信息，(12)：15-24.

❷ 秦建明，陈程. 2005. 我国退耕还林还草历史发展阶段及其政策演变[J]. 农业技术经济，(1)：58-63.

❸ 李世东. 2008. 世界重点生态工程研究[M]. 北京：科学出版社.

共植树2.17亿株，防护林总长度28962公里，保护了3万多个农场的2430万亩粮田。这项规模宏大的大草原农田防护林工程是美国林业史上最大的工程，因罗斯福总统自始至终主持了这项工程的决策、规划和实施，因此又被称为"罗斯福工程"或"罗斯福造林工程"。以后，随着每年陆续造林，到1990年，防护林总长度已达26.9万公里，总面积975万亩，曾经席卷全美的黑风暴彻底消失。近一个世纪过去了，这一举世瞩目的林业工程在美国林业领域仍影响深远[1][2]。

斯大林改造大自然计划——20世纪初，苏联的部分草原和森林草原地带由于过度开垦，植被破坏严重，旱灾和干热风灾害日益加剧。为了保证农业稳产高产，大规模营造农田防护林提上了议事日程。当时苏联统帅斯大林提出了规模巨大，甚至超过美国的造林计划。1948年苏共中央公布了"苏联欧洲部分草原和森林草原地区营造农田防护林，实行草田轮作，修建池塘和水库，以确保农业稳产高产计划"，这就是通常所称的"斯大林改造大自然计划"。该计划要用17年时间（1949—1965），营造各种防护林8550万亩，营造8条总长为5320公里的大型国家防护林带（面积105万亩）；在欧洲部分的东南部，营造600万亩的橡树用材林，这被认为是苏联20世纪50年代的"重大历史事件"。自1949年斯大林改造大自然计划开始实施，中间经历了技术和管理出现问题、林业部撤销等波折，到1953年完成营造防护林4305万亩，保存2760万亩。1966年，苏联重新设立了国家林业委员会，并于次年再次把防护林建设列入国家计划。到1985年，全苏已营造防护林约8250万亩。其中，农田防护林2700万亩，保护了60000万亩农田和360个牧场；营造国家防护林带199.50万亩，总长11500公里。这些林带分布在分水岭、平原、大河两岸、道路两旁，与其他防护林纵横交织、相互配合，对调节径流、改善气候、提高农作物产量等起到了明显作用。据统计，由于防护林的保护，牧场牲畜产量提高了12%~15%，农牧业每年增产值达23亿卢布。[3]

绿色坝工程——撒哈拉沙漠周边国家由于多年的不合理垦殖，受到了严重的沙漠飞沙侵袭，严重威胁着周围国家人民的生产生活乃至生命安全，特别是

---

❶ 王海军. 2003. 二十世纪世界四大造林工程[J]. 地理教育，(3)：76.

❷ 蔡博峰. 2009. 蔓延吧，神奇的"绿巨人"——世界四大造林工程[J]. 地图，(1)：66-71.

❸ 李世东. 1995. 斯大林改造大自然计划——全球八大生态工程介绍之二[J]. 防护林科技，(9).

摩洛哥南部、阿尔及利亚和突尼斯的主要干旱草原区、利比亚和埃及的地中海沿岸及尼罗河流域等区域。为了防止撒哈拉沙漠北侵南袭式扩张，1975年阿尔及利亚、摩洛哥、突尼斯、利比亚、埃及5国在联合国有关机构的支持下，实行了绿色坝工程。该计划从1975年开始，沿撒哈拉沙漠北缘大规模种植松树，以阿尔及利亚境内东北部为主要工程区，跨越了其他4个国家，到20世纪80年代中期，共种植70多亿株松树，绵延1500公里，总面积达525万亩，初步形成一条绿色的防护林带，防止了撒哈拉沙漠进一步扩张[1]。

治山计划——日本是个多山的岛国，山坡地占了国土面积的大半，森林占国土面积的比例虽然比较大，但人均资源少，并且天然林多，人工林少，再加上其特殊的地理位置和气候条件，以及独特的地质结构，极易因地震和降雨等造成山体崩塌、滑坡、水土流失等地质灾害。日本历来重视防护林建设，把林业治山作为基本国策之一。从1911年至1948年，日本曾连续进行有组织的森林治山工作。为了减少自然灾害，1953年，日本在内阁中成立了治山治水对策协会。1960年颁布了《治山治水紧急措置法》，到第八个（1992—1996）治山五年计划，预算总投资为31100亿日元。经过长时间的实践，日本已经探索出一套成熟、适合本国实际的林业治山技术，形成了包含防灾治灾、涵养水源和保护改善生活环境三大内容的现代林业治山事业，而建立防护林则是林业治山的主要手段[2][3][4]。

这些国际上的生态建设工程取得了不同程度的生态效益，引发了国人对过往发展模式的反思，也启迪了我国林业人乃至国家领导人在我国开展类似林业工程的想法。

3. 邓小平退耕还林还草倡议

在自然灾害频发，以及对生态修复日益重视的时代背景下，人们对农垦的反思也在不断拓深。

黑龙江曾经湿地遍布，水草密林处处可见。自20世纪中叶开始，黑龙江

---

❶ 李世东. 1996. 北非五国绿色坝工程——全球八大生态工程介绍之四[J]. 防护林科技，(6)：48-54.

❷ 金正道. 2003. 日本的林业治山事业[J]. 国土绿化，(9)：42-53.

❸ 李星，柴禾. 1992. 日本林业治山第八个五年计划[J]. 世界林业研究，(6)：90.

❹ 龙琳. 2009. 日本的森林治山事业[J]. 安徽林业，(4)：24.

三江平原开始了持续几十年的开荒，“北大荒”变成了“北大仓”，一个年产数百万吨粮食的天然粮仓由此诞生，却也导致了东北地区原生态湿地大面积消失，东北的生态环境遭到了相当大程度的破坏。

邓小平同志曾对北大荒大面积过度开荒提出过批评。1978年9月视察黑龙江省期间，邓小平从接受美国友人韩丁对我国大面积开荒提出的不同意见切入，并且联系一些国家因开荒导致自然环境恶劣的教训，明确指出“搞大面积开荒得不偿失，很危险”，提出了“开荒要非常慎重”的要求。

1980年7月，邓小平在视察四川峨眉山时，亲眼看到了有人在坡地上砍树种玉米的情景，十分痛心。为了解决由此造成的水土流失问题，他当即建议：“不要种粮食，种树吧，种黄连也可以。”[1]

这是邓小平首次明确用退耕还林还草来解决生态环境问题。当时的四川省委立即制定出了一个在本省实施退耕还林还草的新政策。邓小平完全同意这个既有利于绿化工作又能惠民的政策，并鼓励四川省负责同志解放思想，“大胆地放手干”。

邓小平的退耕还林还草倡议，虽在其生前未能在全国范围内统一实施，但对后来中央实施全国性退耕还林还草政策具有积极影响。在1998年以后，北大荒停止开荒，开始实施退耕还林还草还湿，这正是我国长期以来在垦荒问题上反思及政策思路上调整的结果。

4. 政策法规逐步明晰

与此同时，全国上下对保护和改善生态环境的认识进一步提高，党中央、国务院也正式提出了有计划、有步骤地开展“退耕还林还草”的政策主张。

1985年，中共中央、国务院颁布的《关于进一步活跃农村经济的十项政策》规定：“山区25度以上的坡耕地要有计划有步骤地退耕还林还牧，以发挥地利优势。”

国务院于1982年颁布的《水土保持工作条例》和1991年6月29日全国人民代表大会常务委员会通过的《中华人民共和国水土保持法》都明确规定：25度以上陡坡耕地禁止开荒种植农作物，开垦禁垦坡度以下、5度以上的荒坡地必须采取水土保持措施，已经开垦的必须采取补救措施。同时加大了对贫困地

---

[1] 张洪明，杜万全. 2012. 四川早期退耕还林的宝贵探索[J]. 四川林勘设计，(4)：1-5.

区的投入，把扶贫开发与生态环境建设结合起来，坚持以植树种草治理水土流失为基础，推行米粮下川上源、林果下沟上岔、草灌上坡下地的退耕还林还草道路。

这些政策规定的出台，受到了很多已经充分地认识到过度垦荒危害的基层干部群众的积极响应，各地毁林开荒的强度逐步下降，此消彼长下，停耕、退耕还林还草日渐增多。

5.部分地区先行先试

20世纪80—90年代，在联合国世界粮食计划署、发达国家粮食援助及国家有关项目的支持下，在宁夏西吉县、贵州西部、云南寻甸回族彝族自治县及其他一些地方曾先后开展了退耕还林还草的试点工作，较早启动的长江防护林工程中也包含相当部分的退耕还林还草任务。同时，在一系列政策的推动下，以及泥石流、洪灾、水土流失等生态灾害的频繁侵袭下，很多地方也开始退耕还林还草的先行实践。

率先解决温饱问题的地区，对实施退耕还林还草、扭转毁林开荒的认识更为深刻，生态建设的步伐迈得要快一些。特别是《水土保持工作条例》出台后，各地党委和政府对植树造林、水土保持也日渐重视，采取多种举措推动停耕、退耕工作，很多地方还曾掀起过退耕还林还草小高潮。

中部地区是中国传统的农耕地区，悠久的开发历史、大量集聚的人口以及近现代工业发展的压力，导致很多地区的植被破坏十分严重。20世纪70年代末起，湖南省把粮食调拨计划作为从根本上改善湖南日益恶化的生态环境的重要措施，湖南省委、省政府从1979年开始，先后采取了粮食减购加销、增拨退耕还林还草指标、安排“议转平”退耕还林粮等一系列政策措施，鼓励农民退耕还林还草[1]。1984年，江西省广丰县从调整农业生产结构入手，以治坡保土为重点，作出了退耕还林还草决定，制订了“七五”期间治理发展规划，两年间退耕还林还草还果还麻面积1680亩[2]。同年，湖北省秭归县莲花乡按照国务院颁布的《水土保持工作条例》，对责任田外开荒地、25度以上承包责任田等实施退耕，并按退耕面积核实增销减购指标等有效举措，推动退

---

❶ 湖南省地方志编纂委员会. 2005. 湖南省志 · 林业志（1978—2002）[M]. 北京：五洲传播出版社.

❷ 吴汉良. 1987. 陡坡退耕还林还果还麻[J]. 中国水土保持，(9).

耕还林还草[1]。

东北地区是中国历史上的林业重点地区，黑土地上的人民很早就开始了退耕还林还草的尝试。1979—1982年，辽宁省抚顺县五龙公社炮手大队贯彻辽宁省“以林为主，全面发展”的方针，坚持退耕还林还草和科学管理农田，185亩25度以上的坡地全部退耕还林还草[2]。1985—1990年，吉林省双辽县用5年时间，将30万亩跑肥、跑水的土地退耕还林还草，使全县林地总面积达到110万亩，保护了全县77%的耕地，而粮食总产量比1985年翻了一番。

西北地区常年为干旱和半干旱气候，很多地区的年降水量甚至仅有10多毫米。近代以来，更是风沙渐多，生活在这里的人们最早感受到植被减少带来的种种生态灾难。1983年，甘肃省中部18个干旱贫困县以“三年停止破坏，五年解决温饱”为生态建设目标，种草种树、改灶供煤、建设基本农田、发展多种经营，多措并举，如期使该地区广大农村群众摆脱了燃料、肥料、饲料“三料”剧缺的困境，基本实现了停止铲草皮、停止烧山灰、停止乱砍树、停止滥垦荒、停止扩大放牧的“三年停止破坏”的目标，为“五年解决温饱”奠定了一定基础。1985年，甘肃省根据当年中共中央1号文件精神，提出在政策上采取退耕补粮、补钱的办法，当年及次年在定西、天水、庆阳、陇南等9个市州，共计退耕还林还草211.70万亩。虽然计划的随后5年在全省实施491万亩未能实现，但是这种大胆超常的生态建设举措，已发出了退耕还林还草的先声[3]。

西南地区自古以来就覆盖着茂密的森林，但伴随着近代工业的兴起以及国内外商品贸易的发展，森林资源被大规模开发利用、大量减少，很多地区也先行先试地开展了大量的退耕还林还草实践。这里有得天独厚的气候条件，退耕还林还草过程中往往种植经济林木，不单增加了植被覆盖，还增加了经济收入，退耕还林还草的模式也更加多元，得到了群众的认可，一度在20世纪80年代初掀起了退耕还林还草的小高潮。

1978—1981年，重庆武隆县核桃公社逐步在陡坡地停耕还林，种植经济林木，并在退耕地和荒坡隙地上，营造漆树、核桃树、油桐等共26202亩，同

---

[1] 佚名. 1984. 采取有效措施依法退耕还林[J]. 中国水土保持，(12).

[2] 吴晶炎，陈学权，张佩作. 1982. 山增林 地增产人增收[J].新农业，(6).

[3] 甘肃省地方史志编纂委员会，甘肃省林业志编辑委员会. 1999. 甘肃省志 · 林业志[M]. 兰州：甘肃人民出版社.

时兴办茶厂、林场、中药材基地（黄连场）和其他农副产品加工厂，增加经济收入❶。

1979年，云南省会泽县火红公社、驾车公社、矿山公社为了改善恶化的生存环境，相继通过号召大队、生产队社员投树籽、筹资金等方式，集中连片规划造林，在规划区内将坡耕地无条件退耕还林还草，并按1∶1∶8比例进行收益分成（公社、大队各占一成，社员占八成）。1984年“两山到户”后，创建县、区、乡、社四级联营林场，以1∶1∶2∶6的比例分成（县、区各占一成，乡占二成，社员占六成）进行联营造林，将长江中上游防护林工程、中德合作造林项目等重点工程规划区内的坡耕地无条件退耕还林还草。到1999年，会泽县退耕还林还草已有29万亩。

1980年，云南省楚雄彝族自治州根据中央和云南省委的有关政策，结合林区实际，通过减免公粮、地方财政拨款补贴煤代柴等一系列措施，退耕还林7.95万亩，而当年依然保持了5.6%的粮食增长。1985年，云南省供应粮食指标5000万公斤，按每亩补助粮食75公斤实施退耕还林还牧，共退耕还林7.30万亩❷。

1981年，云南省红河县人大常委会通过《红河县关于保护森林资源　发展林业生产的布告》，规定1966年12月31日以后开的荒地，海拔在1600米以上的，除已开成稻田和已种上经济林木的土地外，一律退耕还林❸。

从1982年开始，贵州省赫章县山脚寨乡坚持在陡险坡地上退耕还林还草，共退耕还林2800亩，同时订立管护林地的乡规民约，并组织650个劳动力在乡镇工厂就业，以保护退耕还林的成果❹。

20世纪90年代，广西壮族自治区平南县在群众基本解决温饱问题后，引导和发动群众种植肉桂等收益周期短且效益高的经济林木，并利用市场经济规律引导教育群众自觉自愿退耕还林还草❺。

……

各地的探索与实践表明，在广大基层，人民群众已然认识到生态建设的重

❶ 刘宗银. 1984. 退耕还林发展多种经营[J]. 四川农业科技，(12).

❷ 云南省地方志编纂委员会. 2003. 云南省志 · 林业志[M]. 昆明：云南人民出版社.

❸ 王之友. 1984. 红河县抓紧退耕还林[J]. 云南林业，(10).

❹ 胡庭荣. 1986. 抓好以工补农 促进退耕还林[J]. 中国水土保持，(3).

❺ 曾如萍，郑进光. 1993.退耕种肉桂　致富甩穷帽[J]. 广西林业，(6).

要性，许多地区已经率先走上逆转车头、停耕退耕的道路，不断有村、乡镇加入这个队伍中来，并采取诸如增加粮食调配、解决就业、立法立规等创新性举措，取得了不俗的成绩。

这些退耕还林还草的探索在基层也形成了较好的口碑。在云南省嵩明县，当地在试行退耕还林还草后还形成了地方性的退耕还林还草节日，这为后来持续实施退耕还林还草奠定了良好的群众基础。

当然，尽管这些退耕还林还草的成果难能可贵，但也应看到，由于此时的人们对森林保护的意识不强，加上城市建设占用林地、长期管理管护的机制尚未建立等种种原因，早期各地的成果往往难以有效巩固，退耕还林还草没有达到较好的生态治理效果。

总结这一时期的退耕还林还草实践，有以下几个特点：

一是强调经济产出甚于生态效益。受市场导向和惠民致富思想影响，为提高林业自身经济产出，很多地方退耕还林还草的树种主要是营造用材林和经济林，水土保持防护功能较低。

二是地方自主性较强。林业部门虽然提供一定的技术咨询，但是很多地方对树种、林粮间作、粮食调配等具体措施未作出硬性规定。

三是规模有限。退耕区域主要集中于坡耕地、开垦时间不长的林地等。

四是政策不稳定。由于缺少持续的资金投入和政策支持，退耕还林还草往往实施一段时间后就停止。

在众多的探索和实践中，1982年四川试点退耕还林还草、乌兰察布“退一进二还三”等为后来的退耕还林还草大规模实施，提供了尤为宝贵的经验和启示。

6. 四川试点生态退耕

四川地处长江上游，是以山地为主的农业大省，农耕历史悠久，垦殖指数高、强度大。在20世纪50年代末及60年代中期至70年代中后期，为了解决吃饭问题，四川毁林开荒相当严重。民间曾对毁林开垦形象地描述为“上面开到山尖尖，下面开到河边边”。

大范围、高强度的人为开垦，使华夏大地千疮百孔，大字报地、插花耕地漫山遍野，加之大炼钢铁、村村冒烟，对森林资源造成极大破坏。

20世纪70年代中期，四川省森林覆盖率仅有14%左右，川中丘陵区53个县几乎有半数不足3%，有13个县不到1%。峨眉山在1958年至70年代末的20年间，毁林开荒近万亩，万年寺、清音阁一带栽种玉米，九老洞、洗象池、双水井、大岩脚一带到处栽植黄连药材，当地人甚至有了“昔日峨眉天下秀，今日峨眉癞子头”的戏语。

这一时期，四川洪涝、泥石流等灾害频发，毁林开垦、破坏植被带来的种种危害已经让四川人民有了切身感受，加强水土保持的想法已然在四川地方干部群众的心中生根。

在十一届三中全会后，中央大力倡导农村经济体制改革，很多省份开始放活农业生产、调整传统农业结构。四川省也意识到加强四川农村地区生态建设的重要性，开始探索遏制水土流失的具体方式，实施退耕还林还草被四川省委、省政府提上议事日程，开启了四川乃至全国林业生态建设史上的宝贵探索。

从20世纪70年代末开始，四川针对坡耕地过度开发、森林植被遭破坏等严重生态问题，提出“挖掉穷根，栽上富根，站稳脚跟”，千方百计采取措施，组织开展退耕还林还草活动。

峨眉山的尝试：1980年7月5日，邓小平赴四川省调研视察峨眉山，在仔细察看景区总体规划图、听取规划说明和实施情况汇报后，对峨眉山景区退耕还林2000多亩给予肯定并提出了明确要求，这为峨眉山景区的开发与保护工作指明了方向，也极大地鼓舞了四川党政干部继续实施退耕还林还草的信心和决心。此后，峨眉山景区于1981年、1984年先后两次组织开展退耕还林，面积近4500亩，涉及2000多农户近万名农民，累计向退耕农户供应粮食86.10万公斤，还统一减免了粮食征购。据1987年的验收结果，峨眉山景区先后3次的退耕还林（含1978年自发实施的）成果均全部保存下来，并郁闭成林，这些退耕还林地为改善峨眉山生态环境发挥了巨大的作用，同时也为周边地区的生态修复做出了典型示范。

全省大范围探索：1980年以后，四川省委、省政府结合全省农村生产实际，多次出台加快山区经济发展的政策措施，动员群众改变传统农业生产方式，开启了以粮代赈的退耕还林还草探索。1980年7月，四川省委作出《关于加速发展山区经济的决定》，确立了“山区以林为主、农牧并举、多种经营、综合发展”的生产方针，明确提出“拿出2亿斤粮食扶持山区发展生产，用于减免长期缺粮队的粮食负担，以及林、牧业和多种经营基地建设”。1982年6

月，四川省委下发《关于加快我省农村经济发展若干问题的政策规定》。其中明确要求，拿出的粮食补助指标，应由县统一安排，主要用于退耕还林还草等补助。同时还规定，大山和深丘地区，对应当逐步退耕还林还牧的陡坡地，可作为生产队的机动地，包给专业组、专业户植树种草；已作为责任地包给社员的，可以在保证完成上交任务的前提下，包定的土地长期不变，由承包户植树造林，收入自得。自此，四川省对退耕还林还草的试点进入了实质性阶段。在一系列政策的鼓励下，四川各地退耕效果显著，地处丘陵地区的广安县仅1983年一次性减征购粮44.62万公斤，返销农民粮食70万公斤，当年组织群众完成退耕还林2.20万亩。

完善配套政策：四川省早期的退耕还林还草，不单重视生态建设，同时对退耕还林还草的经济效益和社会效益也十分重视。1983年5月，四川省委为进一步加快山区经济发展，作出大幅度调整农业结构的决定，明确提出“重新调整出来的粮食指标，仍由地县掌握，重点用于补助退耕地造林”的政策规定。1984年，四川省委、省政府再次提出有计划地退耕还林还草，将之前的决策具体化。在这些配套政策的激励下，四川省各地退耕还林还草的积极性高涨。据不完全统计，到1986年上半年，四川省（含现重庆市部分县）累计完成退耕还林236万亩。四川省各地也出台配套措施，激发农户退耕还林还草积极性。彭县为鼓励退耕还林，采取向退耕农户供应口粮和补贴现金的政策，对造林育林0.50亩以上的农户，由粮食部门按每亩200公斤的标准补助粮食；对退耕地造林合格的，每亩补助142公斤粮食和5元现金（达到速生丰产林标准的，补助资金增加到20元），4年时间完成退耕还林2万亩。

灵活的模式：四川省试点工作的可贵之处在于，在保证生态效益的前提下，采取了很多立足本地实际因地制宜的营造林模式。

从1985年起，沐川县结合速生丰产用材林试点工程，按照“先绿化荒山荒坡，并逐步退耕还林”的思路，到90年代末期，累计完成退耕还林37.50万亩。其中，栽竹25.50万亩，既治理了水土流失，改善了生态环境，又促进了农民增收和地方经济发展。

80年代，广元市旺苍县不断探索尝试退耕还林新路子，改造出13.56万亩稳产高产田，解放出近百万亩坡耕地退耕还林，彻底解决了35万农民的温饱问题，营造树木190多万亩，辖区的森林覆盖率由16.30%上升到了53.98%。

在世界自然遗产青城山，立有一块80年代中期的石碑，记载了1985年11

月成都市人民政府为落实宗教政策、进一步解决青城山问题的一项决议——“政府管山，道士管庙”“门票收入的15%用于育林、护林和退耕还林”。这块记录当地退耕还林活动的石碑在全国也是十分少见的，不单反映出当时青城山就已经有退耕还林活动，同时也可看出当地政府在退耕还林方面较为灵活务实的政策措施。

到80年代后期，由于受主客观条件的影响，四川省取消了用于补助退耕还林的粮食指标，绝大多数地方的退耕还林被迫停止下来，甚至一些地方还出现了复耕，造成不应有的损失。当时曾有老百姓开玩笑说：“政府搭了梯子扶我们上楼，人上去了，但又把梯子抽走了。”

当然，这些退耕林地仍有相当面积保存了下来，它们在缓解四川地区严重的水土流失、增加植被覆盖、改善生态环境等方面，一直发挥着重要的作用。

四川省在退耕还林还草方面的探索除取得了较好的生态效益外，同时为20世纪末的国家退耕还林还草提供了宝贵的经验借鉴——以粮代赈。时任国务院总理朱镕基在1999年9月、2001年6月两次视察四川省时曾指出“以粮代赈是四川的发明”“退耕还林还草这个政策的形成，最早还是四川给我的启发”。

7. 乌兰察布的“进一退二还三”

历史上的乌兰察布曾是个水草丰美的大草原，一直有“草没过马背，择水而栖，择沃而耕，水草肥美”的形容。但以粮为纲、垦草种粮，使生态严重恶化。据统计，乌兰察布盟20世纪50年代的年平均降雨量为400毫米，到了80年代减少到352毫米。到1994年，乌兰察布盟2400万亩的耕地中水土流失、风蚀沙化的面积就达90%，2550万亩原有的天然草场沙化退化，北部5个旗县形成一条长3000多公里、宽50公里的风蚀沙化带，有的地方发展到沙进人退的地步，部分农民被迫搬迁，沦为生态难民。当时的乌兰察布盟辖区内11个旗县市中，有9个国家和自治区级的贫困旗县，66万人处于绝对贫困线下……

1994年，乌兰察布盟党政领导班子面对当地日益恶化的生态，深刻反思历史、认真总结群众的首创实践，果断地对农牧业经济发展思路进行战略性调整，作出了“进一退二还三，调整优化结构，建设畜牧业大盟”的发展决策（简称“进、退、还”战略）。其中，“进一退二还三”的基本内涵是：每建成一亩高标准农田，就退下二亩旱坡薄地、还林还草还牧。“进、退、还”战略虽然提出了，但面临的困难巨大。当时，国家的粮食政策尚未有丝毫的松动，调拨退耕还林还草所需要的粮食存在一定困难，广大基层干部和人民群众传统的思维观念还未改变，决策层内部也存在着不敢冒风险、不敢承担责任的思想障碍。此外，受限于落后的信息传播方式，当时的乌兰察布难以接触到四川等地的实践经验，也没有北方地区可学习借鉴的大规模推进退耕还林还草的成功模式。这都是乌兰察布生态退耕不可忽视的困难。

“不经一番寒彻骨，怎得梅花扑鼻香。”“进、退、还”战略的提出是需要一定胆识的，但战略的具体实施也需要更多的创新。乌兰察布人并没有停下退耕还林还草、建设美丽家园的脚步，为实施“进、退、还”战略，创造性地打出了许多退耕“新牌”：制定严格的“进、退”标准，划分“进、退”两区，实现边进边退、以进促退、以退逼进、进退结合、退区立草为业，全力种草种树，还牧还林，拉长产业链条，与建设畜牧业大盟的目标结合起来的总体格局。当时的乌兰察布盟深入开展了市场经济大学习、大讨论，联系实际，深刻反思算账对比，循循善诱，开导干部，说服群众正确认识盟情和面临的历史机遇。

乌兰察布创造性地将“进、退、还”分解为三个子工程，即：种植业的“125”工程，林草业的“321”工程和畜牧业的“三养”工程，让“进”为“退”让出一席之地，有地可退，“退”为“还”奠定基础，解决饲草料来源，“还”又为“进”提供了肥料来源。三项工程的配套实施，形成了以“进”促“退”，以“退”通“进”，“进、退、还”结合的良性模式，实现了退耕还林还草的整体推进态势，进而促进了乌兰察布农林牧的协调发展。这一创新性的举措把乌兰察布的生态建设与经济效益统一起来，实现了生态效益与经济效益双赢。“进、退、还”的科学决策和有序实施，就这样在正确的引导下和艰苦卓绝的实践中形成了。

春来草自青，功到自然成。通过几年坚持不懈地实施“进、退、还”战略，乌兰察布盟的生态恶化的状况明显好转，1200万亩退耕还林还草的任务提前一年完成，森林覆盖率增加了1.54个百分点，林草覆盖率增加了10个百分点，局部地区小气候明显改善。

与此同时，乌兰察布的粮食产量显著增加，在全盟耕地减少1/2的情况下，粮食总产量稳步提高，乌兰察布人期盼的10亿公斤粮食生产能力的目标终于实现，畜牧业饲养量1000万头（只）大关提前2年突破，人均收入达到了内蒙古自治区平均水平，全盟66万贫困人口提前解决了温饱问题。

实践证明，走“进、退、还”之路对乌兰察布来说，是一条既符合自然规律又符合经济规律的可持续发展之路。

在全国启动实施退耕还林还草以前，乌兰察布盟的退耕还林还草无疑是实现生态效益和经济效益双赢的典型案例。在这场破旧立新的生态修复创举中，乌兰察布人敢于创新、勇于担当，通过“进、退、还”战略实施，遏制了风沙，保持了水土，再现了水草丰美的乌兰察布草原。这些创举不止于态的改善、经济的发展，更反哺给当地人一种艰苦奋斗、敢为人先的人文精神鼓励，为乌兰察布的社会发展注入了强大的精神动力，其作用是无法用数字衡量的。

第二章

生态危机与历史机遇

历史表明，生态演变也是自然与人共同作用的结果。历史的主轴越是靠近当代，导致生态恶化的人为破坏就越是明显。我国，特别是广大西部地区，陷入了“越垦越穷、越穷越垦”的恶性循环。

到了20世纪末，脆弱的生态环境已成为我国可持续发展面临的一个最突出的问题，土地沙化与水土流失已成为中华民族生存和发展的心腹之患。

事实胜于雄辩！让我们一起来回顾世纪之交生态环境面临的严峻形势吧。

在我国，几千年来耕地扩张、林草植被锐减，导致一系列严重的生态环境危机，突出表现为水土流失面积持续扩大、洪涝灾害明显增多、旱灾危害程度加重、水资源严重短缺、土地沙化或石漠化严重、湿地持续萎缩、生物多样性急剧下降……其后果引起了政府和人民的普遍关注和担忧。

20世纪90年代的中国自然灾害频发。1998年，特大洪水席卷长江中下游和东北一些地区，长江和嫩江、松花江流域损失惨重；90年代中后期，一次又一次的沙尘暴侵袭中国的政治腹地——京津冀区域，屡屡黄沙漫漫、几近遮天蔽日……扼制生态影响生存的现实问题已经到了刻不容缓的地步。

20世纪末，我国的粮食产量屡创新高，全国人民基本解决温饱问题……连年粮食丰收，粮食阶段性、结构性过剩，农民增收愿望强烈，农村产业结构急待调整。

改革开放让中国人民富起来，中国经济飞起来，国家经济实力显著增强，综合国力大幅上升……

这一切都为党中央、国务院从国家和民族的长远发展大局出发，作出实施退耕还林还草的重大决策提供了支撑和可能，直接或间接地推动了退耕还林还草的政策出台。

一、水土流失面积持续扩大

水是生命之源。土地是最重要的农业和生态资源。离开这两种资源，人类的生存将难以为继。

对于我国来说，水和土地都是相对匮乏的资源。

中国可用土地面积占世界可用土地面积的7%，中国淡水资源占世界淡水资源的6%，可是中国的人口却占到了世界的1/5。

20世纪末，水土流失虽然经过了国家大力整治，但是形势依然严峻。2002年初，水利部公布了全国第二次水土流失遥感调查结果：全国水土流失面积356万平方公里，占国土面积的37.10%。其中，水蚀面积165万平方公里，风蚀面积191万平方公里；在水蚀和风蚀面积中，水蚀风蚀交错区水土流失面积为26万平方公里。

从这次遥感调查的结果看，我国水土流失分布范围广、类型多、强度大。无论山区、丘陵区、风沙区，还是农村、城市，都存在不同程度的水土流失问题。

不仅有水力侵蚀、风力侵蚀，还有冻融侵蚀、重力侵蚀。不同区域的水土流失各有特点。调查结果表明，我国水土流失状况主要有以下几个特点。

一是水土流失主要分布在长江上游的云、贵、川、渝、鄂和黄河中游地区的晋、陕、内蒙古、甘、宁。

二是我国水土流失面积分布由东向西递增。东部地区水蚀面积9万平方公里，中部地区水蚀面积49万平方公里，西部地区水蚀面积107万平方公里，西部地区是东部地区的10倍多。❶

三是西北地区是我国风力侵蚀最严重的地区。主要分布在新疆、内蒙古、甘肃、青海等省（自治区）。

四是水蚀风蚀交错区主要分布在长城沿线和新疆农牧交错地带。

让我们把视线首先投向我们的母亲河——长江和黄河。

长江、黄河是我国最长的两条河流，其流域覆盖面积广阔，而这些区域是我国水土流失的重灾区。

---

❶ 水利部. 2005. 水利部关于公布全国第二次土壤侵蚀遥感调查成果的报告[DB]. 中国水土保持生态建设网，6-21.

20世纪50年代长江流域水土流失面积为36万多平方公里，90年代上升到56万平方公里，40年增加了20万平方公里，增加了56%；年土壤侵蚀量22.40亿吨。[1]

长江干流年平均输沙量在5亿吨以上，已达黄河的1/3，相当于尼罗河、亚马孙河、密西西比河3条世界大河输沙量的总和。更令人忧虑的是，随着长江流域人口密度越来越大，为解决吃饭问题，不断扩大坡地耕种，导致自然植被受损，生态环境越来越趋于恶性循环。

据黄河水利委员会《黄河流域水土保持公报》等披露，20世纪末，黄河流域水土流失面积也已由20世纪60年代的28万平方公里扩展到56万平方公里，整整扩展了一倍。每年流入黄河的泥沙高达16亿吨，严重威胁下游的安全。

位于黄河流域源头的青海省原本有大量的绿色。明代，青海西宁的周边环境还十分不错。如明万历年间，经略西宁的郑洛说："山林通道，樵牧往来……"明御史李素在《西平赋》中描述西宁地区的环境时说："木则柳株万，松挺千丈……"说明湟水两岸被高大的杨柳树遮蔽。由此可见，西宁湟水谷地和南北两山还存在很大面积的天然森林、灌木丛以及草甸，所以当时的西宁人修建民居、庙宇等都到山上采伐木料。[2]但到了世纪之交，黄河流域森林覆盖率不足7%，其源头所见尽是光山秃岭，一派荒漠景象。从山底到山顶，由于开荒种地，有限的水资源被严重浪费。

让我们的视线继续停留在西部地区。

西部地区是我国水土流失最为严重的地区。据统计，20世纪末该地区水土流失面积惊人，达410万平方公里，占全国水土流失面积的83.31%；土壤侵蚀面积占国土面积的60.60% 。西部偏南地区则以水蚀为主，并伴随重力侵蚀灾害，在地域性和地带性双重因素控制下，由于人为因素的作用，产生崩、滑、流等重力侵蚀灾害。

四川省在1981—1985年的5年间，一次暴雨激发滑坡1000处以上的就有28个县、1万处以上的有14个县、2万处以上的有 3个县。

---

[1] 佚名，现代林业研究进展导论.https：//www.doc88.com/p-8486874334640.html.

[2] 西宁市政协文史资料研究委员会. 2012.纸上西宁：古西宁，林木森森樵牧往来[N]. 西海都市报，1-31.

全国土壤侵蚀面积492万平方公里，占全国国土面积的51.60%。其中西部地区土壤侵蚀面积410万平方公里，占西部国土面积的60.60%。按侵蚀类型来分：全国土壤水力侵蚀面积179万平方公里，占全国国土面积的18.80%；其中，西部地区土壤水力侵蚀面积104万平方公里，占西部国土面积的15.40%。全国土壤风力侵蚀面积188万平方公里，占全国国土面积的19.70%；其中，西部地区土壤水力侵蚀面积182万平方公里，占西部国土面积的26.90%。全国土壤冻融侵蚀面积125万平方公里，占全国国土面积的13.10%；其中，西部地区土壤冻融侵蚀面积124万平方公里，占西部国土面积的18.30%。[1]

下面，我们将目光转移到华夏版图的东北端。

我国东北的黑土地，是世界三大黑土区域之一。据《中国生态演变与治理方略》[2]一书介绍，东北黑土区域耕地面积为8908.50万亩，年产粮食8400万吨，约占全国粮食总产量的1/5。其中，玉米和大豆产量分别占53%和37%。较高的粮食商品率使其成为我国最大的“粮仓”。

然而，这一“粮仓”的黑土正在受到水蚀和风蚀的威胁。2000年黑龙江省境内的水土流失面积达1.68亿亩，占全省土地总面积的1/4。据吉林省调查，最典型的南大沟、城墙大沟等，其侵蚀沟长都在1公里以上，深20～46米，宽50～60米。

造成黑土侵蚀的另一个自然原因是风蚀。据肇源县调查，世纪之交，该地年均发生八级以上大风天气达20次，刮走表土0.80～1厘米，总量达1300万吨。水土流失与风蚀导致沃土变薄，使土壤肥力降低。有些地方黑土层的厚度已由七八十厘米削减为三五十厘米。整个黑土区域土壤有机质比20世纪50年代下降了1/3～1/2，折合氮磷钾损失500万～600万吨，已经造成农作物减产。

专家们惊呼，对东北黑土地的水土流失，如不采取有效对策加以治理和保护，按照这样的流失速度，再过半个世纪，大面积的黑土层将丧失殆尽，有可能出现第二个“黄土高原”。

放眼世纪之交的华夏大地，水土流失的形势让人不寒而栗。

全国平均每年新增水土流失面积1万平方公里，每年流失的土壤总量达50

---

[1] 李鹤荣，范学科，黄玉敏等.2003.西部退耕还林在生态环境建设中的地位与作用[J]. 世界科技研究与发展，(3)：30-34.

[2] 姜春云. 中国生态演变与治理方略［M］. 北京：中国农业出版社，2004.

亿吨。50年来，由于水土流失而毁掉的耕地达4000万亩，每年因水土流失损失耕地近100万亩。

据专家分析，按照这样的速度，50年后，东北黑土区1400万亩耕地因黑土层流失，粮食将减产40%；另外，35年后，西南岩溶区石漠化面积将翻一番，届时将有大量人口失去赖以生存和发展的土地。

全国因水土流失每年损失50亿吨土壤，造成土壤养分严重流失，折合损失氮磷钾约4000万吨，即全国一年生产的肥料中氮磷钾的总量。

据估计，流失1毫米厚的表土，每亩可减少谷物产量10公斤以上。对一个农业大国来说，这无疑是一个严重的问题。

严重的水土流失已对中国的生态安全、粮食安全、防洪安全和水土资源安全构成重大威胁，已成为制约中国经济社会可持续发展的一个重要因素。

二、旱涝灾害明显增多

河流在上游卷走的泥沙在下游慢慢沉积下来，造成淤积，抬高河床。还有一部分泥沙进入了湖泊、水库，降低了湖泊、水库的蓄水能力和河流的排洪能力，在洪灾期间给人们的生命财产造成巨大损失。

以长江为例。因其上游不合理地开发利用土地，20世纪50—90年代长江干流年平均输沙量逐年增加，这些泥沙来到中下游，引起泥沙淤积、湖面缩小、河床抬升等一系列生态灾难。据推算，三峡工程建成后，每年在库区淤积泥沙近6亿吨，减少库容3.50亿立方米。具有“衔远山、吞长江”的洞庭湖，因泥沙淤积，面积从新中国成立初期的4300平方公里已减少到2000年的2600平方公里，且湖床抬高了1米左右。

长江中游的荆江段，因泥沙淤积，河床已高出地面10多米，成为名副其实的“地上悬河”。鄱阳湖年淤积量也达1210万吨，湖床平均每年抬高3厘米，湖面已从20世纪50年代初的5100平方公里缩减到20世纪末的2900平方公里。

据史料统计，长江中游大小水灾，唐代平均18年一次，宋元两代6年一次，明清4年一次，民国以后2.5年一次。

进入20世纪80年代，洪涝灾害明显增多，水灾面积和成灾率都比60年代和70年代有所增加。尤其是1996年、1998年发生的洪灾，都是历史上罕见的全流域性洪水，损失十分惨重。

专家们认为，中上游地区森林植被的破坏是导致洪灾加重的主要原因。长江20世纪70年代还是比较清澈的，到90年代末已成为名副其实的第二条黄河。

我国第二大河流黄河更是严重。

由于上游水土流失造成河道淤积，导致泄洪能力下降，黄河河床逐年抬高，黄河下游河段已处于“越淤越加，越加越高”的状况，成为悬河，历史上多次泛滥成灾。

据李旭在《活在忧患的摇篮中》一文披露，从先秦到1949年，黄河发生洪灾达1500次，大的改道26次，“三年一决口，百年一改道”。[1]

新中国成立之后，黄河虽没决口，但因泥沙淤积，河床以每年0.10米的速度淤高。1958年，下游河道花园口防御了2.20万立方米/秒的洪水；而到了1993年，只能防御0.60万立方米/秒的洪水。专家大声疾呼：黄河上游水土流失，流走的是血脉；下游江河淤塞，埋下的是祸患。

黄河已高出开封10多米，高出济南9米多。黄河就在开封、济南的“头顶”上！如果不未雨绸缪，早下决心，大力开展生态保护和修复，我们就要受到大自然的无情惩罚。

祸不单行，除了洪涝灾害，旱灾危害程度也在加重。

大量研究表明，森林植被能有效调节周边地区小气候。森林植被的严重破坏，会大大削弱它的调节功能。据甘肃气象部门推算，1950年以前的17年，陇中地区的气候稳定度在41.20%；而1950年以后的50年里，这个指数下降到14.80%。这意味着，风调雨顺的年景越来越少，水旱灾害越来越频繁。

西北地区年降水量在200～600毫米，蒸发量大大超过降水量；而西南降雨不均，水土流失严重。因此，干旱缺水成为西部地区经济社会发展的重要制约因素。

干旱制约农作物的生长，不利于小麦后期灌浆成熟，尤其播种季节的“卡脖旱”，对作物影响很大。

1980年，西北地区1—3月降水比正常年景少30%～50%，致使陇中、陕北等地发生春旱，陇海沿线出现夏旱，作物受灾面积达70%，粮食比正常年景减产30%～50%。

---

[1] 李旭. 2000. 活在忧患的摇篮中[J]. 人文地理，(1).

坡耕地干旱是作物低产的主要因素。据有关资料介绍，黄土高原1.30亿亩坡耕地全部为干旱缺水型耕地，而西南有一半为干旱缺水型耕地。坡耕地因其存在坡度，降水的分配与平耕地和涝洼地明显不同。由于雨水沿斜坡转移形成地表径流，坡耕地既不保水又不耐旱。

据测算，西北15度以上坡耕地每年流失水量20~30立方米/亩，流失土壤5～10吨/亩。随着土壤养分的流失，耕地日益瘠薄，田间持水能力差，这些地区粮食产量普遍偏低。

在西北地区，一般年景实际单产只有30～50公斤/亩，干旱灾年只有10～15公斤/亩，甚至颗粒无收。

全国耕地每年旱灾占受灾面积的60%以上，而且旱灾影响的扩展速度逐年加快。20世纪50年代年均受灾1.20亿亩，60年代年均受灾为2.20亿亩，90年代年均受灾达到3.80亿亩。❶

1997年，黄河断流226天，给中下游地区的工农业生产和人民生活带来严重影响，也使该地区的生态更加恶化。❷

人为对自然界的破坏，使农业生态环境恶化，更加重了灾害的多发趋势与危害程度。

以甘陕宁晋地区为例。发生一次旱灾的平均时间为：隋唐五代为3.24年，宋辽金元时期为3.26年，明代为1.80年，清及民国时期为1.50年。资料表明，新中国成立后的1949—1990年，甘陕宁晋地区发生旱灾36次，可谓十年九旱。

据统计，甘陕宁晋地区平均4年一轻旱、10年一重旱、20年一极旱、100年一毁灭性的干旱。隋代至1990年间的1409年间，发生B级以上的旱灾331次，约4年一次。这种旱灾在时空分布上交替发生，受灾面积约10%～30%。隋代至1990年间，发生D级以上旱灾166次，约10年一次，受灾面积30%～50%。隋代至1990年间，发生E级以上旱灾87次，约20年一次，受灾面积50%以上，属于大范围的旱灾。隋代至1990年间，共发生毁灭性干旱13次，约100年一遇。这类旱灾覆盖全区，灾情极重。

1991—1992年甘肃省就遇到一次毁灭性旱灾。大部分地区的降水与河流水比历史普遍少2～6成，省内部分县出现水荒，河流断流，水窖干涸。全省

❶ 周生贤. 2003. 从战略高度关注国家生态安全[DB]. 中国网，3-7.

❷ 姜春云. 2004. 中国生态演变与治理方略[M]. 北京：中国农业出版社.

68个县1200万人受灾，粮食受灾2100万亩，春旱使495万亩不能播种，1500万人和280万头牲畜饮水严重困难。❶

由于人为因素的影响，20世纪下半叶，我国水土流失、干旱面积逐年加重和扩大，自然灾害频率加快，宁夏回族自治区20世纪50年代是五年一小灾、十年一大灾，60—70年代成了两年一小灾、三年一大灾，80—90年代成了一年一小灾、两年一大灾。

三、水资源严重短缺

我国是世界上严重缺水的国家之一。人均淡水资源占有量仅为世界平均水平的1/4。全国2/3的城市供水和大量的农业灌溉依靠地下水。

据了解，全国不少地区地下水超采严重，有的形成漏斗，造成地面沉降。

20世纪末，华北地区沉降漏斗已由点到面连成一片，面积超过2万平方公里。有些地区地下水已濒于枯竭。

江河断流是20世纪90年代我国水生态平衡失调的一个重要信号。

多年来，不少河川径流量衰减，中小河流数量日益减少。断流不仅出现在降水量少的北部、西部地区，而且出现在雨量充沛的南方地区；不仅小河小溪断流，有些大江大河也存在断流问题。

英国水资源专家弗雷德·皮尔斯在《全球水危机——节约用水从我做起》❷一书中指出，黄河第一次断流是1972年，从那时到1998年，几乎每年黄河水在一段时间内都无法到达黄河三角洲。

据《中国生态演变与治理方略》介绍，1979年黄河下游河道断流时间为21天，1997年达到226天；河流断流的长度1979年为104公里，1997年达到704公里。

生态环境部环境规划院院长、中国工程院院士王金南在2020年1月的《环境保护》杂志上撰文披露，黄河流域资源性缺水严重，1956—2000年，流域平均径流量为535亿立方米，仅占全国的2%；人均水资源量仅有473立方米，

---

❶ 王晓敏. 2004. 耕地保护与可持续发展的辩证思考[J].农机化研究，(5)：54-55.

❷ 弗雷德·皮尔斯著，张新明译.2010.全球水危机：节约用水从我做起［M］北京：知识产权出版社.

约为全国水资源量的23%。[1]

据利津水文站实测的数据，黄河在该站的年均径流量分别为：20世纪50年代，480亿立方米；60年代，492亿立方米；70年代，311亿立方米；80年代，286亿立方米；90年代，120亿立方米。也就是说，20世纪90年代的黄河年均径流量仅为50年代的1/4。

黄河入海水量越来越少，维持河流水沙平衡和生态用水的缺口越来越大。

青海省玛多县历史上曾拥有4077个大小湖泊，素有“千湖之县”的美誉。到20世纪末，中等以下湖泊全部干涸。原来从县城到鄂陵湖中间60公里的距离中有9个湖泊，后来一个都不见了。2000年卫星遥感影像资料显示，面积大于60平方米的湖泊仅剩261个。[2]由于降水蓄水减少，牧草返青期持续推迟，草场退化沙化，产草能力锐减。牛羊缺少牧草，导致母畜怀胎率低，牧业生产遭受严重打击。草场退化又导致鼠害猖獗，野生动物物种和数量减少。在玛多县，可利用草场的70%已经退化、沙化，平均每亩草地老鼠的“有效洞口”多达1900个。

纵观人类历史，水可以载舟，亦可以覆舟；水可以兴国，亦可以亡国。越来越多的江河断流，湖泊干涸，雪线上移，地下水位下降，相当一部分城市供水紧张……在水资源短缺的背后，隐藏着中华民族生存与发展的巨大危机。

四、土地退化严重

土地退化，最典型的是北方的荒漠化、沙化和南方的石漠化。

国家林业局发布的第二次全国荒漠化、沙化土地监测结果显示，20世纪末，我国土地荒漠化、沙化呈局部好转、整体恶化之势。

截至1999年，我国有荒漠化土地267.40万平方公里、沙化土地174.30万平方公里，分别占国土总面积的27.90%和18.20%，并以年均1.04万平方公里和3436平方公里的速度在扩展。

究其原因，有气候因素，但更主要的是不合理的人为活动。

专家指出，不合理的人类活动表现在四个方面。

---

[1] 王金南. 2020. 黄河流域生态保护和高质量发展战略思考[J]. 环境保护，(1)：17-21.

[2] 马千里，吕雪莉，姜辰蓉. 2004. 千湖之县美誉不复存在[DB]. 新华网，4-13.

一是过牧，这是草地沙化、退化的主要原因。

二是滥樵、滥挖、滥采，这是局部地区土地荒漠化、沙化扩展的重要成因。

三是滥垦，5年间在固定沙地及草地上开垦的耕地面积达1.70万平方公里，其中有近一半面积变成流动和半固定沙地。

四是滥用水资源，一些地区由于大规模开采地下水，使地下水位急剧下降，导致大片沙生植被干枯死亡，沙丘活化。

草地的退化是土地沙漠化的温床，退化了的草地经过岁月的侵蚀最终变成沙漠。公开资料显示，我国草地资源近60亿亩，占陆地国土面积的41%，仅次于澳大利亚，是世界第二草原大国，但我国人均占有草地量仅5亩，为世界人均草地面积的1/2。草地退化问题严重是我国重要的生态问题之一。❶

全国退化草地135万平方公里，约占可利用草地面积的1/3，并且每年仍以2万平方公里的速度增加。❷

“八五”期间，全国年均改良草地面积3900万亩，而同期年均草地退化面积3000万亩。

“九五”期间，草地退化趋势仍在加剧。

作为华北地区最大的生态屏障，内蒙古草原具有无可替代的重要地位。但是，20世纪末的内蒙古草原面临着严重的生态危机：阿拉善草原基本被沙漠吞噬，鄂尔多斯草原几乎成荒漠，科尔沁草原所剩无几，只有锡林郭勒和呼伦贝尔两大草原还依稀可见昔日的雄姿。国家环保局统计(1999）资料显示，内蒙古在20世纪60年代有草原13.20亿亩，80年代有草原11.80亿亩，90年代下降为10.37亿亩。

“一年垦草场，二年打点粮，三年五年变沙梁”，这是北方一些地方毁林毁草开荒导致土地荒漠化的真实写照。原本广袤的天然草场，由于长期超载放牧、盲目垦荒等，造成土地沙化、荒漠化。

大面积的草原沙化、退化，成为我国最大的生态环境问题。沙漠化导致我国耕地、草场的退化，最终影响着我国经济的发展。由于沙漠化，全国有近

---

❶ 中国科学院地理科学与资源研究所. 2007. 中国草地资源及其分布. 中国科学院地理科学与资源研究所官网.

❷ 李干杰. 2007. 我国环境灾害及其减灾对策[DB]. 人民网，10-8.

15亿亩草场严重退化。

土地沙化
陈建伟 摄

内蒙古乌兰察布盟后山、阿拉善，新疆塔里木河下游，青海柴达木盆地东南部，河北坝上和西藏那曲等地，沙漠化年均扩展速度达4%。

内蒙古鄂托克旗30年间流沙压埋房屋2200多间、棚圈3300多间，近700户村民被迫迁移他乡。

土地荒漠化被称为“大地皮肤的溃疡，死神的乐园”。凡是沙漠化严重的地方，气候炎热干燥，水源紧缺。每到夏季，气温高达40～50℃；一到冬季，黄尘蔽目，飞沙走石，对当地及周边的农牧业生产产生很大威胁。草场日益退化，过度放牧和盲目开荒已使草原地区多次出现“黑色风暴”，造成“农田吃草原，风沙吃农田”的恶性循环。

近50年来，平均每年有75万亩草场变成荒沙，畜产品产量也随牧草产量和质量的降低而降低。内蒙古自治区乌审旗绵羊平均体重由20世纪50年代的30公斤降至80年代的不足15公斤，下降了约50%。新疆大风和盐碱尘土对牧业生产有很大危害，草木和农作物茎秆上集聚的盐土层使牲畜吃了拉肚子，造成春季牲畜死亡率增高。

20世纪下半叶，我国沙化面积急剧扩大。20世纪50—60年代，沙漠化土地每年扩展1560平方公里；70—80年代，每年扩展2100平方公里；90年代前期，每年扩展2460平方公里；90年代后期达到3436平方公里，相当于每年有一个中等县的面积沦为沙漠。全国已有1000万亩耕地、3525万亩草地成为流动沙丘，有2.40万个村庄受到严重沙化危害，一些牧民沦为生态难民。❶

内蒙古自治区荒漠化土地已占全区总面积的60%，总面积达到70万平方公里，相当于4个河北省的土地面积，并且每年仍继续以1000万亩的速度扩展，每年风蚀的土层达0.50厘米左右，50年来内蒙古高原的土层已被剥蚀25厘米以上。从内蒙古西部的巴丹吉林沙漠到通辽市的科尔沁沙地，东西长达3000多公里，南北宽几百公里不等，横跨我国的西北、华北和东北，分布着九片沙漠和沙地。

大面积的荒漠化，不仅会造成大范围的风蚀和远距扬尘，而且会造成地表温度的大幅度升高，从而导致干旱的进一步加剧。

据监测，到20世纪90年代末，内蒙古的年降水量已比60年代减少了50毫米。

干旱反过来又进一步加剧荒漠化，由此形成恶性循环。

专家指出，如果内蒙古自治区的风蚀沙化态势不尽快加以遏制，不远的将来，这些沙漠、沙地可能连成一片，不仅会使西部的生态进一步恶化，而且必然会对我国的东北、华北构成致命的威胁。

沙漠化的扩展使中华民族生存空间大大缩小，带来的生态灾害十分严重，已成为中华民族的心腹大患，是我国严重的生态问题之一。

据资料记载，我国北方地区发生沙尘暴在20世纪50年代为5次，60年代为8次，70年代为13次，80年代为19次，90年代则发展到23次。❷

1993年5月5日午后，西北地区出现了一次强沙尘暴天气，在金昌市持续了近3个小时，并向东席卷了甘肃省武威、白银，内蒙古阿拉善盟及宁夏银川中部等地区，肆虐了方圆500公里的范围，前后持续5个小时，造成12万头牲畜死亡、丢失，505万亩农作物受灾，380人死亡，直接经济损失达5.40亿元。❸

1998年4月，西北12个地、州遭受沙尘暴袭击，46万亩农作物受灾，11万头牲畜死亡，156万人受灾，直接经济损失8亿元。

2000年3—4月，短短一个月时间内，沙尘暴就12次影响北京城，频率之

---

❶ 姜春云. 2004. 中国生态演变与治理方略[M]. 北京：中国农业出版社.

❷ 李世东，樊宝敏，林震等. 2011. 现代林业与生态文明[M]. 北京：科学出版社.

❸ 中央电视台. 沙尘警示：追根溯源话治理.[2002-03-21]. http：//www.cctv.com/geography/news/20020321/16.html.

高、范围之广、强度之大为新中国成立以来所罕见，给人民的生产、生活带来了很大影响，造成了越来越严重的损失。

内蒙古浑善达克沙地流动沙丘自20世纪50年代以来增加了17倍，治理前以每年1.80公里的速度向南扩展，沙进人退，而且直接威胁北京，使人们深刻意识到遏制沙漠化、保护人类生存空间已迫在眉睫。

据了解，全国有100多个贫困县集中在荒漠化地区，受荒漠化影响的人口达4亿人，占全国人口的近1/3。有专家指出，我国每年因沙化造成的直接经济损失达540亿元，折合每天损失1.50亿元。

2000年4月27日、5月26日、6月5日，国务院连续3次召开会议研究，做出了加快防沙治沙步伐，特别是要加快北京及周边地区防沙治沙速度的决定，其中一个重要措施就是退耕还林还草。

除了北方土地荒漠化、沙化，还有南方的石漠化。

我国石漠化地区主要集中在西南地区。在漫长的岁月中，西南诸省区形成了一些面积较大的岩溶地貌和石漠景观。

滇南石漠化土地

陈建伟 摄

石漠化地区土层浅薄，植被稀少，生态环境脆弱。据2008年国务院批复的《岩溶地区石漠化综合治理规划大纲》，西南岩溶山区以贵州为中心，包括贵州大部及广西、云南、四川、重庆、湖北、湖南等省（区、市）的部分地

区，面积约50万平方公里，是全球三大岩溶集中连片区中面积最大的典型生态脆弱区。❶

岩溶石漠化地区是西部生态恶劣、经济落后的典型缩影。这里以农业为主，人地矛盾突出，水土流失和土地石漠化极为严重，部分地区的石漠化面积已接近或超过所在地区总面积的10%。

据介绍，岩溶地区有限的耕地大多属于旱涝不保收的贫瘠山地，中低产田比例超过70%；有效灌溉耕地面积约占耕地总面积的34%；坡耕地比例超过40%。其中，25度以上的坡耕旱地占坡耕地面积的25%左右。❷

石漠化总是和贫困相伴而生。由于石漠化的影响，该地区长期处于贫困状态，到20世纪末还有2000多万贫困人口。

据贵州省调查，贵州石漠化地区至少有1000多万人存在饮水安全和困难问题，许多群众每年缺水4~5个月，生产用水更加紧缺。

据介绍，我国石漠化主要涉及的451个县，人均地区生产总值仅相当于全国平均水平的一半多一点，人均地方财政收入仅为全国平均水平的29.70%。

世纪之交，在592个国定贫困县中，有224个分布在西南岩溶区所在的8省（区、市），占全国的34.50%，集中了中国约一半的贫困人口 。❸

人民的贫困，社会经济发展的滞后，是与石漠化关联最密切的一个特征。外国专家到广西大化、都安及贵州罗甸县等地考察后认为，这些地区是“不具备生存条件的区域”。1999年，黔、桂、滇3省区200多个县遭受干旱、洪涝等自然灾害，直接经济损失达121亿元。

云南全省岩溶面积达11.10万平方公里，主要分布在滇东、滇东南和滇东北地区，占全省总面积的29%。贵州省石漠化土地在黔南、黔西南、黔东南、六盘水、安顺、毕节、铜仁、遵义等地均有分布，总面积达13.90万平方公里，占全省总面积的78.80%。

在石漠化地区，岩石裸露率在70%以上者占石漠化面积的38.90%。有不少旱地还潜伏着石漠化的危机。广西石漠化的情况也很严重，岩溶山区的石漠化面积已占总面积的 37.80%。

---

❶ 李霄冰. 2015. 以桂林为例谈西部地区现代农业的发展战略[J].世纪桥，(2)：86-88.

❷ 陈政. 2009. 加快以云贵高原为中心的石漠化治理及生态环境建设对策研究[N]. 中共贵州省委党校学报，(2).

❸ 中央电视台. 2011. 贵州等八省区出现石漠化 严重地区寸草不生，9-14.

专家警告，石漠化地区岩石风化成1厘米土层需要1万年的时间，一旦丧失，若想自然恢复，需要几百年甚至几千年的时间。因为难以恢复，石漠化又被称为地球的“癌症”。

尽管我国已经采取措施治理石漠化，但治理的速度无法赶超石漠化扩张的速度，石漠化仍在快速发展。

这一地球“癌症”在中国日益扩散，每年被石漠化吞没的土地相当于一个县的国土面积。

据中央电视台2011年9月14日报道，从1987年到2005年的18年间，西南岩溶区石漠化面积增加了近4万平方公里，超过了整个海南岛的面积。

石漠化的快速扩展不仅直接威胁了西南岩溶山区人民的生存环境与可持续发展，而且还因该地区地处长江和珠江两大流域的上游，石漠化的快速发展，严重影响了两江上游生态屏障的建设，并影响了中下游沿岸地区的生态安全。

五、湿地面积持续萎缩

湿地是“地球之肾”，具有巨大的生态功能，对维护地球的生态平衡具有十分重要的作用。

湿地也是“淡水之源”和最大的“淡水贮存库”“水资源调节器”“淡水净化器”“生物基因库”，还是地球上十分重要的碳库之一。

长期以来，由于人口增加、经济发展和不合理利用等多种因素，湿地消失的速度不断加快，湿地生态功能不断退化。

中国湿地退化和消失的速度超过了其他类型的生态系统。

一方面，湿地数量和面积持续减少、栖息地破碎化；另一方面，湿地生态退化，生态服务功能衰减，难以满足人类福祉水平不断提高的需求。

我国湿地的主要问题有以下几个方面。

——湿地生物多样性衰退趋势明显，许多重要湿地部分或者全部丧失作为野生动植物栖息地和繁育地的功能，给生物安全带来威胁。

——由于湿地面积减少和功能下降，一些内陆湿地丧失了淡水存蓄、调洪蓄洪的功能，加剧了水资源危机并增加了洪水灾害风险。

——湿地存在的几大主要威胁因素，开垦与改造、污染、泥沙淤积和水资源不合理利用依然严重。

——大量改变湿地功能、用途的不合理利用得不到有效控制，而且在继续加剧加重。

黑龙江三江平原湿地、沿海省份的滨海湿地等仍然面临着被开垦和围垦的巨大威胁。我国西部地区的许多重要湿地，由于上游水资源被转为它用，湿地面积严重萎缩甚至干涸。

因经济快速发展，短短几十年间，中国数千年来形成的土地利用大格局正发生着快速变化：城市扩容、高速公路兴建……这些都会占用大量耕地。中国的粮食生产也由此发生着变化，而这也正改变着湿地，更多的湿地被开垦成耕地。这既是粮食生产格局的变化，也是生态格局的改变。在这样的格局中，湿地劣势难改。

通过遥感监测可以看到在我国整个土地利用格局的大转变：在长江三角洲、珠江三角洲以及江淮平原、成都平原，大量的水稻田变成了城市、高速公路；东北大量的湿地被开垦，变成了耕地。据不完全统计，从20世纪50年代以来，全国湿地开垦面积达1.50亿亩，全国沿海滩涂面积已削减过半，56%以上的红树林丧失。❶

全国围垦湖泊面积在1950万亩以上，因围垦而消失的天然湖泊近1000个，众多湿地水质逐年恶化，不少湿地生物濒临灭绝，约1/3的天然湿地存在着被改变、消失的危险。❷

洗衣为湿地污染源之一

张曼胤 摄

❶ 武杰. 2012. 中国湿地之殇：开发商围垦生态系统遭破坏[J]. 法治周末，(6).

❷ 郑北鹰. 2009. 湿地的呼喊. 环境生态网，(2).

中国天然湖泊已从历史上的2800个减少到1800多个，湖泊总面积减少了36%。[1]其中，号称“千湖之省”的湖北省的湖泊锐减了2/3。有的城市周围的湖泊，由于严重的污染和富营养化，实际丧失或几乎丧失了生态功能。

三江平原是中国最大的平原沼泽分布区。据统计，1975年三江平原自然沼泽面积为3660万亩，占平原面积的48.00%；1985年沼泽面积下降到2250万亩，占平原面积的29.50%；到1990年沼泽面积仅剩1695万亩，仅占平原面积的22.00%。

该区域随着自然湿地面积的逐步减少，湿地生态功能明显下降，生物多样性降低，土壤局部沙化、盐渍化、水土流失严重。

中国现存自然或半自然湿地仅占国土面积的3.77%，远低于世界6%的平均水平，且面积下降的趋势仍未得到有效遏制。

作为敦煌最后一道绿色屏障的西湖国家级自然保护区，990万亩区域中仅存170万亩湿地，且因水资源匮乏逐年萎缩，库木塔格沙漠正以每年4米的速度向这块湿地逼近。而位于甘肃省甘南藏族自治州玛曲县的高寒沼泽湿地，是黄河的天然蓄水池，这块湿地正逐步萎缩并沙化。玛曲县沙化面积达80万亩，并以每年3.10%的速度递增，黄河沿岸已形成220公里的沙化带。20世纪70年代初，罗布泊、居延海等大型湖泊先后干涸，成为沙尘暴的发源地。

六、生物多样性急剧下降

我国本是世界上动植物种类最多的国家之一。由于森林植被破坏、草原退化和环境恶化，我国野生动物栖息地日益缩小，生存空间遭到严重破坏；动植物种类日益减少，许多珍贵的稀有动植物处于濒危状态。

据新华网2003年10月5日报道，到20世纪末，我国已有近200个特有物种消失。我国现有300多种陆栖脊椎动物、约410种和13类的野生植物处于濒危状态，占我国动植物物种总数的15%～20%，高于10%～15%的世界平均值。

在97种国家一级保护动物中，有20余种正濒临灭绝。

在《濒危野生动植物种国际贸易公约》列出的640个世界性濒危物种中，

[1] 周生贤. 2003. 从战略高度关注国家生态安全[J]. 中国信息报，(3).

我国占156种，约占其总数的24.40%。[1]

《国家重点保护野生动物名录》中，一级、二级保护野生动物共335种；《国家重点保护野生植物名录》中，一级、二级保护野生植物246种。[2]

生物多样性是人类生存和发展的基本条件之一，是生态安全的重要前提。地球上的生物相互制约、相互依存，构成了有机共生体。

多样性生物是物质资源的巨大宝库。对于这座宝库，人类只利用了其中微小的一部分，大量生物往往在人类尚未认识到其价值之前就消亡了。

物种的消亡是致命的，一个物种消失了，就不可能再恢复。在大自然中，生态链环环相扣，一种植物的灭绝会引起多种其他生物的丧失。如果有一种植物灭绝，就有10～30种依附于这种植物的其他生物消失。如果生物物种继续大量消亡，人类的生存危机也将为期不远。

大部分动物以植物为食物，以群落为蔽所。植被的变化必然影响野生动物，使其种类和数量趋于减少和灭绝。自从6500万年前恐龙消失以来，尤其是近400年以来，物种灭绝速度在加快。

近年来，在黄土高原发掘的东汉墓中，出土了一些浮雕画像，在狩猎题材画面中，野生动物有虎、熊、鹿、猴、野猪、野骆驼、黄牛、狐、鹤等。随着森林的消失，虎、熊、鹿、猴等动物在黄土高原已经消失。

野生植物的濒危和消失多数是伴随森林的破坏、草场的开垦而发生的。药用价值高的人参、刺五加、三七、川贝母、黄连等分布于西南地区，长期以来由于人们盲目采集，使野生药材数量急剧减少。名贵药材遭到的损失更为严重，新疆的山地贝母、雪莲已很难见到。

在西北地区，由于植被破坏，水土流失严重，气候和基质向干旱方向发展。草原上的一些植物如多根葱、丝状马蔺、蒙古芯芭、矮锦鸡儿等侵入黄土高原森林草原带，一些分布在森林草原带沟谷中的森林植物向南退缩。

造成物种灭绝的原因有直接的，也有间接的，但森林的破坏使物种丧失生存所必需的条件则是重要的因素之一。更深层次的原因，是人类所选择的不可持续的生产生活方式和发展模式所致。

……

---

❶ 李世东，樊宝敏，林震等. 2011. 现代林业与生态文明[M]. 北京：科学出版社.

❷《中国林业工作手册》编委会. 2017. 中国林业工作手册（第2版）[M]. 北京：中国林业出版社.

种种迹象表明，20世纪末，我国生态环境日趋恶化的现实，缩小着中华民族的生存空间，生态问题已经成为制约我国可持续发展重要的因素之一。

退耕还林还草，遏制水土流失、土地沙化和石漠化，让陆地生态焕发勃勃生机，是21世纪中国的必由之路！

七、特大洪水的反思

灾害频发、生态恶化，加快生态修复已成为当时中国社会经济可持续发展的迫切需要。1999年以前，退耕还林还草已在中央文件中多次提及，不少地方也开展了退耕还林还草的实践和探索，但真正转化为国家战略，却是在1998年的特大洪灾之后。

1.突如其来的大洪水

1998年汛期，中央气象台弥漫着紧张的气息。预报员围坐在一起，激烈商讨，他们有时给各省气象台打电话，讨论雨情；有时又用投影仪将气象图放大，让更多的人参与研判，隐约预感到接下来将迎来的是全国范围内几十年不遇的持续大暴雨，以及随之而来的特大洪水。

1998年抗洪抢险
新华社记者拍摄

1998年，长江流域普降暴雨。长江先后出现8次洪峰，部分流域水位长时间超过历史最高纪录，使万里江堤险象环生。而在北方，嫩江、松花江发生了超历史纪录的洪水，3次洪峰拍打着脆弱的堤岸。长江、松花江、嫩江，滚滚浊浪，挟风裹雨，形成南北夹击之势。

当时党和国家领导人先后多次奔赴抗洪一线指挥抢险、慰问受灾群众。国家防总、水利部先后数次派出多个专家组，赶赴各个抗洪一线，指导大堤防守等抗洪工作。全国参加抗洪的干部群众有800多万人，人民解放军和武警部队先后调动66个师旅和武警总队共27.40万兵力，长江流域驻兵数量甚至仅次于渡江战役。

这场洪水水量极大，涉及范围广，持续时间长，洪涝灾害严重，共有29个省、自治区、直辖市遭受了不同程度的洪涝灾害，全国农田受灾面积33435万亩，成灾面积20670万亩，死亡4150人，倒塌房屋685万间，直接经济损失2551亿元。这场发生在世纪之交的洪水后来被许多人称为“世纪洪魔”[1]。

2. 痛定思痛，反思特大洪灾的成因

特大洪水之后，政府开展了大规模的暴雨洪水调查分析和研究评价工作，全国各界的专家学者也从科学的角度来分析这场洪水的成因，以及造成如此大危害的原因。

原因之一是1998年反常的气候现象，汛期长江流域、松花江、嫩江流域降水异常偏多。然而，最主要的原因是，长江及主要调蓄洪水的湖泊的泥沙淤积使行蓄洪断面减少，抬高了水位，加重了洪涝灾害。河湖泥沙淤积是一种自然现象，在有人类之前就已存在，许多冲积平原的形成，就是建立在不断淤积的泥沙以及河流改道的基础上的。但是，盲目的、掠夺性的毁林开荒造成水土流失加快、数量增大，大大加剧了河湖泥沙淤积的速度，在强降雨侵蚀作用下形成极为严重的水土流失，这就是水灾的根源。

1998年的特大洪灾为全体中国人敲响了警钟，过去的农、林、牧发展模式乃至经济发展模式必须改变。毫无疑问，遏制水土流失、重建生态系统必须尽快提上日程。控制水土流失最关键的问题是恢复江河源头及上游地区的森林草原植被，尤其在生态脆弱的西部地区，必须加速扩大植被覆盖以减少泥沙进入江河的总量。

[1] 水利部. 1999. 中国1998年大洪水[M]. 北京：中国水利水电出版社.

中华民族是一个会反思、重行动的民族。昔有大禹治水，为的是“导黄以解黄河泛滥”，李冰父子建“都江堰”以解洪涝之灾。5000年的文明史给我们提供了足够的危机应对智慧。在关注和认识到森林植被破坏与水患的因果关系、反思水患根源后，党中央和国务院乃至全国人民都进一步意识到水土流失带来的危害有多严重，也坚定了治水必先治山、治山必先兴林（草）的认识。

这场洪灾过后，朱镕基同志明确提出了“封山植树，退耕还林，退田还湖，平垸行洪，以工代赈，移民建镇，加固干堤，疏浚河湖”的治理对策。这场特大洪灾在中国人民的共同抗争下虽然已成过去，但却敲响了中华民族保护生态、建设美丽家园的世纪钟声。

八、中国人民温饱问题的解决

1.粮食产量连年增长

1994年3月，国务院制定和发布了关于全国扶贫开发工作的纲领，提出对当时全国农村8000万贫困人口的温饱问题，力争用7年左右的时间（从1994年到2000年）基本解决。

1995年3月，中国政府在联合国社会发展问题世界首脑会议上，向国际社会庄严承诺，在20世纪末要消灭农村绝对贫困，解决8000万贫困人口的温饱问题。

1996年，湖南省浏阳、茶陵、炎陵、芷江、宜章、石门6个市县的粮食总产量由1985年的139万吨增加到181.30万吨，人均生产粮食由417公斤增加到近500公斤，率先基本解决了群众的温饱问题[1]。

1998年4月，宁夏南部山区固原、彭阳、隆德、同心四县农民纯收入已超过1025元，贫困户人均纯收入超过630元，当年基本完成温饱目标[2]。

1998年底，湖北省郧县农民纯收入已达1588元，全县12.10万农村贫困人口整体解决了温饱问题[3]。

1998年，广东省60万绝对贫困人口已基本解决温饱，提前3年完成国家

❶ 佚名. 1997. 浏阳等六县（市）率先基本解决温饱[J]. 老区建设，(12)：41-41.

❷ 杜海涛. 1999. 宁南山区四县实现基本解决温饱目标[J]. 中国贫困地区，(2)：14.

❸ 蔡昌华. 1999. 湖北郧县整体解决温饱[J]. 中国贫困地区，(2)：14.

“八七”扶贫攻坚计划确定的任务❶。

……

20世纪90年代末期，我国社会经济发展和粮食形势出现了欣欣向荣的局面，各地的粮食产量逐年升高，农民温饱基本不成问题。改革开放初期，我国的粮食产量约为3.05亿吨。到了1997年，中国粮食总产量已达到4.90亿吨，已经能解决好中国人民的温饱问题❷。

与此同时，在国家改革开放的大背景下，随着农村联产承包责任制的推行，高产杂交水稻、小麦等粮食作物的大面积推广，农业生产技术的不断提升，农田水利的兴修建设，农业生产潜力得到了很大程度的释放，“靠天吃饭”“广种薄收”的旧式农业生产方式有较大转变，全国的粮食生产有了保障，中国农业对土地面积的依赖度降低。

部分地方的粮食略有富余并有一定储备，剩余劳动力得到不同程度的转移，外出打工农民不断增多。

这实实在在的变化为实施退耕还林还草奠定了至关重要的基础。

2. 粮食的结构性短缺

在全国农业生产逐年再上新高的同时，过往大生产、重面积的粮食生产模式也逐渐暴露出弊端。

1995年到2000年，粮食生产持续保持在高水平，再加上1995年至1998年粮食净进口2500万吨，导致粮食年总供给量大于消费量，出现了粮食的供给过剩。

1998年，国家粮食库存进一步增加到2.50亿吨，而农民的存粮在1998年底为人均662公斤，扣除自给性生产、生活所需后，人均余粮达到了250公斤，农民余粮的总量为2.25亿吨。当年，全社会的粮食总库存大致相当于一年的粮食产量❸。

结构性不平衡与区域性不平衡的矛盾仍比较突出。1997年玉米减产情况下仍有出口，而作为口粮的大米在1997年以前仍需进口弥补国内供给缺口，

❶ 佚名. 1998. 广东协作扶贫力度大60万绝对贫困人口基本解决温饱问题[J]. 山区开发，(3).

❷ 朱希刚. 1999. 我国粮食生产率增长分析[J]. 经济研究参考，(3)：39-40.

❸ 韩俊. 2004. 当前我国粮食供求形势分析[J]. 中国农技推广，(3)：4-5.

作为口粮的小麦连年增产，但仍满足不了国内的消费需求，依然需从国际市场大量进口。

在当时，消化库存粮食，解决粮食结构性短缺也成为实施退耕还林还草工程的动因之一。

九、人民群众的强烈意识

广大人民群众经历了20世纪70—80年代生态破坏的后果，以及90年代末一系列生态危机，十分清楚地意识到，长期不合理的农耕方式已经带来了种种弊端和危害。

北方风沙地区的粮食亩产有的不足40斤；南方水土流失严重地区的粮食亩产有的仅有100斤；在两广地区，坡地一年开荒，三年内种植，第四年丢荒，大面积的水土流失，致使大量泥沙入河进湖，造成山塘、水库淤积，河床抬高，农田淹没……

这种很直观的现实让广大人民群众对于早期盲目垦殖、毁林开荒、刀耕火种带来的水、土、林、草资源的破坏有了清醒的认识。

“越垦越穷、越穷越垦”的老路再也走不通了，需要尽快改变那些违背自然规律的生产方式，远离过去那种牺牲生态和长远利益，“杀鸡取卵”的陋习。改革开放推动了经济发展，社会物质财富不断增长，精神文明同步推进，人们的思想认识水平不断提高，消费观念、生产观念、发展观念逐渐发生变化，对于建设美丽家园的渴望也愈加迫切。

与此同时，媒体越来越多地报道当时水土流失的状况以及造成的种种危害，相关专家、学者也不断地呼吁生态修复、加强水土保持的必要性，退耕还林还草、修复生态的舆论氛围逐渐形成。

十、中西部地区贫困落后

20世纪70年代末到90年代末，我国经济取得了长足的发展，但东、西部地区的发展很不平衡。东部沿海地区发展速度加快，渐渐成为繁荣发达的象征，而西部慢慢成了贫穷落后的代名词，西部与东部的差距不断拉大。

据统计，按可比价格计算，我国经济1979—1995年年均增长9.80%。其中，东、西部地区的增长速度分别为12.80%、8.70%，西部地区比东部地区低4.10个百分点。在1998年的国内生产总值中，东部地区占66%，而面积占到全国56%、人口占到全国23%的西部地区仅占14%。在全国人均创造的国内生产总值中，东部地区超过平均数四成以上，而中西部地区只有平均数的一半左右。

中部地区东接沿海，西接内陆，包括山西、河南、安徽、湖北、江西、湖南6个省份。随着改革开放后经济的飞速发展和城市化进程的愈演愈烈，中部地区生态环境不断恶化和自然资源约束趋紧的现实，严重制约了中部地区的可持续发展。

西部地区包括干旱、半干旱区域的西北和湿热多雨的西南地区，这里独特的地形和气候极易造成水土流失或者土地沙化。随着不合理的垦殖垦荒，生态问题日益严重。长期以来，因为经济落后、农业生产力低下，西部地区形成越穷越垦、越垦越穷的恶性循环，在不断加剧生态危机的同时，也带来了更为严重的发展危机。

一是加剧贫困程度。2000年，90%以上的全国农村贫困人口生活在水土流失和荒漠化严重的地区，恶劣的生态环境是当地群众贫困的主要根源。历史上，陕北信天游唱道："开一片片荒地脱一层层皮，下一场场大雨流一回回泥，累死累活饿肚皮，苦日子何时是个尽。"

二是严重制约可持续发展。1949年以来，全国因沟壑侵蚀、表土冲刷、水冲沙压损失的耕地达4000万亩，年均100多万亩[1][2]。

三是自然灾害频繁发生。林草植被的破坏，导致水源涵养能力减弱，水土流失严重，旱涝灾害加剧，土地退化严重，沙尘暴频发。

要实现区域经济社会的协调发展，首先必须解决中西部地区的发展问题。而要解决中西部地区的发展问题，必须改善生态这个最大的短板和瓶颈制约。改善生态，退耕还林还草是最好的切入点。

---

❶ 王立彬. 2002.中国因水土流失年损失土壤50亿吨耕地百万亩.新华网，(5).

❷ 陈雷. 2003. 水利部陈雷副部长在全国水保工作会议上的讲话(节选)[J]. 水土保持科技情报，(6).

十一、综合国力大幅提高

1999年，是新中国成立50周年，经过改革开放二十多年的发展，我国的综合国力已经大幅度提高，财政收入大幅度增长，人民生活向小康水平迈进。

1980年至1999年，按当年价格计算的GDP，全国平均增长了19.40倍；1999年，人均GDP达到7701.80元，是1980年的20.47倍。农村居民家庭每人纯收入，1999年为2210.34元，是1980年的13.08倍、1985年的5.56倍。1999年，我国财政收入首次突破万亿元大关。1999年，工业企业实现利润2202亿元，比上年增长52%。1999年，国家外汇储备年底达到1547亿美元。进出口商品总额从1980年的378.20亿美元，增长到1998年的3240亿美元，跃居世界第十一位……[1]

此时的中国，整个国民经济继续朝着好的方向发展，综合经济实力在全球11个强国或大国中的排序，已由1980年的第十位上升至1995年的第七位，与国际上经济强国的差距逐渐缩小。

20世纪80—90年代，高产杂交作物的不断推广，使粮食单产不断提升。1999年8月，神威3840亿次高性能计算机系统问世。1999年11月，“神舟一号”飞船成功发射。1999年，中国首次开展北极科学考察，使我国成为世界上少数几个能涉及地球两极进行科考的国家之一……

随着一系列科学成就的不断取得，中国的科技实力不断显现，中国人越来越多地出现在国际顶级科技舞台上。

经过财税、金融等方面的放权让利及利改税等一系列的体制改革，国家的宏观调控能力明显增强，经济蓬勃向上，安然无虞地抗住了1997年亚洲金融危机的冲击，并为香港直接提供了援助。中国对亚洲经济起到了中流砥柱的作用，同时也向世界展示了中国充沛的经济活力和勃勃的发展生机。

国际交往和对外贸易规模不断扩大，外贸总额年均增长速度超过了世界贸易的年均增长率。1999年11月，中美就中国加入WTO达成协议……中国在世界市场和国际经济中的影响不断扩大，已经成为世界经济中一支不可低估的力量。

1998年，中国人民抵御了特大洪水灾害的席卷狂扑，万众一心、众志成

[1] 国家数据. 国家统计局. https：//data.stats.gov.cn/.

城的强大社会凝聚力令世界动容，一个高度团结的民族正在成长，一个同心协力的中国正在走向世界。

伴随着中国经济的不断向好，人民对美好生活的向往逐步由“吃得饱”转向“吃得好”。生活水平不断提高也让中国人民对吃的要求日益提升，逐步由“填饱肚子”走向了吃得健康、吃得安全，对蔬菜、水果的需求越来越多。

一系列变化与成绩都显示出中国综合国力的大幅增长。充足的外汇储备让国家具备了应对粮食安全问题、解决粮食供给的能力，工业化的不断发展让农民开始脱离原有的农耕生活方式，农业科技的不断提升让农业对耕地无限扩张的需求不断降低……

这必将为退耕还林还草工程的全面启动和持续开展提供重要支撑保障。

第三章

生态觉醒与大国决断

人类的发展经历了原始文明、农业文明和工业文明等不同阶段。进入工业文明后，科学技术得到巨大发展，生产力得到极大解放，物质财富迅速增长。与此同时，人类也面临着越来越严峻的生态危机，成为制约世界各国发展的瓶颈。人与自然和谐成为全球不懈追求的目标和梦想。

退耕还林还草是一项利在当代、功德千秋、惠泽子孙后代的伟业，退耕还林还草又是一项耗资巨大、耗费行政成本极高、生态见效缓慢的宏大工程，毫无疑问，花重金将耕地退还为森林、草地，需要极大的魄力和决断力。

一、全球生态意识的觉醒

有罪定有罚。大自然对于人类破坏生态的惩罚是严厉的，严厉到甚至可以使整个人类失去生存和发展的空间。

古埃及、古巴比伦以及中美洲玛雅文明等在历史长河中失去了光彩，根本原因是人类赖以生存的基础——生态系统遭到了严重破坏。

恩格斯在考察古代文明衰落的原因后，针对人类破坏生态的恶果，指出：

“我们不要过分陶醉于我们对自然界的胜利。对于每一次这样的胜利，自然界都报复了我们。每一次胜利，在第一步都确实取得了我们预期的结果，但是在第二步和第三步却有了完全不同的、出乎预料的影响，常常把第一个结果又取消了。

“美索不达米亚、希腊、小亚细亚以及其他各地的居民，为了想得到耕地，把森林都砍完了，但是他们没有想到，这些地方今天竟因此成为荒芜不毛之地，因为他们使这些地方失去了森林，也失去了积聚和贮存水分的中心。

“阿尔卑斯山的意大利人，在山南坡砍光了在北坡被十分细心地保护的松林，他们没有预料到，这样一来，他们把区域里的高山畜牧业的基础给摧毁了；他们更没有预料到，这样做，竟使山泉在一年中的大部分时间内枯竭了，而在雨季又使更加凶猛的洪水倾泻到平原上。

“在欧洲传播栽种马铃薯的人，并不知道他们也把瘰疬症和多粉的块根一起传播过来了。

“因此，我们必须时时记住：我们统治自然界，决不像征服者统治异民族一样，决不像站在自然界以外的人一样，——相反地，连同我们的肉、血和头脑都是属于自然界，存在于自然界的；我们对自然界的整个统治，是在于我们比其他一切动物强，能够认识和正确运用自然规律。”❶

恩格斯的警告，是人类生态意识觉醒的先声。

现代意义上真正的生态环境保护观念和运动的出现，要从《寂静的春天》这本书说起。

1997年，《寂静的春天》出版
（美）雷切尔·卡逊 著

生态环境保护，是20世纪60年代以来兴起的一个新词汇、新观念。在这以前的报纸或书刊上，很难见到类似“生态环境保护”这样的词汇。然而事实上，自人类进入文明社会以来，生态环境问题就一直是人类必须面对的问题。

作为世界上最发达的国家，美国走的也是“先污染后治理”的路子，并为此付出了高昂代价。例如，20世纪40年代，美国先后发生洛杉矶光化学污染事件、多诺拉烟雾事件，民众健康受到严重危害；50年代，滥施农药、化肥所致的白头海雕栖息地受破坏及繁殖障碍，使这种美国国鸟几近灭绝。

1962年，美国生物学家雷切尔•卡逊出版了她的新书《寂静的春天》。这本书让“环境保护”这个词第一次进入广大读者的视野，唤起了人们的生态环境意识，引发了美国各界对如何与自然和谐相处的反思，成为人类生态环境保护史上的转折点，推动了美国乃至世界范围内生态思潮和环境运动的发展。

❶ 恩格斯. 2009. 自然辩证法. 马克思恩格斯文集第9卷[M]. 北京：人民出版社.

《寂静的春天》是一部警示录，它既贯穿着严谨求实的科学理性精神，又充溢着敬畏生命的人文情怀，有评价称其引发的轰动比达尔文的《物种起源》还要大。

这本不寻常的书，唤醒了人们生态保护意识。此后，各种环境保护组织纷纷成立。1970年4月22日是第一个“世界地球日”，这个由美国人盖洛德·尼尔森和丹尼斯·海斯发起的活动日，旨在唤起人类爱护地球、保护家园的意识。

1972年6月5—16日，联合国在瑞典的斯德哥尔摩召开了第一次联合国环境与发展会议，通过了《联合国人类环境会议宣言》，呼吁世界各国政府和人民共同努力维护和改善人类环境，为子孙后代造福。

同年，德内拉·梅多斯等人在罗马俱乐部发表了《增长的极限》。书中预测，如按当前的方式发展，100年后地球各种资源的消耗将达到极限。由此，“零增长”的理论第一次见诸于世，并且很快以34种文字呈现在了世界上几乎所有国家政府首脑的案头。

1982年，《我们共同的未来》第一次提出了可持续发展的理念。但是，要将这一理念化为人类的自觉行动，还有很长的路要走。

20年后的1992年6月，联合国在巴西的里约热内卢再次召开联合国环境与发展会议。这是人类历史上最为盛大也是最为忧虑的聚会。有35000人参加了这次大会，其中有106位是国家首脑。

1992年，联合国环境与发展大会发布《里约热内卢宣言》和《21世纪行动议程》，正式提出可持续发展战略。

在这次会议上，为了实现人类永恒的和持续不断的发展，为了保护发展的基本条件和我们唯一共同的家园——地球，人类空前一致地达成协议，决心彻底改变现行的生产方式、消费方式和传统的发展观念，努力建立起人与自然和谐的生产方式和消费方式，建立起与之相适应的“可持续发展”的新战略和新观念。

简言之，所谓可持续发展，是指建立在社会、经济、人口、资源、环境相互协调和共同发展的基础上，既能满足当代人需求，又不对后代人发展构成危害的发展。

联合国环境与发展大会希望这将成为21世纪人类社会发展的共同原则。建立绿色经济和绿色市场将是新世纪人类共同努力的目标。

生活在“地球号”上的人类，一荣俱荣，一损俱损。

环境问题就如同一把高悬在人类头上的达摩克利斯剑，随时都有坠落的危险。

人类只有与自然和谐相处，才是自身生存和发展的长治久安之道，才是人类文明的健康走向。

二、中国的可持续发展之路

自远古以来，中华民族在历史的长河中积累了丰富的生态思想遗产。“天人合一”的哲学思辨，并没有化为全民族尊敬自然、顺应自然、保护自然的共识。直至20世纪50-60年代，我们对地球环境的认识还是比较肤浅的。

《只有一个地球》在20世纪70年代以“内部资料”的形式印刷，直至80年代中后期才有较多的与环境有关的书籍出版。如上海译文出版社出版的《瓦尔登湖》、科学出版社出版的《寂静的春天》、商务印书馆及四川人民出版社“走向未来丛书”中的《增长的极限》等等。

1979年，联合国环境规划署的工作人员在卫星遥感照片上分析世界上各个主要工业城市的环境情况时，发现中国东北的工业重镇本溪，只显示出一片茫茫烟雾。

联合国环境规划署的工作人员后来得知，本溪安然无恙，只是几千个烟囱和几万辆汽车排出的黑烟把方圆几十里的本溪严严实实地“罩”住了，以至透视力极强的卫星遥感设备也无法识别。他们长舒了一口气，但心情却更为沉重，在污染如此严重的环境中，居民怎样生存?

全球生态环境保护运动的兴起，为我国转变发展方式、走可持续发展之路带来了契机。

20世纪80年代末90年代初，一些绿色书籍问世了。如罗马俱乐部的《在世纪的转折点上》《世界的未来——关于未来问题一百页》，世界环境与发展委员会的《我们共同的未来》，等等。这些使我们意识到了生态环境问题的严峻性和所产生的背景，也使我们知道了这些经典书籍的名字和意义。

1997年，吴国盛主编、吉林人民出版社策划出版了《绿色经典文库》。该套丛书收录的都是在世界绿色运动史上起到过关键作用的经典著作。如《多少算够——消费社会与地球的未来》(艾伦·杜宁)、《寂静的春天》(雷切尔·卡逊)、《增长的极限——罗马俱乐部关于人类环境的报告》(德内拉·梅多斯、乔根·兰德斯、丹尼斯·梅多斯等)、《只有一个地球——对一个小小行星的关怀和维护》(芭芭拉·沃德 、勒内·杜博斯)。此外，还有《沙乡年鉴》(奥尔多·利奥波德)、《我们的国家公园》(约翰·谬尔)、《我们共同的未来》(世界环境与发展委员会)、《哲学走向荒野 》(霍尔姆斯·罗尔斯顿)、《自然的终结》(比尔·麦克基本)、《自然之死—— 妇女、生态和科学革命》(卡洛琳·麦茜特)、《新文明的路标——人类绿色运动史上的经典文献》、《封闭的循环——自然、人和技术》(巴里·康芒纳)等。

《绿色经典文库》图书《沙乡年鉴》

这些书在一定意义上改变了当代世界人类的思想观念和生活方式，形成了今日世界的国际性合作格局。

《绿色经典文库》也收录了中国作家的生态环保专著，如《我们需要一场变革》(曲格平)、《新人口论》(马寅初)、《伐木者，醒来!》(徐刚)等。

《绿色经典文库》的出版填补了中国绿色图书系统出版的空白，成为中国生态意识觉醒的催化剂之一，受到各界的如潮好评。随着时间的推移，它们对国人生态意识乃至整体的思想观念和思想素质的提高都发挥了重要作用。

1992年，联合国世界环境与发展大会后，中国政府编制了《中国21世纪人口、环境与发展白皮书》，首次把可持续发展战略纳入我国经济和社会发展的长远规划。

1994年3月25日，国务院通过了《中国21世纪议程》，将可持续发展上升为国家战略。为了支持此项国家战略的实施，同时还制订了《中国21世纪议程优先项目计划》。

1995年，党中央、国务院把可持续发展作为国家的基本战略，号召全国人民积极参与这一伟大实践。

1997年，中共十五大把可持续发展战略确定为我国“现代化建设中必须实施”的战略。

这里所说的可持续发展，主要包括社会、生态和经济的可持续发展。

但是，全民生态意识的真正觉醒，来自大自然给人类的血泪教训。

1998年，是厄尔尼诺现象最为猖獗的一年。水灾、旱灾、虫灾、沙尘暴、暴风雪、森林大火、草原大火等肆虐全球，各大洲几乎无一幸免。

1998年入夏以后，集中的强暴雨横扫着中国的南方和北方。暴雨所到之处，江湖暴涨，河沟漫溢。南方的长江，北方的嫩江、松花江，撕开了温情脉脉的面纱，露出了狰狞可怖的面目。

这场世纪洪灾成为全中国，乃至全世界关注的焦点。世纪洪灾敲响了我国生态危机的警钟，同时也唤醒了国人的生态意识。这表明原来以牺牲自然资源和生态环境为代价的经济增长方式、“先污染后治理的发展模式”，已经走到了尽头。

事实上，1998年洪水发生时长江的水流量并没有1954年大，但由于河床抬高、调蓄洪水能力下降等原因，九江河段的水位却比1954年高出了将近1米。

洪水过后，国人觉醒，国家警醒。

1998年10月，中共十五届三中全会通过的《中共中央关于农业和农村工作若干重大问题的决定》指出：实现农业可持续发展，必须加强以水利为重点的基础设施建设和林业建设，严格保护耕地、森林植被和水资源，防治水土流失、土地荒漠化和环境污染，改善生产条件，保护生态环境。

与此同时，天然林保护、退耕还林（草）、生态覆盖林补偿……一项项加强生态保护、加快生态修复的政策陆续推出。

正如著名学者徐刚指出的：这是一次难能可贵的机会——以中华民族的智慧，谨慎地使用资源，竭尽全力地保护环境，不为增长的数字困惑，以改善人类的生存质量为目标，敬畏自然，顺应自然，逐步实现我们古已有之的“天人合一”的美好理想。

三、林业发展的新起点

危机，既包含危险，也包含机会。换句话说，危机是危险中孕育着机会。这个词汇，充分地展示了我们祖先的高度智慧。

20世纪末的生态危机，让我们有机会重新审视我国林业面临的危险和机会。

世纪之交，林业首先面对的问题是森林资源不足。

在巨大的社会需求面前，林业供给存在着绝对短缺，即总体上不能满足不断增长的多样化需求；同时，也存在着相对短缺，即供给总量虽然在不断增长，但需求增长得更快，相对于社会需求的增长和变化，林业的有效供给相对滞后。

物质短缺时代已经结束，但生态短缺变得更为严峻。

在生态不断恶化和社会对林业的多样化需求日益增长的新形势下，我国林业发展的现状远远不能适应全面建设小康社会的要求。

站在新世纪的门槛回望，我国生态的整体形势不容乐观，生态恶化的趋势尚未得到扭转。

生态始终处在缓慢恶化、问题不断累积的过程中。20世纪70年代以来，中国的生态整体恶化加速。进入90年代，局部出现了一些改善，但生态整体恶化的趋势并没有得到有效遏制；治理速度赶不上破坏速度，边治理边破坏的趋势还没有得到根本扭转。

据专家分析，彼时森林资源面临着巨大的综合压力。

第一，中国改革开放二十多年的发展，取得了发达国家历经上百年才达到的水平，各种问题尤其是生态环境问题在短时间内相继出现，并带有很大的突发性和扩展的广泛性。

第二，巨大的人口、经济高增长造成森林资源的巨大消耗，并将形成更大的压力。

第三，边治理边破坏现象严重。一些地区在将森林视为重要的生态资源和社会资源的同时，仍以牺牲森林资源来换取粮食增产、经济增长，对森林资源的经济依赖度仍相当高，造成林地林木大量损毁、消耗。

第四，林产品供需之间的结构性矛盾长期存在，并随着全面建设小康社会步伐的加快变得更为严峻。多数林产品供求存在较大的缺口，木材及林产品结构性短缺严重，并且供求矛盾呈不断加剧之势。

第五，我国森林资源培育与森林资源利用脱节。一方面，商品性森林资源培育针对性不强，未能做到以市场需求为导向；另一方面，林产工业布局和结构未能适应森林资源结构的变化，资源利用与培育脱节。

第六，生态建设的成本越来越高。随着市场经济体制的确立，可以无偿使用的社会资源越来越少，生态修复的成本呈明显上升趋势。

传统发展道路遇到来自各方面的挑战。

一是以往进行生态工程建设，投入政策充分考虑了制度优势，设计了以国家投入为辅、农民投工投劳为主的建设机制，农民成为建设的主体。

二是生态工程的建设规模、内容逐步扩大，建设目标呈现多样化趋势。

三是建设的直接成本明显上升，从种苗到管护，都发生了变化。

当我们在发展中努力追求利用外部资源为国家可持续战略顺利实施创造有利条件时，却遇上了国际环境政策和公约形成的“绿墙”，使我们获得外部资源的难度加大，并存在着国际政治和外交风险。

1998年洪水后，林业被历史地推向了发展的核心地位，成为经济社会可持续发展的重要基础，在可持续发展战略中居于重要的地位；在生态建设中，林业居于首要地位。

在全面建设小康社会的发展进程中，林业必须实现跨越式发展。

唯有林业的跨越式发展，才能增加有效供给并为满足多样化需求创造可以选择的前提。发展是林业的第一要务，这是基于中国发展现实做出的必然选择。

站在新世纪的起点上，林业迎来了一场深刻变革。这场变革的核心，就是由以木材生产为主向以生态建设为主的历史性转变。

这是林业处在这个重要发展阶段的最基本、最重要的特征，它必将导致新世纪中国林业定性定位的根本性变化。

同时，林业还在加速实现由以采伐天然林为主向以采伐人工林为主、由毁林开荒向退耕还林还草、由无偿使用森林生态效益向有偿使用森林生态效益、由部门办林业向全社会办林业的重要转变。这些转变是林业处在这个重要发展阶段的主要特征，是林业历史性转变的重要标志，是推动林业历史性转变的重要动力。

这些转变，是几代务林人集体智慧的结晶，是对新中国林业建设五十年经验教训的深刻总结，是根据新形势、新需求对传统林业进行改造的审慎选择。

这是一个伟大的起点。退耕还林还草就是由这个起点出发，发展成为世界最大的生态修复工程。

四、从这里起步

坊间有个说法：退耕还林还草全国看陕西，陕西看吴起。陕西是全国首批退耕还林还草试点省之一，而吴起则是陕西退耕还林还草的先行者。

坐落在陕西省延安市吴起县的退耕还林纪念馆有一行红字很醒目：退耕还林从延安走向全国。1999年，延安在全国率先开始大规模退耕还林，成为全国最早的退耕还林试点地区之一，但是在全国试点开始前，延安市吴起县已经开展了相关探索实践。

1. 越垦越穷的魔咒

吴起县位于陕西延安西北部，是典型的黄土高原梁状丘陵沟壑区。据专家考证，早在汉代以前，吴起林草丰茂，牛羊塞道，生态环境良好。千百年来，随着经济社会的发展，当地民众为了生存，开荒种地、伐木取炭、毁林造田、漫山放牧，使生态环境遭受严重破坏。

吴起有着深厚的红色文化，是中央红军长征胜利的落脚点，但大自然并没有因为这一红色基因而恩赐于此，“三口”问题曾长期困扰吴起人：缺水的梁峁多是“和尚头”，喂不饱烟熏火燎的“灶口”；春种一面坡，秋收一瓢粮，喂不饱倒山种地的“人口”；羊蹄一踩就倒，羊嘴一啃就光，喂不饱漫山遍野的“牲口”。

到了20世纪90年代，吴起县的生态环境已经恶化到极其严重的地步，水土流失面积一度超过全县土地总面积的90%，是黄河中上游地区水土流失最为严重的县份之一。长期在吴起县从事退耕还林管理的刘生亮回忆起那时的情景“下一场大雨脱一层皮，发一回山水满沟泥”“年年造林不见林，岁岁栽树树无影”。

恶劣的生态环境也给当地的生产生活带来了严重影响。据统计，1997年底，吴起县农作物种植面积达185万亩，牲畜饲养量达49.80万头（只），其中散牧养羊23.80万只。农村经济陷入了“越穷越垦、越垦越穷，越牧越荒、越荒越牧”的恶性循环。“春种一面坡，秋收一袋粮”是当时农业生产广种薄收的真实写照。

对于吴起的很多群众来说，回忆起过去的生存状况时，都会习惯性地皱眉。当地的赵丕贵老人更是连连摆手，回忆道：“光秃秃的山梁一片荒凉，每到春天，狂风大作，尘土飞扬，刮得人走不了路、睁不开眼。那时的生态环境太恶劣，尽管种的地不少，但收成不好。”

2.8亩地吃不饱，2亩地吃不了

为了摆脱“越垦越穷”这一魔咒，吴起人曾经走过一段艰辛的探索之路。20世纪70—80年代，吴起县政府发布过造林灭荒号令，但收效甚微——政府的造林灭荒号令调动不起来农民的积极性。

吴起县原县委书记冯振东在接受记者采访时认为，荒山荒坡虽然植被差一些，但并不是水土流失的主要地方，陕北水土流失的主要区域是坡耕地。

吴起县总结了宁夏西吉世行贷款的历史教训。世行贷款项目在实施流域治理、解决造林绿化方面取得了非常显著的成效，但仍然存在缺陷。“由于群众不直接拿钱，因此与群众的直接利益不切身。”时隔多年，冯振东回忆退耕还林还草时总结道。

1997年，国务院副总理姜春云到延安调研，在延安枣花流域看到的一番景象让他感触颇深。姜春云曾对媒体描述过当时的情形：“在枣花流域走到一个村，我就问这个地方过去怎么样，现在怎么样。当地的干部群众就讲，过去我们这里人均8亩地，全种粮。由于这种土地叫坡耕地，是‘三跑’田，跑水、跑土、跑肥，亩产也不过是百八十斤，遇到干旱就颗粒无收，连种子都打不回来。所以尽管种8亩粮，人均也不过300公斤，不够吃，因为他没有别的作物。那么，经过山、水、田、林、路综合治理后，压缩粮田，人均建设2亩高产稳产田，又叫‘三保’田：保水、保土、保肥。还修了地堰，加深土层，采用新的技术。有人当时给我说一亩地产800斤到1000斤，我听了后很感动，我说你看这是个多生动的辩证法，8亩地吃不饱，2亩地吃不了，那么6亩地退耕还林，经济收入、花钱也有了。这是多么现实的发展和生态关系的辩证法。”

通过对枣花流域这样一大批治理区域的调研考察，姜春云最终形成了《关于陕北地区治理水土流失建设生态农业的调查报告》。报告直送时任中共中央总书记江泽民。

同年8月，中共中央总书记江泽民在该调查报告上作出长篇重要批示，强调要大抓植树造林，绿化荒漠，再造一个山川秀美的西北地区。8月12日，国务院总理李鹏作出重要批示，强调要切实加强植树种草，治理水土流失，并争取15年初见成效，30年大见成效。

这成为党的第三代中央领导集体发出的开展更大规模治理生态环境、实现人与自然和谐、启动退耕还林还草和西部大开发的动员令。

3.封山禁牧与退耕还林

面对着恶劣的生存环境，吴起县委、县政府领导同志看在眼里，急在心里。当时的吴起，温饱问题尚未彻底解决，吃饱饭和保护生态在传统观念里是一个两难的选择。生态的恶化影响着人民群众的生存，生存与生态似乎成了一场零和博弈。但是，吴起县委、县政府大胆决策，在党中央“再造一个山川秀美的西北地区”的号召下，开始探索退耕还林工程。1998年9月，吴起县委作出了实施“封山退耕、植树种草、舍饲养羊、林牧主导、强农富民”的逆向开发决策，在全国率先开始封山禁牧、退耕还林。

这一思路的提出并不是毫无根据的，而是受到了两个启发。其中一个是，吴起县域内的马𡹁岘流域从1984年起开始实行封山育林、种草养畜，到1997年，这里森林覆盖率已经达到47.70%，水土流失治理和生态修复成效显著。另一个是，吴起县杨庙台村1996年开始圈养小尾寒羊，并搭配进行退耕还林还草试点，到了1997年，这个村粮食产量和经济收入不但没有下降，而且比上一年还多。

杨庙台村是吴起县舍饲圈养的发源地，而许志洲是吴起县舍饲圈养的第一人。1995年，精明的许志洲花1000多元钱从甘肃买回两只小尾寒羊。

小尾寒羊原属蒙古羊，引入我国中原地区以后，品种不断优化，肉和裘兼用，以能四季发情、繁殖力强、生长发育快、产裘和肉性好著称，被称为“世界超级羊”。与土山羊相比，小尾寒羊一年能下3~4个羊羔，而土羊一年也就能下1个羊羔。在价格上，一只小尾寒羊能卖500~1200元，是土羊的10多倍。此外，与吴起当地山羊相比，小尾寒羊性格温顺，吃草不刨食草根，吃树叶不啃树皮，是少有的具有“生态意识”的羊。

许志洲的小尾寒羊当年9月就产下4只小羊羔，按照当时的市值可以卖到2000多元，但是，他看到饲养小尾寒羊前途很大，没舍得卖，而是继续扩大繁殖，羊群很快由一对种羊发展到20多只。以后，他靠出售羊羔获利，每年饲养小尾寒羊的收益都在4000元以上。为了养羊，他索性把家里的70多亩坡耕地全部退下来种植牧草，并且用养羊获得的收益在山上建起了果园。

在2007年接受新闻媒体采访时，他回忆了参与1996年退耕还林还草试点的情形。据许志洲回忆，“1994年，我圈了两只小尾寒羊，3年后，羊存栏数达到29只，当年羊销售收入7000元。1996年，乡镇上给我们村弄了100亩仁用杏园，但乡上不提供苗子，要自己买，所以没人接受。我是生产队长，就把这个活揽回来了。上苗子那一年是1996年，秋季雨水好，苗子成活率高。”

受许志洲的影响，杨庙台村先后有20多户人家开始饲养小尾寒羊，村民的收入不减反增。

1997年起，吴起县委书记郝飚、县长师合林等县委、县政府领导为解决生态与生存的矛盾，探索和实践这二者间的“双赢”良方，开展了广泛深入的调查研究。由于许志洲圈养小尾寒羊和退耕还林还草的创举取得了很好的效果，引起了领导的关注。1998年初，吴起县委书记郝飚、副县长韩爱杰先后来到许志洲家对舍饲养小尾寒羊的情况进行调研，他们一致认为，这是结合吴起县实际、来自民间的创新之举，是符合吴起县养殖业发展实际的。

“1998年，县委书记郝飚亲自带着县长和县上其他单位的二十几个人，连同我们乡上总共有四十多名干部来了，来了二话不说就给我的杏树浇水、上肥。县委书记郝飚还到地里挖坑填玉米秸秆、浇水、施肥，还亲自担过粪呢。这些人，没有一点国家干部的架子。”回想起当时县委、县政府调研时的情况，许志洲说道：“我想，县委书记来都给我这里舍下身子干了，我再不重视仁用杏能行吗？树抚育大了，我个人的经济收入也好。再说了，领导这么重视，我不把这个园子弄成，就对不住县委书记郝飚，对不起县上各级领导了。”

对于退耕还林试点前后对群众生计的影响，许志洲说，“过去，这地方吃的是糜谷、荞麦，现在吃的是白米、白面；过去，一年一个人收入就是1000多元钱，现在，出去打工一天挣50元钱。退耕以后，加上养羊、退耕还林的补贴，一个人一年的收入将近2000元，比过去翻一倍还多。经济收入好些的，一年一个人收入三四千块钱的也有。”

对于谈到舍饲养羊、退耕还林还草的意义，许志洲体会很深。他说，“虽然退耕还林以后土地变少了，但粮食仍然够吃。我告诉前来采访的记者，吴起县的舍饲养羊和种仁用杏，我先走了一步。我的想法是：我老了，以后还要教育儿孙后代，要看长远，做长远。不要说今年仁用杏受冻了，收入不好，就放弃不管；今年天旱了，庄稼不收了，你就把地也撂下不管了，这不是长远利益。”

无疑，杨庙台村退耕还林的做法和尝试成功鼓舞了县领导。在调研了杨庙台村情况后，吴起县委、县政府领导很快下定了封山禁牧、舍饲养殖、退耕还林的决心，并决定先从舍饲养殖开始。1998年5月16日，吴起县召开九届二次全体扩大会议，讨论研究封山禁牧、舍饲养羊问题。6月1日出台了《关于实行封山禁牧大力发展舍饲小尾寒羊的决定》，计划在全县封山禁牧。许志洲的创新之举，成了改变吴起乃至延安生态环境的政策依据，点燃了吴起“绿色革命”的导火索，在不经意间掀开了陕北封山禁牧的大幕。

“当时，吴起面临的生态环境形势非常严峻，农业生产如果继续沿袭千年以来的老路去走，将无以为继。现实逼迫县委、县政府不得不探索出一条符合吴起实际的发展路子。”郝飚说，“在经过大量的调查研究之后，我们设计吴起退耕还林，是按照调整农业产业结构、发展农村经济、兼顾生态修复来考虑的。之所以把封山禁牧作为退耕还林的突破口，是因为吴起是第一个吃螃蟹的，前面没有成功经验可供借鉴。县委、县政府认为，要增加吴起的林草覆盖率，必须先解决放牧的问题。放牧的问题不解决，即使种上林草，也会被羊啃光。”

经过大量调研和准备，1998年6月，吴起县委、县政府向全县发布“封禁令”：全县164个行政村全部实行封山禁牧。

上山散养是当地畜牧业的传统方式，几乎毫无成本的养殖模式传承了几千年，突然间封山禁牧、舍饲养殖，当地农民并不认同，更不配合，有的偷牧，有的痛哭，甚至有的农民还出现极端行为，以自杀相威胁。

此令一出，在吴起引起了一场不小的“地震”。

吴起镇金佛坪村的张生荣老汉放了一辈子的羊，听到封禁消息后，把烟斗一扔，从炕上跳了起来，指着干部就骂：“不让放羊，那干甚？吃甚？我将来还让孙子放，孙子的孙子也放羊！”骂完，张生荣老汉抄起羊铲，气呼呼地又上山放羊去了。这个生动的故事，被生态文学作家李青松写进报告文学《从吴起开始》中。

后来，由张仲伟、杨一平联合执导，陈瑾、童振军等主演，以延安退耕还林还草为背景的电影《山丹丹花儿开》中，塑造了一个抗拒“封禁令”的村民“烂皮袄”，其中就有张生荣老汉的影子。

抗拒“封禁令”的不只张生荣老汉一个人。很多人认为，政府是“瞎折腾”，是在断老百姓的财路。晚上，有人把贴在墙上的“封禁令”撕下来，扔在地上，又狠狠踩上几脚。干部们把这些情况反映到时任县委书记郝飚那里，郝飚不为所动。就这样，“封禁令”得到了有效执行。

“有些群众到乡镇上访，你不让放羊，我就把羊赶到乡政府院子里，也有些群众到我办公室讲道理。他们来的时候觉得自己很有道理，我说咱们算算账，算完对比一下，如果你的路子好，就按你的来；按你的路子算不过我，就按县委、县政府的决定来。算完账一对比，他们明显算不过我。县委、县政府作出的决定是通过实实在在的调查研究，在基层总结出来的，非常现实可行，所以大多数老百姓算完账，一说就想通了。”回忆往事，郝飚欣慰地说。

吴起县委、县政府采取疏堵结合的办法，一方面禁止农民到山上放牧，另一方面为农民养羊寻找出路。县委、县政府通过奖励、补贴的方式鼓励农户卖羊或者改良羊种。同时，为了推行封山禁牧、退耕还林，吴起县发动了全县力量，县委、县政府抽调各个部门人手，包村包户，包括县委书记、县长也常常在村里跟农民开会。县、乡镇、村三级干部几乎天天都在村里抓封山禁牧、退耕还林工作。

郝飚更是号召干部与农民结成“羊亲家”，干部可自选对象，一次出资投放2只适繁小尾寒羊和20斤紫花苜蓿，由农民饲养，一年可分配1只羊羔。干部与农民签订合同，借羊还羊，增值分成。

舍饲小尾寒羊的技术要求很高，弄不好就会生病死亡。当年，县政府专门从西北农林科技大学聘请了两名教授做技术指导，他们定期来吴起讲授有关知识，培训技术骨干。县里还建立了县、乡、村、组、户五级科技服务网络，印刷了《小尾寒羊管理口诀》等“明白纸”，贴到农民家的墙上。科学喂养使小尾寒羊的病死率降到了最低点。

经过一番努力，当年12月，吴起县封山禁牧全部完成。

时任中央农村工作领导小组办公室副主任段应碧，起初也不大相信吴起的“封禁令”真能把山封住。他到吴起的山上转了一圈后相信了。他在给国务院总理的报告中写道：“我转山头时，确实未见牧羊的。曾见羊屎，因此提出怀疑，仔细看却是兔屎（农民讲，封山后草绿了，野兔繁衍快，成了新害）。”

在完成封山禁牧的当年，吴起县委、县政府在充分调研论证后，大胆决策，全县留足30万亩的基本农田，一次性退耕还林155.50万亩，掀起了一场史无前例的“绿色革命”。

“当时吴起县领导的思路是转变老百姓传统的农耕方式。通过集约种植，提高产量，解决吃饭问题；通过提倡退耕地种草搞舍饲养羊，解决赚钱问题。”时任吴起县林业局副局长吴宗凯说。

“1998年3月，吴起在全国首开封山禁牧退耕还林的先河。到当年12月，封山禁牧全部完成。”郝飚告诉记者，“1999年，吴起县一次性退了25度以上的坡耕地155.50万亩，一次性淘汰出栏当地土种山羊23.80万只，实现了全县整体封禁的目标。”

吴起出台退耕还林、封山禁牧决定时，并没有考虑到国家会给粮给钱。他们是完全建立在自力更生的基础上的。他说，通过农村内部的产业结构调整，一方面要修复生态，另一方面还要发展农村经济。但当时，他细算过一笔账，实施退耕还林还草，比就粮食抓粮食、搞传统农业要好得多。

“封、改、退、还、建”成为吴起人退耕还林的五字法宝。“封，就是封山禁牧；改，就是改放牧为舍饲；退，就是将低产坡地全部退耕；还，就是将退耕地和荒山荒坡还林还草；建，就是建设高标准农田。”

就这样，在“一减一增”中，吴起农村的经济结构开始发生深刻变革：舍饲养羊做大了养殖业规模，精细耕作做活了小杂粮品牌，丰富的林业资源催生了沙棘、山桃、山杏等林果业，养鸡、养猪、养蜂等林下产业得以快速发展。

然而，任何改革都是要冒风险的。吴起县提出封山禁牧，要求老百姓舍饲养羊，当时是提倡养小尾寒羊，很多养羊户不适应，都把羊卖了，在统计数据上，畜牧产业下滑，整个农业产值受到影响。当时，延安市提出要大力发展畜牧业，畜牧业被当作主导产业，是农业中最有增长潜力的。吴起县实际上是另辟蹊径，没有服从上级的安排，当时延安市有主要领导反对。

1998年，延安市先于全国在吴起县开始封禁退耕，开启了全国封山禁牧退耕还林的先河。而此时，国家退耕还林还草政策还没有出台，大规模、有组织地进行退耕还林还草的思路尚在中央及地方各级政府的酝酿之中，如何干，以及在西部地区开展退耕还林还草后是否会影响粮食产量，这些问题尚未有明确的定论，但是延安的试点先行，解答了很多问题，为中央决策提供了充分信息支撑。

幸运的是，1999年8月，国务院总理朱镕基在延安市宝塔区燕沟流域的山上，向全国人民提出了“退耕还林、封山绿化、以粮代赈、个体承包”的十六字政策措施，要求延安人民变“兄妹开荒”为“兄妹植树”，率先实施退耕还林，建设美好家园。延安市抓住“再造一个山川秀美的西北地区”的历史机遇，确立了“以退耕还林统揽农业农村工作全局”的战略思路，在延安全市掀起了以退耕还林为重点的生态建设热潮。

可以说，如果不是1999年国家正式开始退耕还林试点，吴起县的退耕还林很可能推行不下去。从此，一场波澜壮阔的“绿色革命”从“红色圣地”一步一步展开，开始席卷全国。吴起县恰恰抓住了这一历史机遇，并一直坚持下来。

五、党和国家领导人的战略判断

退耕还林还草的启动实施与党和国家领导人的大力支持密切相关。正是党中央、国务院的高瞻远瞩、鼎力支持，退耕还林还草的重大决策才顺利落地。

考虑到我国西部地区生态环境脆弱，为了避免在发展和建设西部的过程中重走牺牲环境换发展的老路，在西部大开发战略中，党中央、国务院高度重视生态的保护和修复。

1.党中央高度重视西部大开发中的生态保护和建设

1998年“两会”期间，中共中央总书记江泽民在参加重庆市人大代表团全体会议时指出：从现在起，我们必须高度重视起来，从上游地区经济、社会发展的长远利益出发，从三峡水库的功能发挥和长期安全出发，从子孙后代的生存繁衍出发，大搞植树造林，加快长江上游林业生态工程建设。要做好规划，分步实施，年复一年地干下去，任何时候都不能疏忽和懈怠。重庆市、长江上游各省（自治区）以及中央有关部门一定要把水土保持工作作为关系全局、造福子孙的一项战略任务，切实抓紧抓好。要经过10年、20年、50年的持续奋斗，彻底改变长江上游地区的生态环境面貌，做到青山常在，绿水长流。

1999年6月17日，中共中央总书记江泽民在西安主持召开西北五省区国有企业改革和发展座谈会上，明确提出要实施西部大开发战略，指出加快开发西部地区是全国发展的一个大战略、大思路，并对西部大开发的一系列重要问题作了论述。在谈到改善西部地区生态环境问题时，他着重指出：由于千百年来的多少次战乱、多少次自然灾害和各种人为的原因，西部地区自然环境不断恶化，特别是水资源短缺，水土流失严重，生态环境越来越恶劣，荒漠化年复一年地加剧，并不断向东推进。这不仅对西部地区，而且对其他地区的经济社会发展也带来不利影响。改善生态环境，是西部地区的开发建设必须首先研究和解决的一个重大课题。如果不从现在起，努力使生态环境有一个明显的改善，在西部地区实现可持续发展的战略就会落空。在6月17日至24日的黄河考察中，江泽民实地了解了黄河的治理与开发情况。一路上，江泽民十分关注西北地区水土流失的治理情况，并指出改善生态环境是西部地区开发建设必须首先研究和解决的一个重大课题。

1999年11月15日，江泽民在中央经济工作会议上的讲话中指出："西部开发要重点抓好交通、通讯、能源等基础设施建设，尤其要把水资源的合理开发和有效利用放在突出位置；大力植树种草，有计划、有步骤地退耕还林，搞好综合治理，加强生态环境建设；调整产业结构，发展优势产业，促进资源加工增值，优先发展科技教育，着力培养人才，提高劳动者素质，为振兴西部奠定好的基础。"

2. 十六字政策措施的提出与形成

1998年9月7日至12日，大洪水刚刚退去，国务院总理朱镕基先后到湖北、江西、湖南、重庆和四川考察，听取无省市负责人对灾后重建、治理水患、发展经济的意见和建议，共同研究做好这些工作的主要措施。朱镕基强调，在灾后重建工作中，既要着力解决当前的实际问题，又要着眼未来、从长计议，把迅速恢复生产生活秩序同治理江河水患、实现长远目标紧密结合起来。

9月8日，朱镕基在湖北考察时指出，落实灾后重建要抓好封山植树、退耕还林，从长计议。9月9日，在江西考察时，朱镕基再次对封山植树、退耕还林提出明确要求，"从事植树，砍树队伍的转产马上就要着手进行，要为子孙后代造福""这次百载良机，不提高防洪标准、退耕还林、退耕还湖，就不能一劳永逸，就不能造福于子孙后代。"9月10日，他在湖南考察时指出，"25度坡以上耕地退耕还林、还草；25度以下水土流失严重的耕地也要考虑还林。"9月11日，在重庆考察时，朱镕基对水患形成的原因已经有了明确认识，"水患是大自然的惩罚，树砍多了、水土流失了""关于根治水患，国务院最近发出制止毁林开荒的通知，对于25度以上的坡耕地退地（耕）还林，25度以下的坡改梯""天然林马上停伐；退耕还林能不能做到，要讨论、做好工作。"

1998年12月28日至30日，朱镕基在视察三峡库区时指出：要妥善处理移民建设与环境保护的关系，防治污染，保护山林，保持水土，防止乱占耕地。对25度以上的坡地，要停止开垦，已开垦的要有计划有步骤退耕还林；25度以下的坡耕地，要建成高标准梯田。要努力实现库区经济建设、移民安置、生态环境建设的协调发展，为中华民族留下青山绿水，把库区建设成经济繁荣、环境优美、人民安居乐业的新型经济区。

朱镕基对生态保护和修复的思考一直在继续。1999年，他先后到西南、西北地区，主要考察生态环境，研究退耕还林还草和天然林保护的政策措施。

1999年初，四川省委书记谢世杰、省长张中伟给党中央打了一份报告，说四川要退耕还林300万亩，坡改梯300万亩，中央补助粮食就行了，钱一分不要。国务院总理朱镕基接到这份报告后，心里也没底，在拿不定主意的情况下，决定到西部的陕西省看看再说。[1]

时任国家林业局局长王志宝也曾提起过这段往事。1999年8月初，朱镕基在青岛调研，他要王志宝到青岛与他会合，然后一起前往延安。他们在延安考察了小流域治理，一路上探讨小流域治理的措施和方法。

8月5日，朱镕基来到陕西省延安市，他站在一个叫作燕沟的山峁上，看到为建立新中国作出重大贡献的革命老区到处是荒山秃岭，心里非常难过。他动情地对当地负责同志说，“别在山上开荒了，要种树，退耕还林还草，把‘兄妹开荒’变成‘兄妹造林’！”他还说，“你把原来的坡耕地绿化了，我运粮来给你。你要维护、管护这片林地，将来还可以围绕林地搞副业生产。”

刻在延安宝塔区燕沟的十六字政策措施

乐也 摄

---

[1] 李青松. 2015. 共和国：退耕还林，大地伦理[M]. 山西：山西出版传媒集团，北岳文艺出版社.

8月9日，朱镕基在考察陕西治理水土流失、改善生态环境和黄河防汛工作时指出，要认真贯彻落实江泽民“再造一个山川秀美的西北地区”的批示和关于治理开发黄河的重要指示，从根本上把黄河的事情办好；并强调，黄河上中游地区要治理水土流失，要采取退耕还林（草）、封山绿化、个体承包、以粮代赈的措施，动员广大群众，大搞植树种草，改善生态环境，为根治黄河奠基，为子孙后代造福。

在这次调研中，朱镕基对实施退耕还林还草政策措施作了较为系统的指示：“治理水土流失，要坚决实行退耕还林，停止新的毁林毁草开荒，做到树上山、粮下川。要封山绿化，保护植被，发展林草业及相关产业，开展多种经营，开辟新的增收门路。退耕地的坡地造林，可以实行个体承包的办法，把造林任务承包到户、到人，谁造林、谁所有、谁受益。建立健全责任制，明确造林权益，落实管护措施。对造林种草所需苗木、种子和用具，国家给予适当补贴，个人保种保活。对退耕并达到造林要求的农户的口粮，在一定年限内，由国家采取以粮代赈、无偿提供的办法解决，以调动农民退耕还林还草的积极性。”

随后的8月12日至8月16日，朱镕基赴云南考察，看到云南的情况后，他强调：要采取退耕还林（草）、封山绿化、个体承包、以粮代赈的措施。这项措施，不仅适用于治理黄土高原水土流失，也同样适用于其他地区。要坚决实行封山植树，实行坡耕地退耕还林还草，植树种草，同时还要严禁新的毁林毁草种粮。对退耕还林还草的地区，农民在种树种草的同时，国家在一定的年限内，无偿提供粮食。对造林和护林，要实行承包到户、到人的办法。

9月6日至12日，朱镕基紧接着赴四川考察，实地视察了卧龙自然保护区、茂县、南坪、平武等地生态建设情况。据四川省林草局二级巡视员王玉琳撰文回忆，在绵阳市下榻的晚上，朱镕基连夜召集有关部委领导研究退耕还林启动事宜。朱镕基说，四川省对退耕还林非常积极，可以考虑在四川省先启动试点。12日，四川省委、省政府在成都向朱镕基一行汇报工作。四川省委书记谢世杰讲，四川省有耕地面积6780万亩，其中25度以上耕地1154万亩，主要分布在长江上游及支流源头，水土流失十分严重，建议国家先在四川搞300万亩退耕还林试点。朱镕基当即表态同意四川的请示，并指出：加强生态环境建设，是刻不容缓的任务，也是长期艰巨的事业，必须全面规划，综合治理。要把停止天然林砍伐同退耕还林还草、治理荒山荒地结合起来进行。对农民毁林开荒种植的坡耕地要采取退耕还林（草）、封山绿化、以粮代赈的措施，恢复林草植被。要抓住当前全国粮食供应有余、库存充裕的机遇，以粮食换森林，深刻认识森林恢复、生态改善后粮食将会更大增产的良性循环作用。对退耕还林农民要认真落实补偿和扶持政策，国家会在一定时期内给予农民粮食补助。

带着对西北、西南地区过度垦荒、水土流失严重的沉重认识，朱镕基返回北京，随即在10月3日召开的中央民族工作会议上指出：长江、黄河上中游治理水土流失和实施天然林保护工程，要采取“退耕还林（草）、封山绿化、以粮代赈、个体承包”的措施，恢复林草植被。停止天然林砍伐、退耕还林还草之后，中央和省级财政对有关地区与群众要给予应有的补偿或补助。现在粮食供过于求，是以粮食换森林、换草地的极好时机。

继赴陕西、云南、四川考察工作之后，10月21日至30日，朱镕基又先后前往甘肃、青海、宁夏考察，就实施西部大开发战略，特别是加强生态环境保护和建设工作与三省（自治区）干部群众充分交换意见。在此期间，他深入基层，实地察看植树造林、治理水土流失的情况，同时访问农户和扶贫移民村，详细询问他们生产和生活情况，征求群众对治理生态环境的看法和意见。在这次涉及三省（自治区）的考察中，他更加明确地指出：切实加强生态环境保护和建设，是实施西部大开发的根本，现在全国粮食供应充裕、库存多，是以粮食换林草的极好时机，我们要紧紧抓住而不能错过这个难得的机遇，要对坡耕地有步骤地进行退耕还林（草），25度以上坡耕地都要退耕还林，植树种草。这样，既可以改善生态环境，又可以缓解目前粮食相对过剩造成的一些矛盾，还能带动整个经济结构的调整。同时，把以粮食换林草同扶贫工作结合起来，也是加快贫困地区脱贫致富的有效途径。

10月22日，朱镕基在甘肃视察，主要是围绕退耕还林还草做调研，为之后出台退耕还林还草政策和实施西部大开发战略做准备。在这里，朱镕基先后考察了曾经是“苦甲天下”的甘肃定西地区的小流域治理以及兰州市的绿化工程，并在视察时强调：“要坚决实行坡耕地退田还林，坚决停止新的毁林毁草开荒，做到树上山、粮下川。”

定西电视台记者张慧采访报道了朱镕基定西行。据他回忆，10月22日下午4时，朱镕基来到九华沟流域治理区。这个流域，属于定西县北部典型的黄土高原丘陵沟壑区，经过多年的山水林田路综合治理，走出了通过水土保持综合治理实现脱贫致富的新路子，很有特色。朱镕基站在山顶，眺望着脚下的山梁沟岔和层层梯田，若有所思地对当地的领导干部说：粮食产量提高了，但水土流失并没有控制住。说到这里，朱镕基话锋一转：能不能这样办，25度以上的山坡就不要种粮了，25度以下的可以坡改梯，但不能光种粮。国家给你粮，你退耕种树固土，恢复生态，这叫以粮代赈。老百姓同意不同意？地方政府愿意不愿意干？随后，按照国家有关部委的部署，甘肃开始退耕还林试点工作。甘肃各级党政军主要领导、分管领导齐抓共管、高位推动，全社会动员、齐心协力，开启了艰难的破冰之旅。

10月26—27日，朱镕基在青海视察，并就国有企业改革和三年脱困目标、加强西部地区基础设施建设、改善生态环境、实行退耕还林等问题作重要讲话。在实地视察西宁市绿化工程时，朱镕基提出，实施西部大开发要切实加强生态环境保护，对于水土流失严重的耕地要退耕还林。青海省委、省政府对此高度重视，于11月3日召开了西宁地区处以上干部大会，传达朱镕基讲话精神，并对退耕还林问题开始细化落实，加快推进实施。

10月28日，朱镕基又到宁夏视察工作，在考察宁夏扶贫扬黄灌溉工程时，他对宁夏生态环境建设作了“退耕还林（草）、封山绿化、个体承包、以粮代赈”的重要指示。为贯彻落实这些指示精神，将生态建设作为西部大开发的切入点，宁夏党委、政府立即作了部署，统筹安排退耕还林工作。

朱镕基在陕西、云南、四川、甘肃、青海、宁夏六省区考察调研中提出的思想和观点，被总结为“退耕还林、封山绿化、个体承包、以粮代赈”的退耕还林还草的十六字方针。后来有关部门为贯彻落实这个方针，研究细化，形成了退耕还林还草的一整套政策措施。应该说，退耕还林还草的政策思路始于延安，成熟于川陕甘，而后践行于中国大地。

六、党中央和国务院的英明决策

1998年8月，国务院在《关于保护森林资源　制止毁林开垦和乱占林地的通知》中指出：“各地要在清查的基础上，按照谁批准谁负责、谁破坏谁恢复的原则，对毁林开垦的林地，限期全部还林。”

同年修订的《中华人民共和国土地管理法》规定：“禁止毁坏森林、草原开垦耕地，禁止围湖造田和侵占江河滩地。对破坏生态环境开垦、围垦的土地，有计划有步骤地退耕还林。”

根据这些规定，许多受灾地区在灾后重建中率先开展退耕还林还草、封山绿化。

湖北省政府在1998年秋发出通知，“实行大规模封山植树和退耕还林，从根本上改善荆楚大地的生态环境”“把制止毁林开垦和乱占林地作为大事来抓”，要求湖北全省立即停止一切毁林开垦行为，废止各地市州、县、乡（镇）自行出台的与国务院通知精神相违背的文件；并明确提出，到20世纪末，对湖北省35度以上的坡耕地全部退耕还林，对25度以上的坡耕地，经过5年努力，全部实行退耕还林还草。

除朱镕基外，国务院其他领导同志和有关部门的负责同志在1998年也深入灾区进行调研，并广泛听取地方和专家的意见，认识基本趋于统一：要杜绝水患，修坝筑堤是治标，生态治理是固本，只有将固本和治标相结合，才能从根本上杜绝水患。有关部门将这些建议上报党中央、国务院，很快得到了中央领导同志的肯定。

1998年10月，十五届三中全会通过、同年出台的《中共中央关于农业和农村工作若干重大问题的决定》指出：“禁止毁林毁草开荒和围河造田，对过度开垦、围垦的土地，要有计划有步骤地还林、还草、还湖。”

中共中央和国务院随后出台《关于灾后重建、整治江湖、兴修水利的若干意见》，更是把“封山植树，退耕还林”放在灾后重建“三十二字”方针综合措施的首位，提出“积极推行封山植树，对过度开垦的土地，有步骤地退耕还林还草，加快林草植被的恢复建设，是改善生态环境、防治江河水患的重大措施”。这一文件的出台，标志着退耕还林还草已被提到党和政府工作的重要议事日程。

1998年末到1999年初的中国，有计划的退耕还林还草已经成为广大人民群众的热切期盼和社会各有关方面的广泛共识，各地也不断出台退耕还林还草的政策。

党中央、国务院审时度势，果断决策，退耕还林还草正式拉开序幕。

世纪之交，党中央、国务院站在民族生存和发展的高度，着眼于经济社会可持续发展的大局，将退耕还林还草作为西部大开发的根本和切入点，启动实施退耕还林还草工程，标志着退耕还林还草真正上升为国家战略和国家意志。

退耕还林还草工程的启动，这是人类认识史上的一次飞跃，是人与自然和谐发展的必然选择，是全球生态修复史上的伟大创举。

第二篇 伟大创举

退耕还林还草是党中央、国务院站在中华民族生存与发展的高度作出的重大决策。它关乎经济社会可持续发展全局，关乎我国生态修复和生态文明的大局。

由毁林开荒到退耕还林还草，这是世纪之交林业发展的一次历史性转变。这个转变，是中华民族集体智慧的结晶，是新中国建设50年经验教训的总结，是新世纪经济社会长远发展的必然要求。

1999年，注定是我国生态建设史上一个值得铭记的年份。这年秋冬，陕西、甘肃、四川三省按照国务院的要求率先开展退耕还林还草试点，在华夏大地正式拉开了这一跨世纪工程的序幕。

退耕还林还草二十年，大体可以分为前一轮（1999—2013）和新一轮（2014年至今）两个时期。本篇我们首先回顾一下前一轮退耕还林还草那段令人刻骨铭心的记忆。

第一章 试点示范

1998年10月20日，中共中央、国务院发布《关于灾后重建、整治江湖、兴修水利的若干意见》把“封山植树、退耕还林”放在灾后重建“封山植树，退耕还林，退田还湖，平垸行洪，以工代赈，移民建镇，加固干堤，疏浚河湖”三十二字综合措施的首位。

至此，通过退耕还林还草等措施来修复生态的大政方针基本确定。

一、试点政策出台

1999年，根据国务院要求，国家计委会同财政部、国家林业局、国家粮食局等部门，在四川、陕西、甘肃率先启动了退耕还林还草试点示范工作，当年完成退耕造林572万亩、宜林荒山荒地造林100万亩。从此，一个关系中华民族未来生存和发展的伟大工程拉开了序幕。

经过半年多的准备，2000年1月，国务院召开西部地区开发会议，国家林业局局长王志宝把退耕还林还草试点示范安排向与会代表作了介绍。会上对试点示范的原则、任务和补助标准等问题进行了认真讨论，旨在进一步研究完善试点政策。

2000年3月，中央批准国家计委关于实施西部大开发战略的初步设想，即中央2号文件。实施退耕还林还草等生态建设工程被写入这一文件，提出了“长江流域5年初见成效，10年大见成效；黄河流域10年初见成效，20年大见成效”的奋斗目标。

3月9日，国家林业局、国家计委、财政部联合发出通知，正式启动退耕还林还草试点示范工作。

让我们记住这个文件的全称——《关于开展2000年长江上游、黄河上中游地区退耕还林（草）试点示范工作的通知》(林计发〔2000〕111号)，这个文件首次正式明确了以粮代赈、退耕还林的政策及投入，即国家向退耕农户无偿提供粮食、适当补助现金、无偿提供种苗和实行个体承包、“退一还二、还三”甚至更多，至于粮食和现金补助的期限则根据试点情况确定。

这个文件注定在我国退耕史上非比寻常。文件明确，试点范围包括长江上游（以三峡库区为界）的云南、四川、贵州、重庆、湖北和黄河上中游（以小浪底库区为界）的陕西、甘肃、青海、宁夏、内蒙古、山西、河南、新疆（含生产建设兵团）13个省（自治区、直辖市）的174个县（团、场）。

3月14日，国家计委、国家粮食局、国家林业局、财政部、农业部、中国农业发展银行联合下发《以粮代赈、退耕还林还草的粮食供应暂行办法》（计粮办〔2000〕241号），规定由地方政府负责粮食供应工作；退耕还林还草后的粮食补助标准，应根据农户退耕面积、当地实际平均粮食单产和还林还草情况综合确定。每亩退耕地每年补助粮食（原粮）的标准，长江上游地区为300斤[1]，黄河上中游地区为200斤，省内可进行平衡安排；粮源由省级人民政府按就地就近原则统筹安排解决，原则上以地方国有粮食收购企业的商品周转粮为主，必要时再动用地方储备粮或申请动用中央储备粮。该办法还对粮食的品种与质量、粮食供应工作的组织、粮食作价办法、加强领导等提出了要求。

6月，国家林业局、国家计委、财政部又联合发出《关于在湖南、河北、吉林和黑龙江省开展退耕还林（草）试点示范工作的请示》的通知，增补湖南、河北、吉林和黑龙江4省14个县作为退耕还林还草试点县。

国家向退耕户提供造林种草的种苗费补助，补助标准按退耕还林还草和宜林荒山荒地造林种草每亩50元计算。同时，国家给退耕农户适当现金补助，按每亩退耕地每年补助20元安排。

粮食和现金的补助年限，先按经济林补助5年，生态林补助8年计算，到期后可根据农民实际收入情况，需要补助多少年再继续补助多少年。

坚持营造生态林为主，而且不许自行砍伐。生态林一般应占80%左右。对多种的超过规定比例的经济林，只补助种苗费，不补助粮食。

2001年，经国务院批准，退耕还林还草试点又增加了湖南洞庭湖流域、江西鄱阳湖流域、湖北丹江口库区、广西红水河梯级电站库区、新疆和田、辽宁西部风沙区等水土流失、风沙危害严重的部分地区。

---

[1] 1斤=0.5千克

试点县林业技术人员实地查看造林整地
拍摄现场：湖北省谷城县

退耕还林还草试点展开后，试点地区各级政府精心组织，有关部门密切配合，试点工作进展顺利。

20世纪90年代初起，曾培炎先后在中央财经领导小组、国家计委、国务院西部地区开发领导小组以及国务院担任领导职务，这使他有机会参加中央有关会议，陪同中央领导外出考察，见证西部大开发战略决策的全过程，并参与具体组织实施工作。据他在2010年出版的《西部大开发决策回顾》中回忆，退耕还林还草试点期间，从心存疑虑到积极退耕，基层群众有个思想转变过程。

开始，一部分基层干部听说国家实行"以粮代赈"的政策搞退耕还林还草，还心存疑虑。他们认为，有的农民连饭都吃不饱，怎么可能搞退耕还林还草，是不是上面在哄我们？

这种思想认识的转变，还生动地体现在原国家林业局的一次调研座谈会上。

2002年3月18日，国家林业局调研组来到甘肃省天水市清水县川铺乡教化村。在刘秋换的炕头上，他们与退耕户开了个小型座谈会。

退耕户刘全洲说："开始我根本就不相信，国家又给粮又给钱，种的树还归自己，哪有这样的好事。我先是退了两亩，后来又复耕了。2001年底，一看国家真的兑现政策，后悔了。"

退耕户刘永祥说："在我家国家补助的粮食吃不完，还卖了一部分。"

面对社会上对政策措施的疑虑，国家计委、国家林业局和地方政府协调并组织做好退耕还林还草的宣传发动工作，通过新华社、《人民日报》、中央电视台、中央人民广播电台等中央和地方媒体，进行广泛宣传教育。

同时，利用报告会、政策宣讲团等多种方式，宣传退耕还林还草的重大意义和政策措施，使国家退耕还林还草政策逐步做到家喻户晓。

工作人员徒步下乡宣传退耕还林政策

2000年，为了尽快兑现补助款项，让广大群众及时感受到退耕还林还草带来的实惠，国家林业局对四川、陕西、甘肃3省1999年退耕还林还草和造林种草进行了确认，报经国务院同意，及时兑现了相应的政策补助。

仅陕西吴起县一次性退耕25度以上的坡耕地就达到155.50万亩，成为当年西部地区完成退耕还林还草任务最多、享受政策补助最多、成效最为显著的典型。

广大农民亲眼看到了退耕还林还草政策带给他们的实惠，退耕还林还草工作由"要我退"变成了"我要退"，甚至"抢着退"。

退耕还林还草试点展开后，试点地区各级政府精心组织，有关部门密切配合，使试点工作进展顺利，总体上收到了预期的效果。

据国家林业局统计，1999年至2001年试点期间，20个试点省（自治区、直辖市）共完成坡耕地退耕还林还草1767万亩，宜林荒山荒地造林1646万亩，造林成活率达到国家规定标准，粮款补助基本兑现到户。

2001年辽宁退耕还林还草试点造林现场

二、中南海召开的专题会议

退耕还林还草试点工作虽然总体进展顺利，但由于点多面广，情况复杂，试点中也出现了一些新情况、新问题。

主要是对退耕还林还草工作的复杂性、艰巨性、长期性认识不足，对退耕还林还草政策的理解存在一定的偏差。一些地区由于试点范围偏大，工作衔接不够，种苗供需矛盾突出，树种结构不够合理，经济林比例普遍较大。还有的地区由于严重干旱以及管理粗放，造林成活率较低。

这些问题如不及时解决，将会使这一利国惠民工程难以为继。

2000年6月，国务院总理朱镕基主持召开国务院西部地区开发领导小组第一次会议。国家林业局局长王志宝汇报了退耕还林还草试点工作情况和存在的问题。

鉴于试点过程中出现的新情况，朱镕基决定召开一次中西部地区退耕还林还草工作座谈会。

为落实西部地区开发领导小组第一次会议精神和国务院领导的指示，保证长江上游、黄河上中游地区退耕还林还草试点示范工作健康有序推进，国务院西部地区开发领导小组办公室向国务院报文，建议7月20日左右在京召开中西部地区退耕还林还草试点工作座谈会。

经协商并报国务院领导批准，这次座谈会仍以国务院西部地区开发领导小组名义召开，请有关省（自治区、直辖市）人民政府和新疆生产建设兵团分管负责人及有关部门负责人、国务院有关部门负责人出席；会期1天半，不超过160人。

7月26日至27日，国务院西部地区开发领导小组在京召开中西部地区退耕还林还草试点工作座谈会，国务院总理朱镕基在座谈会上发表讲话。

人民出版社2011年9月出版发行的《朱镕基讲话实录》第四卷，详细地披露了朱镕基7月27日座谈会上的讲话内容。[1]

朱镕基在开场白中说，这次会议讨论了《国务院关于进一步做好退耕还林还草试点工作的若干意见》（征求意见稿），会后将根据大家提出的意见，对这个文件做出进一步修改，经国务院总理办公会议讨论后正式下发。

朱镕基首先强调，要充分认识退耕还林还草工作的重要性和艰巨性。

他指出，在生态脆弱的地区，有计划、分步骤地实施退耕还林还草，保护和恢复林草植被，加强生态环境建设，是党中央、国务院作出的一项重要决策。只有退耕还林还草、改善生态环境，西部地区的丰富资源才能很好地得到保护、开发和利用，也才能有利于引进国内外资金、技术和人才，加快西部发展步伐。退耕还林还草，提高林草覆盖率，也是根除长江和黄河水患、防治土地荒漠化的治本之策，对于实现全国可持续发展具有重大意义，是利在当代、惠及子孙的百年大计、千年大计。目前，我国粮食出现阶段性的供过于求，正是以粮食换林草的有利时机。现在，各方面对做好这项工作普遍增强了使命感和紧迫感，有关地区的试点工作也进展得比较顺利，得到了广大干部群众的拥护和支持。这是一项非常艰巨和复杂的工作，需要几代人持之以恒地进行不懈努力，必须做好长期奋斗的思想准备。同时，这项工作的政策性、技术性很强，涉及广大农民的切身利益，各地区的地理环境和气候条件又差异很大，需要搞好调查研究，周密筹划，精心组织，做过细的工作，才能真正取得实效。

朱镕基强调，现在的问题是，有些地方对这项工作的艰巨性、复杂性认

---

[1] 朱镕基. 2011. 朱镕基讲话实录[M]. 北京：人民出版社.

识不足，在试点工作中存在着贪多求快的倾向，有的地方试点面积过大，有的地方没有经过试点就盲目铺开。这种一哄而起、不重实效的做法，是一定要吃苦头的。宁夏西吉县“世界粮食计划署援助2605项目”是20世纪80年代初世界粮食计划署在我国的最大援助项目，主要是在荒山坡地植树种草、退耕还林还草。这个项目开始时取得了很大的成功，后来却是昙花一现。项目结束之日，就是砍树毁草之时，种植的草场在90年代初就不复存在。导致这个项目失败的原因固然很多，但最重要的是对生态建设缺乏持久奋斗的思想，对退耕还林还草和在荒山坡地植树种草的困难程度估计不足，政策执行又走了样。这是一个非常生动而又痛苦的教训。“前车之覆，后车之鉴”，我们不能再重复这样的历史错误了。

朱镕基指出，实施退耕还林还草，必须坚持“全面规划、分步实施，突出重点、先易后难，先行试点、稳步推进”的原则，有计划、分步骤地进行。务必注重实效，切忌一哄而起、一哄而散。当前的重点，是集中力量搞好试点，试点的关键是认识到位、政策到位、领导到位、工作到位，不求快、但求好，确保质量。各地的试点任务，应根据领导力量和客观可能，实事求是地加以确定。地方政府的领导力量不够，没有那么大的精力，就少搞点；地方政府的领导力量比较强，条件好一些，就多搞一点。各地要很好地总结前段试点工作，认真贯彻落实中央确定的有关政策，改进和完善具体办法，做深入细致的工作，务必取得试点成功。试点搞好了，哪怕只是一个村、一个乡真正搞好了，就可以积累经验，发挥榜样的示范效应，更好地推动这项工作的全面开展。

接下来，朱镕基强调，要进一步完善和贯彻退耕还林还草政策。

他说，中央的政策很明确，就是“退耕还林（草）、封山绿化、以粮代赈、个体承包”。这一政策，着眼于充分调动广大群众的积极性，保护农民利益，一定要认真贯彻落实。特别是要把国家无偿向退耕户提供粮食、现金、种苗的补助政策具体落实到户，这是保证退耕还林还草政策得以顺利实施的关键环节。绝不能让农民饿着肚子去退耕还林还草、建设生态环境。

朱镕基说，这次会议明确了以下几点政策内容：

一是关于粮食、现金补助标准问题。必须强调，退耕还林还草一定要充分尊重农民的意愿，绝不能搞强迫命令，这是一条重要原则。要使农民自愿不种粮食，改为植树种草，就要相应地给予补助。补助标准的确定，要有利于调动农民的积极性。经过反复讨论，最近国务院总理办公会议把补助标准明确下来了。这就是：每亩退耕地每年补助的原粮，长江上游地区为300斤，黄河上中游地区为200斤；每亩退耕地每年补助现金20元。亩产低于这个补助标准的，农民会自愿退耕。即使是亩产略高于这个补助标准，农民也还会自愿退耕，因为农民自己生产粮食要有种子、化肥、农药等成本支出，还要上缴各种费用和付出劳动力，算总账还不如退耕拿国家补助划算。但是，如果退耕地实际亩产超过粮食补助标准，而农民不愿退耕的，也绝不可强迫，不要搞一刀切。当然，在水土流失严重的地区，需要退耕而实际亩产粮食超过补助标准的，地方政府一定要农民退耕，那地方政府就要相应提高补助标准。定这个补助标准，还有利于保护基本农田。农民自己会算账，按亩产200斤到300斤的标准补贴，只要坚持农民自愿原则，退下来的就不会是基本农田了。从总体上看，如果江河上游水土流失减轻了，下游洪涝灾害就会减少，粮食也就能增产，全国粮食生产能力不会受到损失。

二是关于粮食、现金补助年限问题。通过讨论，现在可以确定一个具体年限，就是粮食和现金的补助，先按经济林补助5年、生态林补助8年计算，到期后根据实际情况还可以继续补助。总之，这方面也不会让农民的利益受损失。补助农民的粮食，要按就地就近的原则供应，减少中间环节，降低供应成本，由当地政府负责组织粮食到乡到村，保证农民拿到手。要确保提供粮食的质量，不能给农民陈化粮。粮食调运费用由地方财政支付，绝不能向农民转嫁负担。要坚持主要造生态林，而且不许自行砍伐。如果经济林比例过大，就难以达到退耕还林的目的，既无助于改善生态环境，又不利于维护农民的长远利益。在保持水土、保护生态环境方面，经济林远不如生态林；同时，如果造经济林过多，以后林产品的销售市场也会成问题。据反映，目前一些地方造经济林的比例过大，这种现象必须加以纠正。各部门、各地区要抓紧进行调查研究，对种生态林和种经济林的比例作出科学的规定，一般可按生态林占80%的比例考虑。对超过规定比例而多种的经济林，只补助种苗费，不补助粮食和现金。

三是关于责、权、利相结合问题。对种树种草实行承包到户、到人的办法，采取“谁退耕、谁造林（草），谁经营、谁受益”的政策，将责、权、利紧密结合起来。特别是退耕农民要负责种活林草、管护好林草。粮食和现金补助一定要与林草的成活情况挂钩。要严格检查监督，不符合要求的不能给予补助；如果采取了补救措施，合乎要求了，再给予补助。退耕农民有绿化荒山的义务。退耕以后，第一年就能栽上树、种上草，第二年起就只是管护了，农民的劳动量小多了，而国家仍要按规定的年限补助粮食和现金，因此退耕农户还应继续为国家种树。要把这些劳动力利用好，多造林种草，绿化荒山。有的地方，可以把种粮专业户转为造林种草专业户。

接下来，朱镕基谈到了会议讨论中提出的几个具体政策问题。一是退耕地农业税问题。考虑到县级财政的困难，对应税的退耕地，按补助粮征收农业税。自退耕之年起，对补助粮达到原收益水平的，国家扣除农业税部分后，再将补助粮发放给农民；待以后停止粮食补助时，再停止对退耕地征收农业税。实施退耕还林还草试点的县，其农业税等收入减少部分，由中央财政以转移支付的方式给予适当补助。二是对1999年部分地方进行退耕还林还草兑现补助政策问题。一些省区在1999年未兑现补助政策的退耕还林地，经核实后按统一政策兑现。因自然灾害原因，树木未成活的，要求补栽成活，同时也要给予补助。三是是否保留口粮田问题。如果补助政策真正落实的话，不会有多少农民要求保留口粮田。

朱镕基说，在退耕还林还草工作中，一定要充分考虑和妥善安排退耕农民的生活出路，把退耕还林还草与解决农民的长远生计以及合理调整农业结构结合起来。这是各地退耕还林还草工作得以顺利进行，并能够巩固和发展的重要保障。同时，无论是粮食、现金补助政策还是个体承包政策，都必须不折不扣地执行，绝不能走样。只要把农民的当前利益和长远利益很好地结合起来，把中央的各项政策措施真正落到实处，就一定能够保证退耕还林还草退得下、还得上、稳得住、能致富、不反弹。

最后，朱镕基强调，做好退耕还林还草试点工作需要把握好以下几个方面。

一是切实做好退耕还林还草的前期工作。要认真搞好试点规划和作业设计的编制。坚持因地制宜，按自然规律和经济规律办事，对当地的历史条件、自然环境等多种情况，要进行全面、详细的调查和分析。什么样的地退耕，什么样的地不退耕，退耕后是种草还是种树，种什么林草品种，都要进行科学论证，认真听取农民和专家的意见。各地区都要尽快制定退耕还林还草的具体措施和办法，促进整个工作的规范化。

二是认真做好种苗生产和供应工作。前段时期，一些地方由于工作衔接不够，导致种苗供需矛盾突出、价格猛涨，树种结构也不够合理。这个问题必须抓紧解决。退耕还林还草工作，供应种苗必须先行，一定要保证按数量、质量和品种要求生产和供应种苗。林业部门和农业部门要做好对种苗生产和供应的指导、管理工作，切实抓好种苗基地建设；加强苗木生产全过程的质量管理、检查监督、检验检疫，及时发现和制止生产、销售不合格种苗的行为，杜绝用伪劣、带病虫害等不合格苗木造林；加强种苗调剂工作，坚决制止垄断种苗市场、哄抬种苗价格的行为，严厉打击种苗销售中的不法行为，维护农民合法权益。同时，种苗生产和供应必须遵循市场经济规律，把政策引导和市场机制作用很好地结合起来。原来考虑国家按照每亩补助50元的标准，由林业系统给农民提供树苗，现在看来弊端不少，容易出现林业系统对种苗生产、供应的垄断现象，农民对种树是否成活也不负责任。因此，要改变行政划拨、硬性分配的做法。种苗费补助标准按退耕还林还草和宜林荒山荒地造林种草每亩50元计算，直接发到农民手里，由农民直接通过市场选购种苗，以明确责任，提高树木成活率。要鼓励农民采取多种形式培育种苗，扩大种苗生产能力，使苗木生产成为促进农业种植结构调整、增加农民收入的一个新的产业。苗木行业是一个非常有希望的行业，不仅退耕还林还草需要苗木，今后城市都要搞绿化，所有的堤坝、公路和铁道两旁都要种树，农民生产的苗木一定会有广阔的市场前景。

三是建立有效的科技支撑体系。要大力推广先进、适用的科技成果。特别是要推广应用耐旱树草种以及良种壮苗繁育技术、集水保墒技术、植物生长促进剂、干热河谷造林种草技术等，提高试点项目的科技含量。各地要研究确定科学的乔、灌、草植被结构模式及其相应的科技支撑措施。同时，要加强技术培训，使技术措施落实到每个退耕农户。

四是加强领导，狠抓落实。这是搞好退耕还林还草试点工作的关键。各有关部门和地区要深刻领会中央关于实施退耕还林还草、加强生态环境建设决策的重大意义，进一步提高认识，切实把退耕还林还草试点工作列入重要议事日程，及时研究解决实施中的问题，保证这项工作健康、有序地开展。要明确责任，实行省级政府对退耕还林还草试点工作负总责和市（地）、县（市）政府目标责任制。国务院各有关部门要根据职能分工，各司其职，各负其责，加强协调，密切配合，共同做好退耕还林还草工作。

座谈会召开的首日（26日）上午，国务院西部地区开发领导小组办公室主任、国家计委主任曾培炎作西部开发进展情况及做好退耕还林还草工作的报告。

曾培炎说，退耕还林还草是一项复杂的系统工程，涉及面广，政策性强，必须按照既积极又稳妥的要求，全面规划，分步实施，先行试点，稳步推进。他说，当前，退耕还林还草试点工作要正确认识、妥善解决新矛盾、新问题，切实处理好试点示范与全面推进、生态效益与经济效益、退耕还林与退耕还草、政策引导与群众自愿的关系。特别是对有些地方出现的盲目扩大试点铺摊子、重视经济林忽视生态林、重造林轻种草、搞行政命令等问题，要引起高度重视，制定切实有效的措施，保证退耕还林还草工作的健康有序推进。

他说，2000年和2001年，退耕还林还草工作的主要任务是集中精力抓试点，总结和积累经验，确保开好头、起好步。为此，曾培炎提出五点要求：一是切实加强领导，实行目标责任制，各级计划、林业、财政、粮食、农业、水利部门要各司其职；二是做好基础工作，注意把握好试点范围和妥善安排好农民生计问题；三是完善政策，特别是完善粮食补助等有关政策，调动和保护好广大农民的积极性；四是提高试点工作的科技含量，提高退耕还林还草的质量和效益；五是尊重自然规律，结合本地实际，因地制宜。

曾培炎强调，各级政府和有关部门要把国务院提出的加强管理的要求，贯穿到退耕还林还草工作中，采取有力措施，严格监督检查，确保退耕还林还草试点按进度、高质量完成。

曾培炎讲话后，国家林业局局长王志宝也讲了话，他向与会代表全面介绍了退耕还林还草试点示范工作开展情况。26日下午，与会同志分组讨论曾培炎、王志宝的讲话和《关于进一步做好退耕还林还草试点工作的若干意见（讨论稿）》。27日上午，四川、山西、内蒙古三省区相关负责人相继发言，时任西部办副主任王春正做总结。

这次会议明确要求各地试点需要处理好四个关系。

一是处理好试点示范与全面推进的关系。在试点阶段，要在工程规划、种苗准备、科技保障、技术培训方面作好准备，也要在粮食储运、种苗供应、现金补助等政策兑现方面做细致的工作。

二是处理好生态效益和经济效益的关系。退耕还林还草涉及广大农民的当前收入和长远生计，包括吃、烧、花、用等问题。一定要处理好生态与生计的关系，即国家要“被子”（植被）和农民要“票子”的关系。要防止注重经济目标、忽视生态目标，也要防止注重生态目标而忽视经济目标。

三是处理好退耕还林与退耕还草的关系，坚持“宜林则林，宜草则草，宜乔则乔，宜灌则灌”。

四是处理好政策引导与群众自愿的关系，使农民群众认识到退耕还林还草不仅能改善生态环境，而且能使自己受益，从而自愿加入退耕还林还草中来。

实施退耕还林还草试点的18个省（自治区、直辖市）和新疆生产建设兵团、国务院有关部门的负责同志参加了座谈会。座谈会先后在两个地点进行：26日在北京铁道大厦开会。27日上午8点20分，与会代表乘车去了中南海，朱镕基同志的讲话就是在中南海的会议室。因此，退耕还林史上唯一一次由总理提议、在中南海召开并直接发表讲话的退耕还林工作会议，注定在历史上留下浓墨重彩的一笔。

根据座谈会讨论的情况，国家计委和西部开发办向国务院报送了做好退耕还林还草试点工作的建议。

为了明确责任，严格管理，推动试点工作的健康发展，根据国务院总理办公会议的决定，并经2000年7月中西部地区退耕还林还草工作座谈会讨论，2000年9月，国务院印发了《关于进一步做好退耕还林还草试点工作的若干意见》（国发〔2000〕24号），提出了6个方面33条规定，就进一步做好退耕还林还草试点工作作出明确规定，主要内容是：

——实行省级政府负总责。实行省级政府对退耕还林还草试点工作负总责和市（地）、县（市）政府目标责任制。退耕还林还草试点工作，实行目标、任务、资金、粮食、责任到省。各有关省级政府要确定一位省级领导同志具体负责，并认真组织实施好退耕还林还草试点工作。市（地）、县（市）、乡级政府也要层层落实退耕还林还草试点工作的目标和责任，实行目标管理责任制，层层签订责任状，认真进行检查和考核，确保试点工作顺利实施。

——落实好粮食、现金、种苗补助，在农业税、财政转移支付、土地承包权等方面给予支持。文件明确，国家每年根据退耕面积核定各省（自治区、直辖市）退耕还林还草所需粮食和现金补助总量。粮食和现金的补助年限，先按经济林补助5年，生态林补助8年计算，到期后可根据农民实际收入情况，需要补助多少年再继续补助多少年。要坚持营造生态林为主，而且不许自行砍伐。各部门、各地区要抓紧进行调查研究，对生态林和经济林的比例做出科学的规定，生态林一般应占80%左右。对超过规定比例多种的经济林，只补助种苗费，不补助粮食。退耕户完成现有耕地退耕还林还草后，应继续在宜林荒山荒地造林种草，国家除对退耕地补助粮食外，还将对荒山荒地造林种草所需种苗给予补助。对1999年先行试点地区要按此抓紧兑现。

文件强调，粮源的组织由省（自治区、直辖市）政府负责，原则上以地方国有粮食企业的商品周转粮为主。每亩退耕地每年补助粮食（原粮）的标准，长江上游地区为300斤，黄河上中游地区为200斤。

文件规定，国家给退耕户适当的现金补助。为鼓励农民退耕还林还草，并考虑到农民日常生活需要，国家在一定时期内可给予现金补助。现金补助标准按退耕面积每年每亩20元计算，补助年限与粮食补助年限相同。补助款由国家提供。

文件指出，国家向退耕户提供造林种草的种苗费补助。种苗费补助标准按退耕还林还草和宜林荒山荒地造林种草每亩50元计算，直接发给农民自行选择采购种苗。补助款由国家提供。

对应税的退耕地，自退耕之年起，对补助粮达到原收益水平的，国家扣除农业税部分后再将补助粮发放给农民；停止粮食补助时，不再对退耕地征收农业税。具体由国务院有关部门另行规定。进行生态林草建设的，按国家有关税收优惠政策执行。采取中央对地方财政转移支付方式，对地方财政减收给予适当补偿。实施退耕还林还草试点的县，其农业税等收入减收部分，由中央财政以转移支付的方式给予适当补助。

——健全种苗供应机制，确保种苗和质量。文件要求加强种苗基地建设、种苗质量检疫检验，做好种苗调剂工作。依靠科技进步，合理确定林草种植结构和植被恢复方式。要按市场规律和科学规律办事，加强退耕还林还草的种苗基地建设，做好种苗生产和供应工作。要根据本行政区域内退耕还林还草的总体规划，做好种苗建设规划。林业部门和农业部门要做好对种苗生产、供应的指导、管理工作，切实抓好种苗基地建设。鼓励集体、企业和个人采取多种形式培育种苗，扩大种苗生产能力。文件对加强种子、苗木检验检疫工作、种苗调剂工作和种苗市场行政执法力度也提出了明确要求。

——加强建设管理，做好前期设计工作，落实项目管理制度，明确管护责任。文件要求各地做好退耕还林还草的前期工作。要抓紧组织编制县级退耕还林还草实施方案，特别是要做好乡镇作业设计工作。要把退耕还林还草任务落实到山头地块，落实到农户。在地方各级政府对本行政区域内的退耕还林还草实行目标责任制的同时，还要实行项目责任制，确定项目责任人，对退耕还林还草的数量、质量、效益和管理负全责。

文件强调，各试点县（市）都要建立技术承包责任制，认真抓好先进科技成果的推广应用和工程建设质量。建立规范的退耕还林还草项目管理机制，严格按规划设计、按设计施工、按标准验收、按验收结果兑现政策和奖惩。实行报账制。退耕还林还草任务完成后，由省、县两级政府组织林业、农业等有关部门专业人员，对农户退耕还林还草进行检查验收，农户凭验收卡领取粮食和现金补助，并逐级报账。同时，由当地林业、农业主管部门进行核实和登记，并由当地政府依法发放林草权属证书，明晰权属，使农民退耕后能安心地从事林草管护和其他生产，并为防止复垦提供法律保障。建立分级技术培训制度，建立信息反馈和定期报告制度，及时、准确地反馈各地试点工作的情况和问题。

——严格监督检查，确保退耕还林工程质量。文件要求国务院有关部门抓紧制定检查验收办法，认真做好监督检查工作。国务院有关部门和省、县两级政府及其有关部门，要通过自查、抽查、核查，认真落实验收工作，并将检查验收结果作为政策兑现的依据。同时，依据检查结果严格兑现奖惩，建立退耕还林还草举报制度等。

国务院的这些规定有力地保障了退耕还林还草试点工作的健康发展，对指导地方做好退耕还林还草试点工作发挥了重要作用。

三、三省试点示范情况

陕西、四川、甘肃是1999年全国率先启动退耕还林还草试点示范工作的省份。经过3年的实践，3省试点工作取得明显成效，积累了宝贵经验。

1. 陕西：政府说话算数，农民心里踏实

2000年12月8日下午，陕西省山阳县色河镇赵垣村西院组村民蔡长金，凭兑现证，在本村小学操场举办的商洛地区退耕还林还草政策兑现试点现场，领到300公斤粮食和60元钱。据说，这是他前一年把承包的3亩25度以上的坡耕地退耕栽树后领到的政府发放补助，而且初定要连续兑现5年。

蔡长金是当天第一位领到兑现粮钱的。粮食刚拿到手，乡亲们便围了过来。他从大麻袋中掏出一捧颗粒饱满的小麦，乐呵呵地对大伙说："没想到，我们在自己承包地里栽树，国家还真给发补助。政府说话算数，咱农民心里就踏实了。"当天，该村606户农民凭证领到兑现粮食15.39万公斤、管护费30784元。

色河镇赵垣村作为陕西省退耕还林还草试点示范村之一，从1999年秋季开展退耕还林还草工作以来，对全村25度以上的坡耕地和荒山全部实行退耕还林还草和荒山绿化，实行政府统一规划，林业部门提供优质种苗，技术人员现场指导科学栽植，为全县退耕还林还草树立了样板。在这个村的示范带动下，全县掀起了轰轰烈烈的退耕还林还草热潮。

在实施这项政策之初，一些农户虽然认识到退耕还林还草是好事，但就是担心不种粮没饭吃。2000年，77岁的五组村民武治定老两口和儿子儿媳及两个孙子都来到兑现现场，凭兑现证领到400公斤补助粮和80元补助费。武治定高兴地说，赵垣村人多地少，坡耕地长庄稼又有限，可不种又没饭吃。没想到实施退耕还林还草后，村民都能领到粮钱，今后的生活不用发愁了。

山阳县把退耕还林还草政策兑现工作做得扎实具体，按照自查申报，政府逐地块、逐户核实面积，造册登记，张榜公布，并制定具体的发放办法，先在赵垣村进行试点示范，召集全县乡镇主要领导和林业、粮食、财政、畜牧等有关部门干部集中现场示范培训。1999年，山阳县退耕还林合格面积6.73万亩，按国家退耕还林还草政策规定，全县到2000年底前兑现粮食673万公斤，管护费134.60万元。

工人日报
WORKERS' DAILY
2018 1月 29日

《习近平谈治国理政》第一卷再版发行

在陕北延安，正书写新时代脱贫故事
“如今这里的生活好着哩”

新时代新气象新作为

提高发展质量 提升民生温度
——地方两会代表委员谈高质量发展

长沙：大雪“压”城

甘肃推进职业健康工作有了“时间表”

肉菜追溯查询终端被闲置，食药便民服务站多有撤脱
长春部分“舌尖上的民生工程”成了摆设
为了食品安全，政府部门要重建设，更得重管理

天津实施水环境区域补偿办法

《工人日报》报道延安退耕还林：“如今这里的生活好着哩”

一场好雨过后，陕西省吴起县铁边城镇青年农民刘贵堂喜滋滋地领到自己在1999年退耕还林还草后所应得的粮食和现金补助。他激动地告诉前去采访的《中国绿色时报》记者，如今政府把党的温暖送到我们农民手中，加上2000年墒情好，雨水足，如果我们再不把树栽好管好，真对不起党和国家。从当地有关部门组织的检查情况看，刘贵堂的一番话，也正代表了陕西全省广大退耕户共同的心声。

自从1999年8月朱镕基同志视察延安并提出关于退耕还林还草的“十六字”综合措施后，陕西省当年秋冬就在全国率先启动实施退耕还林还草试点。经国家2000年组织检查验收，确认该省1999年秋冬共完成退耕还林还草425.80万亩。其中，退耕地造林种草326.10万亩，宜林荒山荒地造林种草99.70万亩，占当年全国总试点任务的63.40%。

退耕还林还草是一项全新的工作，涉及面广、操作难度大，加之严格的检查验收需要时间，国家1999年的补助粮款直到2000年11月才下达到地方。陕西省各级政府和林业、粮食、财政等部门高度重视，首先在延安市的川口乡进行兑现试点。在此基础上，各地市、县、乡、村也先后层层开展试点，在确保万无一失的情况下，于2001年春季在全省铺开。

2000年，陕西省在34个试点县实施了退耕还林还草工程，经有关部门组织的检查验收，全省完成退耕还林还草80万亩，荒山荒地造林种草31.07万亩，已全面完成了计划任务，面积核实率和合格率均达到国家要求。2001年，陕西省延安市剩余的9个县也全部纳入退耕还林还草试点范畴。国家下达陕西的试点任务为150万亩，其中退耕还林还草70万亩，荒山荒地造林种草80万亩。

截至2001年6月，陕西1999年度退耕还林还草补助钱粮基本兑现到农户。全省已兑现粮食和现金的面积达401.10万亩，占该年度全部应兑现面积的94.20%，其中，退耕地311.30万亩，宜林荒山造林种草面积89.80万亩。

随着1999年度退耕还林还草的政策兑现工作顺利完成，广大退耕户的信心受到了极大鼓舞，有力地促进该项工作在陕西全省的深入开展。

2. 四川：先行一步，进展顺利

20世纪90年代末，四川水土流失面积近20万平方公里，占长江流域水土流失总面积的40%；全省6850万亩坡耕地多为跑肥、跑水、跑土的“三跑地”，皮之不存，毛将焉附！生态环境不改善，长江永无宁日！

1999年，作为全国退耕还林还草先行省之一的四川省，120个退耕还林还草试点县（市）实施以粮食换生态，涉及1000多万人的生计，影响颇为深远。

那么，四川的退耕还林还草试点进展如何呢？

2000年春，四川省退耕还林还草工作组走阿坝、翻凉山、进甘孜、行川北、奔川南，看看退耕还林还草能否成为山区农民冲出“越穷越垦、越垦越穷”怪圈的有效途径。

在四川省，工作组强烈地感受到，呼唤多年的农村产业结构调整，1999年终于找到了一个最佳的实现形式：退耕还林还草。

1999年10月19日，四川省人民政府做出决定，用以粮代赈形式，1999年和2000年两年拿出3亿公斤粮食，补助农民退耕还林还草，工程选择在21个市（地、州）的120个县（市）。消息一传出，未列入试点工程的县（市）纷纷到省政府请战，大多数地区则嫌任务不够。时任江油市市长张海轮表示，即使“退一还二”，任务很重，也要抓住这一历史机遇，从根本上遏制水土流失。

四川省攀枝花市仁和区退耕还林还草补助粮食进村发放

科学规划，分期实施，成片治理，突出重点，注重实效，出台相关的扶持政策和措施，是四川省退耕还林还草工程迅速推进的关键所在。

在试点工程中，四川省采取了“两补两减两稳定”的政策，鼓励农民退耕还林还草。退耕还林还草，中央每亩补助粮食150公斤、现金20元，同时提供50元种苗费，退耕土地减免农业税和定购粮，稳定土地承包使用权和“谁造谁有”的基本政策。全面推进个体承包，农民与乡镇政府签订合同，做到任务规划、作业建卡、承包合同、种苗落实、粮食补助“五到户”。

四川省攀枝花市西区退耕还林林权证颁发首发仪式

这些扶持政策的出台，消除了农民怕“退耕无粮吃、收益减少、土地使用权改变”的顾虑，激发了山区农民退耕还林还草的积极性，并帮助他们在农村产业结构调整中找到了实现途径。

天全县一位50多岁的农民说：“过去开荒开到山尖尖，种粮种到河边边，脑筋不开窍，哪知种粮不如栽树划算。我们早就盼望退耕还林还草啦!”

许多地区纷纷将退耕还林还草与农业产业化相结合，有的与旅游开发、扶贫攻坚相结合。各地认识到位，行动迅速。绵阳市加大扶持力度，退耕还林1亩，市里再补100元种苗费。

在沐川县，1999年种玉米的坡地栽种了防护效益好、经济效益高的撑绿竹和三倍体毛白杨，建起了造纸工业原料林基地，三四年后就可见效，退耕的农民乐不可支。

“过去搞联产承包制，使我们吃饱了肚子；现在退耕还林，要增加票子了。”退耕户这样感慨。

时代需要那些勇于开拓、脚踏实地和埋头苦干的人。四川省领导班子有着强烈的责任感和紧迫感。

2000年1月24日，党中央、国务院召开西部开发会议的第二天，省委、省政府立即传达贯彻，并要求林业厅拿出生态建设的规划方案。

2月11日，春节还未过完，省委召开常委扩大会议研究西部大开发，听取生态建设专题汇报。为保质保量完成300万亩退耕还林还草任务，四川省决定，在中央退耕还林还草补助资金未到位的情况下，由省里按每亩补助现金20元、粮食50公斤，限期在3月15日前发到农民手中，先给农民吃点“定心丸”。

2月13日，《退耕还林（草）工程科技指导纲要》分发各工程区。

2月14日，四川省退耕还林领导小组发出《关于抓紧落实退耕还林有关政策的紧急通知》。

2月15日，四川由省林业、财政、监察等部门组成的7个退耕还林还草工作组分赴21个市（地、州），深入乡村，以最快的速度、最高的质量将退耕还林还草的配套政策落实到农户、落实到地块。

截至2000年3月15日，四川省兑现补助粮食和现金的农户达122.40万户，分别占应兑现户数的98.50%和98.90%。120个退耕还林还草试点县（市）中，有112个完成停耕任务，26个完成还林还草任务，叙永、天全、江油等9县（市）超额完成任务。四川省有295万亩“大字报地”停耕，还林还草面积达175万亩，123.80万户农户签订退耕还林还草合同。四川退耕还林还草的热潮一浪高过一浪。

此次退耕还林还草，为什么四川能先行一步？时任省长张中伟曾经这样总结，四川退耕还林还草进展顺利，主要原因除中央正确领导和国家有关部门支持外，还有三点：

一是农民粮食自给有余，对土地的依赖程度明显减弱，近年全省外出务工1000余万人；

二是市场需求的多样化和农村产业结构的调整，为退耕还林还草提供了动力；

三是农民已从过去退耕还林还草中尝到了甜头：20世纪80年代初，四川省先后拿出了1.95亿公斤粮食用于坡耕地还林还草，一些地方生态环境大为改善，造就了一批退耕还林还草的受益者。❶

2001年6月8日至12日，朱镕基同志在四川省考察时指出，从四川的经验看，做好退耕还林还草工作，需要坚持以下几点：一是统一认识，身体力行；二是兑现政策，取信于民；三是作风扎实，工作细致；四是提供技术保障，增加科技含量；五是收效当前，着眼长远。总之，要使中央关于退耕还林还草的政策真正落到实处，保证退得下、稳得住、能致富、不反弹。当前我国粮食和

---

❶ 王治青. 2000. 跟踪四川退耕还林[N]. 中国绿色时报. 3-27.

工业消费品供大于求，这为退耕还林还草、改善生态环境提供了千载良机，我们一定要紧紧抓住这个难得的机遇，把这项工作积极稳妥地向前推进。

四川省自贡市富顺县狮市镇竹米村竹笋丰收的一幕

3. 甘肃：退耕还林还草与小流域治理结合效果好

2001年下半年，审计署农业与资源环保司在对甘肃省退耕还林还草审计中，耳闻目睹了甘肃省退耕还林还草试点工程与流域的山水田林路综合治理相结合所取得的成效。7月的天水市北道区社棠镇下曲流域、定西县的九华沟流域漫山遍坡披上绿装，可与江南媲美。几年来，该地区实施退耕还林还草等治理工程，又有新的进展。

下曲流域总面积10.67平方公里，九华沟流域总面积83平方公里。两流域属黄土丘陵沟壑区，区域内地形复杂，植被稀少，生态环境恶劣，定西县更素有“苦瘠甲于天下”之称。1997年以来，两流域综合治理工作先后被列入甘肃省小流域建设和退耕还林还草试点工程。

他们根据流域现状和自然条件，以小流域为单元，坚持退耕还林还草工程与山水林田路建设紧密结合，科学治理，在实践中创立了“五子登科”的流域综合治理模式：即山顶退田还林戴帽子，山坡退田还草挂毯子，山腰建设高标准梯田系带子，山底建造塑料温棚、地膜覆盖穿裙子，沟底打坝蓄水穿靴子。

九华沟流域还针对年降雨量极少的实际情况，实施了“121”工程，即每户屋前有100平方米集雨地、有两口集雨井、一片庭院经济林。既达到以小流域为单元、集中连片治理的目的，又解决了还林规模小，生态效益不明显的问题，取得了好效果。

经过几年的综合治理，流域的生态效益、社会效益和经济效益显著。水土保持防护体系基本建成，抗御自然灾害的能力明显增强。产业结构得到调整，农民收入有较大提高。

在流域的综合治理中，按照因地制宜、因害设防的原则，在大搞农田基建的基础上，改土、兴水、退耕还林还草等生物措施和工程措施综合应用，3年来，下曲流域修水平梯田7600亩，退耕还林1000亩，新建以美国“黑红提”为主的葡萄基地6000多亩，退耕栽植水保林4042亩，种草911亩，修建集雨水窖300眼，修建上水工程3处，蓄水坝2座，修建并绿化等级农机道路6条30公里，流域治理程度已达到84.80%。流域土壤侵蚀量比治理前减少了78.40%，林草覆盖率由治理前的23%提高到51%，有效地控制了水土流失。

九华沟流域修水平梯田4.32万亩，造林3.88万亩，种草1.78万亩，退耕还林2000亩，修建主干道路138公里，集雨节灌工程1340座，累计治理面积6.40平方公里，流域治理程度达到80%。坡地修成梯田后，使“三跑田”变成“三保田”，加快了农民脱贫致富的步伐，提高了群众的生活水平。

到2000年年底，下曲流域农民人均产粮和人均收入分别由治理前的320公斤和750元提高到485公斤和1680元。九华沟流域引进良种猪1000多头，建成日光温室7座，塑料大棚32座，沼气池11座，建成年加工100万公斤的土豆淀粉加工厂1座，该流域内人均纯收入达到1620元，人均产粮726公斤。

下曲流域、九华沟流域是退耕还林还草工程与小流域综合治理相结合的典范，也是甘肃省退耕还林还草试点示范的缩影。

2001年，甘肃省3年退耕还林还草试点结束。截至该年年底，全省完成退耕还林还草试点任务达275.70万亩，其中退耕地185.70万亩，宜林荒山造林种草面积90万亩，生态修复取得历史性成就。

四、全国试点成效初显

为了总结退耕还林还草试点工作，国家林业局和国务院西部开发办于2001年5月在四川雅安、9月在内蒙古呼和浩特联合召开南方片、北方片退耕还林还草试点工作现场经验交流会，参观学习了两地退耕还林还草试点经验做法。

2001年9月11日至14日，为全面总结退耕还林还草3年试点工作的成绩与经验，分析存在的问题，研究对策措施，讨论修改工程建设的一系列标准办法，为退耕还林还草工程正式启动做好全面准备，全国退耕还林还草试点工作座谈会在山西省临汾市召开。

会议对近3年来的全国退耕还林还草试点工作进行简要回顾。1999年以来的3年试点工作，取得了初步成效，达到了预期效果。国家林业局组织的核查验收表明，1999年率先启动的陕、川、甘3省共完成退耕还林还草面积671.90万亩。其中，退耕地还林还草为572.20万亩，宜林荒山荒地造林种草为99.70万亩。2000年，退耕还林还草试点在中西部地区17个省（自治区、直辖市）展开，试点总任务为退耕还林还草564.90万亩，宜林荒山荒地造林种草701.30万亩，核实完成退耕地还林还草573万亩，完成宜林荒山荒地造林种草672.90万亩，分别占计划任务的101.40%和96%。

辽宁省朝阳县退耕还林山杏与紫花苜蓿林草间作

2001年，按照“突出重点、稳步推进”的原则，又将洞庭湖流域、鄱阳湖流域、丹江口库区、红水河梯级电站库区、新疆和田、辽宁西部风沙区等水土流失、风沙危害严重的部分地区纳入试点范围，退耕还林还草在中西部地区20个省（自治区、直辖市）开展，国家试点任务为退耕地还林还草500万亩、宜林荒山荒地造林种草740万亩。据统计，截至2001年年底，21个省（自治区、直辖市）和新疆生产建设兵团参与退耕还林还草试点，3年共完成试点任务3455.10万亩。其中，完成退耕地还林还草1809.10万亩，宜林荒山荒地造林种草1646万亩。

退耕还林工作通过3年试点，取得了明显成效。一是全民生态意识明显增强。通过广泛宣传和试点工作的实施，加强生态环境保护和建设、防止水土流失和风沙危害已形成了全社会的共识。据对中西部13个省（自治区、直辖市）的问卷调查，对退耕还林政策表示拥护的占89.80%。一些未纳入试点的地区，还自发地开展退耕还林。二是生态效益初步显现。退耕还林试点3年累计新增林草面积3400多万亩，相当于工程省区林草覆被率平均增加0.60个百分点，1700多万亩坡耕地和沙化耕地退耕还林，坡耕地和沙化耕地水土流失逐渐减少，试点局部地区生态环境已有所好转。三是农村产业结构得以调整。退耕还林工作的开展，改变了长期以来广种薄收的传统种植习惯，有效地调整了不合理的土地利用结构。各级政府在退耕还林后大力建设基本农田，发展舍饲圈养，开发绿色食品，开展森林旅游，培育绿色产业，发展特色经济，使以种植业为主的农业生产向林果种植业、畜牧业以及二、三产业过渡，促进了农村产业结构的合理调整。四是农民脱贫步伐明显加快。退耕还林试点工作已涉及400个县、5700多个乡镇、2.70万个村，410多万农户、1600多万农民从中受益。凡是实行退耕还林地方的农民，不仅有了可靠的粮食供给，还能从事多种经营和副业生产，较大幅度增加了收入。特别是最近几年严重干旱，许多地方粮食绝收，退耕还林、以粮代赈解决了受灾地区农民的吃饭问题，促进了农村的社会稳定。五是增强了基层干部群众的凝聚力和战斗力。各级干部和广大工程技术人员转变工作作风，经常深入基层、深入田间地块进行调查研究，帮助退耕农户规划设计，解决退耕过程中出现的各种实际问题，许多党政领导建立了退耕还林科技示范点和联系点，进一步密切了干群关系。

退耕还林还草试点工作积累了丰富的经验。一是各级领导高度重视，将其列入各级政府重要工作目标。如很多地方都是党政一把手亲自抓，分管领导具体抓，层层建立目标责任制和分工负责制，把试点成效同政府目标考核挂起钩来。四川省首期备案责任人442名，其中省级19名、市（州）级63名、试点县（市、区）级360名，为试点工作的健康发展提供了坚强的组织保证。二是广泛宣传引导，提高群众退耕还林还草积极性。为了做到国家政策妇孺皆知，中央及各地将宣传发动工作作为实施好退耕还林试点的第一道工序来抓，在中央和地方新闻媒体组织了一系列的宣传活动，以生动、形象的事实宣传退耕还林的重大意义、政策措施，形成了有力的舆论氛围。湖南省下发了开展退耕还林宣传活动的实施方案，对全省退耕还林的宣传工作进行了详尽周密的部署，全省共召开退耕还林大小会议639次，悬挂和张贴标语8927条，印发宣传材料9.50万份，广播电视宣传700多次。通过广泛宣传，各级干部和广大群众逐步认识到退耕还林、恢复林草植被的重要性，由“要我退”变为“我要退”。三是加大科技含量，提高退耕还林还草质量。国家林业局编制下发了《长江上游、黄河上中游地区2000年退耕还林（草）试点示范科技支撑方案》，每位局领导都分别确定了一个退耕还林科技示范点和一个科技试验点。各试点省（自治区、直辖市）都按照国家要求并结合本省实际编制了实施方案，各试点县按照统一部署编制了县级作业设计。有的地方建立了退耕还林科技支撑制度，加强了现有成熟科技成果的组装配套、推广应用和技术培训，组织技术人员深入山头地块进行技术指导，大大提高了广大农民群众造林育林的技术水平。同时，建立了分级培训制度，仅国家林草局就举办了4期224个退耕还林试点县的县级领导研讨班、1期地市林业局局长培训班、5期县级林业局局长培训班。

试点期间，各地在机制创新方面进行了大胆尝试，归纳起来，主要有7种。一是户退户还，即以户为单位落实退耕地还林和宜林荒山荒地造林任务。二是自退他还，即退耕农户完成退耕地还林任务后，因无能力或无土地而由他人在其他地方代为完成相应的宜林荒山荒地造林任务。三是土地置换，即通过小范围的土地置换，使退耕地多的农户换得一部分耕作条件较好的口粮田，没有退耕地的农户也能承担一部分退耕还林任务。四是以工代还，将退耕农户应承担的宜林荒山荒地造林任务折算成工，并按工价折算成粮食补助，把这些工累积起来用于完成集中连片的宜林荒山荒地造林。五是大户承包，即由承包大户完成较大面积的退耕地还林和宜林荒山荒地造林任务，大户与原土地承包农户的利益分配由双方协商解决。六是先期集中管护，后期承包到户。七是产业化经营，通过“公司+基地+农户”的形式，把退耕还林与促进农村结构调整、地方经济发展和农民增收有机结合起来。八是股份合作和联营，以土地、资金、技术、劳力折资入股，集中退耕，规模治理，合作开发，按股分红。

3年来，各试点地区根据不同的自然地理、社会经济条件和当地的种植习惯，大胆实践，积极探索，总结出了一批成功的建设模式。最典型的有3类：

一是多个树种、草种混交模式。如重庆黔江区中山丘陵刺槐混交模式，广西岩溶岩山地任豆和吊丝竹混交模式，云南鹤庆县干热河谷区印楝、木豆造林模式，宁夏黄土丘陵区乔灌混交模式，四川省的林草套种、林药间作的互利共生模式，贵州省林下套种蓖麻、林茶结合、宽生物埂整地、品字形栽植等模式，实现了生态、经济和社会效益的有机结合。二是特殊立地条件的植被建设模式。如四川北川县高山峡谷区林草型、林药型、林竹型模式，云南元谋县干热河谷区抗旱造林模式，甘肃干旱丘陵仁用杏、花椒栽培模式等。三是综合配套治理模式。如陕西省吴旗县实行的退耕还林、封山禁牧、舍饲圈养模式，在全县范围内封山禁牧，改放养山羊为舍饲圈养小尾寒羊，森林植被恢复效果明显，成功地在黄土丘陵沟壑区实现了粮下川、林（草）上山、羊进圈的良性发展，极大地调动了农民退耕还林的积极性。

试点期间，一些关于工程建设、检查验收、资金管理、政策兑现等方面的办法、规程和标准相继出台，如《以粮代赈、退耕还林还草的粮食供应暂行办法》《退耕还林还草试点粮食补助资金财政、财务管理暂行办法》《退耕还林生态林与经济林认定标准》《退耕还林工程县级作业设计技术规程》(试行)、《退耕还林建设工程种苗管理办法》(试行)、《退耕还林工程建设检查验收办法》等，各试点省（自治区、直辖市）及试点县也结合当地实际制定了相应的管理办法。

3年的退耕还林还草试点工作取得了阶段性成功，试点的成效、经验和探索实践，为退耕还林还草工程全面展开奠定了良好基础。

第二章
全面实施

党中央、国务院高度重视退耕还林还草工作，朱镕基总理在实地考察和有关会议中，对全面实施退耕还林还草和进一步完善退耕还林还草政策作出了一系列重要指示。

一、全面启动工程建设

2001年8月13—17日在贵州考察时，朱镕基同志指出，要在总结退耕还林还草试点经验的基础上，适当加快步伐。

朱镕基说，近几年退耕还林试点和天然林保护工作取得明显成效，积累了宝贵经验。实践证明，中央的决策和政策措施是正确的，深受广大群众的拥护和支持。退耕还林工作要在总结试点经验的基础上，适当加快步伐。这方面，思想要再解放一些。特别是南方地区，雨水充沛，林草生长快，应该加快退耕还林。现在我国粮食和工业消费品供大于求，是退耕还林、改善生态环境的极好时机，千万不要错过。近两年的实践证明，实施退耕还林工程，是贫困地区脱困的有效途径。凡是实行退耕还林地方的农民，不仅有了可靠的粮食供给，还有余力从事多种经营和副业生产，较大幅度增加了收入。要坚持把退耕还林与扶贫脱困工作很好结合起来。在退耕还林工作中，必须全面落实中央的有关政策。要解决好退耕农民的当前生计和长远发展生产问题，支持农民发展当地有资源优势和有市场需求的产业，要通过发展小水电、沼气等解决农民的燃料和农村能源问题，防止滥伐山林，保护退耕还林成果。由于退耕还草，当年就可获得畜牧业的收益，因此，退耕还林和退耕还草的补助政策应有所区别，以鼓励和支持农民多造林。

2001年10月26日，朱镕基在主持召开国务院西部地区开发领导小组第2次全体会议时强调，要加强西部基础建设，加大退耕还林力度。他说，退耕还林还草是增加农民收入、扩大农村需求的直接措施，要抓住粮食库存较多的有利时机，加快实行退耕还林还草，开仓济贫。这次会议强调，当前，发展农村经济、促进农民增收的一项十分重要的措施，就是要抓住粮食库存较多的有利时机，加快实行退耕还林，开仓济贫。确保补助粮食和资金及时足额兑现，确保林木种苗合理有效供给，确保造林质量达到要求，确保农民收入得到增加。

2001年11月27—29日，中共中央、国务院在北京召开中央经济工作会议，总结2001年工作，提出2002年经济工作总体要求、主要任务、工作重点和措施。会议提出，要进一步扩大退耕还林还草规模，认真落实各项政策，加快宜林荒山荒地造林步伐。

2002年1月，国务院决定全面启动退耕还林还草工程，将范围扩大到25个省（自治区、直辖市）和新疆生产建设兵团。

全面实施退耕还林还草工程，对国家有关部门工作是一个巨大考验。

2002年1月10日，国家林业局与国务院西部开发办联合召开了退耕还林还草工作电视电话会，部署全面实施退耕还林还草工程。

在这次电视电话会上，时任国家发展计划委员会主任、国务院西部开发领导小组办公室主任曾培炎对3年试点工作的经验作了总结，强调退耕还林还草要注意把退耕还林还草和农民吃饭、增收以及地区经济发展结合起来，解决好农民当前生计和长远发展问题；把退耕还林还草和农田基本建设结合起来，保证农民的基本口粮田，巩固退耕还林还草成果；把退耕还林还草和生态移民结合起来，实施封山绿化；把退耕还林还草和发展农村能源结合起来，解决农民的生活用能问题，保护生态环境；把退耕还林还草与封山禁牧、舍饲圈养结合起来，在改善生态环境的同时，促进畜牧业发展。

会上，国家林业局原局长周生贤在讲话中提出了三项要求。

一是全面加强组织领导，切实做到五到位，即思想认识到位、组织领导到位、政策执行到位、资金拨付到位和管理措施到位。

二是确保退耕还林还草的质量和成效，严格把好四道关。要认真做好各项前期准备工作，严把设计关；要切实做好种苗生产与供应，严把种苗关；要大力提升科技含量，严把质量关；强化监督检查工作，严把验收关。

三是实行省级政府负总责，坚决贯彻五到省，即目标分解到省、任务下达到省、资金拨付到省、粮食分配到省、责任明确到省。

他强调指出，退耕还林还草工作一定要代表最广大人民群众的根本利益，讲大局，讲贡献，求真务实，切实把退耕还林还草工作作为当前生态建设和农村工作的大事来抓，认真研究工程实施中的重大问题，不断探索退耕还林还草新路子、新机制、新模式，确保工程顺利启动和健康推进。

四川省、陕西省、内蒙古自治区政府领导介绍了本省（自治区）退耕还林还草工作开展情况。

这次会议是退耕还林还草全面推进的动员会，标志着这一工程的实施进入一个新的阶段。

二、20字的基本经验

2002年2月11—12日，朱镕基同志在重庆市考察时指出，要切实搞好调整结构……特别要搞好退耕还林还草，开仓济贫，这是尽快增加农民收入的最好办法。

3月5日，全国“两会”《政府工作报告》中指出：两年多的试点证明，在中西部一些地方实行退耕还林（包括还草、还湖），既是改善生态环境，促进农业结构调整的重大举措，也是直接增加农民收入的有效途径。目前粮食等农产品供给充足，是加快退耕还林的良好时机。今年要进一步扩大退耕还林规模，推进休牧还草，加快宜林荒山荒地造林步伐。

报告强调，要坚持因地制宜，加强分类指导，认真落实退耕还林还草的各项政策，完善配套措施，抓紧培育和供应优良种苗，保证退耕还林还草质量。

报告指出，实施退耕还林还草和天然林保护工程，要重视搞好后续产业的开发，以保障群众长期的生活来源和有关地方必要的财政收入。要抓紧研究制定退耕还林还草的法规。

3月29日至4月2日，朱镕基同志在山西考察时强调，加快退耕还林还草步伐，是调整农业结构、加强生态建设的重大举措，也是当前增加农民收入最直接、最有效的办法，更是贫困山区脱贫致富的根本途径。

朱镕基说，从两年多来试点的实践看，退耕还林还草确实是一举多得。

何谓一举多得?

退耕还林还草，国家无偿给农民提供粮食，实际上是开仓济贫；退一亩地，还给50元种苗费、20元生活补助费。同时，大量退耕还林还草，还可以创造一个很大的苗木市场，把苗木业发展起来，带动农民增收和农业结构调整。

朱镕基对山西省的干部说，经过试点，已经探索和积累了许多经验，现在加快退耕还林还草的条件具备，时机有利，各有关方面要进一步解放思想，加大工作力度。

他认为，加快退耕还林还草步伐，要认真总结各地试点经验，进一步完善政策，落实配套措施，妥善解决新问题。

朱镕基从山西和其他地方的实践中，总结了实施退耕还林还草的基本经验，概括起来说，“林权是核心，给粮是关键，种苗要先行，干部是保证”。

三、湘西圆梦与再访延安

1.湘西圆梦

2001年4月5日至11日，朱镕基同志对湘西州、张家界等地退耕还林还草进行了考察，兴致很高，创作了七律诗《重访湘西有感，并怀洞庭湖区》，全诗如下：

湘西一梦六十年，
故地依稀别有天。
吉首学中多俊彦，
张家界顶有神仙。

熙熙新市人兴旺，
濯濯童山意怏然。
浩浩汤汤何日现，
葱茏不见梦难圆。

《中华诗词》杂志在“编者按”中指出，60年前风华正茂的朱镕基与夫人劳安在湘西读书，60年后他故地重游，感慨颇多，这首诗表达了他的喜悦之情和对改善生态环境的殷切期盼。

祖籍湖南长沙的朱镕基，抗日战争期间为避免战乱，一度转至湘西山区洞口国立八中读书，并认识了劳安，两人携手风雨人生数十年至今。

“熙熙新市人兴旺”，说明我们的经济发展了，人气兴旺了。但是，“濯濯童山”“葱茏不见”让朱镕基感到“意快然”；洞庭湖位于湖南北部，因宋朝范仲淹的《岳阳楼记》而出名。范仲淹在文中以“浩浩汤汤”形容洞庭湖的美丽景色，但现在的洞庭湖区污染严重，令朱镕基有“何日现”“梦难圆”的感慨。

全国人大环境与资源委员会原主任委员曲格平曾说：“没有一个清洁美好的环境，再优裕的生活条件也无意义。”山水是构成我们美好环境的基本条件，但必须“山清水秀”。仁者乐山，是因为山的秀丽，濯濯童山不长一棵树是没有人为之而“乐”的；智者乐水，是因为水的美丽，汪汪污水不见两条鱼同样没人会为之而“乐”。

有人曾说：我们违背大自然的结果是，我们破坏了自然景观的美、自然动态的美和天籁的美。为了把美找回来，得付出不小的代价。美国的富兰克林曾经说过：井不干，人们是不知道水的价值的。但等到井都干了，江河湖泊浩浩汤汤不见了，人们才提升对环境的认知水平，那未免太迟了。

朱镕基的这首七律，在人们耳边奏出退耕还林还草、生态修复的最强音。

早在1997年，湖南就提前一年基本实现全面绿化的目标。但由于人多地少，加之生产力落后，原来在山坡上开垦出来的许多耕地，仍然继续着刀耕火种的传统。

一位退休林业干部说：“基本实现全面绿化4年后，朱镕基看到湘西坡耕地上还是那样的景象，让人心里很不是滋味。”

其实，不仅仅是在湘西地区，湖南省乃至全国各地都有坡耕地存在，人与树争地，造成水土流失，生态环境变得脆弱。

世纪之交，国家启动退耕还林还草工程，从保护和改善生态环境出发，将坡耕地有计划、有步骤地停止耕种，植树造林，恢复森林植被。湖南积极响应，于2000年在永顺、沅陵、桑植、隆回4县同步启动试点。2001年扩大到24个县市区，2002年在全省全面铺开。

到2013年，湖南省退耕还林还草工程累计完成退耕还林逾2110万亩。

退耕还林还草，“还”来绿满山坡。工程启动以来，大量坡耕地退耕植树，实现了土不下山，绿水长流。监测结果显示，退耕还林还草工程区内，水土流失量普遍下降50%以上。湘、资、沅、澧四水流入洞庭湖的泥沙量已显著减少。通过退耕还林还草，全省森林覆盖率从2000年的52.44%提高到59.64%，森林蓄积量也得到大幅度提升。

湖南省隆回县退耕还林金银花产业助退耕农户脱贫
陈凯军 摄

退耕还林还草，还来良好生态。据国家林草局发布的2016年退耕还林还草工程生态效益监测国家报告，湖南退耕还林还草工程每年涵养水源32.53亿立方米，固土0.53亿吨，固碳266.74万吨，释放氧气629.09万吨，吸收污染物21.32万吨，每年生态效益价值评估为1051.35亿元。

退耕还林还草，还来"绿色银行"。到2018年底，国家对湖南省农民退耕还林还草的直接补助，累计到位资金超过277.25亿元，惠及112个县市区的310万户1150万农民，人均累计获钱粮补助超过2000元。退耕还林还草营造的林木一年年长大，成为农民的"绿色银行"。各地还结合退耕还林还草，推广林竹、林油、林果、林药、林茶等经营模式，项目区农民每年户均增收2000多元。

13年后的2014年，朱镕基的女儿来到湘西，目之所及皆青翠可人，不由发出"濯濯童山已难觅，郁郁葱葱满目翠，葱茏再现梦已圆"的感慨。

2. 再访延安

2002年7月16日中午，一架波音737飞机飞临革命圣地延安——朱镕基同志再次来到延安，考察这里的退耕还林还草工作。

当年，新华社记者孙杰、王世焕用细腻的笔触，描绘了朱镕基考察延安生态环境建设的感人细节。

“退耕还林还要苦干十年！”朱镕基对延安人民的叮嘱语重心长，给两名记者留下了深刻印象。

“延安变绿了，延安变美了！”

当专机在延安上空盘旋准备降落时，朱镕基从飞机舷窗俯视延安大地，望着映入眼帘的那一片片绿色覆盖的山峁沟梁，心中十分高兴：“没想到延安的绿化会这么快，变化会这么大。”

这是朱镕基第三次到延安考察。1992年8月和1999年8月，朱镕基曾先后到延安考察工作。陕北高原黄土裸露的山峁沟梁和水土流失加剧的情景，使他心中十分焦急和忧虑。

由于自然条件等诸多原因，地处黄土高原腹地的延安一直是黄河中上游水土流失最为严重的地区之一，每年流入黄河的泥沙高达2.58亿吨，占陕西省入黄泥沙量的三分之一。多年来，延安人民进行了长期艰苦的水土流失治理工作，但是长期广种薄收和牛羊散牧的落后生产方式，使生态环境遭到严重破坏。“年年栽树不见树，年年种草不见草”，延安的土地始终是“山是和尚头，沟里没水流，三年两头旱，十种九不收”，农民生活陷入“越穷越垦、越垦越穷”的恶性循环。

1999年8月6日，在延安考察工作的朱镕基曾深情地说：“延安是革命圣地，延安人民为夺取中国革命的胜利作出了重要贡献。现在，延安经济、社会有了较快发展，各项事业取得明显进步。但是，延安自然条件差，生态环境还未得到根本改善。国家有关部门和陕西省要把延安作为生态环境建设的重点，加大资金投入，给以政策支持。延安人民要继续发扬艰苦奋斗精神，把过去‘兄妹开荒’的革命精神，发展为‘兄妹造林’，大力开展植树种草，治理水土流失，为建设一个山清水秀的延安作出新贡献。”

正是那次在延安考察，朱镕基提出了“退耕还林（草）、封山绿化、个体承包、以粮代赈”的政策措施，要求延安在退耕还林工作上先行一步，为全国做出榜样。那次考察结束时，朱镕基还再三叮嘱延安当地的干部：“要抓紧时间退耕还林，我3年后要来检查。”

时间过得飞快，转眼间3年过去了。3年来，延安人民开展了声势浩大的退耕还林活动。延安市13个县（区）全部成为国家退耕还林（草）试点县。退耕还林还草面积达到341.80万亩，分别占陕西省的42%和全国的10%。昔日中国红色革命的圣地，掀起一场规模空前的绿色革命浪潮。这期间，朱镕基也一直牵挂着延安退耕还林工作进展的情况。

7月16日下午，朱镕基到达延安稍事休息后，便和随同考察的国务院副总理温家宝等，乘车沿着崎岖的山路前往延安郊外宝塔区川口乡党庄流域考察。

党庄流域治理区总面积41平方公里，有12个行政村，719户人家。1999年以来，退耕还林1.62万亩，流域治理面积达到76%。退耕还林政策极大地调动了农民的积极性，推动了产业结构的调整，拓宽了农民致富门路，当地农民人均纯收入由1998年的1520元增加到2001年的2013元。

党庄流域治理只是延安退耕还林工作的一个缩影。200万延安人民通过3年来的实践已充分体会到，退耕还林不仅仅治理了水土流失，而且是调整农业结构、农民增收的一条成功之路。如今，当地农民的“信天游”又有了新歌词：“山坡上栽树崖畔畔上青，羊羔羔养在家门中；草棵棵赛过粮苗苗，退耕带来好光景……”

站在一个叫西尧沟的山峁上，朱镕基举起望远镜向远处的山峁望去，只见沟沟峁峁上被绿色所覆盖，刺槐、杨柳、水桐及各种果树，栽种在一面面坡和一个个鱼鳞坑里；沟底淤好的坝地上，绿油油的玉米叶在微风中摇曳。望着眼前的情景，听着当地干部的介绍，朱镕基舒心地笑了。

随后，朱镕基一行又驱车60余公里，深入到燕沟流域考察。

3年前，朱镕基在燕沟流域的聚财山上考察时，满目所及是光秃秃的山峁、被雨水冲刷得支离破碎的沟岔和一些种着稀稀拉拉庄稼的坡耕地。当时他看到这幅情景，心中很不是滋味。3年后的今天，朱镕基又来到燕沟流域，站在一处叫沟门梁的山上，看到燕沟流域内原有的坡耕地被一片片树苗和草地所取代，满目荒凉的黄土山坡正孕育着绿色的生机。

当地负责人向朱镕基汇报道，燕沟流域治理区内原有的6.39万亩坡耕地已退耕6.08万亩，治理面积达到78%。仅仅几年的工夫，山上的植被就恢复起来。老百姓总结说：封山禁牧、退耕还林（草）、舍饲养羊的做法，既解决了国家要“被子（植被）”的问题，又解决了农民要“票子（钞票）”的问题。

7月的延安，正是酷暑时节。尽管黄土高原上热浪袭人，但朱镕基兴致很高。他从沟门梁的南边看到北边，还提醒随行人员：“小心别踩着小树苗。”他还不时向当地干部询问“这里都种了什么品种的树木？成活率有多高？农民退耕后长远生计如何解决？农民烧柴问题如何解决？”等。

考察快要结束时，望着远近尽入眼底的绿色山峁，朱镕基对当地干部说：

“3年后故地重游，看到这里的绿化和生态环境有了很大改善，心里非常高兴。现在看起来，延安退耕还林还草工作已取得初步成效。事实说明，中央关于退耕还林还草的政策是完全正确的。但延安的生态环境还比较脆弱，对已有的成绩还不能够满足，山峁绿化还是草多树少，离总书记提出的山川秀美的要求和目标还相距甚远。起码还要再坚持苦干十年，才会大有成效。因此，延安人民要继续退耕还林、封山绿化、承包到户。在严格检查验收的基础上，国家一定会兑现每亩退耕地每年补助100公斤粮食、20元管护费和一次性补助50元种苗费的政策。我相信，只要把这些政策落实了，一个山川秀美的新延安一定会展现在世人面前。那时候，革命圣地延安一定会更加漂亮，到这里来观光、接受革命传统教育的人会更多。”

离开燕沟时，当地负责人希望他3年后再来看一看，朱镕基愉快地点了点头。

四、大规模推进

1.大规模推进期间的计划任务

2002年，退耕还林还草工程在25个省（自治区、直辖市）和新疆生产建设兵团全面启动。1月19日，国家发展计划委员会、国务院西部开发办、财政部、国家林业局、国家粮食局联合下发了《关于下达2002年退耕还林任务计划的通知》（计农经〔2002〕49号），安排25个省（自治区、直辖市）和新疆生产建设兵团退耕还林还草任务7393万亩。其中，退耕地造林3400万亩（其中，环京津风沙源区还林400万亩），宜林荒山荒地造林3993万亩（其中，环京津风沙源区400万亩）。

这一年，国家林业局和有关部门连续召开了一系列退耕还林还草专题会议，推动退耕还林还草工作向纵深发展。特别是2002年1月10日，由国家林业局与国务院西部开发办联合召开的退耕还林还草工作电视电话会，成为退耕还林还草大规模推进的动员会，在全行业和全社会引起了强烈反响。地方各级党委、政府高度重视，积极行动，认真落实，工程总体进展良好。据统计，截至2002年5月，工程区共完成退耕还林还草面积3134万亩，占计划任务的42%；其中，退耕还林还草面积1710万亩，占计划任务的50%，宜林荒山荒地造林面积1424万亩，占计划任务的36%。

广西东兰县农民喜领退耕粮

同年，朱镕基同志考察湖北等4省时，有关省份提出新增当年退耕还林还草计划的请求。4月26日，曾培炎同志主持召开国务院西部开发办主任办公会议，研究讨论了新增退耕还林还草任务问题。国家计委、财政部、国家林业局、国家粮食局负责同志参加了会议，根据会议意见和各地种苗、前期工作准备情况及造林季节等实际情况，决定适当增加部分地区退耕还林还草规模。8月30日，5部门联合发文，新增山西、黑龙江、安徽、湖南、重庆、四川、陕西、海南等8个省市2002年退耕还林还草任务1200万亩。其中，退耕地造林570万亩，宜林荒山荒地造林630万亩。两批任务相加，2002年共安排任务8593万亩。其中，退耕地造林任务3970万亩，宜林荒山荒地造林4623万亩。

2003年，退耕还林还草任务再上新高，国家安排25个省（自治区、直辖市）和新疆生产建设兵团年度任务10700万亩。其中，退耕地造林5050万亩，宜林荒山荒地造林5650万亩。

转头回望，2002年至2003年是退耕还林还草建设的高峰期。两年一共退耕还林还草1.93亿亩，其中退耕地还林9020万亩、荒山造林1.03亿亩，达到历史峰值，创造了全球林业生态修复史上的奇迹。如果将3年试点期间的计划任务计算在内，退耕还林还草工程启动以来的5年间，国家共安排退耕还林还草任务2.27亿亩，其中退耕地造林和宜林荒山荒地造林分别为1.08亿亩和1.19亿亩。

2004年，国家根据国民经济发展的新形势，对退耕还林工程年度任务进行了结构性、适应性调整。3月17日，国家安排25个省（自治区、直辖市）和新疆生产建设兵团退耕还林任务6000万亩。其中，退耕地造林1000万亩，宜林荒山荒地造林5000万亩。

2005年4月30日，国家安排除北京、天津以外的23个省（自治区、直辖市）和新疆生产建设兵团退耕还林任务5667.10万亩。其中，退耕地造林1667.10万亩，宜林荒山荒地造林2000万亩，封山育林2000万亩，明确要求退耕地造林计划任务首先用于解决各地超计划实施的遗留问题。

到2006年底，7年间国家共向25个工程省区和新疆生产建设兵团下达退耕地还林还草计划1.39亿亩。其中，退耕地还林1.38亿亩，还草118.52万亩。退耕还林还草作为我国实施西部大开发战略的重要政策之一，主要向陕西、甘肃、青海、宁夏、新疆、内蒙古、西藏、广西、云南、贵州、四川和重庆等12个西部省份倾斜，共计退耕还林还草计划面积为8732.50万亩，占总计划面积的62.80%。

2. 中央出台加快林业发展决定

2003年9月27日，全国林业工作会议在北京召开

2003年9月10日，新华社授权全文播发《中共中央　国务院　关于加快林业发展的决定》（以下简称《决定》），中国林业的发展从此实现由以木材生产为主向以生态建设为主的历史性转变。《决定》的出台，是中国全面建设小康社会的重大战略举措，旨在鼓励全社会广泛参与林业建设，无疑对退耕还林还草高潮的到来起到了推波助澜的作用。

《决定》明确了林业发展的基本方针，确定了林业发展的战略目标和战略重点，对林业体制、机制和政策作出了重大调整，指明了林业发展的方向，破解了林业发展面临的一系列亟待解决的重大问题，表明了中共中央、国务院改善中华民族生存与发展条件的坚定决心，对于中国林业加快发展、加速实现再造秀美山川的宏伟目标将产生巨大的推动作用。

改革开放二十多年来，中国林业建设取得了巨大成就。截至《决定》出台前夕，全国人工造林累计达到7亿亩，居世界第一位，占世界人工林总量的26%。这无论在中国历史上还是世界历史上，都是一个奇迹。但从总体上看，中国还是一个缺林少绿的国家，森林总量不足、分布不均、质量不高，森林生态功能十分脆弱，生态状况局部改善、整体恶化的趋势尚未根本扭转，而全面建设小康社会、实现经济社会可持续发展对林业提出了新的更高的要求，这就迫切要求实现由以木材生产为主向以生态建设为主的历史性转变，迫切要求实现林业跨越式发展。

中央要求，各级党委和政府要充分认识新世纪新阶段加快林业发展的重要性、紧迫性，采取更加有力的措施，组织动员全国人民积极投身林业建设，进一步加快林业发展，加速实现山川秀美的宏伟目标，加速推进全面建设小康社会的历史进程。

《决定》出台，正值退耕还林还草大规模推进的高潮期。一方面，《决定》鼓舞了全社会积极参与退耕还林还草工程建设，为工程顺利实施打下了坚实的基础；另一方面，工程建设的大规模推进，促进了《决定》的贯彻落实，成为推动林业发展实现历史性转变的有力抓手。

3. 社会各界关注和全国政协专题调研

退耕还林还草一直是国内外关注的焦点。随着工程的启动和大规模推进，退耕还林还草更是引起了强烈的社会反响。全国两会期间，退耕还林还草更是成了代表委员和社会各界聚焦的热门话题。

为了回应全国“两会”代表委员对退耕还林还草的关切，积极主动与提案委员沟通交流，了解人民群众的意见和呼声，2002年3月30日至6月3日，全国政协经济委员会组成专题调研组，由全国政协副主席杨汝岱带队，先后对云南、四川、甘肃、新疆4省（自治区）的退耕还林还草工作进行了调研。国家林业局副局长李育材陪同到四川省进行调研。

杨汝岱一行十分关注退耕还林还草之后怎样才能退得下，稳得住，能致富，不反弹。在四川省考察时，杨汝岱指出，退耕还林还草工作要突出重点，首先解决大江大河、湖泊沿岸和生态脆弱地区的陡坡耕地退耕还林还草。要加快荒山绿化的步伐，进一步研究政策，鼓励农民和社会各界积极参与荒山造林绿化，同时确保“退一还二”的荒山造林任务完成。

杨汝岱强调，国家要被子（植被），农民要票子。在坚持生态效益的前提下，必须兼顾农民的吃饭、增收、烧柴等各方面问题，这是关系到退耕还林还草工程是否稳得住、不反弹的关键问题。要科学地选择退耕还林还草模式。要加强平川地、缓坡地的农田基本建设，提高基本农田的粮食单产，解决好粮食安全和农民吃饭问题，真正做到“树上山，粮下川”。要加大农村能源综合建设力度，解决好农民生活燃料问题。要启动生态移民工程，使生态建设与扶贫攻坚结合起来。同时大力发展经济林，培育替代产业。要做过细的工作，搞好规划，建立档案。工程实施中一定要严格要求、严格监督、严格检查、严格管理，特别要严格资金管理和保证政策兑现。

在甘肃省考察时，杨汝岱说，退耕还林还草是国家实施西部大开发战略的重要项目。西部地处长江、黄河上游，是我国生态的天然屏障。然而，由于种种原因，西部地区的植被破坏和水土流失都很严重。因此，必须对西部地区的坡耕地实行退耕还林还草，实行宜林则林，宜草则草，增加地表植被，增强水土保持的能力。在西部大开发中，国家把生态建设放在十分重要的位置，下了很大决心，拿出了大量资金，制定了许多政策，这些对于西部来讲，都是很好的机遇。退耕还林还草是改善生态环境、促进农业结构调整的重大举措，也是增加农民收入的有效途径，是功在当代、惠及子孙的德政工程。

甘肃定西在这方面就走出了一条很好的路子。退耕还林还草工作，必须在坚持生态目标的前提下，做到生态效益和经济效益有机结合。现在看，林草结合是比较好的办法，种草可以养羊，养羊可以增加收入。其次，要做到在减少了耕地面积的同时，大力加强基本农田建设，力争做到粮食不减产或少减产。定西发展洋芋产业就是一个好典型。不仅解决了温饱，而且增加了收入，通过深加工，还能进一步解决地方财政困难，其经验值得认真总结、借鉴。再次，西北地区最大的现实是降雨量少。因此，在退耕还林还草工作中，一定要遵循自然规律，科学地选择树种草种。甘肃在集雨造林等方面给西北地区提供了好的经验。退耕还林还草工作是一项长期的、艰巨的任务，我们要一代又一代坚持不懈地搞下去，为中华民族作出贡献。

五、大规模推进的故事

退耕还林还草大规模推进，是亿万群众的集体实践。从省市到县乡，从领导干部到退耕农户，无数人的热血和辛劳，铸就了退耕还林还草大规模推进的丰碑。这丰碑的背后，有着许许多多感人的故事，我们随手采撷几个，与大家分享。[1]

1. 一位退耕农户的故事

20年前的濯濯童山乾隆山，今日杉木成林、翠竹林立、风光旖旎。如此惊人的变化，都归功于一位执着的造林人——李文辉。

乾隆山位于湖南省平江县境内，传说是清朝乾隆皇帝下江南造访过的地方。从2002年至今，李文辉带领造林专业队60人，扎根深山，凭着满腔热情和吃苦耐劳、坚韧不拔的精神，17年累计造林8000余亩，植树200余万株，硬是把座座荒山、道道荒坡染成了绿色。

李文辉现年55岁。2002年8月，他抓住国家退耕还林还草的契机,承包了乾隆山2000余亩荒山和坡耕地，带领当地60余名劳务工人在极为艰苦的条件下，“把山当田耕，把树当菜种”，从此开启了他漫长的植树造林之路。

刚进山时，住茅草屋，外面下大雨，屋里下小雨，没有桌椅、床铺，就用砖头、木板搭起来，山上未通电，晚上就用蜡烛代替，上山下山全靠步行。看着兄弟们跟着自己吃苦受累，李文辉看在眼里急在心里，决心改变山上的工作生活环境。

2005年，他投资40多万元建起一幢200余平方米，集办公、生活、工人休息为一体的房屋，并接通山上的水和电。李文辉还卖掉了在老家的房子，多方筹资，修通了一条长6公里、宽5米的盘山公路，不但解决了周边村民及自己楠竹基地的资源外运，而且拉动了当地生态旅游的发展，方便了森林防火。

经过多年的努力，李文辉共投入各类资金800余万元，完成前一轮退耕还林280亩，新一轮退耕还林450亩，荒山造林4500余亩，组建了乾隆山林场。

[1] 国家林业和草原局退耕还林（草）工程管理中心，周鸿升. 2019. 退耕还林在中国——回望20年[M]. 北京：中国大地出版社.

同时，他与周边林农采取入股分红和合作经营等模式，成立了乾隆山农民竹木种植合作社，经营山林面积达到了11500亩，主要从事楠竹、用材林培育、加工经营及发展林下经济，带领村民致富。

他的付出得到了社会各界的赞许与肯定，先后多次被国家、省、市、县评为“造林示范户”“全国绿色小康户”“绿化先进个人”等荣誉称号，并当选为平江县第十四届政协委员。

2. 一位基层林业工作者的故事

为了退耕还林还草，打造金山银山，他常年带领基层林业站技术人员转战荒山坡地，用心血和汗水浇灌出一片又一片新绿；为给退耕还林还草工程质量把关，他惨遭车祸，失去了左腿，但他无怨无悔。他就是湖北省十堰市竹溪县优秀共产党员、林业先进工作者、基层林业站站长赵家忠。

竹溪是全国退耕还林还草试点示范县、秦巴山区深度贫困县，又是南水北调中线水源保护区。为了“一江清水送京津”，为了山绿民富、增收脱贫，1999年，县委、县政府决定在水坪镇魏家湾村办退耕还林还草试点。时任林业站站长赵家忠，组织造林专班统一栽植，在陡坡地示范退耕还林50亩，以杜仲、板栗、茶叶为主，分户管理，验收合格后，发放粮食补助和抚育管理费用专项补贴到户，退耕农户长期享受绿化收益。魏家湾村退耕还林还草试点的做法在全县得到初步推广。

湖北省十堰市农民正在采收板栗

退耕还林还草初期，农民群众不理解“为啥要把种庄稼的山地栽上树苗?”赵家忠带领林业站干部职工，走村串户，深入浅出地向村民宣讲退耕还林还草的重大意义，苦口婆心地做农户的思想工作，可谓“说干了嘴，跑断了腿”。

为使退耕还林还草“退得下、稳得住、不反弹、能致富”，2000年，刚调任水坪林业站长的赵家忠，选择板栗种植历史悠久的换香寨村树样板，租赁村里坡耕地30亩，带领林业技术人员示范种植板栗，林间隙地套种花生、黄豆等矮秆经济作物，以短养长，树苗管理得当，当年见了收益，然后将“铁秆庄稼”板栗林还给农户管理，村民眼见为实，拍手叫好。

随着退耕还林还草高潮到来，造林苗木供不应求。“外地调苗成活率低花钱多划不来，何不自育苗木自己栽！”赵家忠积极探索退耕还林还草苗木扶贫的新途径。2004年，他与洛家河村贫困户邹蔚学结对扶贫帮困，帮助落实9亩陡坡地退耕还林还草指标和造林苗木，全部栽植板栗、杜仲。第二年又指导邹蔚学将6亩多冷浸田改做苗圃，并与县林业种苗站建立苗木产供销关系，当年出圃松杉用材林苗木50多万株，获得苗木收益款3万多元，邹家一举脱贫致富。

赵家忠长期上山下乡钻林地，晴天一身汗，雨天一身泥。有一年寒冬，72岁老父亲进城在他家过生日。赵家忠骑着摩托车，正在富溪片区检查验收退耕还林还草，恰逢大雪封山，他被困在山上，直到3天后他才步行20多公里下山回城，向老父亲表示歉意。

2010年6月，在县河镇林业站担任站长的赵家忠，到明家湾村和红丰村检查退耕还林还草情况，途中遭遇车祸导致高位截肢，但他无怨无悔，赢得了农民夸奖和上级肯定，年年评功表彰都有他，还获得了全省先进工作者殊荣。

3. 一个县的探索

20年来，退耕还林还草在河北省围场县落地生根，给全县生态环境和农村面貌带来了巨大变化。

针对群众思想中存在的怕政策不稳定和担心国家政策到基层落实不到位等问题，县政府与退耕农户签订合同、乡镇政府为见证单位，并由乡镇长亲自签字，给群众吃了“定心丸”，使群众完全丢掉后顾之忧，全心全意投入项目建设之中。对退耕造林合格的地块，县林业、财政等部门按规定将粮款补助、农业税减免等相应政策不打折扣、不掺水分、不留余地地兑现给退耕农户，使农民真切感受到政府说话算数，国家政策完全落实，实施退耕还林还草的积极性更加高涨。

为确保项目建设成效，围场县十分注重精品示范工程的带动作用，同其他项目相结合，打破村、组行政界限，实行统一治理。先后打造集中连片万亩退耕还林还草示范工程2个，千亩示范工程4个，带动4个乡镇累计完成退耕还林还草工程20多万亩，收到了较好的示范带动作用和规模治理效果。

2000—2006年，全县累计完成工程建设任务103.30万亩，完成率100%。其中退耕地造林45.70万亩，配套荒山造林35.40万亩、封山育林22.20万亩。工程覆盖了全县所有乡镇和村，涉及农户10.60万。后期又通过实施的巩固退耕还林还草成果后续产业项目，建成产业基地15.20万亩，补植补造60.30万亩，抚育经营15.50万亩。

由于工作成绩突出，围场县连续多年在各级考核中被评为优秀，先后荣获了全国造林绿化百佳县、河北省工程造林金杯奖等荣誉称号。

像这样的故事还有很多很多，窥一斑见全豹，这些看似普通的故事，蕴含着退耕还林还草大规模推进的艰难曲折，无数人为此付出了自己的青春和汗水，是他们的艰苦奋斗和无私奉献，换来了退耕事业的累累硕果。

六、大规模推进的经验做法

1.高层推动，部门联动

实施退耕还林还草是中央的英明决策，是国家实施西部大开发的根本和切入点。工程启动以后，党中央、国务院提出了明确要求。2002年3月28日，江泽民同志在陕西考察工作时指出，生态环境建设不仅关系到西部地区的发展和人民生活的改善，也关系到整个中华民族的生存和发展环境，一定要坚持不懈地抓好。要认真搞好天然林保护、防沙治沙和退耕还林还草等重点工程。朱镕基同志在第九届全国人民代表大会第五次会议上所作的《政府工作报告》中指出："目前粮食等农产品供给充足，是加快退耕还林还草的良好时机。今年要进一步扩大退耕还林还草规模，推进休牧还草，加快宜林荒山荒地造林步伐。" 3月29日至4月2日，他在山西考察时还强调，要认真总结各地试点经验，进一步完善政策，落实配套措施，妥善解决新问题。可以说，中央高层的重视和推动是退耕还林还草深入推进的强大动力。

为落实中央的决策部署，国务院有关部门按照职能分工，各负其责，密切协作。国家计委和国务院西部开发办及时组织研究完善政策、协调安排年度计划。财政部调拨资金，加强资金管理，保证补助资金使用安全和及时兑现。国家林业局作为工程实施主管部门，在工程组织实施、规划设计、规范管理、检查验收以及政策兑现等方面做了大量工作。良好的部门协调机制是退耕还林还草工程实施和大规模推进的坚强的组织保障。

2.政策完善，措施有力

为了进一步明确退耕还林还草的政策措施和要求，2000年9月国务院以国发〔2000〕24号文下发了《国务院关于进一步做好退耕还林还草试点工作的若干意见》，使退耕还林还草试点工作有了明确的政策依据。

在认真总结近3年试点工作的基础上，针对试点中出现的一些新情况、新问题，2002年4月国务院以国发〔2002〕10号文又下发了《国务院关于进一步完善退耕还林还草政策措施的若干意见》，对24号文件中规定的政策措施作了修改、补充和完善。

10号文进一步明确：退耕还草的补助年限为2年；种苗费的发放方式由各省根据实际情况确定；未承包到户和休耕的坡耕地不纳入退耕还林还草兑现钱粮补助政策范围等；提出，要结合退耕还林还草工程，开展生态移民、封山绿化，开展农村能源建设，实行封山禁牧、舍饲圈养，加强川地、缓坡耕地的农田基本建设等。这两个文件是指导退耕还林还草工作的纲领性文献，为退耕还林还草工程全面实施提供了政策支撑。

3.责任到位，地方给力

退耕还林还草工程一开始就实行“目标、任务、资金、粮食、责任”五到省，由省级政府对工程负总责。各级政府和有关部门把退耕还林还草工作作为生态建设和农村工作的大事来抓，主要领导亲自过问，分管领导具体负责，并实行领导干部分片包干责任制，及时研究解决工程实施中的重大问题，不断探索新路子、新机制、新模式，确保了退耕还林还草工程健康推进。

为把“五到省”的要求落到实处，退耕还林还草工程全面启动后，国家林业局每年都与各省（自治区、直辖市）人民政府和新疆生产建设兵团签订退耕还林还草工程建设责任书，明确责任和目标，并通过退耕还林还草工程管理实绩核查和造林实绩核查，定期向各省通报责任书的执行情况。各工程省区从省到市、县、乡政府，都层层签订了责任状，落实目标责任制，把工程建设成效作为考核各级领导干部政绩的重要内容。

一些地方推行“双线”目标责任制，做到一名行政干部和一名林业技术人员承包一个区域。按照《退耕还林条例》的规定，县级人民政府或委托乡级人民政府与退耕农户还签订合同，把具体任务落实到山头地块和每个农户。退耕还林还草的责任落实，保证了工程的顺利实施。

4. 社会关注，多方参与

退耕还林还草一直是国内外关注的焦点。随着工程的启动，退耕还林还草更是引起了巨大的社会反响。每年全国人大、全国政协会议期间，退耕还林还草成了代表委员们谈论的热门话题，许多代表委员积极为退耕还林还草献计献策，有关退耕还林还草的人大建议和政协提案大幅度增加多年稳定在50件以上。全国政协的领导亲自带队专题调研退耕还林还草工作，部队和全国妇联等部门深度参与了退耕还林还草工作。

2002年12月，四川省人民政府在成都召开天然林资源保护和退耕还林工程工作会议

各新闻媒体对退耕还林还草也给予了极大关注，中央电视台在《新闻联播》等频道、各栏目大篇幅宣传报道了退耕还林还草，并在西部频道新开设了退耕还林还草栏目；《人民日报》、新华社、中央人民广播电台、《经济日报》等各大新闻媒体多次聚焦退耕还林还草。其中，《经济日报》还派出记者专程

到四川、云南、陕西、宁夏等省（自治区），调查采访，连续发表了《退耕还林西部行》专栏报道。

通过工程建设，广大干部群众切身感受到了退耕还林还草带来的好处和变化，许多地方积极主动要求加快治理进度，扩大退耕还林还草规模。陕西省榆林地区连续5年遭受自然灾害，提出与其“年年救灾，以粮保命”，不如“扩大退耕还林，以粮换生态”。据2002年四川省调查结果，96%的农民对退耕还林还草表示满意，干部群众热情高涨，主动参与，许多地方出现了争着干、抢着干的局面。

高位推动、部门联动、地方主动、群众参与、各方支持、上下一心、国家意志与人民意志高度统一，极大地调动了地方各级党委、政府和广大人民群众退耕还林还草工作的积极性，加之三年试点积累的大量可复制、可推广的成功经验，退耕还林还草面临着前所未有的有利形势和宽松环境，大规模推进成为历史的必然。

七、国务院颁布《退耕还林条例》

退耕还林还草是一项功在当代利在千秋的德政工程、民心工程，同时又是一项极其复杂的社会系统工程。为了确保退耕还林还草工作的持续健康推进，有必要通过立法来保持退耕还林还草政策的连续性和稳定性。另外，在退耕还林还草试点过程中出现了一些不容忽视的问题，如有些地方没有将生态地位重要的区域列入退耕还林还草的重点并优先实施，有些地方补助粮食、资金兑付不及时等。这些问题必须用法律的形式予以规范，对违反法律规定的行为必须予以惩戒，依法追究法律责任。

2001年11月27日，朱镕基同志在中央经济工作会议上指出：“为了更好推动和规范退耕还林工作，有关部门要加强指导，总结经验，抓紧研究制定退耕还林的法规。”

2002年，国务院将《退耕还林条例》纳入了当年的立法计划，并明确由国务院西部开发办和国家林业局共同负责起草。国办发〔2002〕14号《国务院办公厅印发关于做好国务院2002年立法工作的几点建议和国务院2002年立法工作安排的通知》中明确要求：“为了保证退耕还林工作的顺利开展，巩固退耕还林的成果，保护生态环境，促进经济和社会的可持续发展，制定退耕还林管理条例。”

2002年1月，国务院西部开发办、国家林业局着手起草退耕还林条例，成立条例起草小组，由曾培炎任组长。3月，起草小组拿出征求意见稿，分别向国务院有关部门和地方政府征求意见。起草组还到8个省（自治区、直辖市），对试点工作进行广泛深入的调研，并两次召开林业及法律方面的专家座谈会，对一些重大问题进行充分论证。

3月底4月初，朱镕基同志在山西考察工作时指出，退耕还林“林权是核心，给粮是关键，种苗要先行，干部是保证”。起草组在起草条例时全面贯彻了这一指示精神。

5月，条例送审稿报请国务院审议。

12月14日，经国务院第66次常务会议审议通过，国务院第367号令颁布了《退耕还林条例》（以下简称：《条例》），于2003年1月20日起施行。

《条例》分为总则，规划和计划，造林、管护与检查验收，资金和粮食补助，其他保障措施，法律责任，附则共7章65条。条例规定，各级人民政府应当严格执行“退耕还林、封山绿化、以粮代赈、个体承包”的政策措施。退耕还林必须坚持稳优先。国家退耕还林实行省、自治区、直辖市人民政府负责制，并实行目标责任制。

《条例》规定，国务院林业行政主管部门主管全国退耕还林还草的实施工作，负责编制退耕还林还草总体规划、年度计划，负责退耕还林还草工作的指导和监督检查。

科学地进行规划与安排计划，是退耕还林还草工作有序开展的前提。条例根据国务院有关文件精神和试点经验，对退耕还林还草规划、年度计划、年度实施方案和作业设计等方面的编制权限、编制内容、审核备案程序等都做了具体规定。

《条例》规定了应当纳入退耕还林还草规划和应当优先安排退耕还林还草的耕地范围。应当纳入规划的耕地包括，水土流失严重的耕地，沙化、盐碱化、石漠化严重的耕地，以及生态地位重要、粮食产量低而不稳的耕地。应当优先安排退耕的耕地包括，江河源头及其两侧耕地、湖库周围的陡坡耕地，以及水土流失和风沙危害严重等生态地位重要区域的耕地。

《条例》对退耕还林还草实施中的造林、管护及检查验收作出具体规定，主要有：

一是明确规定县级人民政府或者其委托的乡级人民政府要与有退耕还林任务的土地承包经营权人签订退耕还林还草合同，明确双方的权利义务，并对合同的内容提出了具体要求。

二是对退耕还林还草所需种苗作了明确规定：可以由县级人民政府组织集中采购，也可以由退耕还林还草者自行采购。集中采购的，应当征求退耕还林者的意见并采取公开竞价方式，签订书面合同；超过国家种苗还林补助费标准的，不得向退耕还林者强行收取超生部分的费用。任何单位和个人不得为退耕还林还草者指定种苗供应商。销售、供应的退耕还林种苗应当经县级人民政府林业农业行政主管部门检验合格，并附具标签和质量检验合格证；跨县调运的，还应当依法取得检疫合格证，并规定省级人民政府应当根据本行政区域的退耕还林规划加强种苗生产与采种基地的建设。国家鼓励企业和个人采取多种形式培育种苗，形成产业化经营。

三是对退耕还林种草及管护作了以下规定：退耕还林还草者应当按照作业设计和合同要求植树种草。地方人民政府及其有关部门应当组织技术推广单位或者技术人员，为退耕还林还草提供技术指导和技术服务。县级人民政府应当建立退耕还林还草管护制度，落实管护责任。禁止林粮间作和破坏原有林草植被的行为，禁止在退耕还林还草项目实施范围内复耕或者滥采乱挖地表植被的活动。

四是规定退耕还林还草者在享受资金和粮食补助期间，应当按照作业设计和合同的要求在宜林荒山荒地造林。

五是规定县级人民政府林业行政主管部门对退耕还林还草建设项目进行检查验收，省级人民政府对县级退耕还林检查验收结果进行复查和国务院林业行政主管部门对省级复查结果进行核查的制度。

《条例》对国务院已经确定的、实践证明行之有效的有关补助政策予以明确，消除了农民顾虑，有利于调动广大群众退耕还林还草的积极性。对补助钱、粮的下达、核拨及兑付程序作了进一步细化。规定，退耕还林还草资金实行专户存储、专款专用，任何单位和个人挤占、截留、挪用和克扣。任何单位和个人不得弄虚作假、虚报冒领补助资金和粮食。并公示制度。

为了巩固退耕还林还草成果，保证退耕还林还草者的长远利益，《条例》规定，退耕土地还林后的承包经营权期限可以延长到70年；承包经营权到期后，土地承包经营权人可以依照有关法律、法规的规定继续承包；退耕还林还草土地和荒山荒地造林后的承包经营权可以依法继承、转让。退耕还林还草后，由县级以上人民政府依照《森林法》《草原法》的规定及时发放林（草）权属证书，确认所有权和使用权。补助期满后，在不破坏整体生态功能的前提下，经有关主管部门批准，退耕还林者可以依法对其所有的林木进行采伐。《条例》还对退耕还林还草后，加强基本农田建设和农业基础设施建设、农村能源建设、调整农村产业结构、生态移民、扶贫开发等政策措施相结合的有关事宜，作了明确规定。

《条例》的颁布实施是我国生态建设的一件大事，也是林业发展的一件大事。它对依法保护退耕还林还草者的合法权益，规范退耕还林还草行为有重要意义。

《条例》明确了国务院各部门在退耕还林还草工作中的职责分工，国务院林业行政主管部门主管全国退耕还林还草的实施工作，省级人民政府对退耕还林还草负总责。《条例》还对退耕还林还草的组织实施程序进行了规范，使退耕还林还草的全过程都有法可依，有章可循，为退耕还林还草工程的健康实施和成果巩固提供了法律保障，也为林业的可持续发展提供了新的动力。

2003年1月20日，《退耕还林条例》施行之日，国务院法制办、国家林业局在人民大会堂召开了《退耕还林条例》颁布实施座谈会，国务院法制办、国家林业局、国家发改委、国务院西部开发办、财政部、农业部、国家粮食局、国家环境保护总局等部门有关负责人参加了座谈会，国家林业局局长周生贤作了《以党的十六大精神为指针　认真贯彻实施〈退耕还林条例〉 努力开创退耕还林工作新局面》的重要发言，国务院法制办、西部开发办、国家发改委、财政部、国家粮食局的领导以及重庆市和内蒙古自治区的代表也在会上作了发言。

八、政策微调

1.补助挂账

退耕还林还草粮食补助资金由中央财政拨付给地方。2000—2002年，中央财政共拨付地方补助资金150.18亿元，全部通过财政部门在农业发展银行开设的存款专户下拨。但由于种种原因，到2003年6月底，仍有大量资金停留在专户上，没有及时拨付到粮食企业。

农业发展银行工作人员赵乐欣曾撰文分析，资金积压在专户上的弊端突出表现在两个方面：一方面，中央财政资金支出紧张；另一方面，却有大量财政资金闲置，得不到很好使用。

2002年10月，由于当年中央财政预算执行困难，国务院批准2003年、2004年两年中央财政负担退耕还林还草粮食补助资金，由拨付现款改为在中国农业发展银行挂账，挂账本息全部由中央财政承担。采取在农业发展银行挂账的办法，以此来解决退耕还林还草粮食补助的资金来源问题。2003年，国有粮食企业实际供粮168亿斤，由此在农业发展银行挂账114.21亿元。2004年，继续执行该办法。

据了解，退耕还林还草粮食补助政策调整，包括以下基本内容：

第一，中央财政负担的退耕还林还草粮食补助资金，由拨付现款改为在中国农业发展银行挂账，挂账本息全部由中央财政承担；

第二，继续执行中央对省级人民政府包干政策，退耕还林还草粮食补助标准对省级人民政府包干的政策不变，每公斤口粮补助1.40元。

为落实好退耕还林还草粮食补助资金挂账政策，财政部、国家粮食局、中国农业发展银行联合下发《关于2003年和2004年退耕还林退牧还草及禁牧舍饲粮食补助资金实行挂账及财政财务处理的通知》（财建〔2004〕40号）文，对2003年和2004年退耕还林还草粮食补助资金挂账及财政财务处理提出了明确要求。

实施补助挂账，不但可以缓解中央财政预算资金支出紧张的压力，而且减少了财政资金闲置，充分发挥了财政资金使用效益。实行挂账后，中央财政按实际挂账数额拨付补助资金，直接归还农发行贷款本金和利息，减少了中央财政资金的闲置浪费。

挂账也有利于退耕还林还草粮食补助资金的拨付和清算。实行银行挂账后，中央财政不必再将补助资金通过各级财政部门逐级分解拨付到粮食企业，而采取新增挂账利息补贴资金的拨付方式，将退耕还林还草粮食补助资金直接拨付农业发展银行总行，农发行上下级行再通过转账方式层层进行清算，这就减少了资金划拨的中间环节，简化了资金清算手续。

后来，随着国家经济形势好转，中央财政预算资金支出压力缓解，退耕还林还草粮食补助不再实行挂账，仍由中央财政现款拨付，这就消除了中央财政因挂账而产生的利息负担。[1]

2004年，国家用当年国家财政超收解决2003年欠供113亿斤粮食（折现79.10亿元）和2004年退耕还林还草粮食补助（折合现金214.68亿元）合计293.78亿元；对2003年已供粮食而形成的挂账114.21亿元，也用超收解决。

2. 协调解决管理经费问题

退耕还林还草工程直接面向千家万户，工作内容复杂，管理程序繁琐，需要有相应的前期工作经费和工程管理费用作支撑。

但由于种种原因，退耕还林还草的前期工作经费一直难以全部落实，随着工程建设的深入推进，县级前期工作经费和工程管理费用短缺的矛盾越来越突出，工程建设的质量和成效受到不同程度的影响。

对于是否给地方拨付工作经费，有些同志认为，中央下决心实施退耕还林还草，是帮助地方搞生态建设，主体是中央投入，地方政府有责任配套必要的的工作经费。

但实际情况是，大部分退耕还林还草工程区属于贫困地区，地方财政捉襟见肘，很多县靠财政转移支付过日子。

工程管理部门没有经费来源，要么挪用其他资金，要么"掏空家底"，甚至举债开展工作。

如果不解决好经费问题，退耕还林还草的各项前期准备和工程管理工作就可能受阻。

2002年，国家计委首先拨付了2000万元作为中央和省一级实施主管部门退耕还林还草工程所需的部分前期工作费。

同年9月，在国务院西部开发领导小组办公室主任办公会议上，国家发展计划委员会主任、国务院西部开发领导小组办公室主任曾培炎进一步明确："退耕还林前期工作费用由中央政府按每亩1元补助，同时要求省级地方政府按每亩2~3元予以配套，在上报计划时必须落实。"并上报国务院批准后执行，前期工作经费欠缺问题得以顺利解决。

[1] 赵乐欣. 2003. 关于对退耕还林粮食补助资金实行挂账问题的思考[J]. 农业发展与金融，(8).

3.“粮改现”

前面已经提到，国家对退耕还林还草实行粮食和资金补助办法，按照核定的退耕地还林面积，在一定期限内无偿向退耕还林还草者提供适当的粮食补助、种苗造林费和现金（生活费）补助。长江流域及南方地区、黄河流域及北方地区每亩退耕地每年补助原粮分别为150公斤和100公斤，生活补助费20元；还生态林暂补助8年，还经济林补助5年，还草补助2年。每亩退耕地和宜林荒山荒地补助种苗造林费50元。

2003年，受全球性自然灾害影响，国际粮价出现上涨。国内粮食减产，个别城市粮价上涨。同时，由于多年补助粮食，有些退耕农户的口粮余粮较多，出现将国家补助粮卖掉换取现金的现象。

2002年辽宁退耕还林还草现金补助兑现现场

国家发展改革委、国务院西部开发办、财政部、国家林业局等有关部门经过调研，提出了进一步完善退耕还林还草粮食补助办法的意见。

2004年4月13日，经国务院西部地区开发工作会议讨论后，国务院办公厅印发《关于完善退耕还林还草粮食补助办法的通知》（国办发〔2004〕34号），决定从2004年开始调整退耕还林还草粮食补助政策，由补助粮食改为补助现金。具体内容为：坚持退耕还林还草的方针政策，国家无偿向退耕户提供粮食补助的标准不变。从2004年起，原则上将向退耕户补助的粮食改为现金补助。中央按每公斤粮食（原粮）1.40元计算，包干给各省、自治区、直辖市。具体补助标准和兑现办法，由省级人民政府根据当地实际情况确定。向退耕户继续提供粮食补助的，由省级人民政府仍按原办法组织粮食供应，兑现到户，粮食调运费用继续由地方财政承担。

2004年7月，国务院有关部门联合发出通知，对退耕还林还草粮食补助改补现金后有关财务处理办法提出明确要求。

粮食补助办法的完善，减少了兑现环节，兑现进度比以前大大加快。农民也能根据需要购买符合自身需求的口粮或用于其他消费，消除了退耕农户倒卖多余补助粮食的现象。

绝大多数基层干部和退耕农户对“粮改现”政策是满意的。

4. 结构性、适应性调整

“这是对退耕还林还草作出的结构性、适应性调整，是党中央、国务院审时度势，根据新形势需要作出的正确决策。”在2003年底召开的全国退耕还林还草工作座谈会上，国家林业局局长周生贤作如上说明。

根据宏观经济形势和全国粮食供求关系的变化，从2004年开始，国家对退耕还林还草年度任务进行了结构性调整，调减退耕地造林任务，增加荒山荒地造林所占比例。2004年，国家安排退耕地造林1000万亩、宜林荒山荒地造林5000万亩，分别比2003年减少4050万亩、550万亩。

国务院副总理曾培炎参与了2004年退耕还林还草政策和任务调整的决策和落实。据他回忆，由于任务的大幅调整和植树造林需要提前整地、备苗等特殊性，加之2004年退耕还林还草计划下达较晚，各地退耕还林还草的积极性高，绝大多数省区出现超计划退耕的现象，很多地方农民退耕还林还草后拿不到国家政策补助，带来了一定的社会问题。

为此，有关部门及社会各界纷纷向中央提出适当增加退耕还林还草指标、解决遗留问题的建议。

为妥善解决这一问题，国务院西部开发办主任办公会议决定，对2004年经国家林业局组织核实的超计划面积作为2005年计划任务安排依据，2005年退耕还林计划重点解决2004年超计划问题，除适当考虑京津风沙源治理、三峡库区绿化带建设等少数改善生态急需的退耕还林还草外，不再新增任务。

这一决策较好地解决了2004年超计划实施的遗留问题，维护了广大退耕农民的利益和退耕还林还草的积极性。

5．“五个结合”

将退耕还林还草和农田基本建设、农村能源建设、生态移民、后续产业发展、封山禁牧舍饲圈养等相结合，是退耕还林还草效果巩固必须坚持的重要配套措施。

退耕还林还草工程全面启动时，中央就要求搞好各项配套措施建设。

为贯彻落实这一方针，国务院两次下发通知，还要求把退耕还林还草与扶贫开发、农业综合开发和水土保持等政策措施结合起来，对不同渠道的资金统筹安排，综合使用。

2005年，一些地区出现退耕农户长远生计缺乏保障、后续产业尚未形成、农村替代能源发展迟缓等现象。

为进一步落实《国务院关于进一步推进西部大开发的若干意见》(国发〔2004〕6号)关于“五个结合”的要求，巩固退耕还林还草成果，国务院有关部门开展大量调查研究，并形成了政策建议。

2005年4月17日，国务院办公厅下发了《关于切实搞好“五个结合”进一步巩固退耕还林成果的通知》(国办发〔2005〕25号)，再次明确了“五个结合”的方针，即把退耕还林还草工程与基本农田建设、农村能源建设、生态移民、后续产业发展、封山禁牧舍饲等配套保障政策结合起来。具体措施包括：大力加强农田水利基本建设，建设高标准基本口粮田；继续加强农村能源建设，保护林草植被；积极推进生态移民，从根本上改善生产生活条件；加强后续产业发展，努力增加农民收入；加大封山禁牧和舍饲圈养力度，保护生态环境。

文件对切实落实退耕还林还草五结合配套措施提出了明确要求。规定：退耕还林还草工作要坚持科学规划、完善政策、加强协调、突出重点、巩固成果、稳步推进的基本思路。近期要在继续推进重点区域退耕还林还草的同时，把工作重点转到认真搞好“五个结合”，解决好农民吃饭、烧柴、增收等当前生计和长远发展问题上来。

各项配套措施的落实，大大改善了工程区的生产、生活条件，促进了已有成果的巩固。

内蒙古自治区将退耕还林还草与生态移民、扶贫开发结合起来，优先安排自然条件和生存环境恶劣地区的农户退耕还林还草并实行异地搬迁，退耕农户生产、生活条件得到了显著改善。

宁夏结合退耕还林还草工程的实施，狠抓基本农田、沼气、生态移民、后续产业、交通等配套措施建设，区域内的农村面貌有了很大变化。

其他一些地区也有大量成功的实践与探索。

九、管理上的突破

1.“五到省”要求

2000年9月10日印发的《国务院关于进一步做好退耕还林还草试点工作的若干意见》要求，实行省级政府对退耕还林还草试点工作负总责和市（地）、县（市）政府目标责任制。退耕还林还草试点工作，实行目标、任务、资金、粮食、责任五到省。各有关省级政府要确定一位省级领导同志具体负责，并认真组织实施好退耕还林还草试点工作。市（地）、县（市）、乡级政府也要层层落实退耕还林还草试点工作的目标和责任，实行目标管理责任制，层层签订责任状，认真进行检查和考核，确保试点工作顺利实施。

为把退耕还林还草“五到省”的要求落到实处，确保国家退耕还林还草工程建设任务全面完成并达到质量要求，实现可持续发展，真正把三大效益统一起来，权责利结合，国家林业局与退耕还林还草工程区的24个省（自治区、直辖市）人民政府和新疆生产建设兵团签订了退耕还林还草工程建设任务和工程质量责任书。2000年3月18日，国家林业局副局长李育材代表国家林业局在责任书上签了字。此前，退耕还林还草工程区的24个省（自治区、直辖市）人民政府和新疆生产建设兵团的负责人均已在责任书上签字。

责任书除明确各省级单位在退耕还林还草工程中的建设任务外，重点明确了省级人民政府和国务院林业行政主管部门的责任。

责任书明确提出，国家将根据各地对退耕还林还草计划的落实情况，下达种苗补助等投资。对不能按国家规定的标准完成当年计划任务或保存历年退耕还林还草面积，工程建设中出现重大违纪违规案件、造成严重后果的，国家将视情况对下一年度的退耕还林还草任务安排予以调控，并按有关规定给予相应处罚，触及法律的要移送司法机关惩处。

年度退耕还林还草责任书
陈应发 摄

没有责任的事业是不可能成功的，不受监督和制约的权力必然产生腐败。在退耕还林还草工程实施过程中，用责任书的形式来界定各级的责任、义务和权利，对确保退耕还林还草“退得下，还得上，稳得住，能致富，不反弹”起到了重要作用。

作为对退耕还林还草负总责的主体，省级人民政府的责任是责任书中着墨最多的部分，包括省级政府对全省退耕还林还草负总责，实行目标责任制；负责组织编制省级年度实施方案，报国家林业局审核后组织实施；组织各工程县编制工程作业设计；及时将国家下拨的工程建设资金拨付到各工程实施县，并监督使用；落实本身工程建设需由本级财政安排的前期工作费、检查验收经费、效益监测等配套资金及粮食调运费；确保退耕还林还草及荒山荒地造林的成活率等指标达到国家规定的工程建设质量标准；依据检查验收结果，及时组织政策兑现工作等。

作为工程组织实施的行政主管部门——国家林业局的责任，包括相关政策法规、管理办法、规程、标准等的制定，前期工作审核，种苗监管，工程建设的检查监督，国家级核查验收的组织，效益监测和评估等。

2000年以后，国家林业局每年均与工程省区签订退耕还林还草责任书，有效地保障了退耕还林还草工程建设任务的全面完成和较高的质量成效。

2004年起，国家退耕还林还草补助政策由补助粮食实物改为现金补助后，原“五到省”修改为目标、任务、资金、责任“四到省”。

2.无“档”则乱

工程启动以来，国家始终把档案管理作为退耕还林还草工程建设的重要基础工作，各级林业和档案部门协同一致，密切配合，在规范退耕还林还草档案管理方面做了大量有益的探索和实践，为提高工程的管理水平奠定了良好的基础。

退耕还林还草工程涉及面广、政策性强、建设期长，工程建设中形成的文字资料及各类图表繁多，特别是退耕还林还草分户丈量原始记录、合同、检查验收结果、钱粮兑现名册等直接关系到成千上万的退耕农民切身利益。抓好退耕还林还草档案工作，对维护党的政策的严肃性和权威性，对维护广大农民的权益，对巩固和保护退耕还林还草成果具有重要意义，必须从源头抓起，确保各类资料完整归档。

退耕还林还草工程启动初期，在国家林业局的指导下，一些工程省先行先试，确保档案管理科学规范。2000年11月，贵州省退耕办与贵州省档案局共同印发了《贵州省加强退耕还林还草试点工作档案管理的意见》。在试点的基础上，经过全省退耕还林还草档案管理座谈会讨论修改，贵州省林业厅和省档案局于2002年10月又印发了《贵州省退耕还林工程档案管理办法》，进一步明确了工程文件材料的归档范围及保管期限，省档案局还为退耕还林还草档案明确了单独的卷宗号。贵州省退耕办还制定了贵州省退耕还林还草工程档案管理细则，根据退耕还林还草的操作程序把退耕还林还草档案具体分为文件类、宣传培训类、施工设计类、检查验收类、报表总结类、合同类、政策兑现类（包括退耕户资料）、效益监测类、案件查处类、其他类等十大类，并具体说明了各类档案的收集、分类、归档方法和要求，明确了卷内目录和分类目录的编写格式，进一步细化了退耕还林还草的档案管理。

为了贯彻“无档则乱”的思想，加强档案管理，在总结各地试点经验的基础上，国家林业局于2003年下发了《国家林业局关于做好退耕还林工程档案工作的通知》（林退发〔2003〕17号）和《退耕还林工程档案管理办法》（试行）（办退字〔2003〕33号）。

为进一步规范退耕还林还草工程的档案管理工作，适应新一轮退耕还林还草工程实施的需要，国家林业局根据《中华人民共和国档案法》《中华人民共和国档案法实施办法》等法律法规以及《林业重点工程档案管理办法》《新一轮退耕还林还草总体方案》的要求，2015年4月修订颁布《退耕还林工程档案管理办法》，从当年5月1日起实施，有效期到2020年12月31日，办退字〔2003〕33号同时作废。2020年，修订颁布《退耕还林还草档案管理办法》。

湖北省谷城县退耕还林还草档案管理规范有序

按照国家、省市有关要求，各工程县（市、区）也高度重视退耕还林还草工程档案管理工作，明确任务，健全制度，强化措施，扎实抓好工程档案管理工作，积累了一些好的经验和做法，主要有：

一是在县级退耕办和县林调队配备政治素质好、文化水平高、业务能力强的专职档案管理人员，保持相对稳定，具体负责全县退耕还林还草工程档案管理中的各项工作。

二是加大投入，强化档案管理软硬件建设。建立工程管理档案室，配备工程管理专用计算机和激光打印机，购置了档案专柜、档案盒、服务器主机，开通局域网，畅通工程档案网络。

三是与时俱进，建立并完善退耕还林还草电子档案。建立小班计算机资料库，以小班为单位实行电子化管理，方便查询各级、各户的退耕还林还草情况，极大提高了档案管理水平和工作效率。

四是各工程乡镇也严格按照《国家林业局退耕还林工程档案管理办法》规定，规范档案建设管理。

3. 三级检查验收

2001年2月2日，国家林业局和国务院西部开发办联合印发了《退耕还林还草工程建设检查验收办法》（试行）。2001年11月26日，国家林业局印发了《退耕还林工程建设检查验收办法》（林退发〔2001〕521号），确定了退耕还林工程实行县级自查、省级复查和国家级核查的三级检查验收制度，并对工程的总体要求、技术标准、检查验收程序方法等事项做出了具体规定。

自2001年起，国家林业局森林资源管理司组织规划院、华东院、中南院、西北院对有关工程省区上一年度退耕还林还草工程任务完成情况和以前年度退耕还林还草成果保存情况进行国家综合核查，并向社会公布核查结果。自2002年起，在开展退耕还林还草造林实绩核查工作的同时，对各省（自治区、直辖市）退耕还林还草工程管理实绩情况进行检查，具体工作由国家林业局退耕还林办公室负责。各次核查均对各省级单位随机抽取2个以上县级单位，采取听取工作汇报，查看管理文件、技术资料和图表，调查外业小班，走访农户等方式进行。核查结果作为通报年度责任书执行情况的重要依据。

2002年，国家林业局退耕还林办公室下发《关于开展退耕还林试点阶段性成效评价工作的通知》，2003年初完成20个试点省、208个试点县退耕还林还草前后的社会、经济和生态资料的搜集、整理、汇总以及分析工作，形成退耕还林还草试点阶段县级成效评价报告，结果表明：退耕还林还草工程对试点县人口、土地资源的社会配置影响较大；对试点县农作物产量、国民经济总产值、县级财政收入的影响也比较明显；对试点地区的水源涵养、土壤保持、沙尘暴、灾害性气候、野生动植物等影响显著。

2003年3月26日，国家发展计划委员会办公厅和国务院西部开发办综合组联合下发《关于开展退耕还林工程中期评估的通知》（计办农经〔2003〕249号），并委托中国国际工程咨询公司具体开展退耕还林工程中期评估工作。2003年6月24日，国务院西部开发办向国务院领导提交“关于退耕还林工程中期综合评估工作进展情况的报告”，温家宝、曾培炎、回良玉等领导作了重要批示，认为这项工作很有必要，要认真做好，通过综合评估，实事求是地提出调整规划、完善政策、加强组织和协调工作的意见。

退耕还林还草工程中期评估报告认为：退耕还林还草工程建设质量良好，特别是近几年来大部分工程区旱情严重，工程区广大退耕农民经过多次的补植补造，较好地完成了国家下达的计划任务。各地在任务量大、工作经费不足的情况下，克服困难，依靠科技，加强管理，退耕还林工程的造林合格率、保存率都较高。

退耕还林还草工程的评估、监测结果表明，自1999年工程启动以来，工程建设进展顺利，质量总体良好；工程的全面实施，改写了工程区广大农村“越垦越穷、越穷越垦”的历史，是我国农耕史上一次伟大的转折，得到了各级党委、政府和亿万农民的真心拥护和支持。

十、全面实施阶段的几次重要会议

退耕还林还草工程全面启动后，国家林业局先后4次分别在北京、甘肃天水和兰州、湖南湘西召开电视电话会、工作座谈会和现场经验交流会，总结交流经验，分析退耕还林还草工作面临的新形势和新任务，研究解决工程建设存在的突出问题。会同有关单位筹备召开国务院西部地区开发领导小组第三次全体会议、国务院西部开发办主任办公会议、国家林业局退耕还林还草科技示范点建设工作座谈会等，促进了退耕还林还草工程的顺利推进。

2002年5月10日，国务院西部开发办与国家林业局联合召开电视电话会议，国务院西部开发办副主任、国家计委副主任李子彬、国家林业局副局长李育材在会上做了重要讲话，会议指出了当前退耕还林还草工作中存在的主要问题，对下一步退耕还林还草工作提出了要求，明确重点抓好以下几个方面的工作：

一是要进一步提高对退耕还林还草重大意义的认识，统一思想，扎实推进。退耕还林还草是调整农业结构、加强生态建设的重大举措，也是当前增加农民收入最直接、最有效的办法，是贫困山区脱贫致富的重要途径。各地要进一步提高对退耕还林还草重大意义的认识，切实把思想统一到中央的要求上来，齐心协力，扎实工作，把退耕还林还草这项“功在当代，利在千秋”的大事抓紧抓好。

二是要按照轻重缓急的原则，把退耕还林还草任务优先集中安排在江河源头及大江大河两岸、湖泊水库周围、25度以上陡坡耕地、重点景区等生态地位重要地区，防止“撒胡椒面”，确保这些区域的生态环境在短期内就有较大改善。同时，通过退耕还林还草工作大力带动宜林荒山荒地造林。要建立新机制，明确荒山荒地植树造林的行为主体及其权益和责任，充分调动广大农民植树造林的积极性，加快荒山荒地造林步伐。

三是要从实际出发，尊重自然规律，科学选择树种、草种。对干旱、半干旱地区，要坚持绿起来为第一目标，重点发展耐旱灌木。经济林要严格控制在规定的比例内。退耕还林还草后，要严格禁止林粮间作，已经发生的要坚决整改。

四是要把退耕还林还草作为一项系统工程，认真抓好退耕还林还草与调整农林牧业结构、加强农田基本建设、发展农村能源、实行生态移民以及封山禁牧、舍饲圈养等配套措施的结合，努力实现经济发展、生态改善和农民增收的“三赢”。

五是要抓住“林权是核心，给粮是关键，种苗要先行，干部是保证”这几个关键环节，确保退耕还林还草取得成功。这就要求各地必须确保农户享有退耕土地和荒山荒地上种植的林木所有权，并依法履行土地用途变更手续；必须按国家规定组织发放好补助粮，及时兑现到户，确保农民口粮供应；必须提前做好种苗的培育，组织好种苗的供应，做好地区之间种苗调剂工作。

2003年12月29—30日，国家林业局在北京召开全国退耕还林工作座谈会。参加这次会议的人员主要有：25个省（自治区、直辖市）及新疆生产建设兵团林业厅（局）的主管厅（局）长和退耕还林办公室主任或处长，以及国家林业局相关司局和单位的同志；会议还邀请了国务院办公厅、国家发改委、财政部、国家粮食局、国务院西部开发办的有关同志参加。国家林业局周生贤同志、李育材同志分别做了重要讲话，明确要求把巩固成果作为2004年退耕还林还草工作的重点任务来抓。

2004年5月底，国家林业局分南、北两片召开了退耕还林工作座谈会，李育材同志出席会议并作了重要讲话，会议按照温家宝同志“退耕还林要巩固成果，确保质量，完善政策，稳步推进”的总体要求，根据当前的新形势、新情况，研究探讨了如何进一步做好今后的退耕还林还草工作，并专题讨论了进一步规范工程管理、稳步推进工程建设的措施办法，进一步明确了工作思路和工作重点。

2004年12月22—24日，国家林业局在湖北省宜昌市召开全国退耕还林工作座谈会，对进一步做好退耕还林还草工作进行具体部署。会上，国家林业局李育材同志作了《立足成果巩固，加快后续发展，稳步推进退耕还林工程建设》的重要讲话。会议认真总结了一年来的退耕还林还草工作，通报了2004年全国退耕还林还草工程管理实绩核查结果，进一步分析巩固成果和后续发展面临的形势和任务，研究部署下一步的退耕还林还草工作；湖北省宜昌市等10个单位进行了典型经验交流；组织参观了宜昌市秭归县和夷陵区的退耕还林还草现场。

2005年9月20—22日，国务院西部开发办在陕西省延安市召开西部地区退耕还林现场会。会议由国务院西部开发办副主任曹玉书主持，国务院西部开发办副主任、国家发改委副主任王金祥对下一步工作进行部署，国家林业局副局长李育材同志作重要发言。国家发展改革委、财政部、农业部、国家林业局、国家粮食局和西部省（自治区、直辖市）有关负责同志参加了会议。会议总结了6年来退耕还林还草取得的成绩，分析当前退耕还林还草面临的新情况、新问题，探讨巩固成果、稳步推进的思路。部分省（自治区）、市作典型发言，与会同志实地考察退耕还林还草现场。

中國綠色時報

CHINA GREEN TIMES

2004年12月24日 星期五 第1689期

2005 中国绿色时报

全年定价：198元

我国退耕还林工程稳步推进

累计完成退耕还林2.87亿亩，2004年完成5606万亩

全国林木种苗经营秩序好转质量提高

国家林业局要求发展健康种苗产业

西藏分布有全国1/4的果树种

南京新造公益林政府补助

榆林1.8亿元建环城生态园

媒体报道中西部地区试点工作座谈会

2006年9月16日，国家林业局在北京召开了全国退耕还林工作会议，各工程省区林业厅（局）主要领导、退耕还林办公室主任和局内各司局各直属单位主要负责同志参加了会议，这是进入“十一五”退耕还林还草工作召开的第一个重要会议。国家林业局贾治邦同志作《提高认识　完善政策　确保退耕还林巩固成果稳步推进》的重要讲话，对新形势下进一步统一思想、提高认识、摸清底数、完善政策提出了明确要求，对如何做好新时期的退耕还林还草工作，

巩固成果，稳步推进，提高质量，发挥效益，作了全面部署。特别是会议进一步明确将退耕还林还草工作放在整个林业工作的大局，放在国民经济建设和社会发展的全局来考虑，坚持落实科学发展观；明确了退耕还林还草在构建和谐社会和建设社会主义新农村中的重要作用，进一步增强了退耕还林还草战线广大干部职工的责任感和使命感。

第三章
巩固成果

2007年，为确保“十一五”期间耕地不少于18亿亩，原定“十一五”期间退耕还林还草2000万亩的规模，除2006年已安排400万亩外，其余暂不安排，退耕还林还草工作重点转向巩固成果阶段。

2007年8月20日，国务院出台完善退耕还林还草政策文件，确定在现行退耕还林还草粮食和生活费补助期满后，中央财政将安排资金，继续对退耕农户给予适当的现金补助，解决退耕农户当前生活困难，并建立巩固退耕还林成果专项资金。为此，中央财政投入2106.05亿元，其中延长退耕还林补助资金1147.40亿元、巩固退耕还林成果专项资金958.65亿元，为退耕还林成果巩固奠定了基础。

一、延长一个补助周期

1.历史的沉痛教训

退耕还林还草后能不能有后续政策跟进，这对于能否保住退耕还林还草成果至关重要，历史上曾有过深刻的教训。

宁夏西吉县退耕后复垦的例子，给了我们许多启示。

1980年8月，经中国政府与世界粮食计划署协商，确定在宁夏西吉县通过种植树木和牧草来防止风沙侵蚀和促进发展的项目。项目主要内容是，帮助西吉县将82.50万亩贫瘠耕地改为49.50万亩林地和33万亩草地，在50.25万亩荒山坡和不毛之地植树15万亩，种植牧草35.25万亩。世界粮食计划署承担粮援等费用2400万美元，中国政府承担工资、种苗等费用1600万美元，时间为5年。1982年3月项目正式生效，称为“2605”项目，同年4月开始实施。1988年，项目通过世界粮食计划署官员的终期验收。

该项目使西吉县林草植被增加、水土流失得到一定程度的治理，也大大缓解了用材和燃料、饲料的不足，在当时取得了很大的成功。

四五年后，由于对生态建设缺乏长期奋斗的准备，后续政策没有跟进，生态治理成果得不到巩固，西吉县的人工林面积骤减至23万亩，成果丧失大半。

2002—2006年是我国退耕还林还草工程大规模实施、稳步推进的时期。实践中发现，退耕还林还草在实施过程中面临一些突出的矛盾和问题：一方面，退耕补助到期后，部分农民生计存在困难，有些退耕农户收入不稳定。有10%左右的退耕农民基本口粮田不足，缺少增收途径。另一方面，巩固成果的长效机制不健全，相当一部分退耕农民的收入主要依靠阶段性政策补助，自我发展的能力很弱。这些问题必须认真对待并及早解决。否则，中央的巨额投入有可能前功尽弃。

2. 完善政策出台

党中央、国务院对完善退耕还林还草后续政策十分重视。

中共中央总书记胡锦涛同志多次到西部地区考察退耕还林还草，特别是2006年、2007年连续两个春节期间慰问基层干部群众时都专门视察了退耕还林还草现场。每次他都详细询问退耕还林还草后农民口粮、收入、补偿款落实等情况，充分肯定退耕还林还草工程建设成效，并对巩固成果、继续推进作出重要指示。

2006年春节期间，胡锦涛同志在陕西省看望慰问干部群众时，到延安市安塞县沿河湾镇碟子沟村视察了退耕还林还草现场，嘱咐当地负责同志要坚持不懈，巩固成果，争取经过一段时间的努力，使延安的山川更加秀美，农民的生活更加富裕。

2007年春节期间，胡锦涛同志在看望慰问甘肃的干部群众时，又视察了定西市响河梁退耕还林还草示范基地，看到远近山梁上都已种上了树木，他十分欣慰，要求下更大的力气，继续推进天然林保护、退耕还林、退牧还草、防沙治沙等工作，努力遏制生态恶化趋势，实现人与自然和谐发展。

2006年4月18日，温家宝总理主持召开国务院西部地区开发领导小组第四次全体会议时强调，要按照巩固成果、确保质量、完善政策、稳步推进的要求，进一步做好退耕还林还草工作。着力提高造林质量，强化后期管护。完善退耕还林还草政策，突出加强基本口粮田建设，积极发展后续产业，妥善解决好特殊困难地区退耕农户的吃饭、烧柴和长远生计等问题。

会议责成国家发展改革委牵头，会同国务院西部开发办、财政部、国家林业局等有关部门和单位，在深入调查、摸清情况的基础上，进一步统筹研究“十一五”退耕还林还草工作的政策措施，形成正式意见报国务院。

根据国务院领导同志的批示和有关会议精神，国家发展改革委会同财政部、国家林业局等16个部门和单位，组织各地开展了调查摸底，并深入实地进行了广泛调研，进一步摸清了底数，理清了问题，对退耕还林还草工程建设的总体形势做出了客观的分析评价，向国务院上报了《关于完善退耕还林政策的请示》。2007年4月，财政部也提出《关于退耕还林后续政策的意见》。

对这些方案进行研究后，曾培炎副总理认为，这些退耕还林还草后续政策的考虑总体可行，但应当与基本农田建设、农村能源建设、后续产业发展等工作结合起来，统筹考虑，才能稳住和巩固成果。温家宝总理赞成曾培炎的意见，并指出关键在于采取综合措施，解决退耕农户的长远生计问题。

国务院副秘书长张平先后3次主持召开会议，听取并协调有关地方和部门的意见。

2007年6月20日，国务院第181次常务会议研究决定，将退耕还林还草补助政策再延长一个周期，继续对退耕农户给予适当补偿，即现行补助期结束后，中央财政在一定时期内继续对退耕农户给予适当补助，要抓紧制定延长退耕还林还草补助资金的使用办法。

2007年7月下旬，曾培炎在北京主持召开延长退耕还林还草补助政策座谈会，25个有退耕还林还草任务的省（自治区、直辖市）和新疆生产建设兵团主管退耕还林还草工作的负责人，国家发展改革委、国务院西部开发办、财政部、农业部、国务院研究室、国家林业局的负责人，以及地方发展改革委、财政厅、林业厅（局）负责同志，一起研究如何落实国务院决策的问题，对延长退耕还林还草补助期的主要政策进行反复讨论。

通过座谈，与会同志对党中央、国务院的决策和一些政策措施统一了认识，加深了理解。

会后，国务院根据会议讨论研究的意见，下发了《关于完善退耕还林政策的通知》，也就是国发〔2007〕25号文，明确现行退耕还林还草补助政策期满后，中央财政安排资金，继续对退耕农户给予适当的现金补助。同时，中央财政安排一定规模的资金，作为巩固退耕还林还草成果专项资金。这次完善政策，中央对退耕还林还草工程的投入增加2066亿元，使退耕还林还草工程的总投入达4448.85亿元。

这次完善退耕还林还草政策主要内容有两点。

其一，现行退耕还林还草补助政策期满后，中央财政安排资金，继续对退耕农户给予适当的现金补助，长江流域及南方地区每年每亩耕地补助105元，黄河流域及北方地区每年每亩耕地补助70元。其中，还生态林补助8年、还经济林补助5年、还草补助2年。每亩退耕地每年20元生活补助费，继续直接补助到户，并与管护任务挂钩。

其二，中央财政安排一定规模的资金，作为巩固退耕还林还草成果专项资金，主要用于西部地区、京津风沙源治理区和享受西部政策的中部地区退耕农户的基本口粮田建设、农村能源建设、生态移民等方面，并对特殊困难地区倾斜。中央财政按核实的还林还草面积，核定各省的巩固退耕还林还草成果专项资金总量，从2008年起按8年集中安排，逐年下达，包干到省。

按照这一要求，各地退耕还林还草工程进入了巩固成果、稳步推进的新阶段。退耕还林还草工程区有关省（自治区、直辖市）和新疆生产建设兵团制定了本地区巩固退耕还林还草成果专项规划，明确了基本口粮田建设、农村替代能源建设、后续产业发展和补植补造任务。

从2007年起，为确保“十一五”期间全国耕地不少于18亿亩，国家暂停安排退耕地还林还草，继续安排宜林荒山造林、封山育林年度任务。

2007年8月25—26日，国家林业局在湖南长沙召开了全国退耕还林工作会议。这次会议是退耕还林还草工程进入新阶段召开的一次十分重要的会议，国家林业局贾治邦同志作重要讲话，系统阐述完善退耕还林还草决策的重大意义，强调当前要突出抓好的5项重点工作，对如何贯彻落实国务院通知精神提出了明确要求；李育材同志作了《抓住机遇，开拓创新，努力把退耕还林推向稳步发展的新阶段》的主题报告，祝列克同志对《国务院关于完善退耕还林政策的通知》精神进行解读。会议还对工程实施以来表现突出的10个全国退耕还林先进县、108个全国退耕还林工程管理先进单位、221个全国退耕还林工程管理先进个人、99户全国退耕还林优秀农户进行了表彰。

二、巩固成果专项规划实施

2008年以来，按照国发〔2007〕25号文要求，各有关部门通力合作，开展巩固退耕还林还草成果的一系列联合行动。审核批复了25个省（自治区、直辖市）及新疆生产建设兵团编制的巩固退耕还林还草成果专项规划并逐年审核下达2008—2011年的巩固成果专项建设任务，总投资1700亿元。建立由10部门组成的巩固退耕还林成果部际联席会议制度。出台《巩固退耕还林成果专项规划建设项目管理办法》《巩固退耕还林成果专项资金使用和管理办法》和《退耕还林财政资金预算管理办法》。2010年和2011年连续两年对工程省区巩固成果专项规划建设项目进展情况进行联合检查，并针对检查所发现的问题指导各地对巩固成果专项规划进行适当调整。

云南省新平县漠沙镇鱼塘村万亩柑橘连片生态观光园
云南省玉溪市林草局供图

2009年 4月23—24日，全国巩固退耕还林还草成果现场会在湖南省隆回县召开。会议要求将国务院〔2007〕25号文件《关于完善退耕还林政策的通知》的精神落到实处，切实巩固退耕还林还草成果，主要把握以下几点：抓好补植补造工作，确保成林成材。加强指导和服务，搞好后续产业。搞好森林经营管护，提高工程质量。继续抓好工程阶段验收，确保退耕还林还草面积真实可靠。强化检查监督，认真落实好退耕还林还草直补政策。

2009年8月3日，经国务院批复同意，巩固退耕还林还草成果部际联席会议制度正式建立。国家发展改革委副主任杜鹰为总召集人，财政部副部长丁学东、国家林业局副局长李育材为副总召集人。

2009年12月4日，巩固退耕还林成果部际联席会议办公室成员和联络员会议在国家发展改革委召开。会议讨论并原则同意《巩固退耕还林成果专项规划建设项目管理办法（讨论稿）》《开展巩固退耕还林成果专项规划建设项目检查方案（讨论稿）》，通报了2010年巩固退耕还林还草成果现场会筹备情况，并就2010年开展巩固退耕还林成果部门联合检查作了初步安排。

2010年6月18—19日，全国巩固退耕还林成果部际联席会议第一次会议暨现场会在陕西省商洛市柞水县召开。这次会议是2009年国务院批复建立巩固退耕还林成果部际联席会议制度后召开的第一次会议。此次会议重点研究基本口粮田建设问题。会议指出，退耕还林还草地区的基本口粮田建设，是保障退耕农户粮食基本自给的需要，是提高区域粮食生产能力的需要，也是保障国家粮食安全的需要，是解决退耕农户长远生计、巩固退耕还林还草成果的关键所在。实践证明，基本口粮田建设搞好了，可以有效巩固退耕还林还草成果。各地区要做好实施方案编制工作，加大资金整合力度，广泛动员退耕农户参与，积极探索搞好基本口粮田建设的有效模式。

2011年7月11—12日，全国巩固退耕还林成果部际联席会议第二次会议暨现场会在南宁市召开。此次会议重点研究农村能源建设问题。会议强调，农村能源建设在巩固退耕还林成果专项建设中处于重要地位，对于改善农村生产生活条件、巩固退耕还林还草成果具有重要意义。“十二五”期间，要因地制宜推进农村能源建设，依据当地地理气候、自然资源和经济实力，科学规划农村能源，合理安排项目建设。要加强配套建设，稳步推进“一池三改”建设，提高“三沼”综合利用水平。要根据户用沼气发展的新情况新问题，考虑到建设成本大幅上升的实际，适当提高建设补助标准。

2012年10月12日，全国巩固退耕还林成果部际联席会议第三次会议暨现场会在宁夏回族自治区中卫市举行。此次会议重点研究生态移民问题。会议强调，要扎实推进生态移民，切实抓好原有退耕还林地的抚育管护工作和迁出地、迁入地的造林绿化工作，改善贫困退耕农户的生存条件。

这些会议的召开，对于加强组织协调，搞好监督检查，确保退耕还林还草成果得到切实巩固，退耕农户长远生计得到有效解决发挥了积极作用。

国家林业局组织开展的阶段验收结果显示，1999—2003年退耕还生态林和1999—2006年退耕还经济林国家计划面积保存率达99.27%，退耕还林还草成果得到了较好巩固。根据国家统计局对24个省区2.95万户退耕农户的监测调查，2011年年末退耕还林面积保存率为98.90%。

宁夏西吉的一幕，不会再重现了。

三、配套荒山造林和封山育林

截至2013年，国家累计下达退耕还林计划任务4.47亿亩。其中，宜林荒山荒地造林2.62亿亩，宜林荒山荒地造林面积占前一轮退耕还林任务总面积的58.61%，占据前一轮退耕任务的“半壁江山”，荒山荒地造林是退耕还林政策的基本内容之一。

重视荒山荒地造林，是前一轮工程的突出特色和亮点。

所谓宜林荒山荒地造林，是指退耕农户在完成现有耕地退耕还林的同时，由县或乡镇统一组织在宜林荒山荒地实施人工造林，实行谁种植、谁管护，将责权利挂钩，把退耕的农民变成造林专业户，提高农民的积极性。

一组数字记录了历年工程实施中荒山造林的具体规模。

1999年，四川、陕西、甘肃三省率先开展退耕还林还草试点，当年国家确认完成的退耕还林还草面积671.90万亩。其中，宜林荒山荒地造林为99.70万亩。

2000年，退耕还林还草试点范围扩大到17个省（自治区、直辖市）和新疆生产建设兵团的188个县（市、区、旗、团），全年试点任务共1308.20万亩。其中，宜林荒山荒地造林701.30万亩。

2001年，国家将湖南洞庭湖流域、江西鄱阳湖流域、湖北丹江口库区、广西红水河梯级电站库区、新疆和田、辽宁西部风沙区等水土流失、风沙危害严重的部分地区纳入退耕还林还草试点，新增江西、广西、辽宁3个省区，退耕还林还草试点范围扩大到20个省（自治区、直辖市）和新疆生产建设兵团，全年安排试点任务1240万亩，其中宜林荒山荒地造林740万亩。

2002年，退耕还林还草工程在北京、天津、河北、山西、内蒙古、辽宁、吉林、黑龙江、安徽、江西、河南、湖北、湖南、广西、海南、重庆、四川、贵州、云南、西藏、陕西、甘肃、青海、宁夏、新疆25个省（自治区、直辖市）和新疆生产建设兵团全面启动，国家累计安排退耕还林还草任务8593

万亩，其中，宜林荒山荒地造林4623万亩。

2003年，安排25个省（自治区、直辖市）和新疆生产建设兵团退耕还林还草任务10500万亩。其中，宜林荒山荒地造林5650万亩。总任务中，安排京津风沙源治理工程区退耕还林还草800万亩。其中，宜林荒山荒地造林400万亩。

2004年，国家根据国民经济发展的新形势，对退耕还林还草工程年度任务进行了结构性、适应性调整，安排25个省（自治区、直辖市）和新疆生产建设兵团退耕还林还草任务6000万亩，其中，宜林荒山荒地造林5000万亩。

2005年，安排除北京、天津以外的23个省（自治区、直辖市）和新疆生产建设兵团退耕还林还草任务5667.10万亩。其中，宜林荒山荒地造林2000万亩。

2006年，安排除北京、天津以外的23个省（自治区、直辖市）和新疆生产建设兵团退耕还林还草任务2000万亩。其中，宜林荒山荒地造林1600万亩。

2007—2013年，为确保“十一五”期间耕地不少于18亿亩，国家暂不安排退耕地还林还草，只安排宜林荒山荒地造林和封山育林。期间，安排荒山荒地造林任务共计5663.50万亩（其中，2007年造林2100万亩，2008年造林1110万亩，2009年造林659万亩，2010年造林667万亩，2011年造林415万亩，2012年造林354.50万亩，2013年造林358万亩），加上1999—2006年荒山荒地造林2.05亿亩，前一轮共安排荒山荒地造林2.62亿亩。

退耕还林还草，除安排宜林荒山荒地造林外，还配套实施了封山育林。

为什么要配套封山育林？

专家解释说，“千年草籽，万年鱼子”这是对自然法则万古不灭的生动描述。封山育林是一种不作为的作为。

生态学上公认的植被恢复方式有三种：人工造林、封山育林、飞播造林。比较而言，最简单、最省钱的方法就是封山育林。但封育是需要一定条件的，至少要有一定量的母树存在。

共和国第一任林业部长梁希说：“封育是一种最经济的办法。”什么是经济？经济就是以最少的投入获取最大的效益。他还说，封育要实行三禁：即禁砍柴、禁放牧、禁开垦。

封育而成的天然林更容易形成稳定的生态系统，它的生态过程包括土壤、植物、动物、菌类和微生物之间的相互作用。而同样是树木，单一树种的人工林就不会有这样理想的生态系统存在。

生态学家认为，封育10万亩天然林与营造10万亩人工林的生态价值，是绝对不能等同的。生态系统的自然演变是生物进化的自然过程。森林和草木按其自身的生物、生态学特征有自然萌生、发展、衰亡和再生的规律，而这种自然演替，是通过种群间的竞争实现的。

有人说，对自然最好的关爱态度就是不要理睬自然。大自然会按照自己的方式长出该长的东西。只要给它时间。

退耕还林还草期间，2005年首次配套实施封山育林2000万亩，2008—2013年，每年均安排封山育林任务。其中，2008年700万亩，2009年500万亩，2010年500万亩，2011年350万亩，2012年312万亩，2013年288万亩。截至2013年，全国共安排封山育林4650万亩。这个规模无疑是巨大的。

经过20年的奋斗，一些地方尤其是黄土高原地区昔日贫瘠落后、尘土飞扬的面貌一去不复返，到处郁郁葱葱，充满了生机和活力。

退耕还林还草，给了大自然休养生息的时间。大自然回报给了地球一个绿色的奇迹。

四、阶段验收

为切实巩固和发展好退耕还林还草成果，并为中央财政拨付完善退耕还林还草政策补助资金及工程管理决策提供准确依据，国家林业局决定开展阶段验收工作。

阶段验收工作于2008年开始，2014年结束，历时7年。验收对象为国家历年安排实施的退耕还林工程，验收主要内容包括退耕地还林面积保存情况、退耕地还林质量情况和工程管理情况。验收工作采取省级全面检查验收和国家级重点核查验收相结合的办法进行，逐年对原有补助政策已经期满的退耕地还林面积在期满的次年进行验收。阶段验收工作由国家林业局统一部署，其中省级全面检查验收由各工程省林业主管部门组织实施，对验收对象范围内的面积逐小班进行100%的实地检查验收；国家级重点核查验收由国家林业局退耕还林办公室组织实施，国家林业局5个直属调查规划（勘察）设计院具体承担完成，以省级全面检查验收结果为依据，在各工程县中按规定的起始号和间隔号机械抽取核查乡，各工程县抽查面积满足省级全面检查验收上报保存面积的50%，抽中乡逐小班实地核查。

1999—2006年，国家向25个工程省（自治区、直辖市）和新疆生产建设兵团共下达退耕地还林还草计划13896.20万亩。其中，退耕地还林13777.60万亩，退耕地还草118.50万亩。

根据各年度阶段验收情况统计，25个工程省（自治区、直辖市）和新疆生产建设兵团共完成省级全面检查验收面积13777.70万亩，检查验收范围涉及2263个县级单位、4.90万个乡。2008—2014年，累计检查验收县级单位数9410个、累计检查验收乡数8.90万个，检查验收小班数645.70万个，投入验收技术人员共10.70万人。

国家级重点核查验收共完成核查验收面积6831万亩，核查验收范围涉及2263个县级单位、2.50万个乡；2008—2014年累计核查验收县数9410个、累计核查验收乡数4.60万个，核查验收小班数323.50万个，投入核查验收技术人员共0.50万人。

国家级重点核查验收，共抽查省级全面检查验收上报保存面积6685万亩，占省级全面检查验收上报保存总面积的48.90%。经核查统计，各项主要结果指标为：面积保存率99.66%、成林率74.40%、林权证发放率90.70%、建档率99.90%、管护率97.80%。其中，2008年，面积保存率99.10%，成林率72.60%，林权证发放率84.10%，建档率99.90%，管护率97%；2009年，面积保存率99.41%，成林率75.80%，林权证发放率95.20%，建档率99.90%，管护率98.30%；2010年，面积保存率99.63%、成林率73.8%、林权证发放率91.10%，建档率99.90%，管护率98.30%；2011年，面积保存率99.81%，成林率75.30%，林权证发放率91.20%，建档率99.90%，管护率98.10%；2012年，面积保存率99.76%，成林率72.60%，林权证发放率90.30%，建档率99.90%，管护率95.30%；2013年，面积保存率99.83%，成林率74.30%，林权证发放率93.50%，建档率99.90%，管护率98.10%；2014年，面积保存率99.82%，成林率77.30%，林权证发放率88.60%，建档率100.0%，管护率96.20%。

第三篇 再出发

退耕还林还草的伟大实践，在中国大地上谱写了一段又一段防治水土流失、阻截风沙肆虐、改善生态环境的传奇，创造了一个又一个大地增绿、农民增收、农业增效的神话。有工程实施的地方，就会有干部群众掰着手指，向你数说工程建设带来的巨变：荒山秃岭绿了，水土横流少了，满目黄沙减了，退耕农户富了……

至2013年，全国退耕还林还草完成退耕地还林1.39亿亩、荒山荒地造林和封山育林3.08亿亩，共4.47亿亩土地披上绿装，1.24亿农村人口从中受益。退耕还林还草已然成为举世瞩目的生态工程、民生工程。

党的十八以来，以习近平同志为核心的党中央遵循人类文明发展规律，将生态文明建设纳入中国特色社会主义“五位一体”总体布局，推动中国绿色发展，引领中华民族的伟大复兴征程。

站在新的历史起点，退耕还林还草再出发，持续推进关乎亿万人民福祉和中华民族永续发展的伟大绿色变革，铺展了一幅幅天蓝、地绿、水净的生态文明画卷。

第一章
新一轮实施背景

退耕地还林在2007年按下“暂停键”后，中央财政专门安排专项资金用于巩固工程建设成果、解决退耕农户长远生计。补助延长一个周期，并集中其中近一半的资金专门用于工程区退耕农户的基本口粮田、农村能源、生态移民和补植补造，有效巩固了工程建设成果。

随着补助政策陆续到期，2006年前的退耕地造林显现出了越来越明显的建设成效，工程区森林覆盖率平均提高3个多百分点，国家政策补助比较稳定地解决了退耕农民的温饱问题，并优化了农村产业结构和土地利用结构，实现了退耕还林还草工程“退得下、还得上、稳得住、能致富、不反弹”的建设目标，得到了基层干部群众的衷心拥护和国际国内专家学者的广泛赞誉。

党中央、国务院高度重视退耕还林还草，党和国家领导人情系退耕农民，多次提出巩固和扩大工程建设成果，为国家生态安全和民生福祉作出新的贡献；广大退耕农户从工程建设中持续获得实实在在的收益，切身感受到了工程建设带来的显著变化，积极性不断高涨，迫切要求继续实施退耕还林还草；大量陡坡耕地和严重沙化耕地仍在耕种，水土流失和风沙危害还亟须继续实施退耕还林还草。

新一轮退耕还林还草的大幕就是在这样的背景下徐徐拉开的。

一、生态文明呼唤退耕还林还草

2012年11月8日，中国共产党第十八次全国代表大会吸引了全世界的目光。

从“四位一体”到“五位一体”，党的十八大报告中出现39处“生态”字样、15处“生态文明”字样，“生态文明”更是独立成篇，跻身于中国特色社会主义总体布局。

党的十八大报告这样论述：“建设生态文明，是关系人民福祉、关乎民族未来的长远大计。面对资源约束趋紧、环境污染严重、生态系统退化的严峻形势，必须树立尊重自然、顺应自然、保护自然的生态文明理念，把生态文明建设放在突出地位，融入经济建设、政治建设、文化建设、社会建设各方面和全过程，努力建设美丽中国，实现中华民族永续发展。”

“美丽中国”在其中闪耀着夺目的光彩，激起社会各界的共鸣，成为生态文明建设的期许，成为实现中华民族伟大复兴和永续发展的美好愿景。

2012年11月14日，中国共产党第十八次全国代表大会在人民大会堂举行
新华社记者鞠鹏 摄

同年年底，针对重要生态功能区、生态敏感区和生态脆弱区，全国森林、湿地、荒漠植被、物种等生态红线划定，酝酿近一年的生态红线在内蒙古、江西、湖北和广西4省区启动试点。

“生态红线”，这是国家生态安全的底线！

美丽中国，天蓝、地绿、水净。“绿”是最本真的底色，“增绿”是直接的途径。

以优化国土格局为基础的生态文明建设，设定生态红线，秉持底线思维，在尊重环境、保护资源、守住生态底线的前提下，以植树造林种草为主的大规模国土绿化，将促进美丽中国的绿色转型。

一组数据可以说明当时的生态状况：据《全国生态保护与建设规划（2013—2020）》，2013年，我国水土流失面积达295万平方公里，占国土面积的30.70%，年均土壤侵蚀总量达50亿吨，其中占全国水土流失总面积6.70%

的坡耕地，产生的水土流失量占全国水土流失总量的28%，在部分坡耕地比较集中的地区，其水土流失量甚至占该地区水土流失总量的50%以上，三峡库区高达73%。据2012年全国土地利用变更调查，我国陡坡耕地达8244万亩；另据第四次全国沙化监测结果，我国有严重沙化耕地1700多万亩。

在水土流失和风沙侵蚀的不断剥离下，在高强度耕作的不断破坏下，土壤、岩石被层层剥去外衣在风雨中袒露。有些地方甚至还在毁林毁草开荒，林草植被被破坏，水土流失、风沙侵蚀严重，干旱、泥石流等自然灾害频繁发生，不时提醒人们要重视对生态的修复和对环境的保护。

系统生态功能期待恢复，国土生态安全期待捍卫。有十多年实践积累表现出来的显著优势，人们自然而然地将改善生态环境的期许再次投向退耕还林还草。

美丽中国，呼唤退耕还林还草再立新功；生态文明，呼唤退耕还林还草再续华章。

二、院士们建言退耕还林还草

虽然退耕还林还草取得了相当显著的成效，但是质疑和争论一直都在，特别是退耕对粮食安全的影响，总是不断冲击人们的视听，甚至影响到政策的制定。视耕地为农民命根子的中国，已经退了那么多耕地之后，“重启退耕”稍稍显得有些敏感。

作为退耕还林还草发源地的陕西延安，从退耕还林还草中收获满满。

中国工程院院士延安行延安退耕还林还草工程咨询座谈会现场

1999年到2012年全市共完成退耕还林还草910.06万亩，植被覆盖度由2000年的46%提高到2012年的67.70%，增速居全国之首。水土流失综合治理程度达到68%，比退耕前提高了43个百分点，延河输沙量减少了58.40%，农民人均收入比退耕前有了显著增长，真正实现了天蓝、水清、山绿、民富。

继2006年国家最后一次下达退耕地还林指标7年之后，2013年1月24日，延安市以市委、市政府1号文件的形式，出台《关于进一步实施退耕还林的意见》，决定自筹资金，在全市开展新一轮退耕还林还草。计划用4年时间，逐步将全市224万亩25度以上的坡耕地全部退耕还林还草。参照前一轮退耕还林还草的补助标准和周期，市县财政将投入近30亿元。仅2013年，全市12个县区就完成退耕还林还草任务98.23万亩。

2013年5月9—12日，中国工程院农业学部、国家林业局退耕还林还草管理中心和延安市人民政府共同组织“中国工程院院士延安行”，专题调研退耕还林还草。中国工程院原副院长沈国舫、农学部主任尹伟伦，还有山仑、戴景瑞、荣廷昭、李坚、喻树迅、李佩成等院士参加。

4天时间里，院士们走进田间，来到地头，不辞辛劳奔波在延安的沟沟坎坎，宝塔区、志丹县、吴起县多处退耕地还林的山头地块上都留下了他们的足迹。所到之处，院士们看得仔细、听得真切、思得深远，为我国的生态建设、退耕还林还草把脉开方。

退耕还林还草会不会触及18亿亩耕地红线？院士答：25度以上的坡耕地，原本就属于生态红线范围内，应该退！

不种粮食改种树，会不会影响粮食安全？院士答：退耕还林还草持续推进与粮食安全并不矛盾。我国的粮食产量九连增，工程区畜牧业的大发展反而是退耕还林还草工程实施的源发效应，因为“树上山，粮下川，羊进圈”才是确保粮食安全的治本之策。

建设美丽中国，退耕还林还草能做什么？院士答：退耕还林还草完全符合十八大以来“建设美丽中国”的目标要求，应该把退耕还林还草工作纳入建设美丽中国的具体行动。

新一轮退耕还林还草可否启动？院士答：启动新一轮退耕还林还草，对促进生态和经济良性循环发展，具有重要的价值和意义。退耕还林还草在延安的探索，初步形成了具有地方特色的林业产业。在巩固退耕还林还草成果的同时，应该继续推进这项工作，可以实现生态与粮食双赢。

在革命圣地延安，在宝塔山下，院士们经过充分的调研和讨论后指出，延安以退耕还林还草统揽农业农村工作全局，将退耕还林还草与自然修复相结合、梁峁沟坡洼统一规划、山水田林路综合治理的做法值得肯定和推广。

调研后，院士们就巩固成果、继续推进退耕还林还草联名向国务院递交了专题报告——《关于进一步推进退耕还林还草工程建设的建议》，汪洋副总理做了重要批示，成为新一轮退耕还林还草启动的重要助推力量之一。

延安市的统计数据显示，自前一轮退耕还林还草实施以来，通过基本农田建设和治沟造地，普及良种和增产技术等措施，退耕后的粮食产量连续10多年稳定在70万吨以上，与退耕前基本持平。退耕还林还草从数据统计上看是直接减少了耕地面积，但是通过农业生产要素转移集中、高标准农田建设等措施，不但没有带来粮食产量下降、影响粮食安全，甚至促进了粮食总产量增加和农民增收。

陡坡耕地如果继续耕作，生态环境难以得到根本改善，粮食安全得不到真正保障，顺应自然、科学实施退耕还林还草才是可持续的粮食增产之路。

三、警钟再次敲响

白龙江是长江水系嘉陵江最大的一级支流，发源于甘肃省甘南藏族自治州碌曲县郎木寺镇以西的郭尔莽梁北麓，由西北向东南，流经四川若尔盖县，甘肃碌曲县、迭部县、舟曲县、武都区、文县后，再入四川，向东南流至昭化汇入嘉陵江。

静依在白龙江臂弯里的甘肃舟曲县城，四周峰峦叠翠，山下农舍青青，享有“藏乡江南”“陇上桃花源”的美誉，属于白龙江的源头区域。

2010年8月7日晚，特大暴雨突袭甘肃省舟曲县城东北部山区
李白成 摄

就是这样静逸的县城，心底却深藏着不愿触及的伤痛，一次特大泥石流灾害，成为一段让人心惊胆战、不堪回首的历史。

2010年8月7日晚，特大暴雨突袭舟曲县城东北部山区，三眼峪、罗家峪几个流域的山体在暴雨中颤抖，泥沙裹着石块倾泻而下，疯狂地冲向县城，无情地吞噬着生命和家园。据《甘肃日报》报道，截至2010年9月7日，舟曲县特大山洪泥石流灾害中遇难1481人，失踪284人，累计门诊治疗2315人。

泥石流经过的地方满目疮痍，遇难、受伤、失踪、经济损失，一个个沉重的字眼和一串串冰冷的数字拷问着舟曲县脆弱的生态环境。

历史上的舟曲县水草丰茂、山林葱翠，保存有大量茂密的原始森林。据甘南州政府官网公布的信息，该州碌曲、迭部、舟曲三县是白龙江的源头区域，是一个以森林、草原、湿地为长江水源补给和涵养的生态系统，是长江上游的重点水源涵养区和重要生态屏障。

20世纪50年代以来，为了支持国家经济建设，白龙江流域甘南段持续大规模采伐木材，森林资源开发过度，生态环境遭到严重破坏，加上当地农民大规模地开垦坡地，周围的山体因失去植被保护而逐渐风化侵蚀，水源涵养能力不断下降，自然灾害频发。

舟曲县特大泥石流灾害，就是大自然用她的方式向人们敲响生态环境保护的又一记警钟。

灾害引起党中央、国务院的高度关注，国务院总理温家宝第一时间带领国务院有关部门负责同志赶赴灾区，现场指导抢险救灾。

8月23日，温家宝同志在舟曲县主持召开会议，研究灾后恢复重建工作，提出坚持科学发展，把灾后重建与生态环境保护有机结合起来，进一步加大退耕还林还草、天然林保护和封山育林等工程建设力度，推进水土流失治理，努力恢复生态系统功能，增强可持续发展能力。

有效防治水土流失、快速恢复林草植被，退耕还林还草在过去十多年的实践中表现得足够卓绝，工程区内植被恢复、生态修复效果人人得见，再次被列入中小流域治理和山洪地质灾害防治的重要措施之一。

10月10日，国务院出台《关于切实加强中小河流治理和山洪地质灾害防治的若干意见》(国发〔2010〕31号)，对加强中小河流治理和山洪地质灾害防治等工作作出全面部署，提出：在巩固退耕还林还草成果的同时，新增退耕还林还草任务要有重点地安排在江河源头、湖库周围，25度以上坡耕地要逐步实现退耕还林还草。

舟曲人民重振信心，从灾难中崛起，唱响重建壮歌。他们深深懂得，舟曲县山高坡陡，水土流失严重，坡耕地耕种难度大、产量低，要从根本上改善生态环境，加快农村产业结构调整，促进农村产业经济发展，退耕还林还草是必由之路。

2012—2013年，舟曲县自筹资金，将不适宜耕种的3.54万亩陡坡耕地退耕还林还草。除了自筹种苗，还按照国家政策连续16年给退耕农户发放补助，共投入资金1758.27万元。

舟曲县时任县长石华雄在2013年春季植树造林时接受记者采访。他说，在今后一个时期，舟曲县要集中精力加快全县生态文明特色农业发展示范区建设，多措并举大力实施退耕还林还草工程，大打生态特色牌，既改善生态环境，又优化调整产业结构，促进农民持续增收，农村长期繁荣稳定。

灾后的舟曲县，结合退耕还林还草、整村推进扶贫开发等项目，大力发展核桃、花椒、优质苗木繁育等地方特色林果产业，逐步走上生态改善、环境优美、经济增长的可持续发展道路。

四、高层的关注

十八大以来，党中央、国务院对生态建设及退耕还林还草工作给予了空前的高度重视。

2012年,《中共中央　国务院　关于加快推进农业科技创新　持续增强农产品供给保障能力的若干意见》要求：巩固退耕还林还草成果，在江河源头、湖库周围等国家重点生态功能区适当扩大退耕还林还草规模。9月19日，国务院第217次常务会议决定，适当提高巩固退耕还林还草成果部分项目的补助标准，并根据第二次全国国土调查结果，适当安排“十二五”时期重点生态脆弱区退耕还林还草任务。

2013年,《中共中央　国务院　关于加快发展现代农业　进一步增强农村发展活力的若干意见》要求：巩固退耕还林还草成果，统筹安排新的退耕还林还草任务。11月，十八届三中全会审议通过《中共中央关于全面深化改革若干重大问题的决定》，要求：稳定和扩大退耕还林还草、退牧还草范围，调整严重污染和地下水严重超采区耕地用途，有序实现耕地、河湖休养生息。将稳定和扩大退耕还林还草范围作为全面深化改革的336项重点任务之一。

2014年,《中共中央　国务院　关于全面深化农村改革　加快推进农业现代化的若干意见》要求：从2014年开始，继续在陡坡耕地、严重沙化耕地、重要水源地实施退耕还林还草。3月5日,《政府工作报告》中明确提出：继续实施退耕还林还草，今年拟安排500万亩。

不难看出，十八大以后，以习近平同志为核心的党中央对人与自然关系的认识更加系统、深化，退耕还林还草作为改善和调整人与自然关系的实践经典，信心更加坚定，思路更加清晰。

习近平总书记在十八届三中全会上作关于《中共中央关于全面深化改革若干重大问题的决定》的说明时，明确指出：我们要认识到，山水林田湖是一个生命共同体，人的命脉在田，田的命脉在水，水的命脉在山，山的命脉在土，土的命脉在树。用途管制和生态修复必须遵循自然规律，如果种树的只管种树、治水的只管治水、护田的单纯护田，很容易顾此失彼，最终造成生态的系统性破坏。由一个部门负责领土范围内所有国土空间用途管制职责，对山水林田湖进行统一保护、统一修复是十分必要的。

“如果破坏了山、砍光了林，也就破坏了水，山就变成了秃山，水就变成了洪水，泥沙俱下，地就变成了没有养分的不毛之地，水土流失、沟壑纵横。”这是人与自然唇齿相依的共生关系，习近平总书记对于这个生命共同体，做出了生动阐释和科学论述。

习近平总书记在参加义务植树活动时强调，森林是陆地生态系统的主体和重要资源，是人类生存发展的重要生态保障。不可想象，没有森林，地球和人类会是什么样子。同时还强调，与全面建成小康社会奋斗目标相比，与人民群众对美好生态环境的期盼相比，生态欠债依然很大，环境问题依然严峻，缺林少绿依然是一个迫切需要解决的重大现实问题。我们必须强化绿色意识，加强生态保护和修复。

总书记这样的论述，表明美丽中国建设不能缺少森林，进一步指明了森林是美丽中国的基本元素。森林是山水林田湖草生命共同体的命脉之源，这一观点也凸显了退耕还林还草作为修复陆地生态系统重要手段的特殊意义。

2012年12月29日，湖北省恩施市飘着细雨，中共中央政治局常委、国务院副总理李克强同志一早就乘中巴车前往大山深处的龙凤镇茶园沟村了解民情。在路边陡坡玉米地里，他仔细查看“挂坡地”后认为，这样的地应该退耕还林还草、改种经济林。他指示中央有关部门在龙凤镇进行移民建镇、扶贫搬迁、退耕还林还草、产业结构调整综合试点，并当即安排随行的财政部部长尽快拿出退耕还林还草的方案。

2013年8月19日，李克强总理在甘肃兰州主持召开的促进西部发展和扶贫工作座谈会上强调："减贫是衡量发展的重要标志，也是全面建成小康社会的重点和难点。全国贫困人口一半以上和大部分集中连片特困区在西部地区。要创新思路和机制，打好扶贫攻坚战，把集中连片特困地区作为主战场，国家给予资金和政策支持。在推进开发式扶贫、增强造血功能的基础上，把生态文明建设作为重要抓手，切实保护好环境，探索生态移民、退耕还林还草、发展特色优势产业相结合的新路子。"

2014年1月26—28日，农历新年前夕，李克强总理到陕西商洛、安康、西安等地考察慰问，代表中共中央、国务院向广大干部群众致以新春祝福。27日，李克强总理到安康市旬阳县小河镇金坡村看望慰问群众时，对退耕还林还草提出了具体要求。据新华社报道：总理攀上陡坡，扒开土块查看旱情，说："对这样的陡坡地，要下决心实施退耕还林还草，使生态得保护，农民得实惠。"另据《陕西日报》报道，李克强总理离开住在低处的村民家后，沿着田间陡峭而崎岖的小径，来到一片油菜田，用手扒开油菜根部几寸深的土壤查看墒情。指着萎缩的油菜，总理惋惜地说："太干旱了！"再往上，坡势更陡，总理来到一片烤烟地。因为干旱，去年的烤烟收入减少了一半。总理坚决地说："我们一定要继续加大退耕还林还草政策，从根本上帮助群众致富。"离开时，李克强总理再三叮嘱村支书：要想办法增加群众收入，要做好移民搬迁工作，要尽快解决山区退耕还林还草问题。

总书记的英明论断，总理的坚定决心，为新一轮退耕还林还草重启实施注入了强大动力！

五、各部门、社会各界合力推动

2013年，为贯彻落实中共中央、国务院的有关精神，研究制订新一轮退耕还林还草总体方案，国家发改委、财政部、国家林业局、农业部、国土资源部等部门联合，针对新一轮退耕还林还草的思路、方案、补助政策、落实措施等问题，多次深入基层、深入农户，认真访民意、听民声，开展了一系列座谈讨论，调研组走西南过西北，赴华中到华北，足迹遍布湖北、贵州、云南、陕西、甘肃等多个省份。

6月至9月，国家林业局联合国家发改委、财政部、国务院扶贫办，深入湖北、贵州、云南、陕西、甘肃等退耕还林还草重点省进行调研，与有关部委和重点省负责人先后召开了3次退耕还林还草政策座谈会，提出了新一轮退耕还林还草的初步思路。

9月，在经过广泛深入的调查研究之后，国家林业局提出了《关于实施新一轮退耕还林还草和巩固退耕还林还草成果的政策建议》，经局党组研究后，赵树丛局长专门致信国务院副总理汪洋，呈报了国家林业局的建议。与此同时，财政部楼继伟部长也向国务院上报了《关于启动新一轮退耕还林还草及完善相关财政支持政策的建议》，李克强总理、张高丽副总理、汪洋副总理都作出了批示。

10月15日，国家林业局副局长张永利主持召开新一轮退耕还林还草补助政策座谈会，河北、内蒙古、湖北、湖南、重庆、四川、贵州、云南、陕西、甘肃、青海、新疆12个退耕还林还草重点省份林业厅（局）分管厅（局）长和退耕办主任参加，主要就新一轮退耕还林还草政策措施，听取各省（自治区、直辖市）的意见和建议。

10月25日，国家发改委杜鹰副主任主持召开新一轮退耕还林还草政策座谈会，研究讨论《新一轮重点生态地区退耕还林还草总体方案》，财政部、国土资源部、农业部、国家林业局、国家粮食局、国务院扶贫办的有关同志参加。

11月初，国家发改委、财政部、国家林业局、国土资源部、农业部五部委联合组成调研组，分别由国家发改委和财政部带队，西南组赴云南、四川，西北组赴甘肃、陕西，再次开展新一轮退耕还林还草政策调研，进一步听取各级干部和农民的意见。25日和29日，国家发改委西部司和杜鹰副主任分别召开调研情况交流会，听取调研组及有关部门的意见。

12月25日，杜鹰副主任主持召开新一轮退耕还林还草政策座谈会，对国家发改委提出的《新一轮重点地区退耕还林还草总体方案》，听取有关部委及重点省的意见和建议，财政部、农业部、国土资源部、国家林业局负责人和湖北、云南、贵州、四川、陕西、甘肃等6省政府分管副省长以及发改、林业、农业部门的负责同志参加了会议。

12月26日，根据前一天的座谈讨论，国家发改委杜鹰副主任主持召开新一轮重点生态地区退耕还林还草总体方案修改工作会议，系统研究了《新一轮退耕还林还草总体方案》的修改工作，并安排进一步修改完善。

2010年到2013年，河北、内蒙古、吉林、湖北、湖南、广西、重庆、四川、贵州、云南、陕西、甘肃、青海、新疆等14个省（自治区、直辖市）人民政府多次“上书”国务院，表达基层渴望国家延续退耕还林还草政策、继续推进工程建设的强烈期盼。他们用大量的事实和数据报告退耕还林还草在生态文明建设、扶贫攻坚、地方经济发展等方面作出的突出贡献，如实反映大量陡坡耕地、严重沙化耕地耕种引发的生态危机，报告基层老百姓对退耕还林还草的热切期盼和主动请缨实施退耕还林还草、推动生态文明、建设美丽中国的信心和决心。

时间划过繁忙充实而卓见成效的2013年，在一次次调查研究和座谈讨论后，新一轮退耕还林还草总体思路、总规模、补助标准、实施步骤等细节逐渐明晰，新政策基本形成。2014年1月30日，国家发改委、财政部、国土资源部、农业部、国家林业局正式向国务院上报了《关于报送新一轮退耕还林还草总体方案（送审稿）的请示》，之后国家发改委又先后两次征求有关部门的意见，为呈报国务院常务会议审议做好了充分准备。

第二章 组织实施及扩大规模

2014年是我国全面深化改革的元年，党的十八届三中全会对全面深化改革作出了新的规划和部署。就在这一年，暂停7年的退耕地还林按下“重启键”，成为我国全面深化改革的又一重大举措。

新一轮，新在建设思路、新在实施范围、新在落地要求、新在补助政策。从国家到地方，以前一轮的成功经验为基础，不断探索创新组织、实施和管理方式，退耕还林还草以全新姿态展开，为美丽中国建设增添华彩。

一、新政策落地

2014年8月2日，一个令退耕人欢欣鼓舞的日子。这一天，国家发改委、财政部、国家林业局、农业部、国土资源部联合印发《关于印发新一轮退耕还林还草总体方案的通知》，标志着新一轮退耕还林还草正式启动。

总体方案为新一轮退耕还林还草重启实施明确了方向和基调。

新一轮退耕还林还草采取“自下而上、上下结合”方式实施，在农民自愿申报的基础上，中央核定各省总规模，并划拨补助资金到省，省级人民政府对退耕还林还草负总责，自主确定兑现给农户的补助标准，并可在不低于中央补助标准的基础上自主确定兑现给退耕农民的具体补助标准和分次数额。

工程实施坚持农民自愿，政府引导；坚持尊重规律，因地制宜；坚持严格范围，稳步推进；坚持加强监管，确保质量。这“四个坚持”，是新一轮退耕还林还草遵循的原则。

考虑到工程区百姓生计和长远发展的需要，新一轮退耕还林还草在目标设置、财政支持、产业引导等方面有很多与时俱进的设计，提供了全新治理模式和建设机制。

新一轮工程实施的范围更加具体明确。

陕西汉中镇巴县赤南镇梅坡村2014年退耕还林李子经济林
符康 摄

到2020年，将全国具备条件的坡耕地和严重沙化耕地约4240万亩退耕还林还草，包括25度以上坡耕地2173万亩，严重沙化耕地1700万亩，丹江口库区和三峡库区15—25度坡耕地370万亩。

具备条件主要指的是25度以上坡耕地非基本农田，没有防护措施及灌溉条件、经常受风沙危害、产量低而不稳的严重沙化耕地，丹江口库区和三峡库区15—25度坡耕地。每一类耕地，都是极不适宜耕作、亟须通过退耕还林还草修复生态的耕地。

新一轮退耕任务落地的要求非常严格。

要将退耕范围落实到土地利用现状图上，做到实地与图上一致。不得擅自扩大退耕还林还草规模，不得将基本农田、土地开发整理复垦耕地、坡改梯耕地、前一轮退耕还林还草已退耕地纳入退耕范围。

对已划入基本农田的25度以上坡耕地，要本着实事求是的原则，在确保省域内规划基本农田保护面积不减少的前提下，依据法定程序调整为非基本农田后，方可纳入退耕还林还草范围。

新一轮工程的建设方式非常“亲民”。

工程建设更加注重调整农村产业结构和促进农民增收。充分尊重农民意愿，由农民自愿申报任务。退不退耕，还林还是还草，种什么品种，由农民自己决定，政府只是进行政策引导和技术支持；尊重规律，不再限定还生态林还是还经济林，重在增加植被盖度；允许农民在不破坏植被、造成新的水土流失前提下适当间作，发展林下经济；符合公益林标准的退耕还林还草地可纳入森林生态效益补偿范围，未纳入公益林的经批准可依法采伐。

新一轮退耕补助标准有所下降，但兑现方式更显灵活。

补助标准：退耕还林还草每亩补助1500元，包括中央财政专项资金安排现金补助1200元和中央预算内投资安排种苗造林费300元。退耕还草每亩补助800元，包括现金补助680元和种苗种草费120元，资金安排渠道相同。

补助期限：退耕还林还草分三次下达，每亩第一年800元（含种苗造林费300元）、第三年300元、第五年400元。退耕还草分两次下达，每亩第一年500元（含种苗种草费120元）、第三年300元。

补助方式：中央补助资金全部下达给省级人民政府。省级人民政府可在不低于国家补助标准的基础上自行确定补助标准、兑现次数和分次金额。地方提出标准超出中央补助规模部分，由地方财政自行负担。

相比前一轮，新一轮退耕还林还草的补助政策调整较大：补助周期由两个周期逐年补助变为一个周期分三次补助，补助区域不再区分南方和北方，也不再区分黄河流域和长江流域，种树不再区分生态林和经济林。

2014年，新一轮退耕还林还草工程重启当年，10个省（直辖市）和新疆生产建设兵团因群众退耕积极性高、前期工作准备充分，有机会参与了年度工程实施，它们分别是山西、湖北、湖南、广西、重庆、四川、贵州、云南、陕西、甘肃；实施对象为25度以上坡耕地非基本农田；实施总面积500万亩，其中还林483万亩、还草17万亩。

二、实施中的瓶颈制约

基本政策一出台，热切期盼退耕还林还草的各级干部群众准备甩开膀子大干一场。

然而，真正落实起来并没有想象的那么顺利。

25度以上坡耕地、非基本农田、尊重农民意愿、实地与图上一致……一块地需要同时满足这些条件才可以纳入退耕还林还草范围。

符合条件的地块高度分散，难以集中连片规模推进实施；水土流失严重的陡坡耕地该退，却是基本农田，农民想退却退不了……一个个困难和问题接踵而来！新一轮退耕还林还草，刚开场就遭遇“肠梗阻”，不得不放缓了步伐。

“基本农田遍布陡坡，认定退耕地块难；农民退耕意愿强烈，但退耕任务少，亟须破解政策阻力。”时任贵州省盘州市林业局总工程师李宗华这样说。

“基本农田与可退耕地犬牙交错，若零星退耕，生态保护效果难以提升，规模化推进却备受制约，需政策调整才能破除阻力。”时任陕西省子洲县县长叶庆隆这样说。

看来，问题的症结在“落实地块”这一退耕还林还草最核心最基础的工作点上，新一轮退耕还林还草出现“落地难”！

是什么原因造成“落地难”呢？

一方面，国土调查数据与现地存在差异。地方普遍反映，退耕还林还草地块落实过程中，经常会出现通过国土调查成果图确定的可退耕地块，在实地却找不到或者面积不一致；相反，实地调查的可退耕地块，在国土调查成果图上却显示为非耕地。这个问题对退耕还林还草任务落实影响非常大。

另一方面，陡坡耕地基本农田划定比例高。国家划定耕地红线，实行最严格的耕地保护制度，规定了各省的基本农田保护数量，这个数量被按比例层层分解到市、县、乡镇，地方在土地利用规划中，将大量的陡坡耕地划为基本农田。比如陕西省陡坡耕地中基本农田的比例高达81.40%，贵州省盘州市25度以上陡坡耕地中近三分之二为基本农田，非基本农田也零星分布在陡坡崖畔，难以集中连片进行生态治理。也有的地方把符合政策条件的25度以上非基本农田坡耕地退耕还林还草，就会触碰到当地的耕地红线，“理论”上他们就没有可以退耕的空间。

退耕还林还草地块落实中还存在一个普遍现象，陡坡基本农田坡高路陡、土地瘠薄、分布零散，大多被撂荒。湖北省丹江口市三关店乡滑鸡沟村的耕地尽管山高路远地瘠薄，但95%被划为基本农田，且大部分被撂荒；云南省昭通市撂荒土地中85%是陡坡基本农田。

新一轮退耕还林还草实施进展缓慢，引起了党中央、国务院的关注和国家有关部门的高度重视。

2015年，国务院在批准安排1000万亩年度建设任务的同时，将任务落实进展作为2015年《政府工作报告》量化指标任务，由国务院办公厅督办落实。

为切实解决新一轮计划任务落实进度缓慢等问题，有关部门经过认真调查研究，采取了一系列举措。

2015年5月8日，国家林业局召开退耕还林还草视频调度会，了解掌握各工程省区2014年、2015年新一轮退耕还林还草任务完成情况、存在的突出问题，安排部署做好2015年退耕还林还草工作，并建立了新一轮退耕还林还草计划任务进展情况月报、周报制度，及时掌握和督促工程进展。

8月6日至7日，国家发改委同财政部、国家林业局、农业部、国土资源部等部门，在贵州省毕节市召开全国退耕还林还草工作现场经验交流会议，总结交流各地实施退耕还林还草的经验和做法，深入推进新一轮退耕还林还草工作。时任国家发改委党组副书记、副主任何立峰和国家林业局副局长张永利、农业部总畜牧师王智才以及财政部、国土资源部相关司局负责同志出席会议，22个省（自治区、直辖市）和新疆生产建设兵团的发展改革、财政、林业、农业、国土资源部门负责同志参加会议。

会议充分肯定了前一轮退耕还林还草工程建设取得的成绩，指出党中央、国务院作出实施新一轮退耕还林还草的决策意义重大。强调各地要积极主动抓好退耕还林还草成果巩固和新一轮退耕还林还草工作；要结合精准扶贫，统筹安排不同渠道的资金，采取综合措施，妥善解决困难退耕农户长远生计；要优先安排自然条件和生存环境恶劣地区的困难退耕农户易地搬迁，根据需求有针对性地安排建设项目，将有限的巩固成果专项资金优先用于支持最困难的退耕农户；要抓紧修改完善新一轮退耕还林还草实施方案。

会议要求，各地要扎实做好新一轮退耕还林还草各项前期准备工作，加快项目实施进度。有关部门要进一步加强沟通衔接，发改委要加强组织协调，确保进度和质量。同时，要加强科技支撑、监测检查等基础工作。退耕还林还草任务完成后，各地要及时检查验收，及时兑现补助资金。

9月25日，国家发展改革委、财政部、国家林业局、农业部、国土资源部印发《关于加快落实新一轮退耕还林还草任务的通知》（发改办西部〔2015〕2502号），提出了进一步要求：

各地可在优先安排25度以上坡耕地退耕还林还草的基础上，根据实际情况，在不突破确定的各省（自治区、直辖市）各地类退耕控制规模的前提下，统筹安排25度以上坡耕地、严重沙化耕地、丹江口库区和三峡库区15~25度坡耕地退耕还林还草；

各地可以结合永久基本农田划定和土地利用总体规划调整完善工作，合理调整25度以上坡耕地中的基本农田布局，解决25度以上非基本农田坡耕地分布零散的问题，便于退耕还林还草工作的组织实施和集中连片推进；

对于集中推进退耕还林还草工作的重点市县，在确保省域内规划基本农田保护面积不减少的前提下，允许通过省内统筹调剂，调减有关市县的耕地保有量和基本农田保护指标，为退耕还林还草任务落地提供条件。

这些举措和指导意见，一定程度上缓解了“落地难”问题，加快了新一轮退耕还林还草任务的落实。

当时的退耕还林还草工程，同时还存在巩固成果长效机制尚未建立、补助标准偏低影响群众积极性、总体实施规模偏小等困扰。

2016年，中国老科学技术工作者协会（以下简称：中国老科协）林业分会赴广西、甘肃等5省区进行调研，起草调研报告，向国务院领导报送了退耕还林还草专题调研报告，得到李克强总理、汪洋副总理的高度重视。同年，全国人大农委和有关部门赴陕西、青海两省进行实地调研，有关调研报告得到了全国人大常委会委员长张德江和副总理汪洋的高度重视。

2016年7月，在多次专项调查研究和部门协调之后，国务院副秘书长江泽林召集有关部门专门研究退耕还林还草问题，明确提出加快将陡坡耕地调出基本农田、提高种苗造林费补助标准、切实巩固上一轮退耕还林还草成果、研究完善退耕还林还草工作协调机制等政策措施。

2017年，《中共中央 国务院 关于深入推进农业供给侧结构性改革　加快培育农业农村发展新动能的若干意见》明确要求：加快新一轮退耕还林还草工程实施进度。上一轮退耕还林还草补助政策期满后，将符合条件的退耕还生态林分别纳入中央和地方森林生态效益补偿范围。

随后，国家完善了退耕还林还草的相关政策。2017年起，退耕还林还草种苗造林费每亩补助标准从300元提高到400元；2017年起，中央财政将前一轮退耕还生态林符合公益林条件的面积全部纳入生态效益补偿范围，每亩每年补偿15元（这一标准2019年起提高到每亩每年补偿16元）；2018年起，国家将前一轮退耕还林还草补助政策到期的生态林纳入森林抚育补助范围，每亩每年补助20元，连续补助5年。

三、应退尽退的扩规思路

党中央、国务院持续关注退耕还林还草工作，习近平、李克强、汪洋等党和国家领导人多次做出重要批示和指示，要求认真实施新一轮退耕还林还草。2014年以来，连续多个中央1号文件和《政府工作报告》要求继续实施退耕还林还草，并扩大规模，加快进度。

要有效解决地方普遍反映的退耕还林还草总体规模偏小、实施进度偏慢等问题，从源头防治水土流失、减少自然灾害、应对气候变化，同时转移农村劳动力、增加农民收入、持续推进连片特困地区脱贫致富，迫切需要扩大退耕还林还草规模和范围。

2015年，中共中央、国务院印发的《生态文明体制改革总体方案》提出：建立耕地草原河湖休养生息制度。编制耕地、草原、河湖休养生息规划，调整严重污染和地下水严重超采地区的耕地用途，逐步将25度以上不适宜耕种且有损生态的陡坡地退出基本农田。建立巩固退耕还林还草、退牧还草成果长效机制。

《中共中央 国务院　关于打赢脱贫攻坚战的决定》提出，结合生态保护脱贫措施，要求国家实施的退耕还林还草、天然林保护、防护林建设、石漠化治理、防沙治沙、湿地保护与恢复、坡耕地综合整治、退牧还草、水生态治理等重大生态工程，在项目和资金安排上进一步向贫困地区倾斜，提高贫困人口参与度和受益水平。合理调整贫困地区基本农田保有指标，加大贫困地区新一轮退耕还林还草力度。

习近平总书记指出：有的地方，特别是平原面积小的地区，一度把很多25度以上坡地划进了基本农田。严守耕地红线、保护基本农田是必需的，但不能形而上学，要实事求是，该改正的要改正，该退的要退够。这样做，短期看可能减少一些粮食产量和耕地数字，但这是可持续的粮食增产思路。

退耕还林还草和耕地保护制度，都是我国政府审时度势、高瞻远瞩做出的正确决策。习近平总书记的这段论述，清晰地阐明了两者之间的辩证统一关系。同样都是构筑国土生态安全和粮食安全的重要组成部分，只有辩证地看待和理解，才能促进协同发展。

此外，习近平总书记还多次对退耕还林还草工作提出具体要求。在2016年1月召开的中央财经领导小组第十二次会议研究森林生态安全工作时，他指出，“森林关系国家生态安全。要着力推进国土绿化，坚持全民义务植树，加强重点林业工程建设，实施新一轮退耕还林还草”；2018年3月5日参加十三届全国人大一次会议内蒙古代表团的审议时，他强调，要加强生态环境保护建设，统筹山水林田湖草治理，精心组织实施京津风沙源治理、“三北”防护林建设、天然林保护、退耕还林还草、退牧还草、水土保持等重点工程。

习近平总书记的要求，充分体现了党和国家领导人对生态建设的深切关怀，体现了党和国家通过实施退耕还林还草改善生态、改善民生的坚定决心和殷切期望，指明了新一轮退耕还林还草应退尽退的扩规思路。

扩大新一轮退耕还林还草规模和范围，中央有要求，地方有诉求，社会发展有需求，是稳增长、促改革、调结构、惠民生的一项重要政策。

1.第一次扩大规模

落实党中央国务院的扩规要求，有关部门积极行动。2015年5月，财政部与国家林业局等部门组成专题调研组，多次赴重点省开展联合调研，研究分析了扩大退耕还林还草规模对宏观经济、粮食安全的影响、工程资金规模及与扶贫开发衔接等重点问题，向国务院上报了《关于新一轮退耕还林还草实施情况的调研报告》，建议适当扩大新一轮退耕还林还草规模，将陡坡耕地中的基本农田和梯田以及严重污染耕地、重要水源地15—25度坡耕地纳入实施范围。

调研报告得到了李克强总理、张高丽和汪洋两位副总理的高度重视。

2015年11月，国务院同意了有关部门的请示。12月31日，财政部、国家发改委、国家林业局、国土资源部、农业部、水利部、环保部、国务院扶贫办等8部门联合印发《关于扩大新一轮退耕还林还草规模的通知》（财农〔2015〕258号），明确了扩大新一轮退耕还林还草规模的主要政策和工作要求，同时提高了退耕还草的补助标准。具体内容如下。

——将确需退耕还林还草的陡坡耕地基本农田调整为非基本农田。对陡坡耕地划为基本农田且确需退耕还林还草的，各有关省份可在充分调查并解决好当地群众生计的基础上，研究拟定区域内扩大退耕还林还草的范围，并提出省级耕地保有量和基本农田保护指标的调整方案，按法定程序上报国务院，并抄送财政部、国家发改委、国家林业局、国土资源部、农业部、水利部、国务院扶贫办。

——加快贫困地区新一轮退耕还林还草进度。从2016年起，国家有关部门在安排新一轮退耕还林还草任务时，重点向扶贫开发任务重、贫困人口较多的省份倾斜。各有关省份在具体落实时，要进一步向贫困地区集中，向建档立卡贫困村、贫困人口倾斜，充分发挥退耕还林还草政策的扶贫作用，加快贫困地区脱贫致富。

——及时拨付新一轮退耕还林还草补助资金。退耕还林每亩补助标准不变，退耕还草每亩补助提高至提高至1000元（其中，中央财政专项资金安排现金补助850元、国家发改委安排种苗种草费150元），分两次下达，每亩第一年600元（其中，种苗种草费150元）、第三年400元。各地要及时拨付中央下达的新一轮退耕还林还草补助资金。

——认真研究在陡坡耕地梯田、重要水源地15—25度坡耕地以及严重污染耕地退耕还林还草的需求。关于陡坡耕地梯田。各有关省份可在充分调查并解决好当地群众生计的基础上，兼顾保护历史文化遗产的需要，在尊重农民意愿的前提下提出退耕还林还草的需求。关于重要水源地15—25度坡耕地。各有关省份可根据国务院批准的全国重要江河湖泊一级水功能区划中规定的保护区、保留区迎水面的15—25度非基本农田坡耕地情况，提出退耕还林还草的需求。关于严重污染耕地。对于严重污染耕地确需退耕还林还草的，各有关省可按照国家有关土壤污染防治要求，在充分调查认定的基础上提出退耕还林还草的需求。

该文件同时明确了以下要求。

——坚持农民自愿、政府引导的原则。各有关省份在研究扩大新一轮退耕还林还草范围工作时，要始终坚持农民自愿、政府引导的原则，对特殊困难地区以及主要依靠陡坡耕地粮食维持生计的农户，可根据实际情况自愿选择是否退耕。继续由省级人民政府负总责，并由地方政府做好粮食调运等工作，确保特殊困难地区退耕农户口粮安全。

——毫不动摇地保护好基本农田。各有关省份必须严格遵守《中华人民共和国土地管理法》《基本农田保护条例》等法律法规，优先划定永久基本农田，坚决保护好基本农田。此次调整仅限于调减陡坡耕地中的基本农田，严禁调减其他区域内基本农田，调减下来的基本农田必须用于退耕还林还草。

——加强部门之间沟通协调。财政部、发改委、林业部、国土资源部、农业部、水利部、环境保护部、扶贫办等相关部门要密切配合，积极沟通，妥善解决影响退耕还林还草进度的突出问题，确保各项工作顺利开展。进一步将退耕还林还草与农业结构调整、高标准口粮田建设、避险搬迁、土地整治、坡耕地水土流失治理等工作有机结合起来，采取积极措施，有效解决退耕农户的长远生计，切实巩固退耕还林还草成果。

根据文件要求，各地迅速行动，自下而上展开摸底调查，并将摸底调查结果按时上报了国家有关部门。

根据各地上报情况，2017年2月，国家发改委、财政部、国家林业局等部门联合向国务院上报了《关于核减基本农田保护面积 扩大新一轮退耕还林还草规模的请示》（发改西部〔2017〕262号），建议核减18个省（自治区、直辖市）陡坡耕地基本农田3700万亩，调整为非基本农田后用于扩大退耕还林还草规模。同时明确，在土地利用规划修编中，根据各地退耕还林还草检查验收和土地利用变更调查结果，以实际完成的退耕还林还草面积核减有关省份耕地保有量和基本农田保护面积。

5月，国务院批准了该请示。新一轮退耕还林还草规模扩大到7940万亩。

2. 第二次扩大规模

扩大新一轮退耕还林还草规模的脚步并没有就此停住。

2017年，《中共中央 国务院 关于加强耕地保护和改进占补平衡的意见》要求：对25度以上坡耕地、严重沙化耕地、重要水源地15—25度坡耕地、严重污染耕地等有序开展退耕还林还草，不得将确需退耕还林还草的耕地划为永久基本农田，不得将已退耕还林还草的土地纳入土地整治项目。

2018年，《中共中央 国务院 关于打赢脱贫攻坚战三年行动的指导意见》，对加大贫困地区退耕还林还草力度提出了更加明确的要求：将新增退耕还林还草任务向贫困地区倾斜，在确保省级耕地保有量和基本农田保护任务前提下，将25度以上坡耕地、重要水源地15—25度坡耕地、陡坡梯田、严重石漠化耕地、严重污染耕地、移民搬迁撂荒耕地纳入新一轮退耕还林还草工程范围，对符合退耕政策的贫困村、贫困户实现全覆盖。

2018年5月，为贯彻落实党中央、国务院特别是党的十九大报告关于扩大退耕还林还草的决策部署，统筹研究扩规问题，国家发改委、财政部、自然资源部、国家林草局、农业农村部联合印发《关于调查摸底有关地区退耕还林还草需求的通知》（发改办西部〔2018〕526号），对扩规工作又一次作出安排。此次调查摸底的范围以2015年《关于扩大新一轮退耕还林还草规模的通知》

规定地类以外的严重石漠化耕地、易地扶贫搬迁腾退耕地等地类为主，不包含已划定的永久基本农田、建成的高标准农田、划定为粮食生产功能区和重要农产品生产保护区的地块。

对于扩大退耕还林还草实施范围的六大类耕地的具体界定，有关部门给出了明确的要求和规定。

根据安排部署，各地自下而上、上下结合，统筹考虑推进农业供给侧结构性改革、实施脱贫攻坚、开展生态修复、划定“三条控制线”等工作，依据国土二调图斑及荒漠化、石漠化、土壤污染监测成果和重要水源地、易地扶贫搬迁范围，切实反映农民意愿和地方需求，认真调查摸底，研究提出并上报了扩大退耕还林还草需求。

国家林业和草原局会同国家发改委在汇总研究各省（自治区、直辖市）上报的退耕还林还草需求基础上，组织调研组先后赴内蒙古、山西等6省区进行深入调研，起草了拟上报国务院的《关于扩大退耕还林还草的建议方案》，提出将其中的陡坡耕地（含陡坡梯田）、重要水源地15—25度坡耕地、严重污染耕地、严重沙化耕地、严重石漠化耕地、移民搬迁撂荒耕地纳入扩大退耕还林还草实施范围。

2019年8月底，国家发改委、财政部、自然资源部、生态环境部、农业农村部、国家林草局、扶贫办联合上报了扩大贫困地区退耕还林还草规模的请示，得到了国务院同意。

随后，国家发展和改革委员会、财政部、自然资源部、生态环境部、水利部、农业农村部、国家林业和草原局、国务院扶贫开发领导小组联合下发了《关于扩大贫困地区退耕还林还草规模的通知》（发改办农经〔2019〕954号），要求将贫困地区25度以上坡耕地、严重沙化耕地、重要水源地15—25度坡耕地、严重污染耕地、陡坡梯田共2070.42万亩耕地逐步退耕还林还草。文件要求，对于重要水源地15—25度坡耕地，由各地据实将需要退耕的地块和图斑落实到国土调查数据库，明确所对应的重要水源地范围，并对相关信息的真实性、合规性负责，自然资源部会同生态环境部、水利部、农业农村部、国家林草局进行调查认定，作为退耕的最终确定数再开展退耕。对于地方上报的严重污染耕地退耕需求，依据土壤污染状况详查、调查等，由农业农村部、生态环境部会同有关部门予以认定。

文件强调，退耕还林还草工作由省级人民政府负总责，实行目标、任务、资金、责任四到省，要按照国家确定的各地类实施条件和控制规模，组织市县将退耕还林还草年度任务落实到具体地块，有关责任部门要加强事中事后监管，如发现弄虚作假，应及时纠正、严肃问责。任务完成后，由林业草原部门实行县级、省级、国家级三级检查验收。验收合格后，由自然资源部门根据验收结果进行土地利用变更和确权登记。

在安排2019年第一批退耕还林还草任务时，由于贵州、甘肃、新疆等生态脆弱、脱贫攻坚任务艰巨的省区理论上没有退耕空间而无法安排，只能安排在山西、内蒙古等10个省区，扩大退耕还林还草规模文件印发后，追加了第二批9个省的年度计划任务。

至此，国务院批准的新一轮退耕还林还草控制规模扩大到1亿亩！

四、新政策释放新动能

为了加快生态修复，前一轮退耕还林还草对造林林种有严格规定，要求经济林比例不超过20%，或多或少约束了老百姓对造林树种的选择，有些地方的林业特色产业发展也因此受到限制。

新一轮退耕还林还草不再限定林种，农民想种什么树就种什么树。对于老百姓而言，退耕后当然更愿意选择既能产生经济效益，又能修复生态的经济树种。地方在实施过程中科学引导，各地具有区域特色的优势林果产业得到了迅速发展。

国家林业和草原局退耕还林还草工程管理中心连续多年的《退耕还林还草经济林发展报告》显示，新一轮退耕还林还草工程任务区每年都有近一半的任务栽植经济林，有些地区占比更高，显示了新政策在各地释放出的新动能。

2014年，10个退耕还林还草工程省份退耕还林还草共发展经济林309.50万亩，占计划面积的61.90%，其中新疆、湖北经济林果的比例达85%。一些工程省份依托新一轮退耕还林还草，重点发展了茶叶、板栗、核桃等优势产业，形成了区域性产业基地，对县域经济发展起到了明显的推动作用。

2015年，19个退耕还林还草工程省份退耕还经济林518.49万亩，占退耕总任务的55.16%；新疆生产建设兵团和新疆维吾尔自治区的经济林比例分别高达96%和82%。核桃是退耕还林还草中最受欢迎的经济林树种，全国种植面积超过了百万亩，还有油茶、枣、花椒、茶叶、柑橘、刺梨、李子、板栗、苹果的种植均超过10万亩。新疆阿克苏地区温宿县2015年依托新一轮退耕还林还草，在游牧民定居点集中发展6800亩核桃产业基地，1498户生活贫困的游牧民从此定居，享受生态建设的“绿色红利”，得以安居乐业。

2016年，13个工程省份退耕还经济林共818.85万亩，占退耕总任务的54.23%。湖北有86.35%的面积栽植经济林。重庆、贵州的这一比例也达到了七成。在栽植的树种中，核桃依旧热度不减，其他树种还有李子、花椒、板栗等，共86个经济林树种。甘肃静宁县在经济林建设上突出“南部苹果、北部梨”的发展格局，栽植以苹果、早酥梨为主的经济林14338.50亩，占年度退耕还林还草任务的76%，为当地林果产业惠农富民奠定了更加坚实的基础。

2017年，15个工程省份退耕还经济林761.61万亩，占退耕还林还草总任务的68.81%。贵州、云南和山西退耕还经济林面积均超过百万亩，湖北省年度退耕还林还草的94.26%都是还经济林面积，重庆、云南的这一比例也达到了78%。在所有经济林中，核桃栽植面积稳居第一，超过100万亩，花椒、李子、刺梨、茶叶等经济树种超过10万亩。山西省2017年163万亩退耕还林还草建设任务中，有120万亩是经济林，仅核桃就超过70万亩。

贵州省在新一轮退耕还林还草工程实施过程中，因地制宜选择优质、高效和市场前景好的经济树种，发展山地高效特色经济林，2014年至2017年完成的1057.40万亩面积中，经济林达787.29万亩，占到了近四分之三。至2018年底，贵州省茶园面积752万亩，连续六年居全国第一；拥有“维C之王”美誉的刺梨正成为贵州的百亿级时尚生态产业；还有猕猴桃、油茶、蓝莓、蜂糖李等等。退耕还林还草，在培育一个个绿色产业的同时，也带动了一个个乡村的振兴。

四川省在新一轮退耕还林还草实施过程中加强科学引导，因地制宜发展经济林，通过发展后续产业实现“造血”功能，帮助贫困退耕户脱贫奔小康。仅2015年新一轮退耕还林还草就营造经济林29.62万亩，占当年任务近六成，主要栽植核桃、花椒、李子、柑橘、柚子、银杏等经济树种。

平昌县是四川省的退耕还林还草重点县。2014年以来，该县确立以花椒、核桃为新一轮退耕还林还草的发展重点，仅2015年就实施新一轮退耕还林还草任务4.23万亩。经过四川省林科院、四川农业大学专家的反复考察论证，该县决定大力发展花椒产业。2015年，4.20万亩花椒基地一步成园，栽植花椒苗420余万株。至2018年，全县种植花椒20万亩，打造万亩花椒产业示范片5个，千亩产业示范村25个，创建了富有地域特色的花椒品牌“平昌青花椒”。通过新一轮退耕还林还草产业发展，平昌县实现了坡地花椒飘香。至2019年5月全县建成花椒产业基地35万亩、核桃基地8.20万亩，惠及贫困户6800户、2.30万人。

重庆市新一轮退耕还林还草助建生态产业基地。2014—2018年，全市发展核桃、李子、柑橘、油橄榄等经济林面积就达345万亩，占新一轮退耕还林还草总任务的74.20%。2017年重庆市林业局局长吴亚在接受《重庆日报》记者采访时说：渝东北和渝东南大部分地区是我市经济发展较为滞后的区域，启动新一轮退耕还林还草，为这些区域的绿色发展提供了一条新的路径。在新一轮退耕还林还草中，在任务指标的分配上大力向渝东北和渝东南地区倾斜。18个贫困区县除了不适宜栽种经济林的区域外，其他区域都栽植了各类经济林木，在已完成的退耕还林还草中，经济林占造林面积的65%。

享有“2019中国十大好吃樱桃”美誉的“秦州大樱桃”，出产于甘肃省天水市秦州区，是依托退耕还林还草发展起来的一块金字招牌，产业发展欣欣向荣。在新一轮退耕还林还草工程实施中，从政府到农户，首先能想到的退耕树种就是大樱桃。截至2018年年底，秦州区大樱桃栽培面积达8.40万亩；2019年挂果园面积6.20万亩，年产量4.30万吨，产值8.60亿元。随着挂果面积的不断增大，“秦州大樱桃”不仅越走越“红”，还带动了当地农村电子商务的迅速发展。

五、用数据说话，向人民报账

随着前一轮建设成果的不断巩固，各地的退耕地上都开始郁郁葱葱起来。天更蓝了，水更清了，山更绿了，已经成为退耕还林还草工程区干部群众的普遍感受。

但是，社会还在关注另外一个层面的问题：20年的退耕还林还草工程在实施过程中，国家财政总计投入了5000多亿元的巨额资金，退耕还林还草工程到底能不能“回本”？

2012年，为了科学、准确地回答这一系列问题，向党中央、国务院提供退耕还林还草重大决策依据，向人民“报账”“交卷”，同时也为了工程管理自身的科学化、精细化，国家林业局退耕办决定正式启动退耕还林还草工程生态效益监测。

面对退耕还林还草形成的4亿多亩“绿水青山”，要完全量化出价值多少“金山银山”，切入点在哪里？在过去的观念里，一谈到林业的价值，便理解成为砍了木头能换多少钱。

但是退耕人都深知，国家绝不是仅仅为了木材的经济价值才开展退耕还林还草的——退耕还林还草生态效益监测需要科学家坐镇。中国林业科学研究院森林生态环境与保护研究所研究员、森林生态效益监测与评估首席科学家王兵团队承担起了科学核算退耕还林还草这座“金山银山”价值的重任。

王兵几乎遍历全球各地所有的典型森林。他带领团队历经20余年，参与建立了中国森林生态连续观测与清查体系，对于森林给人类带来的福祉最清楚不过。他提出：“退耕还林还草最重要的价值是提供了生态系统服务。生态系统服务功能就是人类从生态系统中获得的利益，包括涵养水源、保育土壤、固碳释氧、净化空气、林木积累营养物质、森林防护和生物多样性保护等。”“退耕还林还草形成了绿色水库、绿色碳库、绿色基因库和绿色氧吧库，这都是无形价值。”

在数十年研究积累的基础上，王兵设计并提出了“退耕还林还草生态连续观测与清查体系（以下简称：连清体系）”。这个体系由野外观测连清体系和分布式测算评估体系组成。

将现有的退耕还林还草森林资源面积按照省、市、县的植被恢复类型（退耕地还林、封山育林、荒山荒地造林）、林种（生态林、经济林、灌木林）、树种和林龄等要素逐一分解成为多种内部相对均质化的“小块”，再用与这些“小块”条件类似的野外样地观测数据作为其单位面积的生态效益，再乘以“小块”的面积得到该类地块的生态效益。退耕还林还草生态效益就是所有类型地块的生态效益之和。

退耕还林还草工程生态效益估算这一复杂的系统工程就这样化整为零，形成了行之有效的监测方法，同时保证了监测结果的准确性和可靠性。

2012—2019年，国家林业局退耕还林还草工程管理中心会同王兵团队在内的多家单位，采用退耕还林还草工程生态连清体系数据及结论，连续出版了5个年度的退耕还林还草工程效益监测国家报告。

《2013年退耕还林还草工程生态效益监测国家报告》，对河北、辽宁、湖北、湖南、云南、甘肃6个重点工程省开展效益监测评估。结果显示，截至2013年年底，退耕还林还草工程重点监测省份每年生态效益价值量总和为4502.39亿元。经专家组论证，一致认为监测评估结果比较真实地反映了退耕还林还草工程重点省份所取得的生态效益。

《2014年退耕还林还草工程生态效益监测国家报告》，是在新一轮退耕还林还草启动元年开展的，以长江、黄河中上游地区为重点，选择内蒙古、宁夏、甘肃、山西、陕西、河南、四川、重庆、云南、贵州、湖北、湖南、江西13个省级行政区开展监测。评估结果显示，长江、黄河流域中上游退耕还林还草工程每年产生的生态效益总价值量为8503.58亿元。其中，长江流域中上游评估值5828.68亿元，黄河中上游评估值2674.90亿元。

《2015年退耕还林还草工程生态效益监测国家报告》，评估范围选择了北方沙化地区黑龙江、吉林、辽宁、河北、山西、内蒙古、陕西、甘肃、宁夏、新疆10个省区和新疆生产建设兵团，针对北方沙化土地和严重沙化土地退耕还林还草工程生态效益开展评估，首次摸清了北方沙化土地退耕还林还草工程所发挥生态系统服务功能的物质量和价值量，评估得出北方沙化土地退耕还林还草工程年产生的生态系统服务功能总价值量为1263.07亿元。

《2016年退耕还林工程生态效益监测国家报告》，以前3个年度的监测为基础，将监测范围扩大到实施前一轮退耕还林工程的25个工程省（自治区、直辖市）和新疆生产建设兵团，首次实现了监测“全覆盖”。

这一次，彻底算清了前一轮退耕还林的生态账！

截至2016年，25个工程省区退耕还林每年涵养水源384.70亿立方米、固土6.32亿吨、固碳0.49亿吨、释氧1.17亿吨、吸收污染物313.30万吨、滞尘4.74亿吨、防风固沙5.97亿吨。

按照2016年现价评估，全国退耕还林工程每年产生的生态效益总价值量为13824.49亿元。其中，涵养水源4489.98亿元、保育土壤1145.98

退耕还林工程生态效益监测国家报告
乐也　摄

亿元、固碳释氧2198.93亿元，林木积累营养物质143.48亿元，净化大气环境3438.06亿元（滞纳TSP367.75亿元、滞纳PM10 933.95亿元、滞纳PM2.5 1387.84亿元），生物多样性保护1802.44亿元、森林防护605.62亿元。

这个价值量，相当于2015年评估区林业总产值的3.12倍，也相当于前一轮全国退耕还林工程总投资的3.14倍!

《2017年退耕还林还草工程综合效益监测国家报告》，设计了集中连片特困区退耕还林还草综合效益评估，除了中国林业科学研究院的研究团队外，监测队伍中加入了国家林业局经济发展研究中心，专门开展社会和经济效益监测评估。报告聚焦脱贫攻坚，以全国11个集中连片特困区和3个已明确实施特殊扶持政策地区的689个县为监测对象。

生态效益监测结果表明，截至2017年，集中连片特困区退耕还林还草工程每年涵养水源175.69亿立方米、固土2.51亿吨、固碳0.21亿吨、释氧0.51亿吨、吸收污染物145.59万吨、滞尘1.98亿吨、防风固沙2.08亿吨。按照2017年现价评估，集中连片特困区退耕还林还草工程每年产生的生态效益总价值量为5601.21亿元。

社会、经济效益监测结果表明，集中连片特困地区退耕还林还草工程促进了脱贫攻坚和区域社会经济发展。截至2017年年底，近七成新一轮工程任务投向集中连片特困地区，监测县参与退耕还林还草工程的建档立卡贫困户占建档立卡贫困户的31.25%。工程建设促进了地区经济发展，加快了农村产业结构调整步伐，促进了退耕农户林业生产经营性收入大幅增长，户均达到0.51万元，占家庭总收入的比例为7.44%。农民林业收入渠道多元化，在全面打赢脱贫攻坚战中发挥了举足轻重的作用。

综合效益监测评估结果表明，退耕还林还草工程生动诠释了习近平生态文明思想和“绿水青山就是金山银山”的发展理念，退耕还林还草不仅是一项生态修复工程，更是涉及万千农户的富民工程，为山河增绿、农民增收作出了巨大贡献。

现在退耕还林还草工程生态效益监测已经常态化展开，并取得了丰硕的成果，但在退耕还林还草工程生态连清体系提出之初却颇有些“巧妇难为无米之炊”的尴尬。

退耕还林还草工程生态连清体系等于野外观测连清体系加分布式测算评估体系之和。其中野外观测数据要靠各地的生态监测站长期的积累形成。而国家森林生态站多是出于监测已有的、天然的森林资源而建，基本上多处于大片典型的天然林中。退耕还林还草的主战场恰恰是远离天然林的广大农区，退耕还林还草形成的人工林资源在生态效益指标上也与天然林的数值相去甚远。

这种情况下，恰恰是那些省级森林生态站，尽管平日里无论是资金还是技术力量都显得略逊一筹，但通过兢兢业业、十年如一日持续积累，为科学评估退耕还林还草工程生态效益奠定了基础。

在湖南省慈利县零阳镇女儿寨流域，有一处四面高山隐隐、周围树木葱葱之地。退耕还林还草工程生态效益慈利监测站就建在这里。出门看树，抬头见山。青山做伴，林涛催眠。观测气象、水文、水土流失，是王中建监测员20年来从不曾改变的生活状态，因而他成了最懂得这片山林的人。

退耕还林还草工程生态效益慈利监测站的科研实验用房

田育新 摄

退耕还林还草工程生态效益慈利监测站的空气颗粒物监测设施

田育新 摄

1999年建站之初，监测站的资金有限，生活条件极端艰苦。只有3间小矮房，不仅没法洗澡，就连做饭用的水都要到很远的地方去挑，下山10公里全靠小路步行；没有电视，没有手机信号和通信设备。直到2002年才解决了饮用水问题，2006年才安装了电话和网络。

“这些都不是最大的难题。”王中建一个人守着4500亩杳无人烟的监测区，难免害怕，天一黑，立刻关门。但最难熬的还是没有说话的人。他常常担心自己还能不能习惯山下的生活。“有时候好想找一个懂我的人，听我痛痛快快地倾诉一场。”妻子担心山上的丈夫太过孤独，辞掉了外乡的工作陪伴他。生态站一天也离不了人，尽管女儿就在县城念书，却很少见到父亲。妻子只好每天傍晚时分下山，两头跑着照顾孩子和丈夫。王中建依旧跨上跟随多年的摩托车，颠簸10公里路，送妻子回城，再赶回观测站。

“干的看上去是件小事，影响的却是大事。”王中建深谙其中的道理。所以不论条件多么艰苦，他从来没有半点马虎。王中建的工作包括三部分：一天3次的各种气象因素监测，一个月1次以上的水文观测，全年不定期的水土流失监测。对他来说，气象监测和水文观测都不算难，而水土流失监测就比较艰苦。因为24个径流池分布在2.81平方公里的范围内，只要一下雨，王中建就要踏着泥泞往山上跑，为了保证数据的准确，每次监测都必须在下雨之后的有效时段完成。为此，他常常要跋山涉水一整天去采集数据，而且对每个径流池取水样不能少于500毫升。每次采集结束，王中建都要负重10公斤步行。在这深山之中，是去实地采集还是瞎编乱造，根本没人知道，也无法核实数据的真实性，但那会严重影响监测的效果。王中建从不这样做。20年来，他上报的每一个数据都是他亲手得来的。

山上，王中建就这样一年365天，日复一日、年复一年地监测着，下在慈利山上的每一场雨都化作了一个个数据，充实着全国退耕还林还草生态效益监测的结果。如今，退耕还林还草工程生态效益慈利监测站在各方的努力下，已经升级为国家级生态效益监测站，生活条件已今非昔比，也有年轻的监测员接过了王中建手中的重担。同时，更多的退耕还林还草工程生态站建立起来了，在云南会泽，在山西太原，在甘肃，在贵州，每一个气象站，每一个径流池都在为科学评价退耕还林还草生态效益提供有力支撑，每一名监测人员都在用自己的双手和智慧为祖国的绿水青山默默奉献、坚守。

六、新一轮退耕还林还草成绩斐然

2014—2019年，22个工程省（自治区、直辖市）和新疆生产建设兵团共实施新一轮退耕还林还草6783.80万亩（其中，还林6150.60万亩，还草533.20万亩，荒山荒地造林100万亩），中央投入工程建设资金749.20亿元。

其中，河北省实施5万亩退耕地还林，山西省实施497.80万亩（其中，还林483万亩，还草11.80万亩，荒山造林3万亩），内蒙古自治区实施448.60万亩（其中，还林307.27万亩，还草138万亩，荒山造林3.33万亩），辽宁、吉林、黑龙江省分别实施退耕地还林6.30万亩，0.60万亩，0.21万亩，安徽、江西、河南省分别实施3万亩，3万亩，8.40万亩退耕地还林，湖北省实施175.91

万亩（其中，还林143.98万亩，还草23.60万亩，荒山造林8.33万亩），湖南省实施47.49万亩（其中，还林34.82万亩，荒山造林12.67万亩），广西壮族自治区实施55.67万亩（其中，还林53万亩，荒山造林2.67万亩），重庆市实施614.30万亩（其中，还林601.50万亩，还草6.80万亩，荒山造林6万亩），四川省实施302.46万亩（其中，还林276.03万亩，还草16.10万亩，荒山造林10.33万亩），贵州省实施1405.39万亩（其中，还林1395.06万亩，荒山造林10.33万亩），云南省实施1305.39万亩（其中，还林1155万亩，还草139.06万亩，荒山造林11.33万亩），西藏自治区实施47.59万亩（其中，还林32.58万亩，还草15.01万亩），陕西省实施411万亩（其中，还林399万亩，还草6万亩，荒山造林6万亩），甘肃省实施696.24万亩（其中，还林619.71万亩，还草67.20万亩，荒山造林9.33万亩），青海省实施44万亩退耕地还林，宁夏回族自治区实施47.42万亩（其中，还林40.42万亩，还草7万亩），新疆维吾尔自治区实施598.23万亩（其中，还林492.20万亩，还草102.70万亩，荒山造林3.33万亩），新疆生产建设兵团实施46.50万亩退耕地还林，部队实施13.30万亩荒山造林。

光明日报
GUANGMING RIBAO
吉林万个"新时代传习所"推动十九大精神入脑入心
让共赢共享旗帜高高飘扬
——习近平主席二〇一七年在瑞士发表两场历史性演讲的时代回响
发扬革命精神 引领绿色经济
——延安生态文明建设纪实
去年CN域名新注册量同比增长43%

《光明日报》报道延安退耕还林还草今昔巨变

要闻 新时代 新气象 新作为
延安全力推进退耕还林并成功创建国家森林城市
黄土高坡上的"绿色崛起"令人瞩目
惠州出了一座"头脑产业"新城
十九大精神对外宣介团访问哈萨克斯坦
"中国制造"走进国际顶尖科技项目
到2020年建成百个省级特色小镇

《南方日报》盛赞延安的"绿色崛起"

新一轮退耕还林还草，新在管理、制度、技术等方面的创新。为推进工作，国家林业局作为工程主管部门，采取了一系列措施，从制度上规范工程管理环节，保证工程建设质量。

2014—2015年，先后制定严重沙化耕地界定标准和省级实施方案编制提纲，为地方组织实施提供依据；制定《退耕还林还草合同书范本》，有效规范退耕还林还草合同，落实退耕还林还草责任，保障合同双方的权益；修订《新一轮退耕还林还草工程作业设计技术规定》《新一轮退耕地还林检查验收办法》《退耕还林还草工程档案管理办法》等，严格规范工程管理各重点环节；出版《退耕还林还草工程典型技术模式》，为各地工程建设实践提供参考和借鉴。

2016年6月，国家林业局在云南临沧召开全国退耕还林还草经验交流现场会，总结交流新一轮退耕还林还草实施以来的经验做法，分析研判退耕还林还草工作面临的新形势、新任务，安排部署2016年及今后一个时期的退耕还林还草工作。会议强调，“十三五”是实施和扩大新一轮退耕还林还草的关键时期，要认真执行国家政策，多措并举，真抓实干，保质保量完成退耕还林还草各项任务，为全面建成小康社会和打赢脱贫攻坚战作出贡献。

会议要求进一步做好调查摸底和实施方案编制等前期工作，按照有关部门联合下达的年度计划任务，按时完成退耕还林还草任务，进一步强化工程管理，全面落实工作责任，优先落实贫困地区扩大退耕还林还草规模的政策任务，适时调整对策措施，为确保2020年农村贫困人口实现精准脱贫奠定基础。

国家林业局每年都与各工程省（自治区、直辖市）人民政府签订退耕还林还草责任书，强化政府主体责任，确保工程建设“目标、任务、资金、责任”四到省，加快推进新一轮退耕还林还草工作。同时，还定期组织退耕还林还草政策、工程管理、检查验收、群众举报办理、信息宣传、效益监测等专项技术培训，不断提升管理人员政策水平和业务素质。

各地在工程建设中不断探索和实践创新。地方政府在国家补助标准的基础上，配套安排补助资金，推进工程建设顺利健康发展。

山西省在国家补助每亩退耕还林还草1600元的基础上给予省级配套，贫困县每亩增加700元达到2300元，非贫困县每亩增加400元达到2000元。重庆市在国家补助政策的基础上，市财政从国土绿化提升行动中给新一轮退耕还林还草每亩奖补100元，每亩安排5元工作经费；云阳县整合相关项目资金，在国家补助种苗造林费每亩400元的基础上，每亩再一次性补助300元，同时按每亩10元的标准补助工作经费。云南省昆明市将退耕还林还草补助标准提高到2800元，除上级补助外，不足部分由市、县（区）级按一定比例承担。

在各地普遍遭遇“落地难”的时候，贵州省在新一轮退耕还林还草启动之初就迅速落实，2014—2019年完成新一轮退耕还林还草任务1405万亩，占全国总任务的五分之一。

来看看贵州是怎么做到的。省政府高度重视，高位推动是贵州一直走在全国新一轮退耕还林还草工程建设前列的重要支撑。在新一轮工程建设启动之前，省政府就组织召开会议专题研究全省的新一轮退耕还林还草工作，省、市、县财政每亩筹资4元（省级每亩2元、市县各每亩1元）经费，专门安排入户摸底调查，为任务快速落地、开工奠定了基础，这在全国是绝无仅有的。

在工程实施中，贵州大力扶持和引导企业、专业合作社、种植大户等新型经营主体参与退耕还林还草，“企业+基地+农户”“公司+农户”“公司+村集体+农户”等模式快速成长，木本油料、木本中药材、笋用竹、精品水果等特色经济林产业也如雨后春笋般迅速发展，不断带动退耕农户增收。

结合农村“三变”改革，鼓励农户以土地、劳动力方式入股企业，进一步盘活农村土地、劳动力等资源，促进了农村经济、社会、生态协调发展，最终带动林业产业“爆发式”增长，农民在“股份红利”中拓宽增收渠道。

云南省临沧市临翔区遮奈村退耕后形成的核桃产业

罗天旺 摄

云南省委、省政府把新一轮退耕还林还草作为决战脱贫攻坚、建成小康社会和生态文明示范区建设中的重要抓手。

云南省委、省政府主要领导多次专题调研退耕还林还草工作并做出重要指示，常务副省长召集会议具体研究解决工程实施中的重点、难点问题，分管副省长张祖林专门就新一轮退耕还林还草工作以个人名义致信全省县委书记、县长，极大地激发了各地开展新一轮退耕还林还草工作的热情。

这封长信，言辞恳切，振奋人心！信中提出：

——退耕还林还草是高原的“绿色使命”。要把思想统一到党中央、国务院的决策部署和省委、省政府的要求上来，把退耕还林还草作为贯彻落实习近平总书记对云南发展提出的“一个跨越”“三个定位”“五个着力”要求的重要抓手，推动县域经济绿色发展、推进高原特色现代农业建设、助力脱贫攻坚的有效举措，确保到2020年，全省25度以上陡坡耕地全部退耕还林还草，15—25度坡耕地应退尽退。

——退耕还林还草是高原的“绿色机遇”。要把它当作产业来抓，将其转化为生态农业、观光农业、休闲农业等生态经济优势，把陡坡地、撂荒地、低产地都变成“绿色资本”。既要“仰望星空”，发展高新技术产业，更要“脚踏实地”，结合当地实际，念好山字经，唱好林草戏，靠山吃山，把退耕还林还草作为当地的骨干产业来抓。要因地制宜迅速制定切实可行的退耕还林还草规划和具体的落实措施，争取更多的退耕还林还草资金。

——退耕还林还草是高原的“绿色希望”。高原特色现代农业不仅是当前脱贫攻坚的主打产业，而且是农民长期致富的富矿，取之不尽，用之不竭，潜力巨大。要深入基层、深入实际，倾听农户心声，准确掌握贫困农户的退耕还林还草需求，瞄准贫困对象，重点覆盖建档立卡贫困户，提高贫困人口参与度和受益水平，让他们更多地参与退耕还林还草工程建设，享受生态补助政策，实现林地流转，形成有稳定收益的后续产业，走出一条生态补偿脱贫与特色产业脱贫并重的绿色可持续发展新路子。

社会资本参与退耕还林还草，大户租赁、股份合作、托管经营、建立专业合作社等多种建设机制应运而生，为工程建设注入了生机和活力。

湖北恩施市龙凤镇青堡村，是李克强同志调研时要求通过退耕还林还草改善生态环境的小山村。新一轮退耕还林还草启动之初，农民仍然不舍传统种植习惯。镇政府、专业合作社、村干部一次次组织群众，做思想工作，帮助农民算清经济账、长远账。在农村劳动力纷纷外出务工的背景下，专业合作社、龙头企业充分发挥生产管理、加工销售方面的优势作用，形成产业链条，解决退耕户的后顾之忧。恩施市屯堡乡花枝山村花枝茶场，组建茶叶专业合作社，吸收村里的退耕种茶农户加入，合作社提供技术指导、种苗、肥料等，并回购茶叶进行加工、销售，合作社不断发展壮大，成长为恩施州十佳农民专业合作社、湖北省省级示范社和国家级示范社。

湖北省恩施市龙凤镇实施退耕还茶，引进企业开展精深加工，
实现茶旅融合发展，带动农民脱贫致富
高立鹏 摄

湖南安化明星林业开发专业合作社是林业专业合作社的一颗明星。合作社创新理念，2014年将天子山所有耕作土地全部实施退耕还林还草，建成珍贵树种基地1500亩，栽植楠木、赤皮青冈、榉木、光皮桦、香樟等名贵乡土树种12万多株，已发展成集“农、林、茶、药、旅”为一体的林业专业开发综合体，荣获湖南省农民合作社示范社、湖南省林下经济发展示范社等多项集体和个人荣誉。

不只是恩施，更不只是湖北、湖南，全国各地依托退耕还林还草发展创新的建设机制和经营模式比比皆是，不断为生态建设、农民增收和农村发展贡献着退耕力量。

各地在工程实践中，不断研究破解新一轮退耕还林还草遇到的各种难题，不断探索积累了推进工程健康发展的宝贵经验。

为指导全省退耕还林还草工作，四川省政府出台《关于实施新一轮退耕还林还草的意见》，提出了工程建设的指导思想和基本原则，明确了补助政策和配套政策，在工程计划管理、建设管理、资金管理和政策兑现、加强组织领导、强化部门协作、加强宣传引导、保障工作经费等方面，做出了具体规定和要求。针对普遍遇到的“任务往哪里落?”“造林树种如何选择?”“谁来种树?”等“抠脑壳”的问题，各地结合实际出实招解决。古蔺县政府为精准落实，2014年特意斥资54万元，购买了全县矢量化地形图，逐一落实符合新一轮退耕还林还草条件的地块。苍溪县新一轮退耕还林还草刚启动，就在全县范围内开展摸底调查，派出科技人员对将要退耕的地块进行土壤检测和气候评估，指导退耕农户选择适宜的树种。通江县是在四分之一以上人口常年外出务工、新一轮退耕还林还草遭遇劳动力短缺的窘境下，退耕农户将退耕地和第一年直补资金入股专业合作社，由合作社统一选购种苗、完成造林，合作社与农户按比例分红，实现退耕农户和专业合作社双赢。

新一轮退耕还林还草启动后，甘肃省就开始谋划并推动工程信息化管理，把地块精准定位、面积精准测算、退耕者精准到人的“三个精准”作为信息化管理的目标，为工程实施和管理提供准确、便捷的服务。2015年，经甘肃省林业厅沟通协调，甘肃省国土资源厅提供了甘肃省二次土地调查遥感影像资料成果，专项用于甘肃省退耕还林还草信息系统建设工作，为信息化建设打下了坚实基础。根据信息化建设需要，甘肃自列项目，专项研究，不断完善升级，已建成网络版《甘肃省退耕还林还草工程MCLOUD系统》，促进了新一轮退耕还林还草任务落地实施，促使全省工程建设和管理双转型，全方位地满足全省各级工程组织实施的需要，极大地提高工程建设与管理水平。

媒体介绍甘肃省退耕还林还草工程MCLOUD系统有关情况

云南省临沧市云县在退耕还林还草管理过程中，改变传统操作方法，创新运用“3S”数据采集系统等技术手段，大大提高了工作效率，节省了工作成本。2015年，全县8.40万亩新一轮退耕还林还草计划任务，仅用1个月时间就将任务精准落实到了地块和农户。云县在2016年全国退耕还林还草经验交流现场会上介绍了经验。

第三章
新航标、新征程

一、新时代新要求

2017年10月18日，中国共产党第十九次全国代表大会召开，为退耕还林还草树起了新航标。

1.美丽中国的“压舱石”

十九大报告提出，要牢固树立社会主义生态文明观，必须树立和践行绿水青山就是金山银山的理念，坚持节约资源和保护环境的基本国策，像对待生命一样对待生态环境；人与自然是生命共同体，人类必须尊重自然、顺应自然、保护自然。

退耕还林还草LOGO

十九大报告明确提出，到2035年要基本实现社会主义现代化，生态环境根本好转，美丽中国目标基本实现；到20世纪中叶，把我国建成富强、民主、文明、和谐、美丽的社会主义现代化强国，物质文明、政治文明、精神文明、社会文明、生态文明全面提升。要建设人与自然和谐共生的现代化，坚持节约优先、保护优先、自然恢复为主的方针；推进绿色发展，着力解决突出环境问题，加大生态系统保护力度，改革生态环境监管体制。要扩大退耕还林还草。

2018年11月，全国绿化委员会、国家林业和草原局印发《关于积极推进大规模国土绿化行动的意见》，提出推进大规模国土绿化行动，到2020年，全国森林覆盖率达到23.04%，村庄绿化覆盖率达到30%，草原综合植被盖度达到56%，国土生态安全屏障基本形成；到2035年，国土生态安全骨架基本形成，生态状况根本好转，美丽中国目标基本实现；到2050年，生态文明全面提升，实现人与自然和谐共生。

到2035年，美丽中国目标要基本实现，我国森林覆盖率需达到26%，每年须完成造林任务1亿亩以上。为此，需要通过大规模国土绿化行动，增加生态资源总量，提升生态服务功能，全力筑牢国土生态安全屏障。

如何增绿?《关于积极推进大规模国土绿化行动的意见》提出，要实施重大生态修复工程，以大工程带动国土绿化。加快推进退耕还林还草，扩大退耕规模，逐步将陡坡耕地、重要水源地15—25度坡耕地、严重沙化耕地、严重污染耕地、严重石漠化耕地、易地扶贫搬迁腾退耕地等不宜长期稳定利用耕地，特别是对长江经济带生态修复需要的退耕地及禁垦坡度以上坡耕地纳入工程范围，力争实现应退尽退。

退耕还林还草作为新时代推进大规模国土绿化、实现美丽中国目标的“压舱石”，打造绿水青山就是金山银山、系统修复山水林田湖草生命共同体的同时，不断满足最普惠的民生福祉和人民对美好生活的向往，是建设生态文明和美丽中国的重要举措，是贯彻习近平生态文明思想的生动实践。

2. 乡村振兴的“助推器”

习近平总书记指出，乡村振兴是“五位一体”总体布局、“四个全面”战略布局在“三农”工作中的具体体现。“产业兴旺、生态宜居、乡风文明、治理有效、生活富裕”二十字总要求，反映了乡村振兴战略的丰富内涵。实施乡村振兴战略是关系全面建设社会主义现代化国家的全局性、历史性任务，要坚持把实施乡村振兴战略作为新时代“三农”工作总抓手。

绿色是乡村振兴的底色，良好的生态环境是乡村的宝贵财富和最大优势，也是乡村振兴战略的坚实基础。

中共中央、国务院印发的《国家乡村振兴战略规划（2018—2022）》提出，要统筹山水林田湖草系统治理，优化生态安全屏障体系。大力实施大规模国土绿化行动，全面建设三北、长江等重点防护林体系，扩大退耕还林还草，巩固退耕还林还草成果，推动森林质量精准提升，加强有害生物防治。稳定扩大退牧还草实施范围，继续推进草原防灾减灾、鼠虫草害防治、严重退化沙化草原治理等工程。

在新时代的乡村振兴战略中，将生态条件脆弱、生态地位重要且不适宜耕种的耕地退下来植树种草，改善生态环境，发展林果、旅游、药材等本土特色产业，促进农民增收致富。退耕还林还草将在产业兴旺、生态宜居、乡风文明、治理有效、生活富裕的乡村振兴战略中扬帆远航。

打赢脱贫攻坚战需要退耕还林还草作为有力抓手。

延续了几千年的毁林开荒历史，让农民陷入“越穷越垦，越垦越穷”的怪圈。退耕还林还草就像神奇的魔棒，所到之处，不仅变幻出了绿水青山，还变幻出了金山银山，越来越多的中国农民逐渐跳出怪圈，蜕变成绿水青山下拥有金山银山的幸福新农民。

贵州省毕节市实施新一轮退耕还林还草177.20万亩，覆盖了九成以上的贫困乡镇、一半的贫困村和三分之一的贫困人口。

山西省委、省政府把退耕还林还草作为脱贫攻坚八大精准措施之一，增绿的同时增收，在一个战场打赢脱贫攻坚和生态治理两场攻坚战，探索出全国推广的“扶贫攻坚造林专业合作社”脱贫模式，让贫困地区贫困群众在植树造林中增收脱贫。仅2018年，山西省58个贫困县的2563个扶贫攻坚造林专业合作社参与造林285.50万亩,共获得劳务收入8.50亿元。其中，5.20万名贫困社员获得劳务收入近4亿元，人均增收7000余元。

甘肃省定西市始终坚持退耕还林还草工程建设与脱贫攻坚紧密结合，将新一轮退耕还林还草任务重点安排给符合退耕条件的12.60万贫困人口。全市退耕地新建苹果、核桃、梨等为主的特色经济林果6.05万亩。鼓励贫困农户发展苗木产业并在退耕还林还草工程中优先选用，拓宽了贫困户增收致富渠道。林木种苗和经济林果为当地精准扶贫注入强大动力，实现了生态建设产业化，产业建设生态化发展。

云南省丽江市以实施新一轮退耕还林还草为契机，把山川秀美的“绿被子”与百姓致富的“钱袋子”紧密联系起来，全市新一轮退耕还林还草涉及44个乡镇202个村委会10811户35637人。符合退耕条件的村组优先安排任务，符合退耕条件的贫困户直接参与工程建设，采取“合作社+基地+贫困户”等模式，带动贫困户培育发展了软籽石榴、芒果、澳洲坚果等一批特色产业，有效促进了贫困户增收和脱贫。

确保到2020年农村贫困人口实现脱贫，是全面建成小康社会最艰巨的任务。中央扶贫开发工作会议和《中共中央 国务院 关于打赢脱贫攻坚战的决定》，为确保到2020年所有贫困地区和贫困人口一道迈入全面小康社会做全面部署，提出实施“五个一批”工程。其中一项就是，要通过生态补偿脱贫一批，并要求国家实施的退耕还林还草等重大生态工程，在项目和资金安排上进一步向贫困地区倾斜，提高贫困人口参与度和受益水平；合理调整贫困地区基本农田保有指标，加大贫困地区新一轮退耕还林还草力度。

“我家37亩退耕地都种上了芒果，估计再等四五年就挂果了。现在外出打工挣点钱，争取尽快脱贫。”云南省保山市龙陵县腊勐镇腊勐社区大洼子组建档立卡贫困户张文才对脱贫致富信心满满。张文才是腊勐社区2015年首批从退耕还林还草政策中受益的建档立卡贫困户之一，他说出了所有因退耕还林还草而脱贫致富贫困户的心声。实施退耕还林还草是精准扶贫最直接最有效的措施之一，为确保2020年农村贫困人口实现脱贫作出了突出贡献。

3. 长江经济带建设的“晴雨表”

长江经济带是我国重要的生态安全屏障，确保一江清水绵延后世，走出一条绿色生态发展之路，事关中华民族永续发展。

2018年4月26日，习近平总书记在湖北武汉主持召开深入推动长江经济带发展座谈会时强调：推动长江经济带发展是党中央做出的重大决策，是关系国家发展全局的重大战略。新形势下推动长江经济带发展，关键是要正确把握整体推进和重点突破、生态环境保护和经济发展、总体谋划和久久为功、破除旧动能和培育新动能、自我发展和协同发展的关系，坚持新发展理念，坚持稳中求进工作总基调，坚持共抓大保护、不搞大开发，加强改革创新、战略统筹、规划引导，以长江经济带发展推动经济高质量发展。

过去20年，中央财政在长江经济带有关省市投入2000亿元以上巨资，实施退耕还林8000多万亩，为长江经济带可持续发展夯实了绿色根基。

2016年，国家发改委、国家林业局《关于加强长江经济带造林绿化的指导意见》指出，长江经济带森林生态系统是沿江绿色生态廊道的重要组成部分，在涵养水源、保持水土、生物多样性保护等方面发挥着不可替代的作用。提出大力开展退耕还林还草，全面落实《新一轮退耕还林还草总体方案》和《关于扩大新一轮退耕还林还草规模的通知》要求，重点支持长江经济带符合政策的25度以上陡坡耕地、严重沙化耕地、丹江口库区和三峡库区等重要水源地15—25度坡耕地退耕还林还草，向金沙江等中上游地区倾斜。

2018年，环境保护部、国家发改委、水利部印发《长江经济带生态环境保护规划》，坚持生态优先、绿色发展的基本原则，以改善生态环境质量为核心，衔接大气、水、土壤污染防治三大行动计划，强调多要素统筹，综合治理，上下游差别化管理，责任清单落地。提出继续实施天然林资源保护、退耕还林还草、退牧还草、退田还湖还湿、湿地保护、沙化土地修复和自然保护区建设等工程，提升水源涵养和水土保持功能。

重庆市有679公里长江，流经6300万亩林地、5600万亩森林、310万亩湿地，是重庆划定并严守的生态红线。在长江经济带重大战略中，重庆为筑牢长江上游重要生态屏障、加快建设山清水秀美丽之地一直在努力。重庆市持续实施退耕还林还草、石漠化综合治理、三峡后续植被恢复等重点工程，加快推进城乡绿化一体化。截至2019年年底，新一轮退耕还林还草累计完成造林300万亩，经济林占60%以上。截至2017年年底，重庆森林覆盖率已提升到45.40%，念足了长江经济带里的“生态经”。

“如果说，前一轮退耕还林还草扭转了贵州生态持续恶化的局面，那么新一轮退耕还林还草则为贵州绿色发展与脱贫攻坚提供了历史性机遇。”时任贵州省林业厅副厅长向守都说，八山一水一分田的贵州，迫切需要通过进一步退耕还林还草实现生态美与百姓富的统一。他认为，贵州持续加大退耕还林还草力度，既为自身绿色发展与后发赶超找准了路子，也为两江下游腾出了更多的环境容量，为中国长江经济带可持续发展提供了有力的生态支撑。

4. 黄河流域高质量发展的“定海针”

在黄河流域生态保护和高质量发展重大国家战略实施中，退耕还林还草更不能缺席。

在中国辽阔的版图上，北有黄河，南有长江，两条大河自西向东奔流入海，哺育着中华民族，孕育着中华文明。习近平总书记关注水，他心系长江不忘黄河。

2019年8月21日，习近平总书记在甘肃考察时指出，以前曾说过“长江病了，而且病得还不轻”。今天要说“黄河一直以来也是体弱多病，水患频繁”。他强调，治理黄河，重在保护，要在治理。要坚持山水林田湖草综合治理、系统治理、源头治理，统筹推进各项工作，加强协同配合，共同抓好大保护，协同推进大治理。

同年9月18日，习近平总书记在郑州主持召开黄河流域生态保护和高质量发展座谈会，将黄河流域生态保护和高质量发展提升至重大国家战略。他指出，黄河流域是我国重要的生态屏障和重要的经济地带，是打赢脱贫攻坚战的重要区域，在我国经济社会发展和生态安全方面具有十分重要的地位。他强调，要加强生态环境保护，上游要以三江源、祁连山、甘南黄河上游水源涵养区等为重点，推进实施一批重大生态保护修复和建设工程，提升水源涵养能力。

与诸多发源于青藏高原的河流一样，黄河在源头还是一湾温柔的清水，可是在流经黄土高原途中，每年都会有十几亿吨的黄土被雨水裹挟着涌入黄河，使得黄河因“一碗水半碗沙”而闻名于世。据实测资料分析，进入黄河干流的多年平均年输沙量为16亿吨，含沙量为35公斤/立方米。黄河沙量之多，含沙量之大，为世界大江大河之冠。

黄河流域大约70%的面积为黄土高原，黄土层厚度50~200米，集中了地球上70%的黄土，土质疏松，抗冲能力低，遇水极易崩解形成水土流失。择水而居的人们，沿着黄河建起了一个个绿色家园，生息繁衍，脆弱的黄土在反复的耙犁耱等耕作冲击下，水蚀、风蚀不断发生。

把黄土高原上的耕地退下来植树种草，停止或减少耕作，恢复植被，枝叶减少降水对地表的冲蚀，根系截留下渗水分，有效防止水土流失，这是经过多年退耕还林还草实践检验过的，对减少黄河泥沙输入量、保护黄河水生态安全具有非常重要的意义。

保护黄河流域生态，需要进一步推进实施退耕还林还草，将大量破坏生态环境耕作、粮食产量低而不稳的坡耕地全部退耕还林还草，进一步提升流域水源涵养能力，为推进流域高质量发展作出积极贡献。

二、新情况新问题

新时代的新要求，是退耕还林还草发展的重大机遇，而挑战也总是与机遇并存的，工程建设还面临许多新的情况和问题。

1.退耕还林还草持续推进的难度越来越大

在持续关注生态建设的同时，党中央、国务院也高度重视耕地保护，从1986年颁布第一部《中华人民共和国土地管理法》到1998年《基本农田保护条例》颁布实施，从2004年《国务院关于坚决制止占用基本农田进行植树等行为的紧急通知》、2017年《中共中央　国务院　关于加强耕地保护和改进占补平衡的意见》（中发〔2017〕4号）、《关于建立粮食生产功能区和重要农产品生产保护区的指导意见》（国发〔2017〕24号），到2018年《关于全面实行永久基本农田特殊保护的通知》（中发〔2018〕1号）、2019年《关于加强和改进永久基本农田保护工作的通知》（自然资规〔2019〕1号），再到2020年《关于坚决制止耕地“非农化”行为的通知》（国办发明电〔2020〕24号）、《关于防止耕地“非粮化”稳定粮食生产的意见》（国办发〔2020〕44号），一系列法律法规和政策文件，都贯穿着我国十分珍惜、合理利用土地和切实保护耕地的基本国策，对耕地保护提出了明确的政策要求。

——2016年根据第二次全国土地调查成果调整的全国土地利用总体规划纲要确定，到2020年，全国耕地保有量18.65亿亩以上，基本农田保护面积15.46亿亩以上。

——国家对土地用途实行管制制度，严格限制农用地转为建设用地，控制建设用地总量，对耕地实行特殊保护，严格控制耕地转为非耕地，实行占用耕地补偿制度、永久基本农田保护制度和省级政府耕地保护责任目标考核，各省（自治区、直辖市）划定的永久基本农田一般应当占本行政区域内耕地的80%以上。

——保护基本农田“五个不准”，即：不准占用基本农田进行植树造林、发展林果业和搞林粮间作以及超标准建设农田林网；不准以农业结构调整为名，在基本农田内挖塘养鱼、建设用于畜禽养殖的建筑物等严重破坏耕作层的生产经营活动；不准违法占用基本农田进行绿色通道和城市绿化隔离带建设；不准以退耕还林还草为名违反土地利用总体规划，将基本农田纳入退耕范围；除法律规定的国家重点建设项目以外，不准非农建设项目占用基本农田。

——落实好最严格的耕地保护制度，坚决制止各类耕地“非农化”行为，严禁违规占用耕地绿化造林，严禁超标准建设绿色通道，严禁违规占用耕地挖湖造景，严禁占用永久基本农田扩大自然保护地，严禁违规占用耕地从事非农建设，严禁违法违规批地用地。要求退耕还林还草要严格控制在国家批准的规模和范围内，涉及地块全部实现上图入库管理。

这些法规、文件同时也对以下情况做出了规定。

——禁止毁坏森林、草原开垦耕地，禁止围湖造田和侵占江河滩地。根据土地利用总体规划，对破坏生态环境开垦、围垦的土地，有计划有步骤地退耕还林还草、还牧、还湖。

——需要退耕还林还草、还牧、还湖的耕地，不应当划入基本农田保护区。统筹推进耕地休养生息，对25度以上坡耕地、严重沙化耕地、重要水源地15—25度坡耕地、严重污染耕地等有序开展退耕还林还草，不得将确需退耕还林还草的耕地划为永久基本农田。

——妥善处理好生态退耕。对位于国家级自然保护地范围内禁止人为活动区域的永久基本农田，经自然资源部和农业农村部论证确定后应逐步退出，原则上在所在县域范围内补划，确实无法补划的，在所在市域范围内补划；非禁止人为活动的保护区域，结合国土空间规划统筹调整生态保护红线和永久基本农田控制线。不得擅自将永久基本农田和已实施坡改梯耕地纳入退耕范围。对不能实现水土保持的25度以上的陡坡耕地、重要水源地15—25度的坡耕地、严重沙漠化和石漠化耕地、严重污染耕地、移民搬迁后确实无法耕种的耕地等，综合考虑粮食生产实际种植情况，经国务院同意，结合生态退耕有序退出永久基本农田。根据生态退耕检查验收和土地变更调查结果，以实际退耕面积核减有关省份的耕地保有量和永久基本农田保护面积，在国土空间规划编制时予以调整。

2. 退耕还林还草成果巩固的压力越来越大

生态林收益普遍较低。前一轮退耕还林还草限定了生态林和经济林的比例，虽然政策设计将水果以外的大多数经济树种列为生态经济兼用树种，为经济林发展提供了有利的政策条件，但在国家以粮食换生态的总体要求下，各地还是以生态建设为主营造生态林，收益相对较低。造林条件相对较好的重庆市前一轮退耕还纯生态林占56.10%，生态与经济兼用林占33.30%，生态林主要以松、杉、柏等树种为主，尚属于中幼林，基本没有经济效益，条件较差的地区生态林更是没有任何收益。湖南省花垣县前一轮退耕还经济林所占比例仅有12.50%，种植的桃、李、枣、杨梅等零星分布在各乡镇，产量小，没有形成产业规模和集约化经营，农户收益十分有限。

补助政策陆续到期。前一轮退耕还林还草政策补助期相对较长，最长的生态林两轮补助连续16年之久，新一轮补助时间短，国家补助陆续到期后，退耕农户的政策性收入急骤下降，影响到家庭收入减少。在这种情况下，老百姓很容易会误认为不发补助就意味着退耕还林还草地不需要管理了，毁林复耕的隐患增大。高寒地区、民族地区和贫困地区是退耕还林还草实施的主要区域，这些地区由于特殊的自然地理条件和经济社会发展水平，后续产业发展受到极大制约，退耕还林还草补助占农民收入比例较高，一旦补助政策到期，将影响脱贫甚至导致返贫，不利于退耕还林还草和脱贫攻坚成果巩固。

林分质量亟待提高。退耕还林还草营造林过程中，树种选择单一，栽植密度大，十多年后，出现了人工纯林较多、抗病虫能力弱等问题，加上抚育投入不足，林分长势较差、质量不高。国家安排的退耕还生态林每亩每年20元森林抚育补助（连续补助5年），分散到群众个体手里实在太少，加上群众缺乏抚育技术，基本是“只领钱不抚育”。江西省前一轮退耕还林还草八成都是阔叶树，由于雨水充沛，阔叶树易分枝，难以形成有效材积，出现“见林不见材”的尴尬。湖北省虽然退耕还生态树种丰富，但单一地块还是以营造纯林为主，林分结构不稳定，湿地松和日本落叶松的雪折、马尾松的松毛虫和松材线虫病等森林病虫害时有发生。

部分经济林已进入衰败期。优良的品种是经济林产生高收益的根本，前一轮退耕还经济林栽植的树种有些已进入衰退期、老龄期，经济收益低下，群众疏于管理，导致林地荒废，甚至在立地条件好的地块中复耕。

森林生态效益补偿落实有难度。国家政策明确规定，退耕还林还草补助政策期满后，可将符合条件的退耕还生态林分别纳入中央和地方森林生态效益补偿范围。但在实际中，大部分退耕还生态林因不在公益林区划范围内而无法纳入森林生态效益补偿范围；即使能纳入补偿范围，不仅每亩每年16元的补偿明显低于退耕还林还草产生的生态效益价值，而且纳入生态公益林管理将限制对生态林的适当利用，群众不能完全理解和接受。

认真分析研判当前退耕还林还草工程建设面临的形势，工程建设不但处于压力倍增、负重前行的关键期，而且已进入提供更多优质产品以满足人民日益增长美好生活需要的攻坚期，同时还处于党中央、国务院扩大退耕还林还草的窗口期，三期叠加，既是挑战又是机遇。

从表面上看，耕地保护与退耕还林还草矛盾十分突出，实际上粮食安全与生态安全相辅相成，良好生态环境是粮食安全最基础的保障，适度的生态建设不仅不会减少粮食生产的有效面积，反而会为粮食生产提供更加厚实的生态保障而促使粮食丰产。

新时代社会经济发展对生态文明的需要和人民日益增长的优美生态环境需要，要求以退耕还林还草为重点的生态建设，既不能“削足适履”地负重前行，更不能“隔靴搔痒”地简单应对，而是要在危机中育新机，于变局中开新局，进一步认清形势，应对挑战，把握机遇，持续推动工程建设高质量发展。

三、走向新征程

1.20周年再出发

2019年，正值中华人民共和国成立70周年，退耕还林还草工程也迎来20周年。全国退耕还林还草工作会议在革命圣地延安召开，主要是回首不凡历程，总结成功经验和巨大成效，展望肩负的使命任务，部署当前及今后一个时期的工作。参加大会的有国家发改委、生态环境部、自然资源部、农业农村部、国务院扶贫办以及国家林业和草原局有关司局单位负责人，各工程省（自治区、直辖市）和新疆生产建设兵团林草主管部门负责同志，退耕还林还草先进集体、先进个人代表。

2019年9月5日，全国退耕还林还草会议在陕西延安召开

刘东生副局长参加全国退耕还林还草会议参观指导退耕还林现场

9月的延安天空湛蓝，万物朗净，千山万壑尽展葱翠，退耕人齐聚延安，在宝塔区柳林镇燕沟流域聚财山、薛张流域，深切感受退耕还林还草给中国大地带来的巨大变化；在后孔家沟村和康坪村，亲身体验退耕还林还草为美丽乡村建设注入的巨大动力。他们共话退耕，用20年退耕还林还草带来的伟大成就向新中国70华诞献礼；他们共谋发展，以更加自信更加从容的步履走向新时代的新征程。

会议强调，退耕还林还草是党中央、国务院为治理水土流失、改善生态环境作出的重大战略决策，深入贯彻习近平生态文明思想和践行“两山”理念的生动实践，是推进大规模国土绿化的迫切需要和助力精准扶贫的有效途径。

会议指出，退耕还林还草工程已成为我国乃至世界上资金投入最多、建设规模最大、政策性最强、群众参与程度最高、综合效益最好的重大生态工程，取得了巨大的综合效益。工程区生态状况有效改善，生态修复明显加快，风沙危害和水土流失得到有效遏制，生态面貌大为改观；优化了土地利用结构，极大促进了农村产业结构调整、粮食生产方式转变和农民增收；为增加森林碳汇、应对气候变化、参与全球生态治理树立了典范，作出了中国贡献。

会议授予231个单位“全国生态建设突出贡献先进集体”称号，授予387名同志“全国生态建设突出贡献先进个人”称号。陕西省林业局、贵州省林业局、四川省林业和草原局、陕西省延安市、云南省临沧市、湖北省秭归县、甘肃省庄浪县的代表在会上作典型发言，从不同角度展示各自退耕还林还草的突出成绩和亮点。退耕人在实践中探索总结了高位推动、政府主导，规划引领、系统治理，综合施策、巩固成果，产业带动、生态惠民等宝贵经验。

20年，是一段历史；20年，是新的起点。20年来，退耕还林还草有了厚重的积累；20年后，退耕还林还草将开启新的征程。会议要求：当前和今后一个时期，退耕还林要重点做好6个方面的工作：要科学编制工程总体规划，做好顶层设计，谋划好退什么地、退多少、怎么退的问题；要着力巩固工程建设成果，探索将符合条件的退耕还林还草纳入森林生态效益补偿、草原生态保护补助奖励、森林抚育补贴、国家储备林建设、森林质量精准提升工程等范围，大力发展休闲旅游、林下经济、森林康养等后续产业；要准确领会中央精神，认真分解落实建设任务，优先向贫困地区和革命老区、向贫困人口倾斜，对符合退耕政策的贫困村、贫困户实现全覆盖；要实行精细化管理，坚持接受群众和社会监督，推进矢量化管理，优化检查验收程序，不断提升工程管理水平；要充分应用多种媒体，广泛开展宣传报道；要切实加强组织领导，积极推动解决影响工程进展和成效的突出问题。

2. 白皮书的新期待

2020年6月30日，国家林业和草原局发布《中国退耕还林还草二十年（1999—2019）》白皮书（以下简称：《白皮书》）。

《白皮书》指出，退耕还林还草工程是我国生态文明建设史上的标志性工程，其丰富的实践和创新成为习近平总书记“两山”理念的生动写照。自1999年实施以来，中央财政累计投入5174亿元，在25个省（自治区、直辖市）和新疆生产建设兵团的2435个县（市、区）实施退耕还林还草5.15亿亩，工程区森林覆盖率平均提高4个多百分点，完成造林面积占同期全国林业重点生态工程造林总面积的40.50%，其成林面积占全球增绿面积的比例在4%以上。工程建设为农民增收和精准扶贫作出了独特贡献，全国4100万农户参与退耕还林还草工程实施，1.58亿农民直接受益。截至2019年，退耕农户户均累计获得国家补助资金9000多元。

《白皮书》指出，当前我国生态欠账仍然突出，水土流失、土地退化、土壤污染严重的耕地还比较多，补齐缺林少绿、生态脆弱的短板依然任重道远。保护生态环境、应对气候变化，已经成为全球面临的共同挑战。党的十九大提出，将坚持人与自然和谐共生作为新时代坚持和发展中国特色社会主义的十四条基本方略之一，并明确要求扩大退耕还林还草。

《白皮书》分析了退耕还林还草面临的矛盾和问题，明确今后一个时期的退耕还林还草工作，必须以习近平生态文明思想为指导，切实践行绿水青山就是金山银山理念，紧扣国家战略，统筹规划生产、生活、生态空间，在巩固已有成果的基础上坚持应退尽退，稳步扩大规模，全面提升效益，推进高质量发展，不断增加绿水青山等优质产品供给，满足人民日益增长的美好生活需要，为建设生态文明和美丽中国作出新的更大贡献。

从20年的台阶上出发，中国的退耕还林还草将继往开来，走向新的征程，书写新时代更加辉煌的历史篇章。

3.“双重”规划的新机遇

2020年6月，经中央全面深化改革委员会第十三次会议审议通过，国家发改委、自然资源部印发了《全国重要生态系统保护和修复重大工程总体规划（2021—2035）》（发改农经〔2020〕837号），其中退耕还林还草是重要内容和主要抓手。

在“三区四带”总体布局中，黄河重点生态区、长江重点生态区、东北森林带、北方防沙带的主攻方向都提到退耕还林还草，在重要生态系统保护和修复9个重大工程中，七大工程都涉及退耕还林还草。

国家林草局提出，下一步，退耕还林还草将与“双重”规划相衔接，重点解决黄河重点生态区、长江重点生态区、东北森林带、北方防沙带等区域的国土生态修复。修复对象将突出九大地类，其中包括国务院已经批准纳入实施范围的陡坡耕地、陡坡梯田、重要水源地、15—25度坡耕地、严重污染耕地、严重沙化耕地5种地类；《中共中央　国务院　关于打赢脱贫攻坚战三年行动的指导意见》等文件明确提出的严重石漠化耕地、移民搬迁撂荒耕地；中办、国办《关于建立以国家公园为主体的自然保护地体系的指导意见》提出的自然保护地内的耕地；中央领导明确要求纳入实施范围的内蒙古重点国有林区部分开垦林地。

来看看国家林业和草原局对于未来退耕还林还草空间的分析。

据第二次全国土地调查结果，有条件、有意愿实施退耕还林还草的22个工程省区共有陡坡耕地6502万亩、陡坡梯田1242万亩、15—25度坡耕地11349万亩（长江经济带占65.40%、黄河流域占30.40%）。

据2015年公布的第五次全国荒漠化和沙化土地监测结果，共有严重沙化耕地2367万亩。

据2018年公布的第三次岩溶地区石漠化监测结果，7省区共有石漠化耕地3911万亩。

据2014年《全国土壤污染状况调查公报》及生态环境部数据，22省区耕地重度污染面积1724万亩。

据各地“十三五”易地扶贫搬迁规划，规划易地扶贫搬迁约1000万人，腾退耕地约1000万亩。

据统计，国家级自然保护区核心区有耕地268万亩，东北、内蒙古重点国有林区1990—1998年开垦林地1000万亩。

按15—25度坡耕地40%退耕，陡坡梯田和严重污染耕地30%退耕，其余地类全部退耕，合计有需要退耕还林还草的耕地20305万亩。扣除2014—2020

年实施的退耕面积，2021年后可实施退耕的耕地还有1亿多亩。

这些数据足以说明，退耕还林还草在国土绿化和生态修复新征程上将大有可为。

4. 迈向新的“绿色长征”

1934年10月中旬，中央红军主力5个军团及中央、军委机关和直属部队共8.60万余人集结在赣州于都河北岸地区，完成政治动员和人员物资补充后，跨过于都河，踏上长征路，谱写了中国革命史上气壮山河的英雄史诗，孕育了伟大的长征精神。

2020年11月，同样在秋高气爽的季节，全国退耕还林还草高质量发展培训班在赣州开班，退耕人又一次齐聚革命圣地，分析新形势、谋划新思路、学习新本领，明确我国退耕还林还草从规模数量型转向高质量效益型发展，开启退耕还林还草新的“绿色长征”之路。

2020年11月10—12日，国家林业和草原局在江西省赣州市举办
全国退耕还林还草高质量发展培训班
张金波 摄

“中国特色社会主义进入了新时代，我国经济发展也进入了新时代”，这是党的十九大作出的重大论断，指出了新时代我国发展的基本特征，就是已由高速增长阶段转向高质量发展阶段。过去40年的高速增长，成功解决了“有没有”的问题，高质量发展则要解决“好不好”的问题。

高质量发展就是能够很好满足人民日益增长的美好生活需要的发展，是体现新发展理念的发展，是创新成为第一动力、协调成为内生特点、绿色成为普遍形态、开放成为必由之路、共享成为根本目的的发展。高质量发展是时代之需，是生态文明发展之需，也是退耕还林还草工程建设之需。

十九届五中全会提出，以推动高质量发展为主题，以深化供给侧结构性改革为主线，以改革创新为根本动力，以满足人民日益增长的美好生活需要为根本目的，统筹发展和安全，加快建设现代化经济体系，加快构建新发展格局的新要求。全会审议通过的《中共中央关于制定国民经济和社会发展第十四个五年规划和二〇三五年远景目标的建议》，更是对提升生态系统质量和稳定性做出了明确安排部署，为"十四五"时期林业草原和退耕还林还草高质量发展指明了方向。

2019年，国家林草局印发《关于促进林草产业高质量发展的指导意见》（林改发〔2019〕14号）和《林业草原高质量发展配套细则》，提出林业草原高质量发展的基本思路是：以习近平新时代中国特色社会主义思想为指导，全面贯彻落实党的十九大和十九届二中、三中全会精神，坚持稳中求进总基调，坚持新发展理念，紧紧围绕统筹推进"五位一体"总体布局和协调推进"四个全面"战略布局，坚持以推动林业草原高质量发展为主线，以建设生态文明和美丽中国为总目标，以满足人民美好生活需要为总任务，认真践行新发展理念和绿水青山就是金山银山理念，全面深化林业草原改革，切实加强生态保护修复，大力发展绿色富民产业，推动林业草原发展质量变革、效率变革、动力变革，努力实现更高质量、更有效率、更可持续的发展。这是退耕还林还草高质量发展的基本遵循。

认真分析就会发现，退耕还林还草形势紧迫。

——从全球形势看，保护与发展压力叠加。保护生态与发展经济是全球两大热点问题，面对百年未有之大变局的外部环境，特别是新冠疫情对粮食安全的影响，今后退耕还林还草不但要肩负起更高质量的生态保护修复重任，还要肩负起更高效益的促进发展重任。

——从全国形势看，机遇与挑战并存。处于"两个一百年"奋斗目标历史交汇期的中国，正在全面建成小康社会的基础上，踏上全面建设社会主义现代化国家的新征程，今后的退耕还林还草必须置身于经济社会发展的大局和变局中去考量，把握机遇，应对挑战，通过高质量建设、高水平管理，发挥工程建设高效益。

——从工程自身看，惯性与创新共生。退耕还林还草20年来形成的管理方法和运行机制，在工程建设中发挥了积极作用，面对高质量发展的新要求，旧有管理方式和运行机制不能简单延续，而是要汲取精髓、与时俱进，在发展中不断创新，不断完善，提高建设水平，巩固建设成果。

科技在进步，文明在发展，人类对传统主粮的需求和对耕地的依赖逐步降低，为退耕还林还草腾出了更广阔的空间。

如今，我国粮食安全已经从追求“吃得饱”向“吃得好”转变。审视粮食安全的视角已经转向食物安全，在确保“谷物基本自给、口粮绝对安全”的基础上，需要不断拓展食物来源。以退耕还林还草为主的生态工程建设，不仅能提供美好的生活环境，还能通过发展林果产业、林下种养殖等途径，不断提供更加丰富更加安全的食物。

退耕还林还草高质量发展，就是要告别注重数量和规模，转向追求质量和效益的全面提升，着力解决建设质量好不好、效益高不高的问题，实现由“大写意的山水画”到“精雕细琢的工笔画”转变。

退耕还林还草高质量发展，就是要努力实现建设高质量，成果高效益，管理高水平。建设高质量，就是种苗选择、植被配置、恢复方式、栽植技术、经营管护等全过程的高质量；成果高效益，就是生态系统结构功能、生态产品供给、林草及相关产业、退耕农民收入、退耕文化软实力等综合效益的高质量；管理高水平，就是工程建设全过程、全方位实现信息化、科学化、制度化等管理的高质量。

按照中央对林业草原高质量发展的总体要求，新时代推动退耕还林还草高质量发展的指导思想是：以习近平生态文明思想为指导，深入践行“绿水青山就是金山银山”理念，推动退耕还林还草质量变革、效率变革、动力变革，以高质量发展为主题，以提升综合效益为目标，因地制宜、分区施策、分类指导，坚持不懈开展退耕还林还草，优化国土空间利用格局，为促进人与自然和谐共生、建设生态文明和美丽中国做出更大贡献。

退耕还林还草高质量发展目标是：到2025年，退耕还林还草发展质量效益得到提升，退耕还林还草成果得到进一步巩固，工程区生态环境得到进一步改善，产业结构得到有效调整，生态惠民得到明显体现；到2035年，建立起退耕还林还草高质量发展的完整治理体系，需要生态修复的耕地应退尽退，已有成果得到切实巩固，质量效益明显提升，建立起稳定的林草生态系统，工程区生态状况根本好转，产业结构得到优化，生态、经济和社会效益显著，推动美丽中国基本建成。

如何才能实现退耕还林还草高质量发展？要从理顺总体思路、完善治理体系、提升治理能力三个主要方面来谋划和思考，这也是今后退耕还林还草发展的途径和方向。

实现退耕还林还草高质量发展，需要理顺总体思路。

——在发展方式上，要实现从大规模扩张向高质量发展转变。面对突如其来的新冠疫情和新的国际形势，党中央、国务院更加重视耕地保护和粮食安全。2020年9月10日，国务院办公厅印发《关于坚决制止耕地“非农化”行为的通知》（国办发明电〔2020〕24号），提出“六个严禁”的政策举措，坚决制止耕地“非农化”行为，明确提出：“严禁违规占用耕地绿化造林，违规占用耕地及永久基本农田造林的，不予核实造林面积，不享受财政资金补助政策。”时隔不到两个月，11月4日，国务院办公厅又印发《关于防止耕地“非粮化”稳定粮食生产的意见》（国办发〔2020〕44号），明确要求“不得违规将粮食生产功能区纳入退耕还林还草范围”。目前已实施的2.13亿亩退耕还林还草，占我国耕地总面积的十分之一左右，虽然取得了巨大的生态、经济和社会效益，但是为了守住耕地这个根基，端牢14亿人口的饭碗，退耕还林还草必须由大规模推进转向高质量发展，在新增任务高质量实施的同时，重点应抓好已有成果的巩固和提质增效。

——在发展目标上，要由注重单一生态功能向多功能、多效益转变。尽管每年产生1.42万亿元的生态价值，但退耕还林还草的经济功能、社会功能发挥明显不足。要在适度规模推进的基础上，大力提升发展质量和效益，丰富并优化产品供给，更好满足人民群众在生态、经济、社会、文化等方面日益增长的需要。生态功能方面，要体现保育土壤、养分固持、涵养水源、固碳释氧、净化大气、森林防护、生物多样性等效益和为社会为自然提供支持、调节、供给服务等功能；经济功能方面，要依托退耕还林还草形成的实物、生态、景观等资源，体现在一、二、三产业产值和收益等方面的功能；社会功能方面，要充分发挥工程建设在发展社会事业、优化社会结构、完善社会服务、促进社会组织发展等方面的引导和促进功能。

——在遵循原则上，要始终坚持新发展理念。坚持绿色发展，生态优先，始终保持“生态优先”的初心不改，努力满足人民群众对清新空气、干净饮水、优美环境的强烈需求；坚持协调发展，持续高效，注重与耕地保护、农业农村发展等外部系统的协调和因地制宜、科学绿化的内部协调，增强可持续发展能力；坚持创新发展，激活动力，不断推进理论、制度、科技、文化四大创新，为工程建设注入生机活力；坚持开放发展，全民共建，大力吸引社会资本、新技术、新产业参与工程建设，开创开放、包容、普惠、共赢的新格局；坚持共享发展，生态惠民，生产高质量的生态产品，让全体人民能从中受益，广大退耕农民得到应有的回报。

——在工作方法上，要因地制宜、分区施策、分类指导。对于前一轮退耕还林还草，重点是巩固好已有建设成果，一方面对有提升潜力的存量林分着力提质增效，努力将“绿水青山”打造成“金山银山”；同时争取完善接续补助政策，建立长效机制，调动退耕农民管林护林的积极性。对于新一轮退耕还林还草，重点是争取延长现金补助年限，巩固退耕还林还草和脱贫攻坚成果。对于今后退耕还林还草，重点是在摸清底数和发展空间基础上，实行“退还补管”紧密结合：“退”就是对各类需要退耕还林还草的耕地争取做到应退尽退，合理利用国土空间，实现“两山”融合、空间互补；“还”就是乔灌草有机结合，实行山水林田湖草系统治理，还出绿水青山；“补”就是延长退耕还林还草补助年限，提高补助标准，对退耕农户给予合理补偿补助，发挥调动各方面的积极性；“管”就是中央、地方、群众齐抓共管，保障退耕还林还草的高水平、高质量、高效益。

——在关系把握上，要处理好几大关系。把握处理好总体谋划和久久为功的关系，统筹做好推动高质量发展的顶层设计和总体谋划，坚持久久为功，把各项工作做好做实；把握处理好整体推进和重点突破的关系，按照总体规划推动全面发展，厘清和解决好矛盾问题，搞好重点区域、重点环节和重点举措的突破；把握处理好维护政策和培育新动能的关系，创新机制，培育壮大新动能，促进新旧动能加快接续转换；把握处理好退耕还林还草与耕地保护的关系，决不能把二者割裂开来，要坚持在退耕中保护耕地，严格按照国务院批准的地类和规模退耕，在耕地保护中适度退耕，对水土流失和风沙危害、石漠化、土地污染严重的耕地逐步有计划地退耕还林还草，促进耕地休养生息；把握处理好维护公平与讲求效率的关系，使退耕农民获得社会平均收益，使生态建设成果更多更公平惠及广大退耕农民，推动经济更有效率、更加公平、更高质量、更可持续发展。

实现退耕还林还草高质量发展，需要完善治理体系。

——做好顶层设计，建立高质量的政策体系。从全局角度出发，积极与国土三调、国土空间规划、国土生态空间规划和“三区三线”划定等相关工作协同，统筹考虑退耕还林还草与耕地保护，在保障国家耕地需求和粮食安全的情况下，结合乡村振兴、推动长江经济带发展、黄河流域生态保护和高质量发展、新时代推进西部大开发形成新格局等国家战略，与“双重”规划有机衔接，科学编制退耕还林还草长远规划，从根本上解决退什么地、退多少、怎么退的问题。同时，争取完善用地、补助、生态效益补偿以及相关配套政策，研究落实退耕规模和地块、提高种苗造林费补助标准，延长现金补助年限，充分发挥地方政府的主观能动性，拓宽投资渠道，吸引融资资本、社会资本，注入更多市场经济元素，形成高质量的政策体系。

——加强系统治理，开展高质量的建设。使用良种壮苗，加大乡土树种草种培育力度，加强种苗市场监管；推行科学栽植，扎实做好作业设计，尊重自然规律，因地制宜，科学选择树草种，合理配置乔灌草及初植密度，打造多元共生的复合生态系统；精心管护经营，建立退耕还林植被管护制度，各负其责，落实管护责任，确保退一片、活一片、成一片。

——加快推进“三化”，实现高质量的管理。实行信息化、科学化、制度化管理，严格把控工程建设全过程。推进信息化，加强信息技术在工程管理中的应用，建立退耕还林还草信息系统，实现国家、省、地、县四级联网，提升工程管理效率，这其中最重要也最绕不过的就是将退耕地块落实到全国土地调查和年度变更调查成果现状图上，要将关口前移，加强部门沟通衔接，在作业设计前就做好上图入库，推进矢量化管理；推进科学化，大力推广应用新技术、新品种，推广新模式，科学造林，提高造林成活率、保存率和林木生长量，科学护林营林，提高林分稳定性和抗逆性，提升林分生态和景观效益；推进制度化，广泛征求社会意见，修订《退耕还林条例》，制定《退耕还林还草管理办法》，修订完善工程管理各项规定办法，进一步建立健全管理制度体系。

——完善指标体系，实行高质量的考评。完善统计体系，修订退耕还林还草统计制度，定期调度年度任务落地、完成、质量情况以及政策兑现、社会力量参与等情况，及时全面准确反映建设进展；完善核查指标体系，进一步优化检查验收内容，调整完善技术标准，形成科学、规范、符合实际的退耕还林还草检查验收指标体系；完善监测评估体系，全面、客观、真实地反映退耕还林还草产生的巨大综合效益，用科学的监测评估数据更好“向人民报账”；完善责任书考核，全面、系统地明确各地各部门责任，通报责任书执行情况，激励各地进一步做好各项管理工作。

——弘扬生态文明理念，构建高质量的文化。坚持以习近平生态文明思想为指导，以“绿水青山就是金山银山”理念为引领，以不断丰富完善退耕还林还草精神文化、制度文化、物质文化为核心，以全面研究、深入挖掘、认真整理、精心创作、吸收借鉴、广泛传播为手段，以讲好退耕还林还草故事、传播好退耕还林还草声音为宗旨，向世界展现真实、立体、全面的退耕还林还草，提高退耕还林还草文化软实力和影响力，引领工程高质量发展。

实现退耕还林还草高质量发展，需要提升治理能力。

——健全机构。强化责任担当，迎难而上，积极争取各级党委、政府的重视和关注，在机构改革过程中谋取应有的地位，明确退耕还林还草管理职责和人员，保证编制，保证工程管理不弱化、不断档。

——转变职能。树立林业、草原、国家公园“三位一体”意识，加快职能转变，统筹推进，调整工作重点，因地制宜实施退耕还林、还草、还湿、还国家公园、还自然保护地，山水林田湖草沙系统治理，打造多元共生的复合生态系统。

——提升能力。强化政治和业务理论学习，加快知识更新和理念更新，不断适应新形势、新要求，建设一支信念坚定、素质过硬，特别能吃苦、特别能奉献的高素质退耕还林还草专业化干部人才队伍。

——改善作风。按照建设“让党中央放心、让人民满意”的模范机关要求，切实转变工作作风，提高为人民服务的能力和水平，不断增强广大退耕群众的获得感、幸福感。

长征是光荣与梦想永不褪色的徽章，长征精神是信念与力量永不枯竭的源泉。2019年5月20日，习近平总书记来到赣州于都，在这片孕育伟大长征精神的热土上，他坚定地指出：“现在我们正走在开启建设社会主义现代化国家的新征程中，我们要继往开来，重整行装再出发！”

重温一种伟大精神，获得一种现实力量。于都河畔，退耕人在清亮澄澈的流水旁感悟那一次壮怀激烈的出发；草鞋墙前，退耕人在80双草鞋组成的中国地图上汇聚万众一心的磅礴力量。从赣州出发，退耕还林还草定能在伟大长征精神的激励下，走好新时代的“绿色长征”之路，在中华民族伟大复兴的奋斗征程中书写新的历史篇章。

第四篇 绿色华章

发端于20世纪末的退耕还林还草，经过20余年的持续推动，绿了山山岭岭，变了生产方式，调了产业结构，出了生态产品，美了绿色家园，富了山乡百姓。

退耕还林还草的生动实践与鲜活经验，给中国生态建设、扶贫攻坚和乡村振兴、农村改革和发展带来深远影响，在华夏大地谱写了令人震撼的绿色乐章，为地球增绿作出了重大贡献，成为人类重建生态系统、建设生态文明、推动可持续发展的成功典范。

第一章

地球变绿了

地球比20年前更绿了！2019年初，美国国家航空航天局发布研究报告称，地球四分之一的新增植被来自中国。一时间，中国林草业和生态建设成为世界性的热议焦点。

2019年，中国退耕还林还草工程也正好实施20年。作为中国新增绿量的超级大户，退耕还林还草工程20年来不仅贡献了5亿多亩绿色植被，而且深刻地改变着我国农村生产方式、产业结构和亿万农民的生活与命运，也必然产生世界影响，引起全球关注。

一、NASA的结论——地球变绿了

“好消息！通过卫星监测，过去20年中，世界变得越来越‘绿色’。”这是2019年年初，美国国家航空航天局（NASA）发出的一条推特，推文称：“来自‘NASA地球’的卫星资料显示，是中国和印度的行动主导了地球变绿，它们为世界贡献了超过三分之一的绿色。其中，仅中国就占全球绿化面积净增长的25%。”[1]消息一经传出，来自全球数万网友的感谢和鼓励，让国人倍感骄傲和自豪。在地球绿化行动中，中国向世界交出了一份喜人的成绩单。

《自然》杂志为此作出详细的佐证：研究人员通过检视NASA卫星在2000年至2017年期间收集的遥感数据显示，全球绿化面积逆势增长了5%，相当于多出一个亚马孙热带雨林的面积，而对此作出主要贡献的，则是中国和印度起到的引领和推动作用。[2]确凿的数据让科学家们十分惊讶，NASA官网的报道

[1] NASA.2019.NASA官方推特.2-12..

[2] Chi Chen.2019.China and India in greening of the world through land-use management. Nature Sustainability2,122-129[2019-02-11].

更是直言，研究结论“违背直觉”。众所周知，中国和印度是世界人口最多的两个国家，曾因绿地退化、环境污染被西方媒体指责，如今却“华丽逆袭”，成为新增植被最多、让地球变得更绿的主要贡献国。

《自然》杂志在另一篇文章中指出，中国绿化主要体现在森林（42%）和农田（32%）上，但印度的绿化主要来自农田（82%），森林的贡献很小，只有4.40%。也就是说，中国为全球绿化进程作出的贡献中，有42%来源于植树造林工程，这对于减少土壤侵蚀、空气污染和应对气候变化发挥了重要作用。

1.地球变“绿”，退耕还林还草功不可没

说起“世界之最”的造林规模，中国的退耕还林还草工程显然是一个创举，为世界提供了中国经验，受到国际社会的高度赞誉。

然而，时至今日，人们也没有忘记20年前生态灾难给我们留下的惨痛记忆。

1998年夏，特大洪水毁堤漫圩，长江告急，嫩江告急，松花江告急，29个省份2.30亿人受灾，各地估报的直接经济损失高达2484亿元。

2000年春，强沙尘暴连续十多次横扫我国北方，危及交通，危及环京津乃至广大北方地区，危及由数以亿计人民的生产生活，神州玉宇万里尘埃。

当时全国水土流失调查监测结果显示：全国25度以上的坡耕地有9100多万亩。每年输入长江、黄河的泥沙超过20亿吨，其中2/3来自坡耕地。坡耕地是造成水土流失的重要元凶。

灾后，为治理严重的水土流失和频发的江河水患，党中央、国务院高瞻远瞩、审时度势，启动退耕还林还草工程，瞄准治水保土、治沙止漠，直指洪水泛滥和风沙危害这两大中华民族的心腹大患，结束了中国延续几千年的毁林开荒历史，开启了以国家重点工程建设为主体的生态文明新篇章。

20年，历史长河中的一瞬间。然而，就是这一瞬间，退耕还林还草工程扭转了工程区生态持续恶化的态势，给中华大地带来的绿色变迁让世人惊喜连连。

退耕还林还草让内蒙古自治区的林草覆盖度由15%提高到70%以上，地表结皮增加，遏制了沙质耕地进一步沙化，风蚀沙化状况大大减轻。

退耕还林还草让三峡库区、丹江口库区、洞庭湖及鄱阳湖流域等重要湖库地区实现森林资源和生态承载力的双增长，确保森林生态系统迅速恢复重建，

水源涵养功能大幅提升，湖库水质极大改善。

全国退耕还林还草第一县吴起，曾经贫瘠而荒凉的黄土地披上了浓郁的绿装
新华社发 宗明远 摄

退耕还林还草让宁夏南部山区年均60天的沙尘天气变成“稀罕物”，“一年一场风，从春刮到冬”的景象一去不复返，取而代之的是天蓝地绿、环境优美的“塞上江南”。

退耕还林还草让新疆阿克苏从昔日黄沙漫天的荒原大漠，变成如今瓜果飘香的苍茫林海，创造了“人进沙退”的人间奇迹。

退耕还林还草让甘肃陇南彻底改变过去生态失衡、水土流失严重、溪流河水“一碗河水半碗泥”的生态困境，如今映入眼帘的是“梦里水乡”凤凰谷、“水墨诗画”花桥村等美丽乡村画卷。

从长江上游到黄河上中游，从偏远山区到广袤高原，退耕还林还草工程让穷山恶水改换了容颜，荒山秃岭披上了绿装，实现了从“黄土满坡、广种薄收”到“山川着绿、林海生金”的绿色蜕变。

截至2020年年底，全国累计实施退耕还林还草5.23亿亩，25个省（自治区、直辖市）和新疆生产建设兵团的2435个县（市、区）参与实施，中央累计投入5350亿元，相当于三峡工程动态总投资的两倍多。退耕还林还草工程造林占同期全国林业重点工程造林总面积的40%，目前成林面积超过全国人工林保存面积的三分之一。占国土总面积82%的工程区森林覆盖率平均提高4个多百分点。

经过20年的不懈努力，退耕还林还草工程取得了巨大生态、经济和社会效益。据国家林草局监测，截至2019年，25个退耕还林还草工程省（自治区、直辖市）每年涵养水源440.05亿立方米、固土7.09亿吨、保肥0.3亿吨、固碳5600万吨、释氧1.33亿吨、吸收空气污染物363.36万吨、滞尘5.4亿吨、防风固沙8.37亿吨。按2016年现价计算，每年产生的生态服务功能总价值量为1.42万亿元。❶

与世界著名的生态工程，如苏联的“斯大林改造大自然计划”、美国的“罗斯福工程”、日本的“治山计划”、北非五国的“绿色坝工程”相比，中国的退耕还林还草工程无论从投资、规模和成效上都更胜一筹。

在全球森林面积和森林蓄积不断减少的情况下，退耕还林还草工程为我国连续多年保持森林面积和森林蓄积“双增长”作出重要贡献，使我国生态系统质量和稳定性得到显著提升，水土流失和荒漠化得到有效逆转，对生态环境改善、农民增收致富、产业结构调整、生态意识提升等产生了巨大的推动作用，在全球生态治理领域树立起中国典范。

美国斯坦福大学教授格蕾琴·戴利通过长期深入研究指出，退耕还林还草是一个极大的创新项目，解决了保护环境和引导产业转型、为农村极端贫困人口提供致富机遇两个至关重要的问题。她认为，中国对退耕还林还草的大力投入开始收获果实，在中国取得了显而易见的成效，其他国家应重视并学习中国的经验。❷

2. 一片林，一群人，圆一个绿色的梦

NASA的研究不只是对中国植树造林成绩的肯定，也证明了，只要一个国家上下凝心聚力，通力协作，曾经荒芜贫瘠、退化严重、寸草不生的局部生态，完全可以慢慢修复，而且这种修复是整个地球生态的复苏，将让人类和其他生物更加安宁地生于斯长于斯。

中国这份惊艳世界的成绩单背后，是无数默默奉献的退耕人以顽强、坚毅以及对绿色的执着追求，将绿色播撒在祖国各个角落。漫山遍野的退耕林木，浸透着岁月流逝的痕迹，更记录着退耕人的艰辛探索。

---

❶ 国家林业和草原局. 2020. 中国退耕还林还草二十年（1999—1019）.

❷ 杨舒. 2019. 退耕还林还草改变的不只是山水[N]. 光明日报，7-13.

贵州省织金县退耕还林还草前后对比

贵州省赫章县海雀村是一个海拔2300米、极为偏僻且水土流失严重的苗族彝族村，曾因“苦甲天下”震惊世界，如今却因一个人的离去感动社会，这个人就是被誉为搬动贫困大山的新愚公——海雀村原村支书文朝荣。

2002年，一直想把海雀村种得绿树成荫的文朝荣听到一个好消息：退耕还林还草。在文朝荣心里，有了林，水土得到保持；有了草，养牲口再也不用走几十里山路去割草；有机肥增多，土地也会慢慢变肥沃。听到国家要实施退耕还林还草的消息，文朝荣当晚就挨家挨户上门宣传退耕还林还草政策，群众听不懂，他就认真解释；群众不愿意，他就苦口婆心做思想工作。在文朝荣的带领下，海雀村134个农户展开了轰轰烈烈的退耕还林还草。

向荒山要绿地，让瘦土出效益。文朝荣带领村民们在荒山上种植华山松、马尾松共13400亩，森林覆盖率从不足5%上升到70.40%，曾经尘土飞扬的“和尚坡”变成了万亩林海。按现价评估，海雀村的万亩林场经济价值超过4000万元，全村人均近4万元。文朝荣为村民们留下的是一座“绿色银行”。如今林茂粮丰的海雀，又诗情画意起来。

和海雀村一样，同样发生生态巨变的还有贵州大方县的滑石村。2000年5月7日，一场暴雨引发的泥石流瞬间摧毁了整个村庄，导致18位村民丧生、27幢房屋被毁。灾难发生后，村民们幡然醒悟，过度的毁林开荒让滑石人自食其果。在乡党委、政府、村委干部的动员下，村民们开始了艰难而漫长的退耕还林还草之路。几年间，男女老幼齐上阵，全村1900多户人家共退耕还林还草7650亩，封山育林达14000亩，森林覆盖率从20%猛增至73.50%。

树种下去了，61岁的老党员黄朝先和大伙一起，当起了护林员，哪怕工资微薄，但他从不计较。他说：“为了大家的生存，多点少点不大个事。”每天他都要带领护林员到林子里看看树木有没有遭到破坏，长高了没有。退耕还林还草后，村民们跳出耕地，腾出了大量的劳动力，大力发展林下种植业养殖业，开辟了一条适合滑石村的“致富路”。

如今的滑石人已脱胎换骨，蜕变成蝶，与自然和谐共生；如今的滑石村也已是山绿水清，村庄整洁，成了乌蒙深处的世外桃源。

20年间，有无数务林人奋斗在退耕还林还草最前线，他们有的是林业工作者，有的是科研人员，更多的是普普通通的农民，他们用双脚丈量祖国大地，用汗水浇灌绿色使命，默默地为退耕还林还草事业贡献着自己的力量，一步一个脚印地走出了中国特色的生态修复“退”“还”之路。

二、万亿元的生态总价值

为了量化体现全国范围内退耕还林还草工程的生态效益，“用数字说话”，“向人民报账”，自2013年开始，在国家林草局的统一部署下，国家林草局退耕还林还草工程管理中心组织中国林业科学研究院等单位相关专家，协调25个工程省（自治区、直辖市）和新疆生产建设兵团，“全覆盖”式地评估了退耕还林还草生态效益，客观地反映退耕还林还草对我国生态建设作出的巨大贡献，回应社会各界对退耕还林还草的热切关注。

从评估结果来看，2020年退耕还林还草工程仅一年产生的生态效益总价值量就高达1.42万亿元，是退耕还林还草工程多年总投资的2.70倍。退耕还林还草不仅没有“亏本”，还是一项“回本”快、很“划算”的工程。

这个一万多亿元的生态效益，主要体现在6个方面。

涵养了水源。退耕还林还草的主要生态目标是涵养水源和保育土壤，尤其是长江黄河流域的水土流失问题是退耕还林还草工程要解决的关键生态问题。全国退耕还林还草工程生态效益以涵养水源功能价值量所占比例最大，达到了32.68%，这和退耕还林还草的“初心”是一致的，退耕还林还草工程一年涵养水源的总量440.05亿立方米，基本相当于一个三峡工程最大库容，也接近全国生活用水量的二分之一。

保育了土壤。全国退耕还林还草工程一年共固土70943.55万吨，分别是长江和黄河2014年土壤侵蚀量的2.58倍和8.63倍，有效降低了长江流域和黄河流域的土壤流失水平。同时，退耕还林还草工程还增加了土壤肥力。据统计，年保肥总量达到2890.70万吨，相当于2015年全国耕地化肥使用量（6022.60万吨）的近一半。

净化了大气。退耕还林还草工程形成的植被，对大气中颗粒物的吸附作用随着森林的成熟而日渐增加，对大气环境的改善发挥着越来越大的作用。2019年的评估结果显示，净化大气环境功能所提供的生态效益价值3101.75亿元/年，相当于同年北京市GDP的8.77%，为退耕还林还草总生态效益价值的21.89%，仅次于涵养水源功能。滞纳TSP（可吸入颗粒物）总物质量43207.32万吨/年，滞纳PM2.5和PM10的量分别为1560.80万吨/年和3902.43万吨/年，相当于234.54亿辆民用汽车的颗粒物排放量。退耕还林还草工程的实施改善了大气环境，提高了人民生活质量和幸福指数。

减少了风沙侵蚀。利用退耕还林还草形成的森林减小风速，防风固沙，治理沙化土地，保护农田，也是退耕还林还草工程的基本目标之一。全国退耕还林还草工程防风固沙总物质量为83725.00万吨/年，森林防护的总价值为654.35亿元/年。防风固沙作用形成的生态效益价值是北部风沙区退耕还林还草工程的最主要生态效益价值，与这些区域的生态需求具有非常好的吻合性，特别是西北黄土区退耕还林还草工程固沙量占全国退耕还林还草工程固沙量的45.11%，相当于避免了1000公里的京藏高速公路被5.48厘米的沙土掩埋。这一区域固沙效果尤为明显，对减少该区域的风沙灾害，增加粮食产量，有效遏制土地沙化，构筑我国北方生态安全屏障作出了重要贡献。

增加了森林碳汇。退耕还林还草形成的森林资源绝大多数都还处于中幼林阶段，正是生长旺盛、固碳释氧能力最强的阶段。全国退耕还林还草工程固碳总量为5570.26万吨/年，相当于每年吸收二氧化碳1.89亿吨，能够抵消4042.55万吨标准煤完全转化释放的二氧化碳量，是我国气候变化履约的重要手段，对扭转全球气候变化发挥着巨大作用。

提高了生物多样性。尽管退耕还林还草工程形成的森林多以纯林或简单的两树种、三树种混交林为主，但随着森林的发育，为其他种类繁多的植物提供了适宜的条件，进而吸引了各种野生动物生存繁衍。在各地退耕还林还草工程区都能直观地感受到鸟儿更多了，甚至有些地方还复现了大型哺乳动物的踪迹。全国退耕还林还草工程生物多样性保护价值量达2067.77亿元。特别是长江中上游地区，这种效果更加明显。退耕还林还草维护了自然界的生态平衡，也为工程区创造了更好的人类生存环境。

退耕还林还草不仅培育了“绿水青山”，也让工程区的人民收获了一座座价值不菲的“金山银山”。随着工程建设面积的进一步扩大，工程形成森林资源的结构和功能逐步完善，这些“金山银山”价值将会越来越大，水会更清，山会更绿，天会更蓝，华夏大地会因退耕还林还草而更加美丽。

三、应对气候变化的中国智慧

自20世纪以来，人类社会飞速发展，科技发展和技术进步彻底改变了人类生活，但人类社会远未进入到安宁太平的理想境界，伴随而来的是日益严重的环境问题，而其中对人类生存威胁最大的即是气候变暖。

1. 全球气候变暖亟须解决方案

由于过量焚烧化石燃料，产生大量的温室气体，20世纪全球平均温度约攀升了0.6℃。北半球春天冰雪解冻期比150年前提前了9天，而秋天霜冻开始时间却晚了约10天。

从20世纪以来，全球的海平面平均上升了17厘米。北半球积雪面积也经历了一个明显的退缩。特别是在20世纪80年代以后，北半球积雪面积的退缩尤为明显。

2019年，澳大利亚政府宣布，生活在海岸沿线的珊瑚裸尾鼠因气候变暖导致栖息地被淹没而灭绝，成为全球第一种因为气候变暖而灭绝的物种。

……

为阻止全球变暖趋势，1992年联合国专门制订了《联合国气候变化框架公约》。1997年12月，149个国家和地区的代表通过了旨在限制发达国家温室气体排放量以抑制全球变暖的《京都议定书》……

警惕全球变暖，控制碳排放，是全人类为了挽救地球的重大行动。

2. 退耕还林还草——中国智慧和中国方案

我国虽然每年人均温室气体排放量低于世界平均水平，但排放总量居世界第一已成事实，控制碳排放，为全球应对气候变化贡献自身力量，既是刻不容缓的行动，也体现着中国在构建人类命运共同体中的勇气和担当。

森林是陆地生态系统的主体，也是利用太阳能的最大载体。在当下，加快森林植被恢复增加碳汇，保护森林和防止森林退化减少碳排放，已经成为应对气候变化的全球共识和行动。

自20世纪以来，我国为应对生态威胁，先后实施了三北防护林、退耕还林还草等一系列生态建设工程，在固碳减排方面做出了卓越的尝试。

作为全球最大的生态建设工程，退耕还林还草20年累计实施5.15亿亩，造林面积占我国重点工程造林总面积的40%。目前，成林面积2亿多亩，超过全国人工林保存面积的三分之一。

巨大的工程建设成果，使退耕还林还草成了名副其实的固碳大户。据《退耕还林还草工程生态效益监测国家报告（2020）》，截至2019年年底，全国退耕还林还草区域涵养水源总物质量为440.05亿立方米/年，固土总物质量为70943.55万吨/年，固碳总物质量为5570.26万吨/年，释放氧气13266.82万吨/年，提供空气负离子9822.94×10^{22}个/年，吸收污染物363.36万吨/年，滞尘54019.09亿吨/年。

2019年初，英国爱丁堡大学发布研究报告称，为实现《巴黎协定》中的气候目标，各国有必要优化土地使用，推动退耕还林还草，增加土地的碳汇能力。而中国在这一方面，早已走在世界前列。

树上山，粮下川，羊进圈。因地制宜，宜粮则粮、宜林则林、宜草则草，既符合自然法则，也符合经济规律。通过“退”和“还”的方式，将人类欠下的生态账，给自然补回去，这是舍得之道这一古老中国智慧的巧妙运用，是中国为应对气候变化贡献的中国智慧和中国方案。

3. 巨大生态效益远不只此

中国科学院成都山地灾害与环境研究所的研究成果显示，退耕还林还草工程开展多年来，土壤有机碳储量在不断增加，退耕前有机碳浓度显著较低的土壤侵蚀强烈景观位置经10年退耕还林还草工程后，有机碳浓度基本达到原非侵蚀景观位置目前的高有机碳水平，土壤有机碳储量明显增加，退耕还林还草措施短期内显著改善了土壤表层的固碳能力。

2014年，《自然》旗下期刊《科学报告》发表论文《中国退耕还林还草工程极大增强了土壤有机碳—整合分析》，研究证实了中国的退耕还林还草工程能显著增强土壤有机碳含量，实施退耕还林还草工程的土壤将能源消耗中排放的碳重新收集与固定，对缓解全球气候变暖起到了积极作用。

通过巨大的固碳效益，退耕还林还草在应对气候变化方面的作用远超我们的想象，退耕还林还草巨大的生态潜力还远没有被人们充分认识，但人们却早已切实享受到了退耕还林还草带来的巨大生态效益。

“这一令人惊叹的黄土地带……在景色上造成了变化无穷的奇特、森严的景象——有的山丘像巨大的城堡，有的像成队的猛犸，有的像滚圆的大馒头，有的像被巨手撕裂的冈峦，上面还留着粗暴的指痕。”80多年前，美国记者埃德加·斯诺在《红星照耀中国》中如此记录他所看到的黄土高原景象。

延安地处黄土高原沟壑区，境内沟道密布，山峁相连，退耕前植被稀疏，水土流失严重。20世纪末，延安水土流失面积达2.88万平方公里，占全市总面积的77.8%，年入黄河泥沙2.60亿吨，约占黄河泥沙总量的1/6。冬春季节沙尘暴频发，往往数日不止。20世纪80年代，联合国粮农组织专家来延安考察曾断言，这里不具备人类居住生存的基本条件。

时光荏苒，换了人间。1998年，曾经生态脆弱的陕西延安从吴起县率先启动退耕还林还草，一场红色圣地的“绿色革命”自此开启。经过二十多年坚持不懈的努力，改变已悄然发生。延安植被覆盖度从2000年的46%提高到2018年的81.30%。延安市年入黄河泥沙量由退耕前的2.60亿吨降为0.30亿吨，降幅88%。沙尘天气明显减少，城区空气“优”“良”天数从2001年的238天增加到2018年的315天，“圣地蓝”成为延安新标签。

陕北的好江南——航拍退耕后延安地貌

延安市林业局 提供

对近些年来过延安的人来说，“我家住在黄土高坡，大风从坡上刮过”的原有刻板印象，已被彻底颠覆为“这里触目皆是青山”。曾有人以诗句道出内心受到的震撼——“荒山秃岭都不见，疑似置身在江南”。在昔日的黄土高坡形成了非常湿润的小气候，夏日雨季，延安的山间可见云雾缭绕。2016年，延安被授予“国家森林城市”称号。

四、干涸的泉眼出水了

水是生命之源，也是生态环境的一面镜子。水于生态，犹如血于生命，生态于水，犹如生命于血。退耕还林还草工程实施以来，工程区的生态环境明显改善，其中一个重要标志就是，越来越多的地方发现，干涸的泉眼出水了！

青山绿水，穷山恶水。自古以来，林水相依的自然法则深入人心。森林是天然的蓄水库，森林也是天然的水质净化厂。

森林雨季“吞”水，旱季“吐”水。有人用“公路效应”比喻森林涵养水源的功能，就是说，降雨落在光滑的公路上会立即流走，成为无效水，甚至洪水；如果落在森林中，降水在到达矿质土壤表层之前，枯落物层会吸水并减缓降水下渗的速度，使之形成缓流逐渐渗入土壤，然后到达森林土壤影响层，也就是根际区。根际区的孔隙度、微团聚体等物理特性使得水分很容易渗入地下，最终将地表水转换成地下水。

大量研究表明，乔木林冠层大约能截留20%的降水，而林地只要有1厘米厚的枯枝落叶，就能使泥沙流失减少94%。在年降水340毫米的情况下，每亩林地土壤冲刷量为60公斤，而裸地高达6750公斤，相差110倍。

这一点，石漠化地区的群众感受最明显。

石漠化地区的“卡脖子”问题就是水。有一项研究表明：在喀斯特石漠化地区，只有不到5%的降雨形成地表径流，其余95%的降水通过地下岩溶管道流走了。喀斯特坡地就像布满“筛孔”的石头“筛子”，坡地上的降雨极易通过“筛孔”渗入地下，极难在地表形成径流。这意味着，即使在年降水量高达1000～1400毫米的地区，地表留住的降水可能只有50～70毫米，可以被界定为“严重干旱”。

没有水，石漠化地区的生态系统就无法进一步改善。退耕还林还草工程成为石漠化地区涵养水源、恢复生态的革命性转折。如今，早期退耕还林还草种下的树已长成盘根错节的小树林，成为石质荒山上的“蓄水库”。

广西壮族自治区的百色市平果县果化镇龙东屯是典型的石漠化地区。但近几年多次特大旱灾面前，龙东屯的树木茂盛，泉水长流，庄稼长势良好，人民生活安居乐业，宛如荒漠中的一块“绿洲”，令人啧啧称奇。

龙东屯群山环抱。顺着羊肠小道，有一条水渠，沿着水渠前行2公里左右，就来到了屯里赖以饮用的泉水边。泉水从岩石缝里冒出来，水量充足，屯里修了一个20平方米左右的小水池蓄水。

据村支书介绍，泉水分两部分用，一部分是人饮，一部分是庄稼灌溉。人饮用的泉水现在已经通过管道直接引入村民家中，村民能像城里人一样用上自来水。灌溉用水则是通过水渠，流入各家各户的田地里。因为有水，这个石山村每年可以种一季春玉米，再种一季水稻，其他时候则种植其他经济作物。

其实，这口滋养着全屯70多户人家的甘泉近些年才开始重新冒水。64岁的阮朝益大爷说，全民大炼钢铁时，屯里周边山上的树木都被砍光，一直水流潺潺的清泉慢慢断流了。村民们的饮用水要翻山越岭到几公里外采集，既辛苦又不安全。

平果县实施退耕还林还草后，屯里开始大面积栽种任豆树。一是任豆树耐旱，特别适宜在石山区种植。二是这种树即使被砍掉，也会继续生长，长得更加繁茂。三是这种树经济效益好，砍下来的枝可以当柴烧，叶子可以喂牛羊。

漫山遍野的任豆树种起来后，干涸了二十多年的泉眼又开始冒出清澈甘甜的水，龙东屯的村民不再翻山越岭挑水喝了，而且农业灌溉也不成问题。

在意识到生态环境保护的重要性后，龙东屯群众植树造林的愿望更加强烈。县里面要求封山育林时，曾经在山脚到山腰部分开荒种植庄稼的农户积极配合退耕还林还草。

“当年启动退耕还林还草时屯里没有一个人站出来反对，大家也积极上山植树，县里面给100棵树苗，大家想要200棵来种，种树是世代都受益的事情啊。”60岁的老屯长阮均乡谈到当时退耕还林还草的情景记忆犹新。他现在每年都要上山去种树，还当起了义务护林员。

黄土高原地区，退耕还林还草后，森林的水源涵养功能也非常明显。

甘肃省地处青藏高原、蒙古高原、黄土高原三大高原交汇地带，地形多样，陡坡耕地和沙化耕地多，水土流失和风沙危害严重，自然条件严酷，是全国最早开展退耕还林还草试点的地区。

经过十几年来的努力，甘肃省退耕还林还草工程区生态环境明显改善。先期开展退耕还林还草的地区，水土流失得到了一定控制，风沙危害呈逐步下降趋势，长期超负荷运行的自然生态系统得到休养生息，一些过去干枯的泉眼重新出水，一些长期断流的河流恢复流水，一些多年未见的动物重新出现，局部生态环境得到明显改善。

干涸的泉眼出水了，农民的居住环境改善了，生活用水有了最基本的保障，大家对退耕还林还草的好处有了更切身的体会，植树造林的积极性更高了。

五、一江清水送北京

2014年12月27日上午，随着北京团城湖明渠闸门的缓缓开启，南水北调中线一期工程顺利通水。江水北流三千里，润泽中原，惠及苍生。

举世瞩目的南水北调工程是缓解中国北方水资源严重短缺局面的重大战略性工程，也是我国规模最大的跨区域性民生工程之一，其涉及面广泛、影响人群众多，可谓牵一发而动全身，工程近年来的顺利推进离不开相关省市的大力支持和库区群众的无私奉献。

1.播绿护水，力保库区生态

丹江口水库近一半面积在河南淅川，淅川国土面积的92.80%为水源区。作为丹江口库区最后一道生态屏障和水源保护最为敏感的区域，淅川位置特殊，责任重大，其生态建设与保护的重要性、迫切性不言而喻。

近年来,肩负保水重任的渠首淅川以退耕还林还草工程实施为契机，进一步改造坡耕地，把全域造林绿化与保水质、富群众、兴旅游等工作结合起来，用改革的思维和创新的方法，探索出了一条生态与经济良性互动、水清与民富互促双赢的淅川路径。

2002年，退耕还林还草工程开始实施，淅川通过人工造林、飞播造林、封山育林等方式，让荒山披“绿装”，并按照深山封山育林、浅山退耕还林还草、丘陵发展林果、滩涂造速生林的思路，全力打造绿色山川，以涵养水源。在工程实施的17年里，全县新增有林地面积38.30万亩，森林覆盖率提高了9

个百分点。[1]

为筑牢丹江口库区生态屏障，淅川县根据“退耕地还林1亩需配套2亩荒山造林”要求，开展造林绿化攻坚战，并大胆创新造林机制，还在全省范围内首创了以树木是否成活作为支付造林费用的唯一标准的合同制造林模式。

考虑到石漠化区域造林必须经过3年成活稳定期后才能确保完全成活，故需要一个专门机构对其进行后期管护。2017年，淅川县林业局注册成立淅川县馨雨林业有限公司，主要负责对退耕还林还草等林业工程进行后期管护、经营，参与实施林业项目、绿化、社会重点绿化等工程，苗木培育、新品种引进、病虫害防治等新技术应用和研究。

依托退耕还林还草项目带动，淅川还充分利用丹江口库区周围的宜林荒山和坡耕地，集中连片大力发展林业特色产业，努力找到生态建设和富民增收的结合点，在护航一渠清水北上的同时，也实现了成千上万人的脱贫梦。

2. 生态改善，兼顾农民生计

地处秦岭南麓的陕西旬阳是“南水北调”重要水源区，也是秦巴山区连片扶贫开发重点县，汉江穿境而过，生态区位十分重要。

自1999年实施退耕还林还草工程以来，旬阳县森林覆盖率由43.60%上升到2017年的55.18%，境内“一江三河”等重点区域的脆弱生态系统得到休养生息。

在前一轮退耕还林还草中，全县8万余农户、24万人获益，获得的国家政策补助超过10亿元。

生态改善的同时，产业发展依然是一块短板，农民长远生计发展和持续增收致富隐忧犹存。

旬阳县委、县政府通过一年多的反复调查、论证、筛选，从全县大大小小近百个农林产业类别中，最终选定油用牡丹和拐枣这两个生态经济优势品种，决定把它们作为新型主导产业和脱贫攻坚重点核心产业来抓，并上升为全县战略，动员全县力量，按规律，讲科学，加快发展，壮大产业。

旬阳县为此成立了拐枣、油用牡丹产业建设领导小组，县委书记任第一组长，县长任组长，各级领导靠前指挥、一线落实，并科学制定产业发展规划，

[1] 温雅莉，孔忠东，寇建宗. 2018. 淅川渠首清如许 山绿民富活水来[N]. 中国绿色时报，9-3.

出台了一系列相关政策措施加以推进。

旬阳县委、县政府专门出台了油用牡丹和拐枣产业基地建设奖补办法，对从事油用牡丹、拐枣种植的产业大镇、龙头企业、农民专业合作社、家庭农场、产业大户、建档立卡贫困户给予奖补。对于退耕农户，除享受国家退耕还林还草政策补助外，县上免费提供苗木、肥料，对管护达标的，每年每亩拐枣补助100元、油用牡丹补助300元管护费，连补3年，以促进农民增收，助推脱贫攻坚。

新一轮退耕还林还草中，全县拐枣面积占退耕计划的60%，油用牡丹占计划的12.50%，辐射带动全县生态产业迅猛发展。

目前，全县特色经济林产业总面积达105.88万亩，其中拐枣22.80万亩、油用牡丹6.08万亩、核桃23.60万亩。在国家退耕还林还草政策的支持下，拐枣和油用牡丹作为旬阳县两大特色主导产业发展得红红火火。据统计，全县拐枣已有7万亩进入盛产期，亩产达1500公斤，年总产量达10万吨，占到全国总产量的81.82%，产值1.57亿元。全部进入盛产期后，拐枣总产量将达30万吨，产值达到5亿元。油用牡丹目前亩产150～250公斤，进入盛产期后亩收益将达3000元，产值1.50亿元。仅此两项全县农民人均纯收入增加1700元。

与此同时，精深加工龙头企业的纷纷加盟，从根本上解除了旬阳及周边市县拐枣和油用牡丹退耕种植户的后顾之忧，真正实现旬阳富硒拐枣和油用牡丹前端、中端和后端全产业链发展，就此打开资源优势变经济优势的通道，让藏在深闺人未识的旬阳拐枣和油用牡丹走出秦巴山区，走向世界。

3. 退耕还林还草，培育生态产业

汉江在陕西省安康市境内蜿蜒奔流340公里，这一区域承担着南水北调中线工程66%的供水量。

地处汉江之滨的安康市汉滨区，既是重要水源涵养区，肩负着“一江清水送京津”的重大政治责任和使命，又是陕西11个深度贫困县区之一，民生改善要求迫切，脱贫攻坚任务繁重。

在保护水源与发展经济的抉择中，汉滨区创新理念机制，把退耕还林还草办成了一项生态经济主导产业，探索出了一条生态美、产业兴、百姓富的新路子，为新一轮退耕还林还草创造了一个亮点纷呈的鲜活样板。

从1999年到2014年的15年中，汉滨区抓住机遇，完成退耕还林还草23.67

万亩，在2014年启动新一轮退耕还林还草以来的4年中，又一举完成退耕还林还草20.70万亩，为发展生态产业打下了坚实的生态和资源基础。

在新一轮退耕还林还草的示范带动下，全区新建各类经济林果园60余万亩，林业产业面积达到158万亩,其中核桃47.96万亩、茶叶16万亩、油茶15万亩，建成了陕西省最大的县域林业产业基地，农民人均达到1.50亩。

通过这些年的实践，汉滨区的决策者们意识到，退耕还林还草在生态扶贫中具有独特的优势。因此，他们把新一轮退耕还林还草项目向贫困村覆盖，产业建设向贫困村聚集，将46个重点贫困村全部纳入退耕还林还草和后续产业项目建设范围，实行整村推进连片发展，带动了25个镇、46个村产业发展和脱贫致富，贫困户获得的退耕还林还草政策性补助就达1.65亿元。

通过退耕还林还草，各镇村采取“党支部+合作社+园区+贫困户”和“公司+园区+合作社+基地+贫困户”等模式，推行政府包抓、企业包建、合作社包联、园区带动的“三包一带”联户退耕机制，建设发展了一批林业园区，帮助贫困户土地流转得到租金、园区就业得到薪金、资金扶持得到股金、订单生产得到定金，促进贫困户稳定增收、稳定脱贫。全区8600个贫困户2.46万人与林业经营主体，建立了稳定的利益联结关系。

近年来，汉滨区已累计投入林业建设资金3.90亿元，撬动林业社会投资8.65亿元，建成了31个退耕还林还草产业园区。在园区引领下，农村面貌发生巨大变化，山下建社区、山上建园区，农民摇身一变成为产业工人，收益也更加稳固。

截至2017年，全区建成茶叶示范镇4个、核桃示范镇7个，千亩示范村140个、百亩专业户398户，产业合作社191个、林业企业76家；组建了汉滨区茶产业联盟和核桃产业联盟，完成茶叶品牌整合，陕茶1号成为全省重点推广的茶树品种和茶叶品牌。

汉水之滨万山青，一江琼浆送京津。汉滨区以创新理念抓退耕还林还草，他们退出来的是绿水青山，还给百姓的是金山银山，送给京津人民的则是融入秦巴山区深情厚谊的一泓清水。[1]

---

[1] 刘慎元，陈应发.2018.新一轮退耕还林的汉滨样板[N]. 中国绿色时报，7-26.

汉水之滨万山青，一江琼浆送京津
安康市汉滨区林业局 提供

六、绿色屏障阻挡塞外风沙

退耕还林还草的主阵地在偏远山区，但享受退耕还林还草红利的，除了工程区人民，还有全国人民。20年，我国沙尘危害的频次和强度都明显减少、减弱，退耕还林还草工程贡献巨大。

过去，风沙危害困扰着整个北方地区。如今和谐宜居的绿色北京曾经也是风沙危害的重灾区。随便找一个上点年纪的北京人，聊起以前北京的环境，几句话就能勾勒出一幅风沙“迷人”的画面：大风一起，大街小巷尘土飞扬，扑面而来的风沙吹得人睁不开眼睛。一旦尘暴袭来，首都上空一片灰黄，白昼如同黄昏。风沙紧逼北京，大有“兵临城下”之势。

特别是2000年春天，40多天的时间里，我国西北、华北连续发生9次扬沙、沙尘暴天气。频率之高，范围之广，强度之大，为新中国成立以来所罕见。首都国际机场多次关闭，造成严重的经济损失。接二连三的恶劣天气引起党中央、国务院的高度重视。当时正式拉开大幕的退耕还林还草工程被寄予厚望。

北方山区、沙区人民一如那石缝间倔强的侧柏，退耕植树，他们要用双手筑一道绿色屏障，阻挡塞外风沙。

泥巴裹满裤腿，汗水湿透衣背。20年来，植树人栽下的小树苗已经成长为绿色的“铜墙铁壁”，绵延三北地区，极大改善了我国北方地区的生态状况，有效抵挡了从内蒙古等地入侵的风沙。北京市沙尘天气发生日数呈减少趋势，空气质量明显改善，空气质量二级以上日数由2000年的177天提高到2011年的286天，10余年间年优良天气数量增加了109天，增加61.60%。

2019年春天，全球目光聚焦北京世界园艺博览会，即北京世园会。精彩世园会与冰雪冬奥在北京延庆勾勒出最动人的精美画卷，冰雪夏都奇景辉映，妫川大地魅力无限。可外地人不知道，延庆今日的风光来之不易。

燕山腹地的延庆，是北京最西北的山区县区，也是沙尘经河北直入北京的前沿阵地。那里距张家口的天漠流动沙丘只有13公里。当地的自然植被自明清以来遭到严重破坏。叠起的群山袒露着灰白的脊梁在劲风黄沙中呜咽，仿佛在向世人诉说着植被遭到破坏后的惨遇。

延庆人退耕还林还草的决心比磐石还坚。延庆区园林绿化局副局长王淑琴像个男人一样，成天泡在大山里，点炸药、背苗、凿坑、栽树、浇水，没有她没干过的工种。山上的林子，没有她说不出的年份；山上的树，没有她叫不出的名字。每年春季，王淑琴和干部职工带领几十支专业施工队浩浩荡荡开进山，一干就是3个多月。延庆人都说，如果没有退耕还林还草工程，延庆就不会是今天这般风光。

山绿了，沙退了。退耕还林还草工程实施的20年，是我国北方地区“洗心革面”的20年。

新疆是全国沙化土地面积最大、分布最广、危害最严重的省区，也是世界上沙漠化危害最严重的地区之一。20年来，新疆各族人民依托退耕还林还草等生态工程开展了大量防沙治沙工作，采取了多种多样的治沙模式：和田地区种植玫瑰、精河县种植蛋白桑、阿合奇县种植沙棘……各具特色的治沙特点形成了今日新疆各具特色的经济发展模式。

20年来，新疆退耕还林还草取得了生态改善、农民增收、农业增效、农村发展的良好效果，天山南北矗立起一道道绿色屏障，使新疆荒漠化、沙化土地得到遏制，实现了生态效益和经济效益的双赢。

库布齐沙漠位于内蒙古中部，是距北京最近的沙漠，一度严重威胁京津生态安全。依托退耕还林还草、京津风沙源治理等一系列生态建设项目，库布其近20年治沙6000多平方公里，创造生态财富5000多亿元，书写了从“死亡之海”到“经济绿洲”的治沙传奇，治理率达34.70%。2017年，联合国防治荒漠化公约第十三次缔约方大会在库布其进行了实地考察参观，库布齐沙漠被联合国环境规划署确定为“全球沙漠生态经济示范区”。

以库布其为代表的内蒙古地区把山水林田湖草作为一个生命共同体，分区施策、重点突破，依托退耕还林还草等重点工程开展大规模国土绿化，每年完成林业生态建设任务超过1000万亩，约占全国生态建设总任务的1/9。内蒙古现已实现森林覆盖率、草原植被盖度连续“双提高”，荒漠化、沙化土地持续“双减少”。

再看陕西，地处黄土高原的延安是我国退耕还林还草的策源地。经过20年不懈努力，延安共完成退耕还林还草1077.46万亩，植被覆盖度从2000年的46%提高到2017年的81.30%，实现了全域退耕还林还草，昔日的黄土高坡已全被绿色覆盖。而在榆林，一代代务林人借国家实施退耕还林还草的东风，用汗水甚至生命，正在将沙漠变成绿洲。

陕西省气象局利用气象卫星遥感监测到的结果显示，从2000年到2018年，陕西植被生态得到显著改善，森林植被覆盖面积持续扩大，陕西的绿色版图由南向北延伸了400公里。

甘肃也是风沙危害最严重的地区之一。退耕还林还草是甘肃省投资最多、规模最大、覆盖最广、跨时最长、影响最深、群众参与度最高的生态工程。经过20年努力，甘肃省累计完成退耕还林还草建设任务3301.63万亩。退耕还林还草工程大幅增加了林草植被，减少了水土流失和风沙危害。《退耕还林还草工程生态效益监测国家报告》显示，甘肃省沙化土地退耕还林还草每年防风固沙2589.67万吨，每年生态系统服务功能价值量38.78亿元。

看得见的是“绿肥黄瘦”，看上去不那么显眼，但能明确感觉到的，是沙尘暴天数的锐减和空气质量的明显改善。以西北地区为代表的中国北方告别“无风一片沙，有风地搬家，每当风沙起，处处毁庄稼”的旧面貌，绿水青山褶皱间，崛起了一个个采摘园、民俗村。

当年的治理难点，成了如今的绿化亮点。

“10年前，山上、滩上都没什么树，一到春季刮风就漫天扬沙，睁不开眼、喘不上气儿；现在树多了，空气好了，水也清了，来旅游的人都多了。”这是北京延庆村民连普霞的切身感受。许多十几年前到过延庆，今天又故地重游的客人，无不用“惊讶”“没想到”等词语来描绘今天延庆的生态变化。

数据表明，中国连续15年实现荒漠化和沙化土地面积“双缩减”，以及荒漠化和沙化程度的“双降低”，“中国防沙治沙经验”令世界瞩目。这亮丽的成绩单背后，退耕还林还草的贡献遍布每一个沙区。

七、延安，黄土高原由黄转绿的嬗变

如果说黄土高原是三秦大地的一顶华盖，陕西延安就是镶嵌在这顶华盖上一颗璀璨的绿色明珠。

走进初秋的延安城，你一定会被满目翠绿的林海吸引：远处的山峁之上，草木葳蕤、绿意盎然；头顶的苍穹，碧空如洗、高远通透。

这还是记忆中黄沙漫天的黄土高原小城吗？

从1999年延安实施退耕还林还草工程，在黄土高原掀起一场波澜壮阔的“绿色革命”以来，延安人民在延安精神的指引下，矢志不渝，奋力造林。

如今，“我家住在黄土高坡，大风从坡上刮过”的苍凉景象已不复存在，取而代之的是一片“林海奇迹”：延安森林覆盖率由33.50%增加到52.50%，植被覆盖度由46%提高到81.30%，年入黄河泥沙量由2.60亿吨降为0.30亿吨，扬沙天气由每年27.20次减少为每年2.70次。

20年间，延安的山绿了，水清了，天蓝了；20年间，老区人民在这片热土上创造了一个绿色奇迹。

1.数字见证“绿色崛起”

昔日的延安，山扛不了风，地保不住水。

20世纪末，延安水土流失面积达2.88万平方公里，占全市总面积的77.80%，年入黄河泥沙2.58亿吨，约占黄河泥沙总量的1/6。冬春季节沙尘暴频发，往往数日不止。

1999年8月，国务院总理朱镕基来到延安，视察调研延安水土流失治理和生态建设工作，提出“退耕还林，封山绿化，以粮代赈，个体承包”十六字方针。

至此，延安市以退耕还林还草统揽农业和农村工作全局，率先在全国掀起了一场全民总动员的绿色革命。

延安对退耕还林还草的不断探索，带动了退耕还林还草工程在全国的顺利实施。在实施退耕还林还草工程的过程中，延安先后出台了《延安市关于全面实行封山禁牧的决定》《延安市巩固退耕还林还草成果暂行办法》《关于完善退耕还林还草政策巩固退耕还林还草成果若干措施》等30多个制度办法和管理措施，大都先于中央、和其他省份，国家退耕还林还草政策多是在总结延安经验的基础上逐步推向全国。

退耕治沟造地、发展山地苹果等更是延安首创、全国特有的解决退耕农户基本口粮田和长远生计问题的有效途径。

2013年，延安自筹资金，率先在全国启动实施新一轮退耕还林还草，将全市25度以上坡耕地全部退下来，为国家新一轮退耕还林还草政策的出台提供了宝贵的经验。

2018年12月1日，《延安市退耕还林还草成果保护条例》颁布实施，延安成为全国以立法形式保护退耕还林还草成果的第一市。

2. 大雨之年无大灾

延安地处黄土高原沟壑区，境内沟道密布。依此特点，延安各级退耕还林还草管理部门以小流域为单元，实行梁峁沟坡洼统一规划，山水田林路综合治理。

薛张流域位于宝塔区冯庄乡，总面积16.20万亩。退耕还林还草前流域林草覆盖率仅为18%，水土流失严重，农民广种薄收，人均年纯收入仅为1900元。

通过封山禁牧、坡面绿化、林分改造，治坝治水治地，建设基本良田，治理后的流域植被覆盖率达到90%，累计治理水土流失2.51平方公里，流域内农民人均收入增加1万多元。

流域内薛家湾村村民李海军，退耕前主要种植谷子和荞麦，收入不高；流域治理后，李海军把七八亩耕地全部种上苹果，年收入能达到三四万元。他说："退耕还林还草对环境、水土流失等各方面都有好处。原先一下暴雨，全村黄水泛滥成灾，粮食都冲跑了，水沟里全是泥水。退耕还林还草后，基本不发水，也没有大水了。"

晋陕峡谷是黄河中游水土流失较为严重的地段。2012年，宜川县开始在晋陕峡谷实施绿化工程，进行整流域治理，采取塬面种果"戴帽子"、山腰乔灌"系带子"、沟道筑坝"穿靴子"的办法，进行立体化治理。目前，宜川县共治理万亩以上流域11个、5000亩以上流域22个。

延安市流域综合治理坚持工程措施和生物措施相结合、造林与种草相结合、人工造林和天然封育相结合，实行封山禁牧，重视自然恢复，黄土高原综合治理程度和水土保持能力不断提高。

2013年7月，延安遭受多轮强降雨袭击，总降水量达往年同期的5倍。如果在以前，这样的强降雨势必导致山洪暴发、河流水位暴涨。然而，由于退耕还林还草后植被大面积增加，涵养水源能力大幅提高，这次强降雨并没有引发严重的洪涝灾害。

今天的延安，退耕还林还草区域每年涵养水源6亿立方米，固土1044.10万吨，年入黄河泥沙降幅达88%，水土流失总面积减少6716.20平方公里，降低了23%，水土流失治理度达55.20%，年降雨量由300多毫米增加到550毫米以上，“一碗水半碗沙”成为历史。

3. 一片果园养活一代人

延安生态环境的改善，改变了陕北农民“面朝黄土背朝天，广种薄收难温饱”的生活状况。绿水青山的延安大地正迸发着勃勃生机。

党员李树和年过六旬，是吴起县铁边城镇寨子湾村民，也是一名返乡创业的“创客”。他的创业项目是让山变绿，让村民致富。不顾家人朋友反对，李树和一头扎进山里，一次性流转全村退耕地2.50万亩，踏上漫长的“绿山”之路。黄土高原上干旱少雨，造林难度可想而知。2015年、2016年，连续两年干旱少雨，李树和的上万亩油松全部枯死，损失高达200万元。

继续坚持还是放弃？“选择了就坚持做下去，种树不能盲目，还得因地制宜。”修路、建蓄水池、请专家，他总结失败教训，最终选择了山桃、山杏、柠条等经济林树种。

“山坡盖被子，农民赚票子。”靠着愚公精神，5年来李树和累计投资600多万元，2.5万亩林木长势良好，山桃、山杏已经开始挂果，村民已经尝到了甜头。

“植树造林就能过上好光景。”宜川县云岩镇辛户村党支部书记张延刚说。辛户村在半山腰，20年前这里仍是荒山。“山上光秃秃，远看一面白。卷着尘土的大风每年持续两个多月。”回忆当时的恶劣气候，张延刚感慨万千。

退耕还林还草一开始，张延刚就考虑带领村民种苹果。“栽苹果树前几年都没收入，怎么办？”村民刚开始有顾虑，张延刚敢想敢干，从外地取经，自己带头种。退耕还林还草的补贴，解决了挂果空档期的收入问题。

2003年，张延刚的60亩苹果园收入超过10万元。村民们眼红，一片片果园紧接着建了起来。山变绿了，沙尘天气不再来了。辛户村也成为当地有名的苹果村，现在人均年收入5万元。

“一片果园养活一代人，我这苹果树都10多年了，现在要提升品质。”在自家的果园里，张延刚时而俯身拔草，时而抬头伸手触摸苹果。

20年来，延安累计直接投入退耕还林还草补助资金112.80亿元，全市80%以上的农民直接受益，户均补助3.90万元，人均补助9038元。农民人均可支配收入从退耕前的1356元提高到2018年的10786元。

生态兴则百业旺。放眼今日延安，刺槐漫山遍野，还有宝塔、安塞的山地苹果，延长、宜川的花椒，延川的红枣，黄龙的板栗、核桃，这些都成为退耕群众重要的收入来源。目前，延安市苹果种植面积达380万亩，年产值近130亿元。全市森林资源资产总价值超过7000亿元。

4. 黄土高原建起绿色新城

退耕还林还草给延安产业结构带来明显变化，使老区群众的思想观念和生产生活方式发生了深刻变革。他们纷纷从种地的劳动中解脱出来，加速向二、三产业和城镇转移。

“你们把救生衣穿上再上船，不然会发生危险。”在吴起县吴起街道南沟村人工湖岸边，快艇驾驶员高志军正不断提醒游客。

绿海无边——退耕还林还草后的延安乡村

延安市林业局 提供

44岁的高志军是南沟村村民，从小就住在湖边的碱畔上，熟悉水性。去年村上成立秦风水韵文化有限责任公司，聘请他开快艇，同时负责救生，每月工资2600元。高志军干得不亦乐乎。“之所以让我干这份工作，主要是因为我从小就是在这个湖里玩大的，湖水哪儿深哪儿浅，都一清二楚。对我来说，工资多少都不重要，只要让来我们村的游客玩得开心、放心，我就高兴。”高志军说。

说话如此“霸气”的他，原来并不靠这份工作谋生。早在2004年，高志军和妻子就在村上投资开了一家“二利农家乐”，每年零星的客源勉强能维持生计，有时候一个月都接待不了10桌客人。看着总是空闲的桌子，高志军急得整天在院子打转。他想，要再这么下去他就歇业出门打工了。

随着退耕还林还草后生态的改善，南沟村的环境一天天好起来，风景一天比一天优美。2018年，南沟村搞起乡村旅游，高志军的“二利农家乐”主打绿色生态牌，他给客人们提供自家散养的鸡、自己在湖里捕的鱼，因为特色鲜明，经常客人爆满。“现在生意好多了，每个月几乎都有保障，再加上偶尔卖煮鸡蛋、煮毛豆的零碎钱，一个月少说也有1.50万元收入。”高志军笑言。

看着络绎不绝的游客，回想从前，高志军感慨良多。“以前一下雨，山上的泥沙汇聚，流到湖里，湖水就成黄色了。我们这儿海拔高、风沙大，以前天气不好，没人愿意出门玩。”高志军说，“还是现在环境好啊，大家都愿意出门走走，呼吸大自然的新鲜空气。”

2018年，高志军在县城购置了一套楼房，为孩子上学做准备。他计划今年把在镇上读小学的二儿子转到县城，接受更好的教育。如果有可能，他还希望孩子以后去市里上学。

高志军改变了父辈传统的农耕方式。在南沟村，还有许多像高志军一样的村民，在自家门前当起了“小老板”。

近年来，延安通过农村能源建设和生态移民搬迁等巩固成果项目的实施，发展农村能源15万口（台），生态移民约9300人，农村基础设施和生活环境条件不断改善；通过大力开展农民转移就业培训，先后培训农民89000余人次，促进富余劳动力向二、三产业转移，城镇化进程持续加快。

“退耕还林还草后，农民耕地面积减少了，为保证农民收入不减，巩固退耕还林还草成果，我们加大了退耕还林还草后续产业培育，通过土地流转、农村‘三变’改革等方式，加快现代农业示范园建设，不断扩大苹果种植面积，大力发展规模化养殖和设施农业，促进农业现代化发展，实现农业增效、农民增收的目的。2019年上半年，一产增加值达到23.10亿元，同比增长4.90%，居全省第二位。”延安市发展和改革委员会主任张骁卫说。

如今的延安，已是满目苍翠，绿波荡漾，天蓝水清，高楼林立。退耕还林还草带来的“绿水青山”，彻底扭转了这片黄土地上的生态和人居环境。全市人民在享受退耕还林还草带来的绿色、舒适、健康的人居环境的同时，人人爱绿、护绿意识明显增强，生态文明已经成为220多万延安人的自觉行动，延安已荣获“国家森林城市”“国家卫生城市”称号。

八、长江经济带的绿色屏障

1998年夏天，长江、黄河、嫩江、松花江、珠江、闽江发生特大洪水，29个省份2.30亿人受灾，各地估报的直接经济损失高达2484亿元。

1999年，党中央、国务院审时度势，作出退耕还林还草的战略决策，结束了中国毁林开荒的历史。经过3年试点，退耕还林还草工程于2002年在全国全面实施。

长江流域及南方地区是退耕还林还草工程的主战场之一。20年来，中央财政在长江经济带有关省市投入2000亿元以上巨资，实施退耕地还林8000余万亩，为长江经济带可持续发展夯实了根基。

1.告别灾害频发，还山川以绿装

退耕还林还草主要安排在水土流失、土地沙化严重地区，安排在15度以上坡耕地，尤其是25度以上陡坡耕地。20年来，退耕还林还草工程通过大规模的林草植被建设，工程区生态明显改善，水土流失明显减轻。

地处长江上游的贵州省，是著名的岩溶地区。全省岩溶出露面积占全省总面积的61.92%，是全国石漠化面积最大、类型最多、程度最深、危害最重的省份之一。

“2000年时，滑石村民为了填饱肚子，曾一度开荒开到山尖尖，真所谓山有多高庄稼就有多高，地有多陡人们的锄头就有多陡。”贵州省毕节市大方县小屯乡滑石村村支书王福中说，过度垦殖带来的恶果就是山荒、水竭、人穷，当地一场暴雨诱发的泥石流还夺走了18名村民的生命，给在世之人留下无尽的伤痛。幸运的是，灾难之后，滑石村民开始反思，更开始行动。

"从2000年开始，结合国家退耕还林还草工程，滑石村近8000亩25度以上的'和尚坡'实施退耕还林还草，并相继封山育林1.50万亩。这些复绿的山坡也成为村寨防治地质灾害的最好防护员。"王福中说，退粮种树的结果就是村寨灾少福多了，不少村民还通过发展林下种植养殖致了富。

监测数据显示，贵州省实施新一轮退耕还林还草对近年来全省森林覆盖率每年提高1个百分点发挥了重要作用。全省退耕还林还草工程涵养水源22.20亿立方米/年，相当于该省红枫湖库容量的3.70倍。

改变的不只是贵州省。研究发现，自20世纪30年代以来，经历了半个多世纪的高强度垦殖和耕地上山，四川省居然成为长江母亲河干流的主要泥沙输入地。伴随着水土涵养能力开始下滑，四川省形成了"垦荒——土地退化——垦荒"的恶性循环。

到20世纪90年代末期，四川省坡耕地产粮能力仅为全省平均值的一半。持续低下的坡耕地产出，也让四川省生态脆弱区与贫困高发区高度重合。

是继续向荒山开垦，加剧生态和经济层面的恶性循环，还是以退为进，闯出一条既能增收又能扭转生态恶化局面的新路子？1999年，四川省响应号召率先启动退耕还林还草试点，对坡耕地生态恶化态势进行"釜底抽薪"。

经过20年的不懈努力，如今四川省已经"退"出新格局，森林覆盖增加4个百分点以上，水土流失状况大为改善，水源涵养能力不断攀升。2018年，四川省退耕还林还草可涵养水源58.25亿立方米。对比1998年，四川省流入长江干流泥沙含量减少46%。

2. 迎来绿色财富，人在林中心气阔

退耕还林还草，改变的不仅是山水，也为贫困山区老百姓铺就一条新的生财致富之道。

湖南省吉首市矮寨镇退耕还林还草大户龙庆贤，尝到了退耕还林还草的甜头。"退耕还林还草之前广种薄收，种一亩玉米地，收入才两三百元，除去人工、生产等成本后，一家六口人年收入仅2560元。"

2002年，龙庆贤积极响应退耕还林还草号召，种下金秋梨6.20亩，第一年丰收就创造了3万多元的收入。在退耕还林还草的带动下，他又流转土地，发展370余亩金秋梨，产量70余万斤，年收入200余万元，相当于以前种粮食的几十倍。2017年，他成立合作社，带领周边4个村2000余村民过上

小康生活。

贵州省湄潭县兴隆镇龙凤村，大大小小的茶园，犹如大大小小的翡翠，散布在乡间，茶农周永贵的家就在茶园边上，呼吸之间，尽是茶香弥漫。周永贵家客厅的照片墙上，都是他出去旅游的照片。周永贵说，国内的各大景点他走遍了，这几年去了巴厘岛、新加坡等其他国家。走到哪里他都会带着自家种的茶叶，给大家尝尝湄潭茶有多好！

“这是与游客的合影，每年夏天，重庆人、长沙人都要来我们这里避暑，都说龙凤村生态美环境好！”讲了半晌，周永贵最后的总结是：“这样的日子，多亏了退耕还林还草！”

2003年以前，周永贵一家以传统耕作为生，年收入不足2万元。2003年，周永贵家的6亩耕地纳入退耕还茶，日子渐渐好转，如今，年收入近30万元！

绿色的茶叶，让周永贵家过上了幸福生活，更让湄潭县开启了富民兴县的发展路径。

3.刷新绿色产业，经济发展新底色

因地制宜地发展后续产业，带动农村经济发展，是解决农民生计和确保退耕还林还草成果巩固的长久之计。20年来，各地退耕还林还草工程区在发展后续产业方面做了诸多探索。

“很多通过退耕还林还草发展的产业，都成为当地农户增收的支柱产业。”为了保障产业的发展，在经营模式上，重庆鼓励各地通过成立龙头企业或者依托业主的形式，开展有关生产技术指导、收购、加工和销售等工作；在资金投入上，主要以企业投入为主，实行自主经营、自负盈亏的管理模式，区县通过相关产业项目、财政补助等形式推动企业、产业发展；在保障措施上，主要依靠巩固退耕还林还草成果后续产业政策，各区县出台配套办法，对退耕还林还草特色产业给予扶持。

这些政策措施的落实，推动了退耕还林还草产业的大发展。重庆城口县的退耕还林还草工程对全县适宜发展核桃产业的区域全覆盖，新建以核桃、板栗为主的干果林总规模达20万亩；建成干果产业核心园区5个、示范园区20个，优质良种采穗圃、良种苗木基地、优质种苗繁育基地、旅游休闲观光园、丰产高效示范园近40个，核桃工程技术研发中心1个；建成高观镇、厚坪乡、治平乡、修齐镇、明中乡5个乡镇为核心，集技术研发、标准化管理、高产丰产于

一体的核桃产业园。

重庆荣昌区大力发展麻竹基地，现已形成麻竹种植面积2.50万亩，带动发展了竹笋、竹叶、竹材加工、林下养殖、竹苗销售等企业10家，使近8000户竹农得到了实实在在的收益。2018年，该区实现销售竹笋7500吨、竹材22000吨、竹叶800吨，直接产品销售总收入近2000万元。

重庆江津区还形成了育苗、初加工、深加工、销售等完整的产业链条。江津区先锋镇共有17家花椒加工企业，60%都有自己的烘烤箱，用于加工干花椒。目前，江津花椒种植规模超过50万亩。

湖南省花垣县雅酉镇退耕还林桤木实景照

吴建勇 摄

湖南省在退耕还林还草过程中不断发展绿色产业，近年来，营造经济林120万亩、油茶65万亩、楠竹150万亩、林下种草50万亩、林药85万亩，林业经济快速发展，森林旅游方兴未艾。仅湘西土家族苗族自治州通过退耕还林还草工程已建成以桤木、马尾松等为主的工业原料林200余万亩，种植中药材60多万亩，建立猕猴桃、金秋梨等林果60万亩。湘西州生态旅游年产值约为190亿元，退耕农户年收入的30%来自林业。

4. 筑牢生态屏障，绿色乡村显担当

民生与产业发展永远是相辅相成的。退耕还林还草成果能有多大效果，取决于百姓生计在多大程度上得到妥善解决。

作为长江上游重要生态屏障的重庆市山区范围大、面积广，山区农民脱贫致富的希望在“山”，潜力在“山”。持续不断实施的退耕还林还草工程，成为政府精准扶贫与项目区林农脱贫致富的坚实依靠。

47岁的忠县友谊村村民罗文军曾是广东制模厂的一名技术员。近几年，

村里各方面软硬件完善，发现商机的他回村承包了980亩果园，并在果园内建农家乐搞乡村旅游。2018年，他的果园纯收入达170万元。目前，柑橘已经成为忠县的支柱产业之一，惠及了28个乡镇25万果农。

山水秀丽的云南省泸西县三塘乡李子箐村，退耕还林还草中做起了林下经济的文章，遮阴网下一丛丛褐色的羊肚菌破土而出。建档立卡贫困户严三囡说："这菌子越瞧越让人爱，没想到第一次试种就获得成功，我们致富又有了新奔头。"

李子箐村引进云南省菌视界生物科技有限公司，与村农业合作社合作，采取"党总支+合作社+农户"模式，投资70余万元引进70亩羊肚菌种，每亩纯收入8000元，年均收入56万元。2018年，全村人均纯收入3960元，退出贫困村行列。

位于云南省石屏县北部的龙朋镇气候温和，光照充足，降雨量丰沛，实施退耕还林还草和天然林保护工程后，森林覆盖率达62%，为松茸、干巴菌等野生名贵菌种的生长繁殖提供了优越的自然条件。近年来，龙朋镇积极发展林下产业，逐步形成了野生菌采摘、交易、加工、销售产业化发展新局面，平均年交易量达300吨，产值1200多万元，带动2000余户贫困群众直接增收。

湘西是湖南省退耕还林还草的重点地区。湘西有一个美丽生态的特别指标——桃花虫，苗语叫作"达给吾"。每年3月桃花盛开，正是以水蜈蚣为代表的七八种小水虫最鲜嫩肥美的时节，苗家人会成群结伴到河里将它们捞上来，做成看起来吓人吃起来却无比鲜美的原生美食。这道消失了几十年的佳肴，如今又出现在村民的餐桌上。

湘西东卫村中断了几十年的酿酒手艺也被重新拾起来。在一处天然山洞，洞外是35摄氏度的高温，洞里的体感温度却只有12摄氏度左右，储藏在这里的2万多斤苞谷烧酒散发出浓郁的香味。村民石少辉说，家族的酿酒手艺已经传承了近百年，但因为环境恶化，河浑溪浊，父亲已经很久不酿酒。如今水质变好，自己一年酿的酒抵得过父亲过去几十年的总和，"洞藏苞谷烧"的价格也翻了好几倍。

青山绿水，田园美景，清新空气，退耕还林还草后的长江流域生机勃勃，让大都市的人们越来越羡慕山里的安宁与惬意……

九、石头山的绿色传奇

漫山遍野的绿，青翠欲滴。

这些郁郁葱葱的林子，脚下曾经是光秃秃的石头山，而且是积不下雨水的石漠化石头山，你相信吗?

在石漠化山地种活树、种好树，种出青山绿水，种出绿色财富，是退耕还林还草工程谱写的绿色传奇，是中国对世界的重要贡献。

石山曾经是当地农民生产生活中难以跨越的坎，是他们心中的痛。石山分布的县，都是贫困县，山上光秃秃，百姓家里穷得叮当响。自从2002年国家实施退耕还林还草工程以来，这些背负“地球之癌”恶名的石山，竟然慢慢地变绿了。

石漠化被称为石质荒漠化。专家认为，导致石漠化的主要因素是人为活动。由于长期以来自然植被不断遭到破坏，大面积的陡坡开荒，造成地表裸露，加上喀斯特石质山区土层薄，暴雨冲刷力强，大量的水土流失后岩石逐渐凸现裸露，从而呈现出石漠化现象。

石漠化多发生在石灰岩地区，土层极薄，多数不足10厘米。这些石头山地因水土流失而导致地表土壤损失，基岩裸露，生态环境退化，别说种树，就连草也很难成活。

1.神奇的任豆

退耕还林还草工程区几乎覆盖了所有石漠化山区。这些山区土壤贫瘠，水土流失严重，村民生活非常艰难。贫困几乎成了石漠化山区的代名词。

过去，人们在石头山上讨生活，靠的是找土窝或石头缝，这些星星点点的地方从水土流失中残存下了一点点土，村民们便充分利用这一星半点的土，点苞谷或其他作物种子，挨到秋后，便能有一点充饥的食物。这可是活命的口粮，要让村民把这点点地拿来种树，就是给他们一百个胆，他们也是万万不敢的。是退耕还林还草的好政策，为村民解除了后顾之忧，有底气和勇气开始尝试着在石头上种树。

石漠化地区曾经被视为植树禁区。这儿的山石就像石筛子，雨水一落下，很快就漏走了，根本积存不下。没有水，别说种树，就连草也种不活。可是，在中国广大的石漠化地区，树确实种活了，而且长成郁郁葱葱的树林子。这不得不让人称奇。

在石漠化山地种树，除了底气和勇气，最重要的是智慧和科学。选准了树种，种树就成功了一大半。种对了树，石山一样能变成绿水青山，给乡亲们带来财富。

在广西壮族自治区平果县坡造镇龙板村的石山上，漫山遍野地长着一种非常漂亮的树。这种树的树冠很像撑开的伞，一层一层地舒展开，遮天蔽日，阳光只能挤过叶缝，星星点点照到林下。如果不走入密林，绝对不相信这儿是石灰岩大山。

这种树，就是任豆，是一种非常了不起的豆科树种。任豆是一种高大乔木，也是当地的乡土树，全身是宝。叶是牛羊饲料，枝是薪柴，树干是高档家具用材，根可以固氮。当地人也管任豆叫砍头树，在任豆树长到4～5米高时，砍掉树冠，断口处很快就会长出很多枝条，而且枝条会越砍越多、越砍越密，当年曾经为村民提供了充足的柴火。[1]

任豆的根非常顽强，为了在石头缝里找到仅有的土，它们在石头上穿下穿上，许多裸露在石头上的根，如此粗壮，像蛟龙出水，令人震撼。

广西壮族自治区林业局退耕办常务副主任许奇聪说，任豆有一种自我保护、自我修复能力，也许正是由于任豆的根能在石头缝里向着有湿度的土壤延伸，在我国西南地区发生特大干旱那年，广西连续200多天无降雨，别说乔木，连灌木都耐不住了，远远看去，山上一片枯黄，任豆却以落叶休眠的方式，躲过了这场“浩劫”。

任豆为我国特有种，落叶大乔木，花红色，荚果褐色
图片来自网络

[1] 丁洪美，孙忠东. 2018. 平果：任豆上石山 旧貌换新颜[N]. 中国绿色时报，6-8.

在种什么什么不长、栽什么什么不活的石山，退耕还林还草应该选择什么树种，当地政府动了不少脑筋、花了不少心思。最终定下任豆，正是考虑到适地适树和任豆可以给村民带来的诸多好处。

任豆不负众望，真的在石山上成活了，而且成活率超过95%。如今，大一些的树，得用一只手臂才能环抱。

在广西平果县坡造镇龙板村树木茂密的石山上，记者遇到龙板村龙何屯的村民韦文健。老韦黑黑瘦瘦的，话不多，非常朴实。他是最早加入退耕还林还草的村民。退耕还林还草前，他家有20亩石山，主要种玉米，在石缝里找到一个草帽大的坑，就种上几棵玉米，种和收都非常辛苦，也收不了多少粮食。退耕还林还草后，除了享受国家政策补助外，家里的强劳力腾出来，可以外出务工，也可以种桑养蚕、养猪养羊。2017年，他家的收入已有10多万元，房子也从草房变成了二层半的砖瓦房。

站在旁边的村民谭金耀说，他家也有21亩石山退耕还林还草。他说，退耕还林还草政策非常好，参加的村民都很拥护。

龙板村有112户退耕户，退耕面积542.35亩。在政府引导下，通过种养结合、长短结合、合作社经营等，全村人的生活都得到改善，水泥路不只家家通，而且已通到大山上，电视、网络等城里人有的，他们都有。

任豆材质虽然很好，但生长周期比较长。怎么才能让林子在短期内有直接经济收益？平果县旧城镇庆兰村人很聪明，他们在任豆林子中种上丛生竹。这一种，不仅让大山的绿更美，而且用竹子编制的各种用具，也给他们带来了不少收入。

刚刚进入庆兰村，就看到一辆装满竹筐的大卡车。这些竹筐全是用最好的竹皮编制的，非常结实，也很好看，城里人如果买回去做收纳筐，一定非常有特色。村民说，这是公司到村里收购的，50元一对。

竹子与任豆不同。竹子不愁长，一场雨后，竹笋便呼呼地往外冒，竹笋可以卖钱，竹材可以编织，而且竹子越砍长得越多。村里青壮年出外打工，老人、妇女都能用竹材编制各种用具赚钱。

在一栋砖石房子的厅里，一位88岁的老人家正在编制竹凉席。厅里地上堆着竹材，墙上挂着制好的竹凉席和编制用的竹条，整个厅俨然就是一个竹制品作坊。老人家除了耳朵听不清外，身体看上去非常好，而且编起竹席来，动作熟练麻利。村委会主任说，靠编制竹制品的老人，村里还有几位，他们都是贫困户，受到政府的帮扶。

村民们说，他们的石山变绿了，山上的泉水也咕咕地往外冒，长年不断，给他们提供了清甜的水源。过去，他们用水很困难，只能靠老天下雨。村民们在村里修了个大池子，用来贮藏降水，以备旱季用。现在，由于泉水一年到头不断流，他们不仅不用担心生活用水，还能在山下种桑养蚕，养牛养羊。我们在村里看到，泉水里竟然还游着天然的野生鱼。

在村里，家家户户夜不闭户，随便走到哪家，推门就能进去。在村里任凭你走到哪家都能看到，他们的门厅摇身一变，全成了小作坊，有养蚕的，有做竹编的，甚至有一家连着门厅的竟然是羊舍。羊的主人叫固利民，他家养着100多只羊，一年下来，能挣好几万元。

平果县副县长蓝云峰说，平果县居住着壮、汉、瑶3个民族，有林地面积200万亩。2002年开始实施退耕还林还草至2006年，全县共实施退耕还林还草工程34万亩，涉及12个乡镇、1.70万个农户，共投入资金42044.50万元。退耕还林还草，特别是14.30万亩坡耕地退耕还林还草后，遏制了当地较为严重的水土流失，减少了自然灾害，有效改善了生态环境，野生动物逐年增多。退耕还林还草还极大地增强了平果人的生态环境保护意识，为生态文明建设打下坚实基础。

2. 紫云速度

同样是石漠化地区，贵州省紫云苗族布依族自治县退耕还林还草创出了“爆发”式的紫云速度。

2015年12月，紫云县对全县12个乡镇分片区进行地毯式调研、论证后，作出一项超出人们想象的决策：立足丰富的坡耕地资源和国家新一轮退耕还林还草政策，在一个冬春提前实施完成“十三五”期间20万亩退耕还林还草任务。也就是说，在几个月内提前干完未来5年的活儿。时任紫云县委副书记范成荣说，经果林3到5年才能挂果产生经济效益。在2016年春完成20万亩退耕还林还草工程任务，就能在2019年算出经济账。

以绿色发展理念统领生态建设、园区建设、美丽乡村建设、全域旅游建设，以退耕还林还草为主战场，以经营果林和景观林种植为主抓手，以“坡坡花果山、田田蔬菜园、户户农家乐、人人奔小康”为主目标，驱动全县经济社会发展，最终让紫云“绿水青山”变为“金山银山”，这是紫云打赢脱贫攻坚战最有力的产业支撑。

紫云县旅游生态建设指挥部常务副指挥长、县人大常委会副主任王进泉说："此次退耕还林还草不是简单地退耕还林还草，而是要实现退耕还林还草强产业、退耕还林还草增园区、退耕还林还草造景区。"

通过各种创新模式，紫云县打造了板当镇万亩石榴园、宗地乡万亩杨梅园、白石岩乡万亩枇杷园、猫营镇万亩蓝莓采摘园、坝羊万亩茶园、大营乡万亩十里桂花之乡、猴场镇小湾精品水果"爱琴海"、火花乡万亩橘橙园、松山镇"紫陌青岚"等景点园区12个。

紫云县把退耕还林还草作为扶贫攻坚、同步小康的主战场，通过苦干、实干，已初步实现了他们当初决策时提出的"三还""三实"目标。

退耕还林还草还出绿色生态，实现"生态脱贫"。通过退耕还林还草植树造林，全县生态环境得到明显改善；通过建立村级集体农民专业合作社，农户以土地、退耕还林还草政策资金入股等方式，集中有限资源和资金，实行统一管理和集体抱团发展，壮大村级集体经济，提高村民自治能力和水平，农民通过生态抚育管护报酬、生态补偿资金和入股分红等增加了收入。

退耕还林还草还出"产业园区"，实现"产业脱贫"。新一轮退耕还林还草主要树种为经果林，全县12个乡镇经果林种植各具特色，以"一乡一业、一乡一品"的模式，培育了万亩"石榴群""东樅杨梅大观园"万亩"五星枇杷山"等众多生态产业园区。

退耕还林还草还出"全域景观"，实现"旅游脱贫"。在公路沿线、园区景区景点、乡村游线、民族村寨等重要旅游节点种植经果林、景观林，打造四季有花、四季有果的旅游景观带。围绕景观带进行旅游基础设施建设，打造出一批有影响力的集旅游观光、休闲度假、采摘体验等为一体的旅游园区景区景点，丰富了全域旅游元素，形成了"乡乡有特色、村村有园区、处处是景点、天天有游客"的全域旅游格局。

3.石上花开，春风人如沐春风

四川省筠连县春风村是典型的喀斯特地貌，山高坡陡，土地贫瘠。

这片"石头沙漠"里，曾经连一块10平方米的耕地都难找到。然而，短短十几年，春风村的变化用"翻天覆地"来形容绝不过分。只有5200亩的春风村，喀斯特石漠化面积占了一半，但在春风村党支部书记王家元的带领下，通过退耕还林还草工程及后续产业建设，勤劳勇敢的春风人硬是在石头缝里栽出了致富果“春风李”，如今还发展起了茶叶、花卉等产业。人均纯收入从2004年不足1800元提高到2018年的2.41万元。地处乌蒙山区深处，之前连车都不通的小村子，竟已成为远近闻名的富裕村。

“我们这都是光秃秃的石灰石，之前尝试过种辣椒、火葱等，但都没有从根本上发生什么改变。”王家元回忆说，连片的石头山，曾让春风村闭塞又贫穷。

穷怕了的春风人，在村支部书记王家元的带领下，以特有的实干、苦干、巧干的春风精神积极探索发展之路。由于春风村有种李树的传统，经过不断试验，他们确认李子树能够在如此恶劣的环境中生长，便把李子树作为全村脱贫的一个突破口。

从1999年开始，在县林业部门的帮助下，村支“两委”与林业工程技术人员一道深入春风村开展调查研究和规划，科学制定出了“山上植树戴帽、山中山脚种植李子”的生态综合治理措施。在退耕还林还草工程上，政府给予春风村重点倾斜，全村共实施退耕还林还草351.40亩，巩固退耕还林还草成果后续产业1697亩，共投入退耕还林还草政策资金121.20万元。

王家元曾算过账，在乱石堆里种庄稼，一亩地最多收入三四百元，而栽李子每亩至少收入5000元。于是，王家元发动村里人，带领18户党员干部带头示范，从几里外的地方，把泥土一筐筐担回来挑上山填在石缝里，并用石头垒好，再在里面种上李子树。

示范效应很快见成效，越来越多的村民加入种植李子树的行列中来。刘远恒是村里首批种李树的村民之一，几年过去了，刘远恒家的李子树已经从最初的几亩发展到如今的30多亩，仅李子收入一项每年就有10多万元，成了村里名副其实的“李子大王”。

为科学治山，王家元还请来专家“会诊”，明确思路：春风村3个组分别位于山脚、山腰和山顶，分别种下李子树、花卉和茶叶。

1999—2018年，近20年间，春风村以退耕还林还草工程建设为基础，果、茶、花三大特色产业从一开始的小打小闹变成大产大销，逐步实现规模化。目前，全村已建成李子园1820亩，花卉苗圃基地1000亩，优质无公害良繁茶1800亩，昔日的穷山恶水彻底蜕变成了欣欣向荣的绿色家园。

大山深处，翠绿跌宕间，小洋楼点缀其间，水泥路穿山越谷。山上，花木斗艳；山下，茶树飘香。当地人眼中的“猫咡湾”再也不是原来乱石嶙峋、草木不生的石头村了。

住在“猫咡湾”的人也想不到，也就是10来年时间，这里成了筠连县腾达镇春风村旅游景区的中心景点，景区指示牌上已标有英文、韩文、日文说明。每到李花盛开、李子成熟的时节，大批城里的游客纷至沓来，到春风村游玩赏景。

2006年3月10日，由王家元组织策划的春风村首届李花节正式开幕。当天，来自周边各地的数千名游客纷纷慕名前来，休闲观光，赏花游玩，让春风村名声大振，为春风村的李子销路打开了渠道。如今李花节已连续办了十几届，一年比一年人多。

“李花节”“品果节”彻底带火了春风村的乡村生态旅游，从2006年的第一家农家乐刘家花园诞生，到胡家李园、陶然居农庄、快乐农家等一个个农家乐张罗起来。今天，全村已开办40多户农家乐，年接待旅客人数达5万人次，全村年产值达1500万元以上。

“以前我们运到集市上去卖，路远不说，还不一定能卖出好价钱。”40多岁的村民胡怀彬告诉记者，如今李子成熟，游客们都是主动来到春风村，李子在家门口就能卖完，价格也比从前高了不少。品果节上的拍卖会，一颗李子甚至还拍出了85元的高价。胡怀彬还开了一家农家乐，生意不错，一年能给一家人带来10万元收入。

春风村李子产业和生态旅游的发展，使春风村民走出了贫穷，但勤劳智慧的春风人没有止步不前，而是继续发扬春风精神，探索春风村产业的转型升级之路。

2010年以来，通过招商引资，在市、县林业部门的支持下，成立了“筠连县佛来仙居花卉园林有限公司”和“筠连县昕星果业有限公司”，以“公司+农户”的形式，进行花卉苗木栽培、种植，为城市绿化、公路绿化培育花卉苗木。

春风村现已发展花卉苗圃基地1000亩，栽种以桂花、茶花为主的各种花木20余万株，投资260多万元。同时，全村发展立体种植、养殖，李子园集中连片的果树下配套发展菊花600亩，在茶园套种金银花600亩，李子林下套种黄精、砂仁等中药材300亩，林下养殖特色“桂花乌鸡”5.82万只。

“我从2014年开始在李子树下套种黄精，去年、今两年总共收入几十万。”

37岁的村民詹生强乐呵呵地说。

2009年6月13日，四川省委书记刘奇葆来到春风村，对春风村“科学实干、顽强苦干、创新巧干、共同致富”的春风精神给予了充分肯定，宜宾市委、筠连县委作出向春风村学习的号召，并决定未来5年内在全市打造1000个“春风村”。2010年，春风村被评为“全国生态文明村”，2011年6月又荣获四川省颁发的“四川最美乡村”熊猫奖。

谈到未来的发展打算，王家元说，将按照春风村农业花卉园、石漠李园、万亩茶园的分布情况建设游客中心，供游客赏花、采摘、品果。目前，村里正在与实业集团联手，要将春风村打造成为国家AAAA级乡村生态休闲旅游景区，建成年接待游客20万人以上的旅游观光目的地，让人们到春风村旅游如沐春风。

十、久违的金钱豹

近年来，金钱豹频频露脸各大新闻媒体，延安、玉树、济源、兰州、甘孜、阳城、承德……越来越多的区域抓拍到野生金钱豹的倩影，情侣豹、母子豹、怀孕豹、家族豹轮番“露脸”。特别是2019年8月12日，河北省承德市下辖的平泉市道虎沟一农户家里的视频，拍摄到一只金钱豹跃入羊圈，偷袭羊群。这个发现点距离首都北京仅100多公里，是我国近年发现有野生金钱豹出没的最北分布点。

根据国家林业和草原局东北虎豹监测与研究中心的长期监测和研究，从燕山山脉延伸至太行、吕梁、中条、黄龙山、子午岭、六盘山等历史分布区，皆记录到金钱豹的出现，这说明它们栖息的华北森林生态系统和食物链开始逐步恢复。

金钱豹是我国特有的珍稀濒危野生动物、国家一级重点保护野生动物，是生态系统的顶级物种。金钱豹的复出，被认为与我国生态建设取得重大成就，特别是退耕还林还草工程的实施密切相关。

国家林业和草原局东北虎豹监测与研究中心副主任、北京师范大学副教授冯利民认为，金钱豹种群的出现得益于生态系统和食物链的恢复。他表示，豹是食物链顶端的物种，豹类种群的存活，意味着背后有非常丰富的食物链、食草动物，而这些食物必须要有很好的生态金字塔。谁来支撑这个生态金字塔呢？是良好的生态环境。

生态恢复是个漫长的过程，但人们的努力也能创造奇迹。

陕西延安是全国退耕还林还草的发祥地，也是全国生态环境转变最明显的区域。到过延安的人，无不感叹：延安不再是山山峁峁上赶着羊群、唱着信天游的画面，延安的山青了水绿了，信天游依旧，但白花花的羊群不见了，沟壑纵横、荒山秃岭的黄土高坡变成了山川秀美的“绿色江南”。

延安市从1998年就开始实施退耕还林还草，比全国其他地方早一年。延安市退耕还林还草是中国退耕还林还草工程的缩影。延安市20年退耕还林还草1000余万亩，占全市国土面积的1/5，森林覆盖率从新中国成立时的不足10%提高到近50%，植被覆盖度超过80%。

延安市在水土流失严重的黄土高原为世界提供了生态修复的成功样本。随着生态的逐步改善，延安市的野生动物生态系统得到了有效修复。2018年6月，延安的子午岭林区发现了我国迄今为止最大的野生金钱豹种群。2017—2018年，在延安境内子午岭林区的800平方公里监测区域内，共拍摄到金钱豹个体数量至少28只，种群密度高于国内其他豹分布区。

陕西子午岭国家级自然保护区——中国境内最大野生华北豹栖息地

桥北林业局 提供

金钱豹的回归是延安生态环境好转的铁证。与金钱豹一起回归的，还有林麝、原麝、丹顶鹤、褐马鸡、金雕、大鸨、黑鹳、白鹳等许多消失多年的国家一级保护野生动物。

金钱豹是典型的森林动物，主要生活在有森林的山地和丘陵地带。作为顶级捕食者，金钱豹是森林生态系统的指示物种。金钱豹及其他国家一级保护野生动物的出现充分说明，延安及整个黄土高原森林植被恢复已成大气候。

其实，不止延安，全国还有许多地方因为生态环境的极大改善，引来金钱豹定居。

仅2017年一年，河南济源太行山同一地点安装的同一台红外相机就43次拍摄到金钱豹！

郑州大学生命科学学院教授、中国兽类学会理事路纪琪认为："这得益于济源太行山区丰富的植被。"近年来，济源市抢抓退耕还林还草、天然林保护等国家林业重点工程实施的机遇，不断加快生态环境建设步伐，大力植树造林，目前全市森林覆盖率44.39%，密布的森林正在成为越来越多野生动物的家园。济源市已发现的各种动物多达700种，其中兽类34种，鸟类140种。金钱豹的频频上镜是森林生态环境改善的最好证明。

甘肃省兰州市地处黄土高原、青藏高原和内蒙古高原的交汇区域。长期以来，榆中北山的植被比较薄弱，但近些年，榆中县大力推进退耕还林还草等生态工程建设，不断增加森林植被，榆中北山的生态环境得到了很大提升。

2019年以来，兰州大学榆中山地生态系统野外科学观测研究站先后两次拍摄到金钱豹出现在榆中县贡井林场，第一次出现是在2019年4月15日晚，第二次出现是5月19日晚。兰州大学生命科学学院副院长邓建明教授认为，这说明北山地区的植被环境得到了明显改善。

2015年以来，青海省玉树藏族自治州也多次在林区监测到金钱豹种群。科研人员在海拔3500—3600米的通天河沿岸每1公里布设1台红外线相机，共14台，监测面积约50平方公里，仅3个月就拍摄到7张（段）金钱豹的照片和视频。根据其体型特征、周身花纹斑块，初步判断调查区域内生存有两只以上的金钱豹个体。同时，红外相机还监测记录到中华鬣羚、水鹿种群、马麝、白马鸡种群、血雉种群等珍稀野生动物物种，表明这一区域金钱豹食物非常充足，物种食物链呈健康状态。

青海省大力实施退耕还林还草等林业重点生态工程，野生动物栖息环境不断改善，省域内各类野生动物种类和种群数量呈现恢复性增长态势。特别是囊谦县白扎林场、杂多县昂赛林场、玉树市东仲林场，频繁监测记录到金钱豹及其幼崽生存活动视频照片。

金钱豹回归的好消息一个接一个。金钱豹野生种群的发现，以及在历史区域的重现，是华北和西部地区的典型脆弱生态系统逐渐恢复的直接标志。

数据表明，退耕还林还草工程的实施，加快了国土绿化进程，工程区森林覆盖率平均提高了4个多百分点。金钱豹，是对退耕还林还草生态建设成就最给力的回应。

第二章

一举多得的民心工程

老百姓过去“盼温饱”，现在“盼小康”；过去“求生存”，现在“求生态”。人民有所呼，党和政府就有所应。退耕还林还草正是党和政府回应人民的关切，通过修复生态、培育生态经济、发展绿色产业，增进民生福祉的战略之举。

退耕还林还草成果不但可以增加蓝天白云、绿水青山、鸟语花香等优质生态产品供给，而且可以提供林木资源、经济林果、木本粮油等经济产品，满足人民不断增长的多样化需求，让广大工程区走上乡村美、产业兴、百姓富的道路，使退耕农民与全国人民同步迈进全面小康。

据评估，2020年，全国退耕还林还草经济效益总价值为2555亿元。其中第一产业1484亿元，第二产业654亿元，第三产业417亿元，分别占经济效益总价值量的58%，26%，16%。

一、资源储备大幅增加

森林作为重要的资源储备形式，在国家的可持续发展战略中起着其他资源形式难以替代的作用，可以说，森林资源储备关乎国计民生，关系我们的未来。

根据第九次全国森林资源清查成果——《中国森林资源报告（2014—2018）》显示，全国森林覆盖率达22.96%，这个数据比第八次全国森林资源清查的森林覆盖率21.63%提高了1.33个百分点。这1.33意味着全国森林面积净增12.66万平方公里，比福建省的面积还要大。全国现有森林面积33亿亩，森林蓄积量175.60亿立方米，实现了30 年来连续保持面积、蓄积量的“双增长”。我国成为全球森林资源增长最多、最快的国家，生态状况得到了明显改善，森林资源保护和发展步入了良性发展的轨道。这其中，退耕还林还草工程功不可没。

20年来，退耕还林还草工程造林面积占我国重点工程造林总面积的40%，成林面积近占全球同期增绿面积的4%以上，超过同期全国人工林保存面积的三分之一，确保了我国人工林保存面积长期处于世界首位。按人工林平均每亩蓄积59.30立方米测算，退耕还林还草全部成林后蓄积量将达16亿立方米。

1. 木材大需求下的应对

目前，我国国内木材需求持续刚性增长，对外依存度超过50%，2020年木材消耗量7亿立方米。我国已成为全球第二大木材消耗国、第一大木材进口国。“大需求”的背后，是严峻的木材安全形势。

另一方面，我国人均森林面积仅为世界人均水平的1/4，人均森林蓄积只有世界人均水平的1/7。我国用不到世界3%的森林蓄积，支撑着占全球23%的人口对木材等林产品的需求，又要维护占世界7%的国土生态安全，森林资源面临巨大压力。

生态安全是国家安全的重要内容，而木材安全与生态安全密切相关。

实施退耕还林还草正是党和国家为解决我国水土流失和风沙危害问题、保障国土生态安全作出的重大决策，对于推动生态建设、改善和发展民生、增加森林资源具有重大意义。

20年来，从东到西、从北到南，退耕还林还草改善生态、民生的例子比比皆是。退耕还林还草将浑善达克沙地南缘的内蒙古多伦县变成青草绿树的美丽画卷，为扭转风沙紧逼北京城的被动局面作出巨大贡献；退耕还林还草修复了南水北调中线源头——丹江口水库两岸的森林植被，确保一江清水送北京；退耕还林还草为三峡大坝工程库首的湖北省秭归县增加了大片植被，水土流失面积和土壤侵蚀模数大幅下降，为三峡库区建起一道强大的生态屏障；退耕还林还草还为大西南裸露的石漠化地区披上了绿衣裳……可以说，在中华民族伟大复兴的历史关头，退耕还林还草大大拓展了民族生存发展的生态空间，也为增加森林资源面积蓄积、维护国土生态安全发挥了不可替代的重要作用。

据统计，自1999年启动实施退耕还林还草工程以来，全国已实施退耕还林还草5.08亿多亩，工程区森林覆盖率平均提高了4个多百分点。

2. 增绿同时储战略之材

广西默默耕耘数十年，交上了一份绿色发展的漂亮答卷——新鲜出炉的广西壮族自治区级林地变更报告显示，广西人工林面积1.28亿亩，名列全国榜首。

20世纪80年代中期，广西森林覆盖率仅为22%，跌至历史低值。2018年底，广西森林覆盖率提高到62.37%，高出全国森林覆盖率平均值近两倍；30多年森林面积增加1.44亿亩，新的增量相当于原有存量近两倍。广西森林覆盖率进入全国三强，人工林面积跃居全国榜首，而这并不是因为自然禀赋优越，而是全区干部群众一代接着一代种树，艰苦奋斗建设了绿美八桂。

10多年来，随着退耕还林还草等大型生态工程的实施，速生丰产林特别是桉树在广西得到快速发展，其生态效益、经济效益和社会效益显著。到2016年，全区桉树人工林面积约3000万亩，为全区贡献了近10个百分点的森林覆盖率和近80%的商品木材，支撑了广西造纸和木材加工千亿元产业，促进了县域经济发展和农民增收，为打造山清水秀广西和林业强区作出了重大贡献。

同样，为做好桉树这篇文章，云南曲靖紧紧抓住退耕还林还草大好机遇，大力培育桉树速丰林，在生态环境得到改善的同时，恢复和扩大森林植被。

全市自2002年实施退耕还林还草以来，到目前共完成退耕还林还草148.10万亩，与退耕还林还草前相比，森林面积净增146.55万亩、活立木蓄积量增加1541万立方米、森林覆盖率增加9.30个百分点，达45%，森林质量得到提高，生态恶化状况得到有效改善。

退耕还林还草后，森林资源直接效益明显，全市实施退耕还林还草和巩固成果项目共216万亩，每年林木生长储备价值近30亿元、林业产值近10亿元。部分退耕还林还草被划定为国家级和省级公益林，通过生态效益补偿，退耕农户又获得国家和省级的补助。曲靖的陆良县还将水库四周、河流两岸、道路两旁及生态脆弱地段的坡耕地和荒山都作为退耕还林还草工程实施的重点区域，共发展直干桉、史密思桉等速生桉树林4万多亩，森林覆盖率提高1.22个百分点。

3. 生态安全保障成体系

中国气象局发布的《2017年全国生态气象公报》显示，2000—2017年，31个省（自治区、直辖市）植被生态质量均呈改善趋势，山西改善速度居首。当地媒体报道称，这得益于全省持续开展的退耕还林还草、植树造林等重大生态保护和修复工程建设，特别是退耕还林还草工程为山西森林覆盖率持续增长作出了突出贡献。

从昔日“十山九秃头，洪水遍地流”，到今天“绿树村边合，青山郭外斜”，退耕还林还草工程通过一退一还，完成了山西垦殖史上的重大转折，搭起了三晋大地的生态骨架，建起了网、带、片、点相结合的防护林体系。国家统计局山西调查总队、山西省林业和草原局调查监测显示，截至2018年，山西累计完成退耕还林还草2730.30万亩，涉及全省所有地级市。全省森林覆盖率已从工程实施之初的13.29%增加到20.50%，森林面积由3094.50万亩提高到4816.35万亩。2018年，国家林业和草原局检查验收结果显示，山西两轮退耕还林还草工程的面积保存率、建档率、管护率均达100%。其中，前一轮工程的成林率达96.40%。2018年，山西植被生态较2000—2018年平均水平增加了8%，为2000年以来最大值。其中，尤以闻喜县退耕还林还草工程缔造的绿色奇迹令人震撼。从郭家庄镇陈家庄村的制高点看去，四周58个磨盘岭尽被绿荫覆盖。全县3688个磨盘岭星罗棋布、2600条沟壑纵横交错，退耕还林还草工程实施之初，全县林地面积仅15万余亩，森林覆盖率不足10%，水土流失严重。如今，全县以退耕还林还草为重点营造生态林17万亩，森林覆盖率增加了近10个百分点，有效遏制了水土流失，改善了生态环境，森林资源总量大幅度增加。

作为世界上著名的岩溶地区，贵州省岩溶出露面积占全省总面积的61.92%，是全国石漠化面积最大、类型最多、程度最深、危害最重的省份之一。幸运的是，国家启动了退耕还林还草工程，贵州省石漠化治理区生态恶化的趋势得以扭转。监测数据显示，贵州省实施新一轮退耕还林还草对近年来全省森林覆盖率每年提高1个百分点发挥了重要作用。

国家林草局数据显示，退耕还林还草工程实施后，国土绿化进程显著加快，在加速修复国土生态的同时，大幅度增加了森林资源储备，对我国新增绿量和地球变得更绿作出了重大贡献。

二、林茂换来粮丰

“和”是中华文明的追求：家庭追求和睦，孝敬父母，友爱兄弟；国家追求和谐，以仁爱之心待人，团结一心；世界追求和平，友好相处，共富共荣。

禾者，食之源也，应人之口。博大精深的中华文化，把“人人吃得饱饭”这种最为简单美好的初衷用蕴含丰富的“和”字表达出来，却正是诉说了先人们难以企及的理想。

我国人口众多，是传统的农业大国。由于生产力水平低下，适宜耕种的国土面积小，为满足基本的生存需要，先民们不得不通过开垦坡地和草原种粮饱腹。

中国共产党是代表包括广大农民在内的先进政党，从成立伊始，就开始对农民问题进行孜孜不倦的探索。抗日战争时期，为了缓解供需矛盾，打破反动封锁，坚持长期抗战，开展了轰轰烈烈的大生产运动。毛泽东、周恩来、任弼时等中央领导同志亲自动手开荒种菜，激励解放区人民生产自救。鲁迅艺术学院还根据开荒事迹专门创作了脍炙人口的《南泥湾》《兄妹开荒》等经典艺术作品。

到1949年，我国人口总量达5.40亿人，而粮食产量仅为2263亿斤，人均粮食占有量不到420斤，人的生存成为摆在新中国建设者面前的头等大事。为了解决吃饭问题，人们不得不继续大规模向山区、草原进军。开荒种地，使得我们以占全球7%的耕地养活了全球19%人口，也书写了变“北大荒”为“北大仓”的传奇。

向自然的过度索取从来都不是没有代价的。据史料记载，现在植被稀少的黄土高原、渭河流域、河西走廊、太行山脉等地都曾经森林遍布、山清水秀，地宜耕植、水丰草茂。吕梁山上、雁门关前，“林木参差,干霄蔽日”。但由于长期毁林开荒、乱砍滥伐，这些地方的生态遭到严重破坏。根据1976年公布的第一次全国森林资源清查结果，我国森林覆盖率仅为12.70%。民谚有云：山上开荒，山下遭殃。随着山地丘陵地区的耕种坡度越来越陡，撂荒轮歇，顺坡耕作，广种薄收，粗放经营。农业生产条件越来越恶劣，不仅粮食产量没有保障，还引发愈加严重的环境问题和自然灾害。

退耕还林还草工程实施20年之后，人们逐渐发现：一场雨就水土横流泥沙俱下、一阵风就黄沙肆虐遮天蔽日的天气渐渐少了。山不再是秃山，水不再是浊水，刮风时也不必担心满头满嘴的细碎沙粒了。

但是疑虑也随之而来：民以食为天。原来种粮的坡耕地大量还林还草，必然造成耕地面积减少。这会不会造成粮食产量的减少？退耕还林还草会影响国家粮食安全吗？与此同时，近年来我国一直严格实行耕地保护制度，生态退耕与耕地保护两者，似乎成了一对不可调和的矛盾。

事实上，自1999年试点开始，退耕还林还草是否影响粮食安全的争论就不绝于耳。而1999—2003年，我国连续5年粮食减产，似乎更加放大了这场争论。

不谋万世者，不足谋一时；不谋全局者，不足谋一域。况且，单纯从工程实施前几年的粮食减产，就说退耕还林还草给粮食生产造成负面影响，未免有失偏颇。

面对退耕还林还草与粮食安全的关系问题，我们不妨把眼光稍放长远一点：从2005年开始，我国粮食产量开始逐年递增，2007年粮食产量突破5亿吨大关，2016年实现了历史性的"十二连增"；2019年，全国粮食产量13277亿斤，再创历史新高。对比70年前，我国的粮食年产量增长近5倍，年人均占有量增加到960多斤，翻了一番多，高于世界平均水平。中国人的饭碗，牢牢地端在自己手里。

延安市富县直罗镇山清水秀米粮川

李宏伟 摄

究其原因，一方面退耕还林还草工程建设尽管带来了局部耕地面积的减少，但由于实施对象是水土流失或沙化严重、粮食产量低而不稳的耕地，稳产高产的口粮田、水田并没有退，对粮食总产量的影响不大；另一方面，退耕还林还草工程发展了数量可观的木本粮食和油料资源，从长远看不但可以生产大量木本粮食和油料，还可以有效改善工程区的食物结构，减少对传统主粮的依赖。此外，北方地区普遍选择的柠条等树种，不仅是抗寒耐旱的优质生态树种，平茬后还能加工成营养价值高、喂养效果好的优质饲料，不仅起到了防风固沙的作用，还补充了牧区的饲料用量。此消彼长，多年的工程实践充分说明，退耕还林还草与粮食安全二者间的关系，并不是矛盾对立的。

退耕还林还草减少了水土流失，减轻了风沙危害，一些原本生态脆弱的工程区，水旱风沙灾害造成的损失大大降低，农业生产条件得到进一步改善，为粮食丰产奠定了良好的基础。在水土流失严重地区，退耕还林还草增加了地表植被覆盖，涵养了水源，减少了土壤侵蚀，既提高山区和上游地区的防灾减灾能力，又为平川地区和中下游地区提供了生态安全保障。

贵州省遵义市播州区乐山镇瓮海村是遵义县城主要水源乐民河的源头，退耕还林还草以前，山上坡耕地大量泥沙流入河道和农田，村民们每年都要花大量的时间掏下面水田里的沙子，退耕还林还草以后，即使雨季泥沙也不会从山上流下来，种田省了不少工夫。

在风沙灾害地区，退耕还林还草既可以防止耕地退化、沙化，又能减弱低温风和干热风对粮食作物的危害，还可以固定和改良沙地。内蒙古赤峰市在严重沙化耕地建设宽林带，五六年后就将沙化地改良成为可耕地。

退耕还林还草促进了生产要素向现有耕地转移，农业生产力得到进一步优化配置，稳产耕地的增产弥补了劣质耕地减少的粮食产量，在一些地区真正实现了“粮下川、树上山、羊进圈”，原来种10亩的投入现在集中到5亩地上，农民对剩余的耕地精耕细作，提高粮食单产，实现耕地减少、粮食增产、农业增效。

国家统计局的两组数据分析清晰地说明了这一点：2018年，退耕还林还草工程区粮食产量为10.88亿斤，比工程实施前的1998年增长了39.50%，而非退耕还林还草省市粮食产量为2.27亿斤，比1998年下降了7%；2017年，退耕还林还草工程区、非退耕还林还草省市谷物每亩单产分别为805斤、857斤，分别比1998年增长26.30%、15.20%，退耕还林还草工程区增长较快。内蒙古乌兰察布、四川凉山、贵州遵义、陕西延安、甘肃定西和陇南、宁夏南部山区等退耕还林还草重点地区也都实现了地减粮增。

长江经济带发展是党中央做出的重大决策，其中的江西、江苏、安徽、湖北、湖南5省都是我国的粮食主产区。与这一关系国家发展全局重大战略同一年实施的新一轮退耕还林还草工程，不仅是长江经济带坚持“共抓大保护”的有效抓手，更是促进长江经济带农业生产发展的助燃剂。

长江经济带共有8个省市实施新一轮退耕还林还草，按照单产测算，2014—2017年因退耕还林还草本应造成粮食直接减产73.57亿斤。但实际上，实施了新一轮退耕还林还草的8省市全部实现整体增产。在播种总面积因退耕还林还草减少2452万余亩的同时，长江经济带11个省市的整体粮食产量却由2013年的4495.60亿斤增加至2017年的4671.60亿斤，平均年增产率为1.28%，高于全国同期平均增速。可见，退耕还林还草不仅没有造成主产区粮食减产，反而有效促进了粮食持续增产。

没有生态保护、修复的可持续发展，经济、社会的发展就没有物质基础。退出去的只是数字，还出来的不止生态。退耕还林还草不仅是生态修复的重大战略工程，同时也是维护国家粮食安全的外部手段。有计划地实施退耕还林还草，不仅不会造成粮食减产，反而可以修复和改善区域生态环境，保障和提高粮食综合生产能力，辅以日益先进的农业生产技术，提高复种指数和粮食单产，完全可以实现退耕不减收，退耕促增产。

对于退耕还林还草与粮食安全之间的辩证关系，习近平总书记为我们做了最为深刻的剖析。2014年3月14日，他在中央财经领导小组第五次会议上指出："有的地区特别是平原面积小的地区，一度把很多25度以上坡地划进了基本农田。严守耕地红线、保护基本农田是必需的，但不能形而上学，要实事求是，该改正的要改正，该退的要退够。这样做，短期看可能减少一些粮食产量和耕地数字，但这是可持续的粮食增产思路。"总书记的重要论述充分说明，退耕还林还草与粮食安全，绝不是一场非此即彼的零和游戏，通过科学规划有序实施，二者完全可以做到相辅相成、和谐发展，形成应退尽退、宜耕则耕的命运共同体。

"林茂粮丰歌大有，河清海晏庆长春。"这副红红火火的春联既讴歌了人民群众对于美好生活的向往，也诉说了林与粮的共荣关系。而退耕还林还草，一定是它书写过程中浓墨重彩的一笔。

三、果业红利滚滚来

宁夏西海固万亩红梅杏林长成一道美丽风景，引来八方宾客；灵武的长枣成长为灵武市主导特色产业和宁夏的闪亮品牌；

新疆天山脚下阿克苏瓜香枣脆，苹果核桃美名远扬；布尔津从昔日“沙城”走向“沙棘之都”；

甘肃甘谷六峰镇将军岭上绿色的果树、通红的苹果生机勃勃；

陕西旬阳的拐枣和油用牡丹发展得红红火火；大荔将不起眼的“碎蛋蛋”（一种冬枣）发展成为了不起的“金果果”；

广西东兰让石头山变成“中国板栗之乡”和广西最大的板栗交易集散地；百色市右江区漫山遍野的芒果香飘万里；

赣南脐橙核心主产区安远，好吃的水果不止脐橙，还有百香果、猕猴桃、鹰嘴桃等，样样都是精品；

湖南“宜章脐橙”搭上“互联网+”快车，走出大山变成“网红”……

在退耕还林还草工程实施中发展起来的经果林，逐渐长成各地财源滚滚的百果园和百姓增收致富的摇钱树，各种各样的果树进入挂果期，在大江南北带火了蓬勃兴旺的林果产业。

各地果农在发展果业的过程中，创新机制，通过建基地、办协会、扶持龙头企业和专业合作社，逐步形成了“协会、公司（合作社）+基地+农户”等创新运行模式，引导种植户抱团发展，让林果业长成了当地农民致富的支柱产业。

1.退耕还出林果飘香

宁夏回族自治区彭阳县地处六盘山东麓，境内沟壑纵横，土地贫瘠。当地人称：山是和尚头，有沟没水流；天上无飞鸟，地上沙子跑。

自2000年实施退耕还林还草工程以来，彭阳县累计完成退耕还林还草工程总任务152.40万亩，森林覆盖率由退耕前的13.90%，提高到现在的27.50%，年减少泥沙流量680万吨，实现了水不下山、泥不出沟。

得益于生态环境的改善，全县虽然退了75万多亩耕地，粮食产量却提高到原来的3倍，农民人均纯收入增长约40倍，创造了“山变绿、水变清、人变富”的生态奇迹。

彭阳县委、县政府把发展林果业列为全县四大特色优势产业之首，通过退耕后续产业开发、巩固退耕还林还草成果等项目的实施，采取流域生态经济沟、庭院经济、设施栽培和嫁接改良“四种模式”，大力发展以杏子为主的生态经济林53.20万亩，建成集中连片优质高效经果林10万亩，年产鲜杏11.10万吨，杏干、杏仁产量达到0.60万吨，初步形成了“企业+基地+农户”的杏产业发展体系和杏脯、杏肉、甘草杏、奶油杏肉等20多个系列产品，远销全国各地，深受消费者的喜爱。

田拐村是宁夏海原县史店乡的一个山村。在田拐村，村干部和普通村民最为津津乐道的，就是后山上的万亩红梅杏。

2014年，结合新一轮退耕还林还草工程，县里通过项目招标，帮助田拐村实施“坡改梯”，将后山丘陵改为梯田，5家招标来的企业把这里打造成万亩红梅杏果园。

“我家种了28亩红梅杏，坡改梯、树苗、挖坑、栽树，不用掏一分钱，都是公司给我们干。”说起这事，村民田志龙喜滋滋地，“国家给的退耕还林还草补助，我们一分不少得，除去种苗费300元，每亩给我们1200元，5年之内分3次给完。光这补助就比过去种杂粮合算。”

“这还不算完，公司挖坑、栽树、除草、浇水需要人啊，就请我们村民干，在自家地里干活，还能拿工钱。有的村民一年比过去多挣2万元。”田志龙越说越兴奋。

“这两年春天，后山的红梅杏成了花的海洋，集中连片上万亩，太壮观了！咱们村未来的光景想想都美。”田志龙说。

万亩红梅杏林，成了这儿一道独特的风景线。田拐村利用红梅杏春天开花、夏天挂果、秋天红叶的特点，打造田园观光乡村旅游，村里已有10来户将自家住宅改成了客栈。

新疆阿克苏是名副其实的中国好果园，让人想象不到的是，这些果园所在的地方，过去大都是荒漠戈壁，这些果品正是退耕还林还草等生态工程结出的硕果。

从2002年阿克苏开始全面启动退耕还林还草工程，15年间累计完成退耕还林还草任务189.52万亩，不仅有效地遏制了荒漠化扩张和风沙危害，而且带动了特色林果业井喷式发展。

2016年阿克苏地区林果总面积达452万亩。其中，核桃204万亩、红枣155万亩、苹果39万亩、香梨17万亩，果品总产量214万吨，总产值123.50亿元，培育林果生产加工企业、农民专业合作社500余家，农民人均林果纯收入4345元，占农民人均纯收入12626元的34.40%。

退耕还林还草等生态工程在减轻风沙危害、绿化美化生态的同时，给阿克苏农牧民带来了丰厚的“绿色红利”，为中国好果园的崛起打下了坚实的生态和资源基础。

2. 模式创新产业发展壮大

宁夏灵武长枣，素有“十八个一斤，十个一尺”的说法。灵武市地处宁夏中部，得天独厚的光热、水土、气候条件，造就了灵武长枣优异的品质。

灵武长枣依靠抱团作战，从小合作走向大联合，抵御住市场风浪，这匹果品中的“黑马”成长为灵武市的一大主导特色产业和宁夏的一个闪亮品牌。

灵武长枣栽培历史悠久，仅灵武市东塔镇就有上万株百岁老枣树，但由于单家独户分散经营，一直没有形成大的气候。

2002年以来，灵武市实施退耕还林还草，大力发展以灵武长枣产业为主的经果林，建设灵武长枣基地14.20万亩。目前，挂果面积6万亩，年产量达到2300万公斤。

“种植的总规模是上来了，但种植户还是过去的老调调，技术管理水平上不来。”东塔镇果园村支书武金华告诉记者：“以前，都是小贩来村里收枣子，把价格压得很低，种植户也没辙。卖不到好价钱，农户对枣子也就不好生侍弄。”

为解决种植户分散经营带来的问题，当地政府创新机制，通过建基地、办协会、扶持龙头企业和专业合作社，逐步形成了“协会、公司（合作社）+基地+农户”的运行模式，引导种植户抱团发展。

李志明是东塔镇新园村村民，他牵头创办的农牧公司从农户手里流转了200多亩地种灵武长枣，每亩付给村民800～1000元土地租金，平时请村民帮助管理果园，每名打工村民每天可以拿到120～150元的工资。

东塔镇成立了39家合作社，吸收种植户975户，退耕还林种枣7000亩，辐射带动全镇农户种植灵武长枣1.40万亩，成功打造了马场湖万亩长枣园区。

园区采取“合作社+科技特派员+基地+农户”的产业化发展模式，开展集约化、规模化生产经营，示范辐射带动农户进行设施长枣栽培，实行统一修剪、统一病虫害防治、统一销售，大大提高了长枣品质、劳动力使用效率和群众经济收入。

目前，东塔镇农民从事灵武长枣的收入占家庭收入的50%以上，灵武市农民年人均收入的36.40%来自长枣。

灵武长枣在市场上名气越来越大，被批准为国家地理标志产品，1公斤能卖到50元，长枣树变身摇钱树，枣农们个个笑逐颜开。

随着产业的不断发展，灵武市又打造了专业合作社升级版，2017年注册成立了宁夏大秦枣产业专业合作社联合社。

联合社以灵武市宁茂林苗果品营销专业合作社、富成生禽养殖专业合作社、鑫瑞林果种植专业合作社、绿博惠民长枣服务专业合作社、林森竣农牧有限公司等合作社（公司）为依托，以周边从事长枣种植的农户为基础，按照市场导向、民建、民营、民管原则，为枣农和企业在长枣种植、采摘、分选、保鲜、储藏、销售等环节及产业保险、综合培训等方面提供社会化服务，建立运营机制灵活、操作便捷高效的社会化服务新模式。

这些专业合作社（公司）组成联合社，优势互补，管理更加规范、统一、专业，产业化经营更加多元，资金与技术实力更雄厚，在争取项目、融资贷款等方面更有优势，在商业谈判中有了更大的“话语权”，相当于几条帆船变成了航母，抵御市场风险、联合作战的能力更加强大。

东塔镇果园村支书武金华是联合社首任理事长，他说：“联合社成立后，我们在灵武长枣产品质量标准、技术服务、产品销售等方面进行了统一指导和协调，各个专业合作社实现了一体化联合。”

灵武市宁六宝果品专业合作社依托退耕还林还草发展起来的130亩枣树，建立了集科技示范、餐饮、娱乐、观光旅游、休闲度假于一体的灵武长枣庄园休闲农业示范园，建起了设施灵武长枣拱棚1000平方米、餐饮娱乐厅1200平方米、休闲垂钓中心3000平方米、果品冷藏保鲜库1000平方米、禽畜养殖基地3000平方米。

园区通过实行“科技特派员+基地+农户”的经营模式，利用美丽的自然田园风光，集成配套开发多项特色产业示范种植特色果菜，养殖特色禽畜，为游客提供餐饮、垂钓、娱乐、水果采摘、观光、度假等方面的优质服务，让游客亲身体验“住农家屋、吃农家饭、干农家活、享农家乐”带来的乐趣，年接待游客7.20万人次，一年收入800多万元，解决了1000多人次就业，取得了良好的经济、社会和生态效益。

灵武市借退耕还林还草工程建设契机，大力发展以灵武长枣为主的生态经济产业，积极探索生态产业社会化服务新模式，引导种植户和专业合作社抱团发展，从小合作走向大联合，不断延伸产业链，实现多元化经营和多方共赢，为促进乡村振兴、发展绿色富民产业提供了十分宝贵的经验。

“南疆红”红枣的海洋

宋卫 摄

金秋时节，新疆维吾尔自治区阿克苏地区温宿县10万亩生态园，色彩斑斓，层次丰富，远处是皑皑的天山雪山，中间是高大的绿色防护林，近处则是“南疆红”红枣的海洋。

10多年前，这里曾是一片戈壁荒滩，在退耕还林还草等重点生态工程带动下，这里变成了特色林果基地。

离10万亩生态园不远，有一大片整齐划一、插着国旗的居民小区，那是一个游牧民定居点。

2013年，温宿县启动游牧民定居点工程，正好赶上2014年启动的新一轮退耕还林还草政策，县里整合各类项目资金，在这一片集中发展了6800亩核桃产业基地，让1498户生活贫困的游牧民共享生态建设“绿色红利”，从此稳定下来，安居乐业。

66岁的艾尼·阿不都热依木原来居住在海拔2400米的博孜墩乡巴依里村。那是一个小山村，因为过度放牧，山坡上草场退化严重，过去他家种了10余亩小麦，仅够解决一家人的温饱。前两年，他们一家搬到了山下的帕克力克村拱拜孜定居点，享受到政府给每个搬迁户的“标配”：户均80平方米新房、8亩果园地、1.50亩庭院和100平方米棚圈。艾尼·阿不都热依木圈养了30多只羊，一年能收入近万元。另外，他在家门口的果园里帮企业打工，一年还能领到近万元的工资。再过两年,政府配置的8亩核桃树挂果后，每亩至少能卖5000元，一年能增加4万元收入。一些开了窍的游牧民还在果园办起了农家乐，日子过得比蜜甜。

考虑到游牧民缺乏林果种植经验，温宿县对分配给牧民的林果园采取“公司+牧民”的管理模式，委托一家生态园林公司对林果园进行3年统筹管理，同时返聘定居点闲散游牧民为管理工，每月按时发放工资，对他们进行种植技术培训，待3年后林果种植初见成效，再将果园交还给游牧民，确保激活造血功能，持久巩固脱贫成果。

以新一轮退耕还林还草为依托，全国各地正在积极探索退耕还林还草与精准扶贫相结合的新路子，将大部分的退耕还林还草任务向贫困村和贫困户倾斜，通过农户自建、业主承包、帮扶共建等形式，以及以专业合作社为依托、鼓励种植大户通过土地流转实现集约化经营、规范化管理，提高退耕地规模效益和整体经营管理水平，最终让广大农民得到实实在在的经济效益，让贫困群众看到脱贫致富的希望。

3.“小果果”变成“金蛋蛋”

阿克苏的核桃，传承神木园百年核桃王的优质基因，以皮薄、个大、酥脆、浓香、风味独特而闻名于世。

“温宿县有17万户农民，几乎家家户户都在种核桃。”温宿县林业局局长邓浩说。

托乎拉乡托万克库尔巴格村村民吐尔逊·托乎提一家三口种了32亩核桃。吐尔逊大叔说，果树上挂着的都是“金蛋蛋”。

邓浩介绍，2016年全县以核桃、红枣为主的特色林果面积达122.40万亩，果品总产量达到38.33万吨，农牧民人均林果纯收入由2002年退耕还林还草前的135元增加到2016年的10071元，占全县农牧民人均纯收入15502元的64.90%。[1]

温宿县退耕还林还草工程启动之初，就将红枣、核桃作为退耕还林还草后续产业和农牧民长远生计的主要树种强力发展。目前，全县累计已发展红枣面积41万亩，核桃面积71万亩。全县林果企业、合作社发展到98家，“企业+合

---

[1] 刘慎元，陈应发. 2017. 阿克苏绿色红利滚滚来[N]. 中国绿色时报，10-26.

作社+基地+大户+农户”产业化经营模式日趋成熟，培育出“宝圆核桃”“果满堂大枣”“塞外红苹果”“恒通果汁”等13项名牌产品，逐步形成了以温宿县为生产加工基地，以浙江为销售中心，辐射长三角、珠三角的营销网络，年销售额14亿元以上。

随着各类林果大量进入盛产期，为确保退耕农牧民源源不断地收获林果产业发展的红利。近年来，阿克苏加大了线上线下营销推广力度，使阿克苏的苹果、红枣、核桃火遍了大江南北，让全国人民也分享到阿克苏退耕还林还草的果实。

我国退耕还林还草工程及后续产业发展到今天，已陆续进入收获期，在发挥良好生态效益的同时，开始大规模产出各种林特产品。由于地处偏僻、交通不便、信息闭塞、观念落后等多种因素制约，这些现代社会稀缺的生态产品，很多依然是藏在深闺无人识。

湖南省宜章县脐橙搭上“互联网+”的快车，走出大山变成“网红”，为退耕还林还草产品营销与品牌打造提供了一个生动的范例。

宜章县罗家山脐橙专业合作社理事长李多亮说：“我们合作社共有103户社员，其中退耕农户占了60%，年收入20万元以上的有30多户，最低的都有10多万元。家家户户种上了摇钱树，都夸国家退耕还林还草的好政策。”

合作社社员李伍金说：“靠种脐橙，我在家门口一年轻松赚20多万元，比在外面打工的儿子强4倍。我们种脐橙，要严格按照合作社的统一技术标准管理果园，施农家肥，用生物农药。”

“宜章脐橙从难卖到热销，从藏在深闺到红红火火，与市场和消费者对宜章脐橙高品质的内在价值发现有关，与‘互联网+’和电子商务的发展密不可分。”时任宜章县林业局局长李家国说。

近年来，宜章县将脐橙产业一方面确定为“一县一品”支柱产业，依托科研院所，以绿色生态种植引领脐橙开发热潮，在诸多博览会、交易会上，宜章脐橙屡获金奖，被认定为绿色食品A级产品。另一方面，借势“互联网+”，发展电子商务，全方位推介、打造“宜章脐橙”品牌。县里出台了电商扶持工程，宜章电子商务产业园通过引进知名电商企业、在各村建立电子商务服务点、扶持个体网站，为宜章脐橙等山货特产的宣传、推介提供便捷服务。

湖南宜章脐橙等退耕还林还草产品搭上“互联网+”快车，这是线下展厅样品
刘慎元 摄

搭上“互联网+”和电子商务的快车，宜章县脐橙快速走红市场，其实是一个由自然走向必然、由必然王国走向自由王国的过程。这个过程，也给全国退耕还林还草后续产业发展及产品营销提供了“互联网+”的思路和有益的启示。

在陕西省大荔县，有30万农民在侍弄一种叫“碎蛋蛋”的冬枣。种1亩温棚冬枣，一年赚辆小汽车，算不得稀奇事。

靠退耕还林还草工程的示范带动，大荔种了40万亩冬枣，一年产值48亿元。通过转型升级，发展精品冬枣，大荔计划到2020年，将冬枣总产值提升到100亿元。

不起眼的“碎蛋蛋”，成为了不起的“金果果”，科技发挥了重要作用。

在大荔县安仁镇小坡村，万亩连片冬枣温室大棚白茫茫一片，蔚为壮观。

村妇女主任张夏存说，2003年，村里搞退耕还林还草，起初退耕户摸索着种杨树，长势很差，后来发现枣树适合这里生长，开始种植酸枣，嫁接成冬枣，但要么不挂果，要么果子开裂。西北农林科技大学及县红枣局的林果专家摸索出了冬枣环割技术，解决了不坐果的问题，又通过大胆尝试，给冬枣搭起防雨棚，破解了冬枣成熟与雨季同期遇水易开裂的难题，后来又一步步发展到钢架棉被棚、日光温室。过去只听说过蔬菜大棚，没想到咱大荔的冬枣也住进了温棚，上市更早，品质更好，销售货架期从5月一直延续到10月，效益越来越高。小坡村也发生了翻天覆地的变化，从过去的贫困村一跃成了亿元村。

“现在，姑娘找对象，都不问男方家有没有房子和车子，而是问有几棚冬枣。”张夏存说。

伏坡村与小坡村相邻，人口只有1948人，不到小坡村的一半，地就更少，但这里冬枣种植能手的技术毫不逊色。伏坡村7组村民穆新明就是种冬枣的一把好手。

走进穆新明的日光温棚，里面的冬枣硕果累累。他说，这一棚冬枣1.30亩，最多的一年卖了15万元。2013年，他花五六万元买了一辆比亚迪。穆新明现在一共种了13亩冬枣，其中，3个日光温棚，另外的七八亩是钢架棉被棚，一年收入50多万元。

退耕还林还草政策扶持起来的冬枣这个好产业，吸引了大批在外务工的青年回乡创业就业。

穆申波曾在北京、天津打工，辛辛苦苦干一年挣不了两三万元。回村后，他建了5亩冬枣钢架棚、两个春暖棚，一年收入20多万元。他说：“在家门口创业，比在外打工强多了，更重要的是，对父母家人也能有个照顾。”

“大荔冬枣的发展与崛起，与退耕还林还草工程政策的扶持推动密切相关。”大荔县林业局局长马彤告诉记者，“从某种程度上说，大荔冬枣是退耕还林还草政策孕育出来的金果果。”

4. 从“沙城”到“沙棘之都”

在中华人民共和国版图“鸡尾”最高点，有个地方叫布尔津。因为过去风沙多，这里曾被人称为“沙城”。如今，一种叫沙棘的灌木，彻底改变了“沙城”面貌，布尔津人正在将昔日“沙城”打造成“沙棘之都”。

新疆最北端的布尔津县，隶属阿勒泰地区，与俄罗斯、哈萨克斯坦、蒙古3国接壤。这里有大片戈壁荒漠，还是个大风口，过去每年几乎能刮300天，一阵风能把骑车的人刮倒，而且风里带着沙子，沙尘暴更是赖着不走的“常客”。

“现在虽然也有风，但风沙天气已明显减少。这里的戈壁荒漠正逐渐被一片片新绿洲‘蚕食’，‘沙城’布尔津正在变为美丽的‘童话边城’。”阿勒泰地区林业局副调研员周启华是个老林业，布尔津生态面貌的巨大变化，都刻在他的脑海。

他说，国家实施的退耕还林还草工程是这个变化的重要“推手”，而布尔津大果沙棘无疑是一大“功臣”。

沙棘是一种生命力极强的树种，耐寒、耐旱、耐碱、耐瘠薄，果实含有多种维生素、脂肪酸、微量元素、黄酮、过氧化物和人体所需的各种氨基酸，被誉为世界上“最完美的植物”。沙棘不仅是高附加值的经济林，而且是治理戈壁荒滩的先锋树种。而布尔津远离工业污染的原生态环境及光热气候条件，发展沙棘产业可谓得天独厚。

布尔津县政府把兼具生态和经济效益的沙棘作为退耕还林还草的主栽树种全面推广，制定了“沙棘强县、沙棘富民”战略，出台了“两免一补”政策，即免费提供沙棘苗木，免水费；对成活率达到85%以上的，除了退耕还林还草补助，县财政每亩地给予补助200元，连补3年，有效激发了农牧民退耕还林还草发展沙棘产业的积极性，目前，全县优质沙棘种植面积超过8万亩。

“政策虽然很优惠，但一开始响应的人并不多。”布尔津县林业局局长毕力军说。“在沙化耕地上种庄稼，每亩地一年能收个300元钱就算不错了。退耕还林还草种沙棘，能否种活不好说，前期投入还很大，两三年后才能见到成效，农牧民心里不托底，积极性自然不高。”

也格孜托别乡的“70后”农民靳慧林在当地第一个吃起了“螃蟹”。他早年在外边跑过买卖，见过些世面，脑子活络。他大着胆子承包了3200亩沙地种沙棘，经过3年的精心管理，终于见到了效益，除了享受退耕还林还草等补贴外，沙棘果卖给相关企业制作沙棘饮料和药品，一亩地收入1000多元。

看到靳慧林种沙棘发了财，眼见为实的村民纷纷动了心。

只有抱团发展，沙棘产业才能做大做强。2014年，靳慧林把当地种植沙棘的农民组织起来，成立了丹麒农民专业合作社，依靠退耕还林还草政策，以“专业合作社+农户”的模式，将数千亩荒滩戈壁变成了沙棘林的绿洲。

靳慧林还依托沙棘基地的林草资源，引进了5000只良种鸡，搞起了林下养殖，土鸡树下跑，鸡粪肥沙棘，实现了生态经济良性循环，沙棘鸡以每只120元的价格销往北京、广州、深圳等地，一年又增加了几十万元的收入。

布尔津县林业部门用典型引路，因势利导，在强力推动沙棘产业发展的同时，引导农户开展“林粮间作”“林苜间种”“林下养殖”，有效提升了沙棘“空地”的利用率和产出率，为退耕农户开辟了新的增收渠道。

沙棘的采收期每年集中在1个月左右，由于原有的加工和冷库建设不足，眼看着沙棘果成熟后销售不出去，白白浪费在地里，曾让很多沙棘种植户伤心不已。

为推动沙棘产业化发展，2011年，布尔津县委、县政府“牵手”北京汇源饮料食品集团有限公司（以下简称汇源集团），汇源集团在布尔津布局沙棘原料加工基地，总投资10亿元重点开展沙棘良种繁育，建设5万亩标准化示范治理种植园和沙棘果系列产品精深加工利用项目，并在此基础上发展集种植、养殖、旅游休闲、生产加工、科普、地域文化为一体的绿色生态园，将布尔津打造为世界“沙棘之都”。

此项目建成后，每年可收购加工沙棘果10万吨，生产沙棘浓缩果浆7万吨、沙棘果粉2000吨、沙棘果油60吨、黄酮40吨、沙棘籽油45吨，形成完整的沙棘全产业链条。

汇源集团入驻后，以“公司+基地+农户”的模式，快速推进布尔津荒漠化治理和沙棘产业发展，从根本上解决了全县及周边县市沙棘果的卖难问题，带动了农牧民种植沙棘的积极性，同时，还吸纳了大量当地农牧民就业。

退耕农户把土地流转给汇源集团，既能享受到国家退耕还林还草的补助政策，还可以在汇源集团的沙棘种植基地和加工车间打工挣钱。在沙棘果采摘季节，汇源的沙棘基地可吸纳大批劳动力，按照枝条果采摘费每公斤2元计算，人均每天采摘150～200 公斤，一天收入三四百元；一个采摘期按1个月算，农民人均可增加采摘收入1万多元。

金秋季节，布尔津大地就像一片金黄的海洋，深秋红、状元黄等大果沙棘树几乎看不见枝叶，一串串或红或黄的沙棘果实密密麻麻，壮观景象让人震撼。

布尔津县委常委尹新鲁说，在退耕还林还草政策助力下，布尔津创新机制，培育大户，引入龙头企业，带动农牧民增收致富，突破了布尔津治理荒漠、发展沙棘产业的“瓶颈”。随着沙棘产业化进程提速，布尔津打造世界“沙棘之都”的梦想正在一步步变为现实。

5. 稀土供养，橙果飘香

提起赣南脐橙，甜、润、爆汁、满口维C的舌尖快感恐怕没人不爱。作为“中华名果”之一，赣南脐橙是兼具特色和美誉度的国家地理标志产品。不过，在其核心主产区安远，好吃的水果不止脐橙，还有百香果、猕猴桃、鹰嘴桃等，样样都是精品。

江西赣州赣县区樟溪村2003年度退耕还林脐橙基地
高立鹏 摄

安远县属中亚热带湿润气候区，气候温和，雨量适中，无霜期长，光照充足，昼夜温差大，加上境内地表水呈天然弱碱性，土壤中含有丰富的稀土元素，非常适宜果业种植。用安远县林业局局长陈海春的话说，“只要能在安远长起来的果树，什么果子都好吃”。2003年开始，依托退耕还林还草工程实施，安远充分利用独特的水土优势，大力发展以脐橙为主的林果业，盘活山林资源，带动红色苏区发展和农民群众脱贫致富。

58岁的张开生是安远县重石乡大坑村人，种植脐橙11年。种果之前，全家仅靠几亩水田，勉强维持温饱。

2007年，在政府引导下，张开生利用退耕地发展了40亩脐橙。2011年开始挂果，目前正是盛果期。“一棵树产100多斤果，亩产5000多斤，除去一亩2000元的成本，去年纯收入100多万元，这几年最低的一年也收入52万元。”张开生乐呵呵地说。

安远县山地多，气候、土壤适合脐橙生长，“兴果富民”战略应运而生，通过发展脐橙产业加快了脱贫攻坚步伐。

赣州市林业局副局长黄敬怡介绍，赣南是中国最适宜脐橙种植的地区之一。20世纪70年代开始试种，随着退耕还林还草工程的实施，安远县将脐橙产业发展按一定比例纳入到退耕还林还草工程建设中，以工程建设助推林果产业发展，第一轮发展脐橙产业0.40万亩，之后利用后续产业发展政策发展1.70万亩，2015年新一轮退耕还林还草实施，又发展0.20万亩。

目前，全县累计利用退耕还林还草政策发展林果2.30万亩，辐射带动了全县林果产业大发展，为农户带来了巨大的经济效益。平均一亩能带来5000元利润，光退耕还林还草所发展的果业每年就能为退耕户带来1100万元的收入。

为加快产业转型，安远县委、县政府提出，打造江西果业强县、赣南旅游大县。北京科技大学毕业生薛金峰，就是在那一年揣着从事脐橙购销生意10多年攒下的积蓄回到老家镇岗乡，创办了占地600多亩的“盛世桃源”生态鹰嘴桃基地。

2015年，依托“桃源”基地，薛金峰成立了安远县富长农民专业合作社，让贫困户参与入股分红，采取合作社+基地+农户模式，免费为贫困户发放苗木，鼓励和引导他们发展猕猴桃、鹰嘴桃、百香果等，并主动上门提供技术指导，举办种植技术培训班，带领附近的农户一起发展林果产业。

“目前，合作社以入股、在基地劳作等方式，直接帮扶贫困户63户。2018年，合作社预计将实现产值近1000万元。”薛金峰说。

“安远多山，全县森林覆盖率达84.30%，果业集群是安远的支柱产业，产值占到全县GDP的1/3左右。”安远县委副书记周子乔介绍说，近3年，安远县加快果业品种结构调整，除脐橙外，大力发展猕猴桃、百香果、鹰嘴桃等非柑橘类特色水果。目前，全县发展猕猴桃4.10万亩，2018年产量预计250万公斤；发展百香果1.20万亩，今年产量预计50万公斤；发展鹰嘴桃8600亩，今年产量预计150万公斤。

果业是安远县的主导产业、富民产业，林果业也成为安远脱贫攻坚中的主力军和排头兵。

过去，由于地处偏远，安远优质林果产品销路不畅。而现在，互联网的普及、物流业的发展正悄然改变着安远农特产品的销售模式，电商已然成为重要平台。

对果农来说，网络销售具体好在哪儿？薛金峰给记者介绍说，他们坐在家里就可以把果品卖到全国各地，价钱还比线下卖得更高。现在，他们既是果农，也是水果经纪人。

近年来，除了加快发展社区直销、农超对接、基地直采、代理配送等线下交易方式外，安远通过线上网络对接、新媒体直播互动对接等不同形式，不断探索果品电商销售渠道，深化电商与脐橙等果品产业融合，以低成本高效率的裂变推广模式解决脐橙的销路，给广大消费者带来更低的价格、更便捷的体验的同时，也提高了赣南脐橙品牌影响力、传播力和市场占有率。2015年，安远赣南脐橙的电子商务销售额为3亿元，而2017年达到12亿元，呈现出裂变式的增长。[1]

如今，随着赣南林果产品出口基地和出口企业的培育壮大，脐橙及其他退耕还林还草果品逐步走出国门，进入国际市场，远销俄罗斯、印度等20多个国家和地区。

四、打开乡村振兴美丽画卷

在祖国各地，农民们发挥聪明才智，利用退耕还林还草发展起来的经济林果、林下养殖和生态美景搞活当地产业，创新经营模式，形成巨大的发展活力，解决了农村产业培育和农民就业问题，创出一条“养林”与“养人”相结合的共赢之路，确保了当地群众长期稳定增收、安居乐业，为乡村振兴和农业农村可持续发展作出了重要贡献。

在退耕还林还草等重大工程推动下，一幅乡村振兴的画卷正在祖国大地展开。

黄非红的一首《满庭芳·故乡秋意》，生动描绘了退耕还林还草给山乡带来的巨大变化：“大地流金，长天澄碧，野菊丹桂飘香。牛肥马壮，鱼蟹闹河塘。硕果垂梁挂岭，层林染，绿透红黄。机声唱，飞扬笑语，喜气满千仓。家乡！无限美，层楼再上，频换时装。看如画新村，已胜天堂……”

1.“还出”山乡美好

红水河由混浊变清澈；板栗树种满山坡，一个边远的小县城因此变成全省最大的板栗集散地、知名的板栗之乡；成立合作社开展板栗林下养殖，为林农增收开辟新途径；组建专业示范区，将东兰板栗培养成无公害食品、有机食品，让东兰板栗获得板栗地理标志……广西壮族自治区河池市东兰县开创美好生活的方式还有很多，而这一切的起源和基础，是退耕还林还草。

红水河在东兰县境内的长度有100多公里。

[1] 温雅莉，陈应发，孔忠东等. 2018. 稀土供养，橙果香飘[N]. 中国绿色时报，12-24.

时任广西壮族自治区林业局退耕办常务副主任许奇聪说，过去，这条河一年有七八个月是混浊的，河水中满是泥沙，呈现泥巴的颜色，这河因此被叫作红水河。“20世纪80年代初，我在位于红水河下游的一所大学念书。当时，学校用的自来水就来自红水河，从自来水龙头流出的水，也呈现泥巴的颜色，我们用的毛巾没几天就会变成泥巴的颜色，而且越洗越黄，毛巾一干就变得硬邦邦的，擦得脸上生疼。”许奇聪说。

5月中旬，我们到达东兰县时，那儿的雨季已经来到。要在过去，红水河的水这个时节早已被两岸源源不断冲入河中的泥沙染成泥巴色，可现在，河水却非常清澈，映照出蓝天和两岸绿树的颜色。当地人说，现在河水基本上长年清，植被好了，即使下暴雨也不受影响。河水不仅很清凉，而且是甜的，河里的鱼也是甜的。

沿河下行，清澈的河水在炎炎烈日下送来丝丝清风，缓解了难耐的闷热。两岸的绿色浓成一团团化不开的绿雾。这绿，记录着东兰人退耕还林还草的故事。

时任东兰县林业局副局长牙韩龙就是故事的一位主人公。

2001年，东兰县被国家林业局确定为全国退耕还林还草示范县。接到任务，东兰县非常重视，很快成立了退耕办，并从大专院校招聘了258名毕业生，同时抽调130多名乡镇农林技术干部，组成退耕还林还草专业工作队。经过专业培训考试合格的毕业生，10人左右一组，被安排到16个重要的退耕还林还草点开展工作。

“汽车在山路上走了4个多小时，然后再攀爬一段山路，我们小组终于到达金谷乡接挂村可乐退耕还林还草工作点。这个工作点不通公路、不通水、不通电，条件非常艰苦。第二天一早，就有两名队员被艰苦的条件给吓跑了。”牙韩龙说，沿红水河两岸，无论坡有多陡，山石缝中都种满了玉米和旱稻，放眼望去，两岸斑斑驳驳，除了农作物，就是裸露的大石头，雨水一来，泥沙就顺着山坡无遮无挡地直接冲入河中。

牙韩龙他们白天上山按板栗种植规格进行拉绳、测量、点坑、登记造册，晚上自己挑水、烧火做饭，还要挨家挨户到村民家里做动员，让村民打消顾虑，积极参与退耕还林还草。这样的工作持续了两个月。接下来，他们还要上山验收每家每户所挖的种植坑，指导村民回土，然后是调苗及指导群众种植……

就是这样一群年轻人，把人生最美好的芳华留在退耕还林还草的路途上，与当地村民一道，慢慢地在红水河两岸种满树木，红水河也随之变得越来越清澈。

退耕还林还草退下的是常常颗粒无收的贫瘠耕地，是导致水土流失、泥石流的垦荒山地，还上的是绿水青山，是生态环境的改善，是美好的乡村，这里“看得见山，望得见水，留得住乡愁”。

在退耕还林还草实施过程中，这样的例子不胜枚举。

“以前，山上到处都种地，粮食还是不够吃。夏天暴雨走滚坡水，冬天满山光秃秃的，过年没柴烧就到大老扒去偷着砍。”站在院坝边，看着山上苍翠的树林，57岁的村民周智山说。他说的‘滚坡水’是人们所熟悉的泥石流，‘大老扒’是指国有林场。周智山是陕西安康最早一批退耕户，退耕还林还草发粮食、发钱、减免农业税，这让周智山退耕还林还草有了底气，如今他家的8.10亩林子长得非常喜人，成了他家的绿色银行。

地处陕南的安康，北倚秦岭，南拥巴山，秦巴山集中连片特困地区。在退耕还林还草以前，安康满目荒山秃岭，沟沟坎坎支离破碎，用石块垒砌兜住泥土就是一小片田地，碎片化的土地资源状况，越种越穷。如今，走进安康，无论是春夏秋冬，迎接人们的都是满眼绿色，长期经营林木种苗生意的浙江客商叶圣米说：“安康不是江南胜似江南，最适宜生活居住。”

2.“还出”产业兴旺

澜沧江边的高山上，云南省保山市隆阳区瓦窑镇最偏远的一个山村——下麦庄，过去没有电，不通路，村民几乎过着与世隔绝的日子。

2002年，国家退耕还林还草的春风吹到了下麦庄，给村民带来了绝处逢生的大转机。

“那可真是及时雨啊！退一亩地，国家给补300斤粮食、50元种苗费，还给20元零花钱，这个政策就好像是专门为我们村设计的，太周全了！”下麦庄村老党员先德祥说，“山上种苞谷，一亩地能收200斤就不错了。退耕还林还草，吃饭问题解决了，村民天天跟着村支书杨学贵上山种树，干劲别提有多足了！”

退耕还林还草后，杨学贵又带领全村人一起漫山遍野地栽树，把过去砍树的地方全造上了林子，他说这叫“放下屠刀，立地成佛。”

“退耕还林还草是千载难逢的机遇，下麦庄必须乘势打一场翻身仗。”见过世面、精于算计的杨学贵和村里人合计，从山外请来专家，对全村土地利用做出规划，高山和陡坡种上生态林，缓坡种经济林，建核桃园，搞起了“林+粮”“林+菜”“林+草”“林+药”的种植模式，在核桃树郁闭以前混种矮秆农作物小麦、蚕豆等；核桃树郁闭以后套种耐阴植物黑麦草、魔芋，采取林牧结合的经营模式，家家户户养殖黑山羊，而且由传统放养改为厩养，在核桃林下种植黑麦草供山羊食用，羊粪用于反哺核桃，形成了可持续发展的生态循环复合经营模式。

为培育和打造市场品牌，2014年6月，下麦庄成立了核桃种植专业合作社，入社农户101户，占全村农户数的95%。

下麦庄采取合作社+基地+农户的经营模式，由合作社统一技术标准、统一科学管理、统一采收销售，有效解除了农户对核桃烘烤、销售的后顾之忧，提高了市场风险防范能力和市场竞争力，实现了合作社、农户共赢。2016年，下麦庄被国家林业局评为“第二批国家级核桃示范基地”。

合作社还办起了“枣夹核桃”加工厂，生产了核桃油、核桃干等系列产品，注册了“云庄核桃”“枣夹核桃”商标品牌，并在电商平台进行售卖。

下麦庄原生态核桃产品一经上市，就获得了良好的市场口碑。上海一家超市老总对杨学贵表示，下麦庄的“枣夹核桃”他们超市一个月订购10吨，成都一家超市也表示，一个月要5吨。

作为我国最大的一项生态工程，退耕还林还草不仅开创了通过直补农民在广大农村开展大规模生态建设的先例，更是深刻地改变了农村的产业结构和退耕农民的生产生活方式。随着退耕还林还草后续产业及林下经济井喷式发展，敢为人先的弄潮者将生态产品与新兴的“互联网+”融合，这种改变将愈加深远。

“我们借助退耕还林还草政策，在山上种树，在林下养鸡，在‘互联网+’的风口上，让鸡飞起来，飞到千家万户。”在湖南省岳阳县杨林乡林园生态农业科技有限公司林下养殖基地，董事长王学琳灵活地操作着鼠标，电脑上不断切换着实时画面：掩映在绿树丛林中的不同养殖点，鸡群喝着山泉，“叽叽喳喳”唱着歌，悠闲地散步，快乐地嬉戏，追逐着在树叶草丛中翻寻美食……鼠标一点，市区15家“杨林老母鸡”品牌直销店的产品流通及销售数据便跃然屏上。

“通过视频监控系统，消费者可以亲眼察看森林环境下鸡的养殖全过程。

我们的生态土鸡和鸡蛋统一注册了‘林之润’商标，岳阳县城、长沙市区甚至省外大都市的消费者，都可以通过互联网、微商平台安心地下单、放心地消费。”王学琳说。

种树、养鸡，是传统的种植业和养殖业，祖祖辈辈一直在按照固定的模式重复着昨天的故事。被乡亲们唤作“琳妹子”的王学琳，改变了这一切。她把退耕还林还草后续产业产出的生态产品与新兴的“互联网+”融合，从生态建设的创业者，成长为绿色产业的引领者。

2008年，在岳阳县城打拼的王学琳承包了家乡杨林乡一个荒废的乡村集体林场，组建了岳阳县杨林乡林园生态农业科技有限公司，在国家退耕还林还草等各项惠林政策的支持下，先后栽种了4000亩国外松、1000亩楠竹和1000亩名贵经果林。

2011年，王学琳以公司为龙头，牵头组建了岳阳县第一家林业专业合作社——盛源林业专业合作社，采取退耕农户和林权单位以林地入社、造林费用由合作社投资的方式，发展集体和个人社员206户，有效整合了岳阳县杨林乡、张谷英镇、公田镇、新开镇和岳阳市区西塘镇等乡镇的林地资源近2万亩。

合作社依托巩固退耕还林还草成果后续产业建设项目，实行统一规划、统一生产、统一管理、统一销售、统一收益，在山上造林，在林下养殖，在山前办休闲农庄，形成了生态景观林、特色经果林、绿色养殖、休闲农庄的生态循环发展模式。

在合作社的示范带动下，周边乡镇农户从事造林绿化、发展林下经济的积极性空前高涨，昔日的座座荒山，如今绿树成荫，花果飘香，鸡鸭成群，成为老百姓增收致富的“绿色银行”。

头脑敏锐的王学琳紧紧抓住时代脉搏，把传统的种植业、养殖业与移动互联网结合起来，与生态体验、休闲旅游结合起来，为绿色产业发展打开了一个崭新的世界。

公司为生态土鸡养殖特色产品统一注册了“林之润”商标品牌，开设了农村淘宝店和微店，建立了微信公众号，搭建起互联网销售渠道。

公司线上、线下销售相结合，在岳阳市区建立了15家“杨林老母鸡”品牌直销店，吸纳15名返乡青年农民工自主创业，创建会员体制、酒店直供、农场对接餐桌模式，为城市客户提供安全绿色食品，产品供不应求，迅速占领了附近的岳阳、长沙等城市。

为进一步提升品牌、拓展销路，公司还加入了宁波微海汇网上商城、新泰和绿色农业集团、托腾生活APP，广泛开拓销售市场，将“林之润”产品销售市场扩展到全国各大中型城市。2015年，公司累计销售生态土鸡10万羽，销售额突破500万元。

同时，公司还利用互联网和微信渠道，面对长沙、武汉等周边大中城市消费群体，大力宣传基地丰富的森林资源和生态优势，吸引了越来越多的城里年轻人以自驾游方式，来公司基地开展体验生态游。

以此为基础，公司乘势而上，与湖南宝中旅游公司合作，开发张谷英一麻洞林场精品旅游线路，发展“吃农家饭、住农家屋、游生态景、尝鲜果味、享休闲乐”生态休闲产业，吸引各地观光休闲游客近万名，在基地开展抓土鸡、购土鸡、吃土鸡活动，每年销售土鸡1万余羽、土鸡蛋2万余个。

“如果当初没有退耕还林还草的政策支撑，我也没有底气发展林下经济和绿色产业。”王学琳说，“乘着退耕还林还草和‘互联网+’的东风，‘林之润’生态土鸡已经飞进千家万户，我们正着力把千亩果园、万亩绿色天然氧吧打造成为现代林业生态休闲品牌，让越来越多的人分享生态建设与绿色发展的成果。”

在陕西安康，69.90万亩新一轮退耕还林还草建设的典型样本，352个林业园区每个月都会迎来属于他们自己的丰收季。

产业，园区，是安康林业的关键词。新一轮退耕还林还草以来，安康推行“部门包抓、业主包建、合作社包联、园区带动”的“三包一带”成建制组团式联户退耕机制，在11.18亿元的国家政策性投入拉动下，69.90万亩新一轮退耕还林还草像是催化剂，催生一批林业产业园区如雨后春笋般成长起来。

安康以退耕还林还草为载体，加大政策配套和奖补扶持，通过招商引企、资本下乡、能人返乡，培育经营业主，大力实施“千村千处”“千村千园”产业扶贫工程，将5.82万贫困户和352个林业园区镶嵌在这个生态、产业、扶贫紧密联结的链条上。截至2018年，安康经济林规模达到863万亩，实现产业增加值100.50亿元，通过生产经营、土地流转、园区务工和产业分红4个途径，农民人均林业收入达到4565元，占家庭收入的48.60%。

一轮聚焦“富民强村”目标、意义堪比当年家庭联产承包责任制的改革大潮在贵州安顺大地风起云涌。安顺以“三权”促“三变”为改革抓手，以退耕还林还草还富还产业、石漠化治理治穷拔穷根为支撑点，融合推进大生态与大扶贫战略，农村各类沉睡的资源被激活，美丽的山乡再次沸腾起来。

安顺按照渠道不乱、用途不变、各负其责、各记其功的原则，采取整合涉农资金、社会融资、政府贷款、农户入股融资等方式，多方筹集资金，连片推进退耕还林还草，集中发展脱贫产业。

为激发退耕还林还草的活力与动力，安顺市紫云县采取先建后补的造林机制，推行土地使用者、造林专业队、公司企业、农村专业合作组织“包苗木、包栽、包活、包管、包成林”的五包保制度，一包三年，直至成活率、保存率达到85%以上。同时，做好项目包装，采取PPP运作模式，建立政府与社会资金合作的机制，引导各类市场主体积极参与投资。

紫云县板当镇翠河村共有516户村民，加入石榴种植合作社的就有480户，占全村总人口的93%。能够吸引93%的人加入合作社，源于合作社的运作模式：村民以土地为股本，以退耕还林还草补助资金为股金加入合作社，合作社为社员申领退耕还林还草补助存折，资金统一管理使用。3年后，果树挂果，收益全部返给社员，合作社统一包装销售，每株提取10元的公积金维持运转。

“三权”促“三变”的政策春风，让安顺市普定县龙场乡秀水村村民们像做梦一般：短短一年时间，秀水村实现了从无集体资源、无集体资金、无集体资产的“三无”二类贫困村到生态秀水、美丽乡村的巨变，村民人均纯收入从2014年的5448元，提高到了2015年的10038元。

这一变化，得益于他们首创的“秀水五股”模式。2015年4月，祖籍秀水村的贵州兴伟集团董事长王伟响应贵州省委、省政府提出的“千企帮千村”大扶贫行动号召，投资帮扶秀水村组建了旅游、农业、花卉3家公司，实现公司化运作和管理，并创造性地实行了“秀水五股”模式，逐步实现贫困户与特色路子、产业链条、政策投入精准挂钩，走出了一条社会力量包干扶贫、山地高效特色产业与生态旅游产业精准扶贫的发展新路。

当年的土地承包、分产到户，解决了老百姓的温饱问题。村里现在按照“三权”促“三变”改革精神实施的“秀水五股”模式，让老百姓奔向了共同富裕。

“秀水五股”是指人头股，占10%，秀水村民人人有份；土地股，占30%，每分土地算1股，退耕还林还草的地都算，入了几分地就算几股；效益股，占30%，参与劳动才有份；孝亲股，占5%，用于65岁以上老人的养老金；

发展股，占25%，为全村后续发展资金。

“秀水五股”模式的确立，让村民逐步变成了公司股东、产业工人、个体工商户，利益和未来连在了一起，人人看到了希望，充满了干劲。

村民王西竹在秀水商业街的绿色生态产品超市当售货员，她家20亩土地，全部在村里的农业开发公司入了股，每月除了领1200元的工资，年底还可以按股分红。

她说：“在家门口当股东、挣工资、分红利，比在外面打工安稳多了，家乡的面貌一天一个变化，好日子来得太快，真像在梦中。”

安顺“三权”促“三变”改革大潮，唤醒了一座座沉睡的大山，将原本低效的耕地资源转化为高效的绿色产业，打通了退耕农户精准脱贫的“最后一公里”，走出了一条生态良好、产业繁荣、农民富裕的农村改革发展新路。

“三包”统管，管出效益和价值。甘肃省礼县以新一轮退耕还林还草为契机，按照精准扶贫、培育产业、相对集中、连片治理的总体思路，扩大经济林种植规模，鼓励支持土地流转，把80%的面积落实到全县4个特困片区，将建设任务交由专业绿化工程队来实施，实行包质量、包面积、包成活的“三包”责任制，依托合作社、企业等进行统一经营、管理，改变低效种养业。利用区域条件、自然禀赋和发展基础，礼县着力培育打造了核桃、杜仲、油用牡丹、养殖等特色产业。曾经一方水土养不活一方人的穷山沟，实现了整流域治理和产业发展的全覆盖，带来了土地效益与农民收益的双赢。

3. “还出”安居乐业

海原县地处宁夏中部干旱带，境内丘陵起伏，沟壑纵横，降水量小，蒸发量大，素有“十年九旱”之称。宁夏西海固，苦瘠甲天下，在我国14个集中连片特困区中，位列榜首。

生态恶劣与贫困落后，像一对“孪生子”，如影随形。国家退耕还林还草等重点生态工程的实施，对于西海固的生态与民生改善，可谓一箭双雕。

田拐村是海原县史店乡的一个山村，这个村子发生的故事，也是观察西海固地区变化的一个缩影和范本。

海原县自2000年开始退耕还林还草，至今已累计退耕还林还草61.90万亩，受益农户达3.80万户、人口20.90万人，退耕农户获直补资金14.57亿元，户均受益3.83万元。

经精准识别，田拐村建档立卡贫困户312户1100人。通过实施退耕还林还草，发展生态产业，落实各项扶贫攻坚措施，近年来，田拐村共脱贫293户1041人，尚未脱贫19户59人，贫困发生率降至3%以下，2016年末全村人均可支配收入达7128元，提前实现脱贫销号。

目前，如果你再走进山窝里的田拐村，一定会感觉别有洞天，道路宽敞整洁，绿树成行，一排排新盖的砖瓦房，同色调围墙，同款式大门，农村社区、文化广场、健身器材、文化活动中心、公园、小学、乡村卫生院一应俱全。

特别提气的是，村里还建了一个标准化篮球场，经过重体力农活的磨炼，据说村里的篮球队水平不低，投篮动作又狠又准。

绿荫环抱的美丽山村，一派幸福祥和，让人难以想象之前的生态脆弱与贫困落后。

“过去，村民住的是土坯房，走的是烂土路，雨天一身泥，晴天一身灰，一刮风吃一嘴土，老百姓种苞谷、马铃薯，每亩地能有200多块钱的收入就算不错了。”村里的护林员田志龙说。

过去种庄稼成荒山秃岭，如今栽林果变绿水青山，村民的生活也发生了180度大拐弯。

澜沧江边的高山上、云南省保山市隆阳区瓦窑镇最偏远的一个山村——下麦庄在退耕还林还草中的生态逆转、命运改变，与全国许多在退耕还林还草中蝶变的乡村一样，给“绿水青山就是金山银山”理念做了生动的注脚。

前些年，当地政府考虑到下麦庄村民住得太高，山上交通不便，动员村民整体搬迁到山下，但村民没有一个愿意的，他们说：“最穷的时候都没想过下山，现在政策这么好，我们一定能在山上建好自己的窝。”

凭着山里人特有的那股倔劲和韧性，下麦庄人坚持不懈地退耕还林还草、架电修路、通水建校、发展生态产业，把过去一度破坏的生态重新恢复成美丽家园，让绿水青山变成了金山银山。

今天，当人们从盘山公路驱车来到下麦庄，仿佛来到了世外桃源，远山森林茂密，公路两旁核桃园一坡又一坡，山腰间一幢幢小洋楼绿树掩映。

通过十多年的退耕还林还草和生态建设，下麦庄村有林地面积达到25115亩，森林覆盖率达到92.30%，高出隆阳区36.80个百分点，发展核桃8500亩，户均80亩，人均18亩，全村户均收入5.76万元，人均年收入从退耕还林还草前的不足千元增加到1.32万元，过去有名的贫困村一跃成为瓦窑镇25个行政村中人均收入最高的“明星村”，成为创建和谐美丽乡村一个生动鲜活的样本。

“以前，村里的老党员都不好意思说自己是党员，因为穷呀，带不起这个头！如今不一样了，我们富起来了！”在老党员先德祥的院子里，谈起下麦庄的变化，他感触最深，“习总书记说，绿水青山就是金山银山，我们村的变化就是最好不过的例证。”

“我们村里的年轻人回来了好几百号人，我们返乡创业，建设家乡，因为在这山窝窝里，有外面世界不一样的精彩。”说起石碾村的变化，年轻人林欣很豪迈，“我们虽然身在山里，但心连着世界。”

过去，随着打工潮的涌动，农村里的年轻人纷纷远走他乡，闯荡外面精彩的世界，留守村里的，大都是老人和孩子，他们被戏称为“6199”部队。现在，许多乡村都发生了年轻人的逆向回归。

在重庆市万州区分水镇石碾村，村里到处能看到年轻人奔波忙碌的身影，出门打工、在外完成学业的年轻人纷纷返回村里，村委会5名班子成员，除1位40岁以上，其余全是二三十岁的小青年。

当年的毛头小伙舒权辉，高中毕业后便回到石碾村，干了近20年的村支书，亲历了石碾村的每一步变迁。

“石碾村山高坡陡路难行，村里一个叫牟尔坪的地方，号称分水镇的‘青藏高原’，喂一头肥猪，要抬到镇上卖，请4个人轮换着抬，早上天麻麻亮就出门，天黑才抬得拢，工钱要付两三百元，还喊不到人抬！”说起石碾村的过去，舒权辉给记者讲起了这个辛酸的故事。

石碾村位于海拔1000米高的悦君山腰，这里属于三峡库区，土质为白鳝泥夹风化石，“天晴一把刀，落雨一包糟”，山坡地宜耕性极差，村民主要靠种植洋芋、红苕、苞谷“三大砣”为生，长期在温饱线上挣扎。

“但是这里的土质、日照、海拔高度和气温都特别适合种李子。这里的李子比山外晚熟一个月，而且果大、均匀、粉质多、味道甜脆。村里历来有种植李树的习惯，只是因为长期处于‘散打’状态，一直没有发展起来。”时任万州区林业局副局长郭毅告诉记者。

“要想富，栽李子树！”2002年，石碾村抓住退耕还林还草工程实施的契机，一口气栽植李子树4000亩。

在万州区林业局的支持下，2009年巩固退耕还林还草成果项目再次落地石碾村，村里将李子树面积扩展到1.20万亩。

林福森算得上最早从外地打工回村的那批年轻人之一。他从最早栽种的几亩李子树起家，现在已经发展到了265亩。

舒权辉告诉记者，李子产业发展带动村民成功走上了致富路，2016年石碾村人均收入超过2万元，户均收入百万元以上的有5家，40万～80万元的40多家，20万元以上就更多了，家家户户盖新房，很多村民买了小汽车。

退耕还林还草将石碾村变成了远近闻名的李子村，村里的森林覆盖率提升到了80%，过去的穷山窝成了金山银山。

山绿、水清、人富，是退耕还林还草赚来的生态福利。增绿就是增收，造林就是造富，退耕还林还草让群众在绿水青山中脱贫致富。乡村美了，百姓富了，过去财务亏空的乡村集体经济也发展壮大了，街道、医疗、卫生、学校、健身各种设施也不断完善，村容村貌日新月异，村里人的日子越过越红火。

4. “还出”绿色变革

在极边名城云南腾冲，有个发端于清康熙年间的古村落，上千户民居依山而建、错落有致，翘角飞檐、青砖黛瓦，与绿树、清溪、湖水相辉映，宛如一幅诗意山水画。

深藏崇山峻岭，中和镇新岐社区过去一直默默无闻，近年来却声名鹊起，除了其古朴的文化魅力，还在于这个传统村落发生的一场引人关注的绿色变革。

因为大山阻隔，道路不通，信息闭塞，村民过去的生活并非如诗如画。新岐村曾经是腾冲市18个特困村之一，村里流传过一段顺口溜：“新岐小地方，八月十五下大霜，吃的是荞果饭，泡的是苤菜汤。”

2000年，村民段生海从外地打工回村，在村里转悠一圈，拍下了一组现在看来十分珍贵的“风景照”：村后的山坡上，四处是斑驳的补丁，那是庄稼收获后，红土裸露出来的样子。

穷山坳里，村民没有别的路子，就在山上种苦荞、苞谷等农作物，一年到头忙死累活，日子依然过得苦兮兮。山上水土流失越来越严重，下雨天，山溪流的是泥浆子，泥泞的村路上拔不动腿。

对新岐人来说，2002年是个意义深远、不可忘却的年份。村民祖祖辈辈沿袭下来的生产生活方式、思想观念乃至村里的产业结构，从这一年开始，发生了颠覆性的改变。

段生海拍下那组镜头没过两年，村里实施退耕还林还草，虽然村干部把这项政策说得都挺好，但村里还是炸开了锅。

云南省腾冲市2002年退耕还林还草——ß林茶兼种
张庆留 摄

“我们新岐本身耕地就不多，好端端的山地不用来种粮食，却要用来种树！”

“饭都还吃不饱，根本就是瞎干！”

“村干部吃错药了，脑子进水了！”

村干部一方面挨家挨户反复宣传国家的退耕还林还草政策，给村民算种粮和种树的经济账，算眼下和长远的发展账；一方面带头退耕，村委会老主任闫生琼就把自家5亩耕地都退了下来，全部种上了树。

第二年，骡马驮着国家补助的粮食浩浩荡荡进了村，部分思想守旧、将信将疑的村民才彻底转过弯来：“农民不种庄稼，就有粮食吃，村集体帮助种树，国家给粮给钱，钱、粮和树还是自个儿的，这个政策天底下最实惠！”

新岐退耕还林还草以生态林为主，主要树种为秃杉、旱冬瓜、光皮桦、华山松、杉木等。考虑到获益周期较长、造林技术及管护标准高等因素，村民委员会与退耕农户签订了承包经营协议，由社区统一调苗，统一组织专业队造林，统一进行管护，退耕还林还草补助粮款归村民所有，村民参与造林管护时由社区发放工资。林木有收益时，按“三七”分配，农户得七成，集体得三成。

在优厚的政策机制激励下，村民退耕还林还草的热情空前高涨，许多当时的反对者也争先恐后抢着退耕，有的还成了造林大户。

种树比种苦荞和苞谷更划算，一些村民没有补助也自发地搞起了退耕还林还草，全村6000多亩的退耕还林还草任务，实际退了1.20万亩。

后来，新岐社区又依托巩固退耕还林还草成果、国家木材战略储备林、木本油料产业等项目，组织村民投工投劳，把全村能种树的地方都栽上了树，绿了个遍。

2006年，在实行集体林改时，新岐社区党总支充分征求群众意见，并争取上级党委、政府的支持，在全省第一个吃“螃蟹”，实行村集体、村民小组、农户“三三制”山林权属发展模式，农户、村民小组、村集体各有2万多亩林地，并由社区党总支牵头，成立了8个林场和2个农民林业专业合作社，进行统一管理，集约经营。

种植结构变了，产业结构变了，生产方式和思维方式也在变。新岐社区带领村民念好“山字经”，走以林兴村、以林养农、以林富农的绿色发展新路，除了经营好以秃杉为主的用材林，他们大力发展以泡核桃和红花油茶为主的特色经济林、以草果为主的林下经济，同时，在特色经济林基地建起了4个林下生态养殖场，探索“林、饲、畜、沼、肥”发展新模式，林地的产出效益又提高了一大截。

在退耕还林还草工程带动下，新岐成了腾冲市有名的林业大村。目前，新岐社区有林地面积达7.60万亩，全村人均拥有15亩用材林、6亩经济林，森林覆盖率高达95%，林业资产总值达4亿元，村民人均年纯收入1万多元，社区集体收入300多万元。

社区集体经济壮大了，村里的各项公益事业也有钱办了：60岁以上村民逢年过节有了慰问金；独生子女户、双女户、困难户、军烈属户都有补助；村里建起了漂亮的广场，安装了健身器材，各种文化活动更加丰富多彩；通往腾冲城区的主干道修通了，新岐成为腾冲山区农村通柏油路第一村；社区更加和谐稳定，村民的林子“托管”给社区，这些年没发生过一起森林火灾。

更让村民感到安稳和富足的是，山上“绿色银行”的绿色资产每年都在不断地悄然增值，那里面承载着满满的希望和福祉。

时任新岐社区主任闫生彪算了一笔账：“在林业部门的支持帮助下，我们正在对全社区森林实施抚育，以秃杉为例，每年每亩生长量约1立方米，按现价估算，通过抚育，10年后仅1万亩秃杉直接经济价值就可达1亿元。”

源起退耕还林还草的绿色变革，让新岐绿了富了，也让新岐人底气更足、眼光更远，他们在打好生态牌的基础上，正以“古村落、新风貌”为目标，深挖农耕文化、民俗文化的深厚沉淀，谋划乡村旅游的美好图景。

补记：引入BOT模式，创新产权关系。四川省威远县将无花果确定为巩固退耕还林还草成果后续产业项目和现代林业产业重点县建设项目，从2011年开始探索BOT模式，创新退耕还林还草产权关系，催生无花果产业奇迹。通过BOT模式，威远县先后引进了金四方果业、四川万成、久润泰、汇丰4家公司，集中连片发展无花果1.20万亩，成立了10多家无花果种植农民专业合作社，密切了与种植农户的利益联结，形成了种植、收购、加工、销售一条龙产业链，无花果产业基地发展专业村20个，从业农民达8万人，栽种面积5.30万亩，年产量3.30万吨，占全国总产量的20%。

五、竹子，绿了山川富了百姓

中国南方一些地方，农民有在房前屋后零星种植竹子的习俗。让人们没想到的是，中国实施的退耕还林还草政策，让许多贫困山区的竹子长成一个了不起的大产业，绿了山川，富了百姓。

国家林业局调研组的同志说，一些工程区地方党委、政府抓住退耕还林还草契机，因地制宜做足竹子这篇大文章，做大做强了竹产业，从而释放出生态扶贫的新动能，成功地实现了大地绿、乡村美、产业兴、百姓富，用鲜活的实例生动地诠释了绿水青山就是金山银山的理念，为乡村振兴战略的推进提供了重要启示。

1. 退耕还林还草，竹子脱颖而出担当重任

贵州省赤水市地处乌蒙山集中连片特困地区。这里山多、坡陡、地少。过去，农民只有在山上刨土种苞谷一条活路，一场暴雨下来，滑坡、泥石流便将一年的收成全毁了。这种恶性循环，不断在贫困山区上演。

2001年，赤水市启动退耕还林还草，选择竹子作为当家树种。赤水市林业局副局长黄仕平说：“我们希望把治理生态和拔掉穷根结合起来，寻求一条营造生态林、长出经济树的退耕还林还草之路，最好是能还出一片绿色，富裕

一方百姓，达到用经济效益保障生态成果，用生态成果促进百姓脱贫致富的双赢目标，竹子可以担此大任。”

贵州省赤水市退耕还竹
高立鹏 摄

竹子在赤水分布广、品种多、易成活、郁闭成林快，有可靠的生态效益，同时又可实施间伐，每年都可以为农民带来经济收益。

赤水市成立了以市委书记为组长、市长和常务副市长为副组长的领导小组，高位推进退耕还竹工作。这一模式也得到了广大干部群众的一致认同和支持，赤水竹子种植面积由此迅猛扩大。

2000年前，赤水市竹林面积只有53.20万亩，2001年列入国家退耕还林还草工程试点以来，全市竹林面积飞速发展到132.80万亩，居全国第二，农民人均种竹面积达6亩，居全国第一。

当时，那些祖祖辈辈就有种竹习惯的农民并不知道，他们这次漫山遍野的种竹行动，为全市后来的竹产业发展和扶贫攻坚打下了坚实的资源基础，也极大地改变了自己的生产生活方式和命运。

随着竹林面积的快速增长，赤水市森林覆盖率从2000年的63.40%增加到2017年的82.85%，居贵州全省之首；赤水河出境泥沙含量比退耕造竹前明显降低，年减少泥沙量在400万吨以上，赤水真正实现了山更绿、水更清、天更蓝。

2. 政策扶持，一根竹子撑起支柱产业

重庆荣昌区原本没有麻竹，因为退耕还林还草，从广东省英德市引种的麻竹，在荣昌星火燎原。外来的小小麻竹，在荣昌退耕还林还草中抢了头功。

年过花甲的汤后木，是峰高镇五马村村民，说起退耕还林还草，直夸这政策“黑巴适”：“过去，老百姓在山坡坡上种苞谷、红苕、小麦，一年到头，累死也就能混饱肚子。后来，上面让搞退耕还林还草，补钱补粮给种苗。栽上了麻竹后，有名的贫困村没几年就脱贫了，现在一亩地一年净赚2000多块!”

荣昌区地处川、渝、黔“西三角”，是成渝经济走廊的桥头堡，地貌以浅丘为主，人均耕地面积仅0.80亩，中强度水土流失面积曾占全区面积的近50%。

1998年，荣昌区林业部门抱着试一试的想法，从广东省英德市引进麻竹品种，试种了12亩。那时，许许多多像汤后木那样的村民谁也不曾料想，自己的生活会被一根竹子彻底改变。

2002年以来，荣昌区累计实施退耕还林还草工程32.80万亩，经过退耕还林还草成果巩固专项工程及其他项目的推动，荣昌麻竹从无到小，从小到大，从大到强，由引种时的12亩扩展到15万亩，成为西南地区最大的麻竹产区。

与常见的赤竹、黄竹、楠竹相比，麻竹最大的优势是产量高，平均每亩麻竹每年可产竹笋两吨，数倍于普通竹笋产量。麻竹笋能做食品，竹笋加工剩余物还能做动物饲料和蘑菇种植基料，竹竿能做竹材、竹削片、竹胶合板，竹叶能卖粽叶出口，竹林下还能种草、养禽、育竹荪。

关于麻竹的这些事，荣昌竹农做得风生水起。目前，荣昌区笋竹资源循环利用产业链已开发出7大系列30余种产品，年加工销售麻竹笋8万吨，笋竹产业总产值5亿多元，竹农人均纯收入增加1100元，荣昌区因此被中国经济林协会授予“中国麻竹笋之乡”称号，还被原国家林业局确定为首个国家麻竹生物产业基地。

峰高街道旺农麻竹专业合作社主任李德江说：“发展麻竹产业，面对的是瞬息万变的市场，村民单家独户，力量弱小，信息不灵，也判断不清市场需求，必须得有中间组织来帮助村民与市场对接，村民抱团闯市场，利益才能最大化。”

像旺农这样的农民林业专业合作社在荣昌全区有40家，荣昌区也被原国

家林业局确定为“全国首批农民林业专业合作社典型示范县（区）”。

旺农麻竹专业合作社现有社员1556人，带动周边农户3786人，通过“合作社+农户”的模式，峰高街道共发展麻竹2.50万亩，建立了云教、千秋、五马村3个麻竹高产示范基地，每年产笋1万吨，销售竹叶700吨。

林下套种竹荪，是荣昌区一些专业合作社这两年力推的重要项目。麻竹林下套种竹荪，新鲜竹荪每公斤能卖36元，而干竹荪每公斤可卖400元。1亩林地可收鲜竹荪350公斤，干竹荪70公斤，只算干竹荪，每亩可收入28000元，竹农可获纯利1.50万元左右。

为了解决笋竹产品卖难之忧，荣昌区加大政策扶持，着力培植、引进能“吃”竹产品的“大胃王”龙头企业，鼓励龙头企业以“公司+基地+农户”的模式，参与麻竹基地建设，布局笋竹产品精深加工。同时，在审批、用地、资金等方面给予扶持，为竹笋食品加工等林业龙头企业和林农个体发展林业产业提供贷款100万元的贴息扶持。此外，区上还通过巩固退耕还林还草成果专项工程等项目，以财政补助等形式扶持龙头企业和产业发展。

在政府的组合政策引导下，一批笋竹产品龙头企业应运而生，竹农、大户和合作社吃下了定心丸。

荣隆镇果园村村民唐家洪早些年租用邻村农户土地203亩，结合退耕还林还草政策栽种麻竹1万株，所产麻竹笋全部由包黑子食品有限公司订单收购。

包黑子食品有限公司号称中国的“竹笋大王”，已经成功开发生产竹笋系列产品5大类40多个品种，产品畅销全国各地。

通过扶持发展龙头企业、吸引社会力量投资办厂等举措，荣昌区形成了竹笋、竹叶、竹材、竹苗、竹笋加工剩余物综合利用5大产业，开发出了7大系列30多种产品，建立起了“政府主导+企业订单+竹农收益”的麻竹生产线，确保了辖区内的龙头企业就地取材，竹农就地生财，竹业做大做强，区域绿色发展。

十几年来，荣昌区上下合力推动退耕还林还草，把一根竹子做成了绿色支柱产业，把荣昌区变成了川渝地区利用退耕还林还草政策发展笋竹产业面积最大、效益最好的区县，这体现了一种定力，更证明了一种远见。

3. 摘掉穷帽，百姓过上富“竹”生活

贵州省赤水市两河口镇黎明村坐落在大山旮旯里，曾经是有名的“穷三多”村：失学儿童多，光棍汉多，无业游民多，全村贫困发生率曾高达26%。

这个村摘掉“穷三多”的帽子，多亏了退耕还林还草种下的一片片竹林。

如今，漫山遍岭的竹林已长成黎明村的“绿色银行”。2017年，村民卖竹卖笋收入人均7000多元，全村人均可支配收入达到了1.40万元，36户村民现在都开上了小汽车，很是风光。

黎明村仅是赤水市51个贫困村脱贫摘帽的缩影。

退耕还林还草以后，赤水市低效益的传统农作物被竹子所代替，实现了农村产业结构大调整，全市毛竹年采伐量达1200万株，杂竹年采伐量近100万吨，鲜笋产量达5万吨，20万竹农每人每年出售竹原料增收超过5000元。

为了让资源优势变成产业优势，赤水市委、市政府加大招商引资力度，大力发展龙头企业，完善竹产品加工链条，逐步实现了从卖原竹到卖竹制品的转型，加快了新型工业化发展的进程。

赤天化纸业股份有限公司每年能“ 吃”掉上百万吨的竹子，直接带动赤水竹木加工企业60多家。

以赤天化25万吨竹浆林纸一体化项目和30万吨生活原纸制品项目为龙头，赤水市形成了造纸、建材、竹地板、竹纤维、竹工艺品、竹生态食品等涉及10多个领域近300个品种的竹产业链条，花样繁多的赤水优质绿色竹产品纷纷走出大山，畅销20多个省（自治区、直辖市），以及欧美17个国家和地区，竹加工业产值占全市工业总产值的40%。

贵州新锦竹木制品有限公司总经理姚连书说，他们公司150名工人，都是当地村民，每月工资3000元。竹产业发展起来后，本地村民不够用，很多竹工厂只能跑到外地招工。

蓬勃发展的竹产业，成为赤水市产业扶贫的一支奇兵，在脱贫攻坚战中势如破竹。2017年，全市全面小康实现程度达97.60%，农村人均可支配收入达11053元，贫困发生率降至1.43%。

赤水市借助浩瀚的竹海，发展生态产业，办起乡村旅游，带动竹林客栈、旅游小商品等服务业的发展，催生了新型产业，有效推动了全市产业结构调整和农村富余劳动力转移。

大同镇华平村贫困发生率曾高达27.6%，被列为省级三类贫困村。村党支部书记李洪刚领着村民退耕还林还草栽竹子，建起了农民专业合作社，鼓励、引导村民办竹林客栈，搞乡村旅游，在山上散养乌骨鸡，一只竹林乌骨鸡能卖到上百元。2017年，全村160户贫困户中有132户脱贫，贫困发生率降到了

2.68%。

“华平村长期处于‘空壳村状态’，集体经济薄弱，财政亏空。如今，村集体经济也发展壮大，每年有了40余万元的进项。”李洪刚说。

黎明村森林覆盖率达95%，他们依托竹海资源和大瀑布景区，在发展竹产业的同时，大力发展乡村生态旅游，仅漂流项目一项年收入就达318万元。

村支书王廷科说：“漂流项目采取股份合作制，由村集体牵头领办，村民5000元一股投资入股，60%的收入由村民按股分红，村集体留40%，村里的各项公益事业也有钱办了。”

生态旅游不断升温，让复兴镇凯旋村村民袁友堂看到了商机，他在村党支部的帮助下，贷了款，在五场坝开了休闲农庄，聘请5个村民做厨师和服务员，一年收入20万元。现在，凯旋村3000多人，就有一半直接或间接吃旅游饭，像袁友堂这样办起农家乐的有150多家。

通过“党支部+企业+贫困户”模式，赤水市重点实施了十万亩金钗石斛、百万亩商品竹林、千万只乌骨鸡、万亩水产养殖工程，构建起山上栽竹、石上种药、林下养鸡、水里养鱼的立体循环生态产业体系。

赤水市委书记况顺航说，赤水市正在实施的这个“十百千万”工程，带动了2万余贫困人口增收。另外，乡村生态旅游也带动4000余贫困户9000余人走上旅游路、吃上旅游饭、发上旅游财，实现了绿色发展和长效脱贫。

4. 一根翠竹，撑起幸福高地

四川盛产竹，山区、平坝，笼笼翠竹到处可见，有“竹乡”之誉的地方不止一处。近年来，借助退耕还林还草工程，四川大力发展竹产业，竹林面积已达1752万亩，位居全国第一。

“宁可食无肉，不可居无竹”，在泸州市纳溪区这片被“盖章”了的“中国特色竹乡”，东坡先生的名句生动诠释了百姓的生活日常。

退耕还林还草工程实施后，纳溪区因地制宜，鼓励林农大力造林种竹，全区93.20万亩林地面积中竹林占77万亩。在这里，竹子肆意地生长，一年四季给予人们慷慨馈赠。一个个普通农户，尊严与梦想，幸福与满足，都隐藏在一根根翠竹背后。

“竹林下搞种养业，收入增长几十倍，可惜我们以前没有找到金钥匙，只能守着青山绿水受穷。”49岁的竹农龙朝贵说。

龙朝贵的家在纳溪区白节镇回虎村，是蜀南竹海核心区。“区里大力发展竹产业，我就结束打工，回乡创业。”龙朝贵说，他开展竹下种植3年了，去年种30亩竹荪，赚了四五十万元。

“过去，青壮劳动力大多外出，留守在家的基本都是60岁以上的老人，村里满山荒地着实可惜。”与龙朝贵有着相同经历的村主任李俭强告诉记者，退耕还林还草之前，村里很多土地管理粗放，没有被合理利用，处于半荒芜状态，已有的竹林没有科学施肥、间伐和垦复，导致竹品质低、产量不高。以每百公斤毛竹76元的市场价计算，剔除砍伐、运输成本，最后到竹农手中的每亩收益不超过200元，甚至只有几十元。

依托退耕还林还草政策，政府通过免费提供种苗、企业保护价收购等一系列激励措施，鼓励村民们在荒山坡地、田边地角大栽竹子。同时，结合纳溪区打造百亿竹产业发展布局战略，按照“适地适竹”的原则，连片规模发展以楠竹为主的笋竹两用产业。

如今，历经10多年的发展，回虎村楠竹林面积已有7000余亩，昔日的荒坡荒地披上了怡人的绿色，不仅让回虎村形成了天然的竹海景观带，美化了乡村环境，而且由于楠竹的竹鞭密布，盘根错节，让村里水土流失严重的现象得到根本控制，生态得到根本改善。

满山翠竹扮靓乡村，还向村民传递出了致富信息。在两个专业合作社的带动下，村民积极发展毛竹粗加工以及竹笋、竹荪、林下中药材种植、林下养鸡等特色产业，全村竹荪种植面积现已达120亩，每亩竹荪投资约1万元，产值约2.5万元。20户竹农正跟着村干部学习种植竹荪的技术。

地处蜀南几大产竹基地腹地，纳溪区是全国十三大杂竹县区之一，种植杂竹和竹加工的历史悠久。但过去纳溪区丰富的竹资源并未得到充分利用，附加值较低，竹加工企业也都是些简单的粗加工。

退耕还林还草后，如何将体量庞大的竹林资源转化为区域社会经济发展的绿色动力？纳溪区在大力发展竹原料基地的同时，着力产业发展，实现原料基地和产业基地有机融合。“现代产业必须有原料作支撑，有了原料基地还必须有龙头企业转化带动，两者相互依赖，相辅相成。”副区长邓小军说。

泸州市纳溪区渠坝镇四川银鸽竹浆纸业有限公司生产车间内，机声隆隆，工人忙碌。竹子从流水线的这一头“吃”进去，经过多道工序，最终被压制成竹浆板入库码放。公司负责人告诉记者，通过技改升级，扩大产能，公司年制浆能力8万吨，造纸10万吨，为9万户竹农18万人带来出售竹片收入2亿元，人均增收1000余元，同时带动近5000人就业。

“粮草”的丰富，为纳溪区竹产业发展提供了广阔的舞台。时任泸州市副市长薛学深介绍，以四川银鸽纸业、圣峰纸业、兴乐食品、竹韵家具等为龙头，已有130余家竹加工企业相继落户，80多个竹木产品涉及造纸、竹炭、竹酒、竹笋、竹编、竹纤维、竹压板等方方面面，对竹子的开发利用可谓是“吃干榨净”，小到竹纤维袜子、毛巾，大到竹制家具，新工艺的运用，让每一寸竹子都得到了充分转化。

在泸州纳溪竹韵贸易有限公司的原料加工车间，负责人周蓉告诉记者，他们大力发展竹循环经济，比如楠竹，只用中间部分做家具，其他的用来生产竹筷、烧烤签、竹炭、菌渣。还将经过开片、拉丝、脱糖、防霉防虫工序处理的竹签，发放给周围几百户农户再加工做成灯饰，以提高附加值，带动就业。

从卖原竹到竹加工、从用竹竿到用全竹、从分散加工到集聚发展，纳溪区通过“政府搭台、企业唱戏”，逐步打造“把一根竹子吃到底”的全产业链，实现竹产业从资源经济化向生态产业化的转变。

竹海和茶园是纳溪区两道最美的风景线。纳溪区高山上种的多是竹，低山缓坡上种的则多是纳溪特早茶。竹和茶相映成趣，将纳溪区营造成一个世人向往的世外桃源，吸引了无数游人的目光。

时任纳溪区林业和竹业局局长邹敏介绍，过去竹农多是靠采伐竹子、挖笋、种地为生。随着退耕还林还草工程实施，大大小小的“竹海”逐渐发展起来，这几年不少村民悄然吃上了“旅游饭”。除了观光赏景，一到笋上市的季节不少城里人还前来林中体验采挖竹笋等农事活动，或在林中买点生态土鸡，村民也欣然从单纯的竹农转变为经营者、工人、农家乐老板。

“以前，客人来竹海旅游只是赏赏景，逛逛竹林，临走时买些鲜笋、笋干，而这两年，越来越多游客在游玩中不仅要求吃笋宴，还提出自己动手挖笋，我们只是负责指导他们如何发现藏于泥土中的冬笋及采挖方法，挖的笋子游客全部买走，价格还高于市场价，也为我们节约了上街卖笋的时间。”李俭强告诉记者，往年冬季就进入淡季的一个个农家乐，随着冬笋采挖体验的推出和升温，村里的5家农家乐，少则一天两三桌，多的有五六桌，实现营业收入六七百至上千元。

万顷竹海万般景，不卖山水卖风光。靠着竹子种植优势发展竹产品加工，再靠生态优势开拓竹海旅游，纳溪区在退耕还林还草工程中下“竹”工夫，使一二三产业深度融合。如今，“接二连三”的片片竹林，已然成为“带动多个产业、撑起一方经济、致富全域百姓”的金钥匙。

第三章
改变的不只是山水

陕西省延安市安塞区镰刀湾镇新胜村退耕还林后，黄土高坡变绿色画卷
延安市林业局供图

作为迄今为止我国政策性最强、投资最大、涉及面最广、群众参与程度最高的一项重大生态工程，作为一场席卷我国广大农村的波澜壮阔的“绿色革命”，作为一次生态文明理念和发展观的深刻实践，退耕还林还草整治万里河山，修复国土生态，大大拓展了中华民族的生存发展空间，彰显了中国人民齐心共筑绿色梦想的坚强意志和磅礴力量。

20年退耕还林还草，改变的不只是生态，改变的不只是山水，从自然生态开始，它正深刻影响着中国社会经济发展的方方面面。

一、生态惠民，助力社会稳定和谐

从直补到户的政策性收入，到多点触发促进增收，从改变山水的绿色变革，到生态文明理念深入人心，退耕还林还草普惠西部地区、民族地区、革命老区、边疆地区、贫困地区，惠及亿万农民，有力促进了社会稳定和谐，真正做到了生态惠民、生态利民、生态为民。

游客在江西省抚州市南丰县市山镇包坊村橘园采摘蜜橘
拍摄于2017年11月　南丰县宣传部供图

为筑牢国家生态安全屏障助力，促进区域经济、社会协调发展。

广阔的西部地区是我国重要的生态安全屏障，具有十分重要的生态区位和十分脆弱的生态环境。1999年以来，西部12个省（自治区、直辖市）始终坚持走生态优先、绿色发展之路，累计实施退耕还林还草3.16亿亩，占全国退耕还林还草总面积的六成以上，加上水土流失综合治理、天然林保护、重点防护林体系建设等重点生态工程的深入实施，绿色在西部大地不断扩展、延伸，西部生态安全屏障得以加强，欠发达地区的生产生活条件得以改善，地方优势产业和特色经济得以培植，可持续发展能力不断加强，为推动区域协调发展增添了有效动力。

2016年9月，陕西省延长县狗头山全景
杨林 摄

为加快农业农村发展助力，促进脱贫攻坚战取得全面胜利。

贫困地区是退耕还林还草工程建设的主战场，新一轮退耕还林还草是生态扶贫的重要举措，2016—2020年，贫困地区累计完成退耕还林还草4665.3万亩，占同期全国退耕还林还草总面积的78.30%，为全面打赢脱贫攻坚战作出了积极贡献。

农业农村面貌焕然一新。退耕还林还草后，农村生产方式由小农经济向市场经济转变，生产结构由以粮为主向多种经营转变，粮食生产由广种薄收向精耕细作转变，畜牧业生产由散养向舍饲圈养转变，促进了传统农业逐步向现代农业转型。退耕还林还草调整了土地利用结构，改善了农业生产环境和生产条件，促进了农业生产要素转移集中，有效改善和丰富了食物和营养结构，保障和提高了贫困地区农业综合生产能力。贵州省在新一轮退耕还林还草工程实施过程中引导贫困地区发展刺梨、桃李、花椒、樱桃等精品经济林，实现了生态与产业协调发展，生态改善和精准脱贫齐头并进。

贫困农民收入有效增加。退耕还林还草后，国家政策补助增加转移性收入，后续产业增加经营性收入，劳动力转移增加工资性收入，林地流转增加财产性收入，贫困农民收入稳定增加。据国家统计局监测结果，2016年退耕农户人均可支配收入10204元，比2013年增加3381元，年均增长率为

14.40%，比同期全国农村居民增速高2.80个百分点。云南省将93.70%的退耕还林重点安排在建档立卡贫困户实施，24.80万户99.30万贫困人口通过政策性补助增加收入；四川省凉山州59%的贫困人口受益于退耕还林，户均累计获得补助资金1万余元。

为加强民族团结助力，促进民族地区社会稳定。

占全国国土总面积64%左右的民族地区，大多处于边疆或接近边疆地区，由于历史等原因，经济、社会发展相对滞后，自然生态环境比较脆弱，是我国生态环境建设的前沿阵地。退耕还林还草持续的政策直补使退耕农民有相对稳定的收入，持续的生态治理使生产生活条件不断改善，因此，退耕还林还草在民族地区被称为“维稳”工程，对于加强民族团结、维护社会稳定发挥了极其重要的作用。

云南省临沧市双江自治县退耕还林

在云南省，全省民族地区实现退耕还林任务全覆盖，占全省总任务的53%，贡山独龙族怒族自治县独龙江乡人均退耕还林1.75亩，林下种植草果，2018年农民人均纯收入达到6122元，是退耕前2001年的12.40倍，实现整乡、整民族脱贫的同时，极大地推动了地区民族团结。在新疆，退耕还林林果基地让民族团结新村建设如虎添翼，南疆地区依托750万亩退耕还林建设任务，带动形成环塔里木盆地1200万亩特色林果业基地，亩均收入达到数千元甚至上万元，成为促进民族和谐稳定的有力抓手。

为不断改善社会关系助力，促进人与自然和谐相处。

退耕还林还草政策公开透明、家喻户晓，政策执行掷地有声、成效显著，千千万万老百姓从工程建设中得到了看得见、摸得着的实惠，群众获得感不断增强，农民对政府治理效能满意度不断提升，这使得党和政府在群众中的威信进一步提高，党群关系、干群关系进一步加深。

退耕还林还草是千千万万老百姓身边的生态工程，他们亲自组织施工和管理经营，亲身经历从广种薄收的传统耕作到特色产业迅速发展的美丽蜕变，亲眼看见从水土横流风沙肆虐到山青水绿花艳果香的华丽转身，从刚开始对政策的不理解不相信，到不断收获实惠转变认知，在这个过程中，人与自然和谐相处无形中早已深植于心、付诸于行，成为构建社会主义和谐社会的基本共识。

二、绿色增长，唤醒全民生态意识

退耕还林还草深刻改变了民众的思想观念，影响了人类的生产生活，助推各地特别是西部地区走上绿色发展之路。

广大群众在亲历了退耕还林还草带来的生活环境翻天覆地的变化，见证生态不断向好的过程后，对于来之不易的建设成果更加珍惜，也极大增强了参与创建美好生态、保护生态环境的思想自觉和行为自觉。

贵州省安顺市紫云县火花平寨四季花果园
拍摄于2018年5月

退耕农民在受益于工程建设的同时，对生产发展、生活富裕、生态良好的文明发展道路，有了更深刻的认识，生态意识显著增强。有的群众说，山青水才秀，林茂粮则丰，穷山恶水永远富不了。

甘肃定西赵家铺万亩退耕还林

20余年的退耕还林还草实践更是让人们深刻地意识到生态建设的长期性和艰巨性，充分认识到面对资源约束趋紧、环境污染严重、生态系统退化的严峻形势，生态文明就是中华民族永续发展的千年大计，退耕还林还草就是中国政府跨世纪的伟大工程，充分认识到改善生态绝不可能一蹴而就，不能急于求成，必须有足够的战略定力，需要久久为功、步步为营。

被誉为全国退耕还林第一市的延安，在当地干部群众的共同努力下，一任接着一任干，从1998年在吴起县开封山禁牧先河，到1999年在全国率先试点，再到2013年自筹资金率先重启新一轮退耕还林，倾全力描绘陕西的绿色版图。让“郁郁青山”构筑起黄土高原的绿色屏障，“蔚蔚蓝天”成为延安的亮丽名片。

从“兄妹开荒”到“兄妹造林”，老区人民20年如一日，艰苦奋斗、持续付出，终于实现了生态逆转，再次用延安精神树立了生态文明建设的标杆。

吕梁市退耕还林工程

继延安之后，退耕还林还草在全国各地开花结果，赢得了人民群众的广泛支持和拥护，很多有识之士认为退耕还林还草的决策实施是我国农村继土地改革、家庭联产承包责任制之后的“第三次变革”，意义非凡。

作为退耕还林还草大省的山西，地方干部深情地总结说：“更深意义上讲，退耕还林还草退的是传统保守的思想观念，还的是文明绿色的发展理念；退的是粗放落后的生产方式，还的是集约高效的致富路径；退的是群众广种薄收、入不敷出的满目惆怅，还的是百姓生态宜居、产业兴旺的美好希望。”

退耕还林还草带来的良好生态环境是最公平的公共产品，是最普惠的民生福祉。直补到户政策普惠人民，工程实施依靠人民，建设成果由人民共享，人民有了越来越多的幸福感、获得感，参与积极性越来越高，成为我国生态建设不断推进并取得成功的重要法宝。

退耕还林还草成果不断释放的巨大红利，广大民众受之用之。许多地区生态旅游、休闲采摘、森林康养等新型产业业态得到了快速发展，“绿水青山”正在变成老百姓的“金山银山”。

人民群众亲历了身边由“黄”变“绿”，由“绿”变“美”，由“美”变“富”，这种变化也促成了全民生态认知的转变，成为一次深刻影响全民生态意识的思想启蒙运动。

云南省临沧市临翔区遮奈村，拍摄于2018年7月

罗天旺 摄

20余年的工程建设和实践，已经成为生态文化的“宣传员”和生态意识

的“播种机”，生态优先、绿色发展的理念深入人心，敬畏自然、崇尚自然的社会风尚日渐浓厚，绿色低碳、文明环保的行为习惯蔚然成风。人们对生态文明有了更加深刻的理解，修复生态、保护自然成为广泛共识，天蓝、地绿、水清成为普遍的追求。

四川省作为退耕还林还草先行试点省份之一，工程对社会生态意识的影响也最深。四川省在给农民的退耕补助粮袋上，都印上“退耕还林大米”字样，粮站保证粮是好粮，运输保证畅通无阻。一些山区的农民手捧白花花的大米，含着泪说：“再不种好树对不起国家。”朱镕基总理对此给予高度评价，说明中央的政策已经深入人心。

退耕还林还草工程实施20余年来，自贡累计完成中央投资12亿元，累计实施退耕还林85万亩，森林覆盖率由14.93%提高到35.22%，漫山遍野都被葱郁森林包围着，登高远眺，“天府之国”绿意盎然。在这里，广大群众积极参与退耕还林，自觉投身工程建设，真正成了生态建设的主体。

长期跟踪中国退耕还林还草工程的美国北卡罗来纳大学教堂山分校宋从和教授团队的研究表明，“退耕还林还草在中国成功地实现了土地利用方式的变革，对农村居民产生了深远的影响，是深受中国老百姓欢迎和支持的项目”，从最初的政府动员“要我退”到之后的民众自愿“我要退”，说明生态文明理念已经根植民间。

三、创新实践，展现大国责任担当

人类只有一个地球，如何构建人与自然的和谐关系，共同打造绿色宜居的家园，实现人类文明社会的可持续发展？中国共产党首先提出、并被习近平总书记不断充实和推动的“人类命运共同体”这一解决当前国家难题的国家关系全新理念，指出：任何一个国家、地区或者组织都无法单独引领全球性的生态环境治理行动，生态环境的改善，必须且只能从人类命运共同体的角度去解决，“要倡导人类命运共同体意识，在追求本国利益时兼顾他国合理关切”。

退耕还林还草为构建人与自然的生命共同体作出了重大贡献。

2021年4月22日，在“世界地球日”到来之际，国家主席习近平出席领导人气候峰会并发表题为《共同构建人与自然生命共同体》的重要讲话，进一步指出，要共建人与自然生命共同体，并清晰阐明了中国坚持绿色发展的国家战略和履行国际责任的实际举措，为国际社会携手破解气候治理难题注入了强大正能量。

应该说，人与自然的生命共同体不仅关系中华民族永续发展的根本大计，而且还关乎全球生态安全，它是构建人类命运共同体的坚实基础。

长期以来，人类毁林毁草开荒，乱占林地草原，寅支卯粮，欠下了大笔的生态债务。退耕还林还草是将人类欠下自然的生态债务给自然还回去，努力恢复自然生态本来面貌，让天更蓝、山更绿、水更清，实现“替河山装成锦绣，把国土绘成丹青”。退耕还林还草这一创新实践，正是在这一“退”一“还”间巧妙地实现了人与自然的和谐。

20余年来，中国为退耕还林还草投入的人力、物力亘古未有、全球罕见，成就举世瞩目。退耕还林还草是中国增绿的超级大户，为地球增绿作出了突出贡献，成为中国政府重视生态建设、履行国际公约的重要标志。

2019年2月11日，波士顿大学研究人员在《自然》杂志网站上发表的一篇研究论文指出：通过检视美国国家航空航天局（NASA）卫星在2000年至2017年期间收集的遥感数据，研究人员发现了“意外之喜”：全球绿化面积“逆势上涨”，增加了5%，相当于多出了一个亚马孙热带雨林的面积。而在这一波逆势上涨中，中国贡献了全球绿化面积净增长的25%，其中有42%来自森林。这其中，就有退耕还林还草的巨大贡献。

黔西南州册亨县退耕还林

根据第九次全国森林资源清查结果，按我国森林林平均每公顷蓄积79.82

立方米测算，退耕还林全部成林后蓄积量将达27亿立方米，总碳储量约14亿吨，对缓解全球性气候变暖的作用不可忽视。

退耕还林还草效益监测结果显示，工程区的水土流失和风蚀沙化状况得到遏制，工程治理地区生态环境明显改善。美国、日本、澳大利亚等30多个国家和欧盟等有关国际组织对此给予高度评价。

恢复林草植被、改善陆地生态、增加森林碳汇、扼制土地退化……都是中国退耕还林还草工程对构建人类命运共同体、推进人与自然和谐共生作出的直接贡献。

退耕还林还草在构建“共同体”的道路上，为人类减贫事业贡献“中国力量”。

贫困是人类社会的顽疾，是全世界面临的共同挑战。摆脱贫困是中华民族千百年来的夙愿。党的十八大以来，在党中央的坚强领导下，中国组织实施了人类历史上规模空前、力度最大、惠及人口最多的脱贫攻坚战，完成了消除绝对贫困的艰巨任务。

退耕还林还草工程建设重点覆盖贫困地区和少数民族地区。直补到户的政策设计使全国4100万户退耕农户、1.58亿农民直接受益。同时，通过对土地、资金、劳动力等资源的优化配置，农民增收渠道不断拓宽，生态脱贫的成效凸显，绿水青山到金山银山的转化逐步实现，退耕还林还草成为国家精准扶贫战略的有力抓手。

山西临县陡坡山区退耕还林

美国斯坦福大学教授格蕾琴·戴利通过深入研究指出，退耕还林是一个极大的创新项目，中国对退耕还林的大力投入现在开始收获果实，它解决了两个至关重要的问题：保护环境，同时引导产业转型，为农村极端贫困人口提供致富机遇。她认为，退耕还林已经在中国取得了显而易见的成效，其他国家应重视并学习中国的经验，将中国当成一面镜子。

可以说，退耕还林还草为中国的脱贫攻坚作出重大贡献，也为全球减贫拓展了新的思路、探索了新的路径，是大规模减贫和快速消除绝对贫困的中国经验、中国智慧和中国方案中不可或缺的组成部分。

退耕还林还草为全球生态治理提供了首创经验和宝贵借鉴。

退耕还林还草在我国乃至全球都是一项创新性的工作，通过二十多年不断总结完善、持续创新，形成了一整套退耕还林还草工程组织实施和管理的制度体系。

以户为单元的直补政策。退耕还林还草按照“以粮代赈、个体承包”的方式，落实直补到户的政策。在工程实施过程中，各级政府和林草主管部门将退耕还林还草的补助政策宣传到了每家每户；县级人民政府或者受其委托的乡镇人民政府根据作业设计与土地承包经营权人签订退耕还林还草合同，严格载明退耕还林还草各方权利义务，将计划任务安排到每家每户；退耕还林还草合格通过验收后，补助资金直接拨付到每家每户。这种以户为单元、权责分明的机制，退耕农户首次成为国家重点生态工程的基本单元和建设主体，开创了中国乃至世界生态建设的先河。

省负总责的组织管理。退耕还林还草工作实行目标、任务、资金、责任“四到省”，省级政府对工程负总责。国家林业和草原局每年与省级人民政府签订工程建设责任书，并依据年度管理实绩核查和全国营造林综合核查结果等，对责任书执行情况进行通报，落实政府负责制的具体要求。各工程省区高位推动，省、市、县、乡各级均成立了由党政领导牵头的退耕还林还草工作领导小组，层层签订责任状，明确主体责任，确保各项工作落实到位。这种组织方式，充分体现了中国特色，是退耕还林还草能够顺利实施和有序推进的重要保证。

不断创新的机制模式。各地在实践中大胆尝试、积极探索，深化改革创新，激发资本活力，推动工程顺利实施和高质量发展。从山西的专业队施工，到重庆、四川、甘肃的大户集中流转土地规模治理；从湖北、湖南、陕西等地的“公司+合作社+退耕户”联合经营，再到贵州的资源变资产、资金变股金、农民变股东的“三变”模式，20余年来，各地在组织发动、融资投入、产权经营、品牌营销、产业发展等方面积累了一大批可供借鉴的新机制、新模式，在修复方式、植被配置、林下经济、休闲康养等方面探索形成了大量行之有效的新做法、新经验，正是这种创新和变革，引领了退耕还林还草工程建设和实践，激发并充分调动了广大群众和社会各有关方面的积极性，退耕还林还草这一世纪工程的持续推进才有了不竭动力。

规范完备的制度体系。在退耕还林还草的持续实践中，国家从重点环节加强顶层设计，在前期工作、档案管理、组织施工、检查验收、补助兑现、效益监测等重点环节执行了一整套切实可行的办法、规程和标准，使工程建设有章可循、有规可依。特别是《退耕还林条例》的颁布实施，以法规的形式推动生态修复，体现了长治久安的国家意志和法治精神。

应该说，退耕还林还草为构建人类命运共同体，推进全球绿色发展提供了强大动力，其模式和成果是中国为建立美好地球村所创造的中国经验、提出的中国方案，其背后蕴含的思想内涵彰显了在处理全球性生态危机中的中国智慧，让世界看到了负责任大国的重大行动，听到了中国铿锵有力的声音。

四、退耕文化，厚植生态文明理念

退耕还林还草表面上是一项重点生态工程，实际上它是一项特点鲜明的复杂社会系统工程，更是一次意义重大、深远的文明进步和历史变革，与政治、经济、社会、文化、制度、法律、安全等方方面面都直接相关，可谓牵一发而动全身。

二十多年的丰富实践还表明，退耕还林还草不仅仅涉及生态、经济、社会等层面，也深刻地影响了国人的思想文化精神。

退耕还林还草亲历者通过实践深切体验并学会了与自然和谐相处，构建并丰富了退耕还林还草文化。作为工程建设之魂，退耕还林还草文化源于人与自然相处的实践，同时又引领着实践的发展方向，它是生态文化的重要组成部分，也是生态文化的丰富和发展。

坐落在延安市吴起县大吉沟森林公园内的退耕还林纪念馆，以退耕还林重大决策事件为主题，以退耕还林历史进程为主线，采用大量高科技手段，将数字沙盘、电脑触摸平台、4D电影等现代声、光、电、多媒体以及网络技术融入多项展示环节，充分展示了全国退耕还林还草及延安由黄变绿的历程，这是退耕还林还草最为具象的文化产品。

延安市吴起县大吉沟森林公园退耕还林展览馆

退耕还林还草除了给人类提供多种多样的物质类产品，如森林、碳汇等生态产品，用材林、经济林果、竹藤花卉等经济产品，同时，也孕育和创造了丰富多彩的精神类产品，如影视广播、文学艺术、制度体系、科学技术、新风尚等。

退耕还林还草创造的精神财富是多方面的，一系列文化产品应运而生，如退耕艺术（影视广播、摄影、书法、绘画、剪纸等）、退耕文学（报告文学、散文、小说、诗歌等）、退耕制度、退耕科技、退耕生产生活方式、退耕哲学等等。

电影《山丹丹花儿开》就是一部表现中国退耕还林的公益影片，该片以陕北高原百姓由黄变绿治理贫瘠生态环境过程的艰辛为主题，用纪实手法展示了中国生态环境治理任务的艰巨，体现了中国政府治理生态环境的决心和宏大策略，以及全社会为之付出的心血和努力。2017年3月，在第34届美国迈阿密国际电影节（美国四

《山丹丹花儿开》电影剧照

大电影节之一）华语电影单元中，《山丹丹花儿开》荣获本届金灯塔奖“最佳生态影片奖”，剧中饰演“甜枣”的扮演者郭露文获得“最佳女配角”奖。电影节评委会主席焦雄屏女士为这部电影颁奖时表示：“《山丹丹花儿开》宛如一道清流，以淳朴真挚的情感，反映了底层民众对贫瘠生态和自身命运的抗争，谱写了黄土高坡上的一曲当代《信天游》，是这片苦难深重土地上艰苦奋斗人民的生命赞歌，开创了生态主题电影创作的新形式，给国际社会讲述了生态环境变化的中国故事。”

2007年，延安电视台制作了大型系列节目《口述退耕》20多期，次年，同名书籍由中国国际广播音像出版社出版。《口述退耕》的访谈对象上到国家原领导人，下到羊倌等黎民百姓，从不同的角度，回顾退耕还林还草一段段生动感人的历史与故事，节目播出后在受众中引起强烈反响。

“陕北的黄土高原来之不易的绿色意味着人类的命运和民族的希望，也意味着能否为古老文明赋予崭新的生命含义。正因为如此，正在走向绿色的陕北所带给人们的思考和启示也就显得格外珍贵与深刻。”中央电视台十套《探索·发现》栏目曾播出电视纪录片《陕北启示录》，第一集《魂兮高原》为观众讲述了黄土高原上的退耕还林故事，昔日的黄土高原如今已是满眼葱绿，陕北开始向黄土地高原的“黄”色告别。不少观众表示，看到荧屏上陕北高原昔日的尘埃满天、沟壑纵横，再到今天的绿染大地、生机盎然，真的很难想象这竟是同一片土地。

中央电视台播放纪录片：《陕北启示录》

2020年国庆期间，电影《我和我的家乡》持续热映，该片第四单元《回乡之路》，讲述了在陕北地区，邓超饰演乔树林扎根家乡榆林治理荒漠，带领家乡父老退耕还林还草，用自己的力量改变故乡贫穷面貌、带动一方百姓致富的故事。电影生动深刻地反映了陕北地区退耕还林还草、治沙防沙的艰苦以及取得的显著成效，许多观众用“震撼”“心潮澎湃”来形容自己对该影片的喜爱，“它不仅是一部电影，更像是一盏明灯，照耀着我们奋发向上！”

《我和我的家乡》电影剧照

退耕文学以《共和国：退耕还林》《从吴起开始》《把自然还给自然》为代表，全方位、多角度、宽视野地展示了中国实施退耕还林还草这部雄伟壮阔的生态治理运动。

生态文学作家李青松是退耕文学的主要创作人和典型代表，上述报告文学均出自他的手笔。他认为，“用文学的形式呈现生态之美，是生态文学作家的使命和责任。”他用报告文学的方式，描写了退耕还林的历史过程，展示了退耕人的传奇故事，以及灵感、激情、思想和信仰，揭示了退耕文化的定理、法则。

二十多年退耕还林还草的实践探索催生了与之相关的科学研究、实验攻关技术标准，有关的学术论文、专著和宣传信息汗牛充栋。退耕文化传播广泛，影响深远，正深刻影响着社会各界人民群众的思维方式、观念意识、生产生活方式、风俗习惯，催生了独具特色的退耕还林还草哲学和理论。

二十多年的实践证明，党中央、国务院关于退耕还林还草的战略决策，是一项具有远见卓识的英明决策，这场持续二十多年的绿色运动，让神州大地添

陕西省吴起县昔日的黄土高坡披彩挂绿
宗明远 摄

了底色，让华夏儿女守了底线，让中华民族有了底气。不管是西北的黄土高坡，还是西南的岩溶石漠，世纪之交启动的退耕还林还草工程，就像一位神奇的魔术师，把昔日的荒山秃岭，变成了今天的绿水青山和金山银山，改变了山河面貌和人们的精神风貌，为国家繁荣昌盛和民族伟大复兴夯实了生态、文化、思想根基。

让历史告诉未来：绿水青山就是金山银山。由退耕还林还草的生动实践深刻佐证的这一理念，将指引中国生态文明走向充满希望与生机的未来。

附录一 重要文献

退耕还林条例

中华人民共和国国务院令

第367号

（2002年12月6日国务院第66次常务会议通过，自2003年1月20日起施行。2016年2月6日，中华人民共和国国务院令第666号《国务院关于修改部分行政法规的决定》修订）

第一章　总　则

第一条　为了规范退耕还林活动，保护退耕还林者的合法权益，巩固退耕还林成果，优化农村产业结构，改善生态环境，制定本条例。

第二条　国务院批准规划范围内的退耕还林活动，适用本条例。

第三条　各级人民政府应当严格执行“退耕还林、封山绿化、以粮代赈、个体承包”的政策措施。

第四条　退耕还林必须坚持生态优先。退耕还林应当与调整农村产业结构、发展农村经济，防治水土流失、保护和建设基本农田、提高粮食单产，加强农村能源建设，实施生态移民相结合。

第五条　退耕还林应当遵循下列原则：

（一）统筹规划、分步实施、突出重点、注重实效；

（二）政策引导和农民自愿退耕相结合，谁退耕、谁造林、谁经营、谁受益；

（三）遵循自然规律，因地制宜，宜林则林，宜草则草，综合治理；

（四）建设与保护并重，防止边治理边破坏；

（五）逐步改善退耕还林者的生活条件。

第六条　国务院西部开发工作机构负责退耕还林工作的综合协调，组织有关部门研究制定退耕还林有关政策、办法，组织和协调退耕还林总体规划的落实；国务院林业行政主管部门负责编制退耕还林总体规划、年度计划，主管全国退耕还林的实施工作，负责退耕还林工作的指导和监督检查；国务院发展计划部门会同有关部门负责退耕还林总体规划的审核、计划的汇总、基建年度计划的编制和综合平衡；国务院财政主管部门负责退耕还林中央财政补助资金的安排和监督管理；国务院农业行政主管部门负责已垦草场的退耕还草以及天然草场的恢复和建设有关规划、计划的编制，以及技术指导和监督检查；国务院水行政主管部门负责退耕还林还草地区小流域治理、水土保持等相关工作的技术指导和监督检查；国务院粮食行政管理部门负责粮源的协调和调剂工作。

县级以上地方人民政府林业、计划、财政、农业、水利、粮食等部门在本级人民政府的统一领导下，按照本条例和规定的职责分工，负责退耕还林的有关工作。

第七条 国家对退耕还林实行省、自治区、直辖市人民政府负责制。省、自治区、直辖市人民政府应当组织有关部门采取措施，保证退耕还林中央补助资金的专款专用，组织落实补助粮食的调运和供应，加强退耕还林的复查工作，按期完成国家下达的退耕还林任务，并逐级落实目标责任，签订责任书，实现退耕还林目标。

第八条 退耕还林实行目标责任制。

县级以上地方各级人民政府有关部门应当与退耕还林工程项目负责人和技术负责人签订责任书，明确其应当承担的责任。

第九条 国家支持退耕还林应用技术的研究和推广，提高退耕还林科学技术水平。

第十条 国务院有关部门和地方各级人民政府应当组织开展退耕还林活动的宣传教育，增强公民的生态建设和保护意识。

在退耕还林工作中做出显著成绩的单位和个人，由国务院有关部门和地方各级人民政府给予表彰和奖励。

第十一条 任何单位和个人都有权检举、控告破坏退耕还林的行为。

有关人民政府及其有关部门接到检举、控告后，应当及时处理。

第十二条 各级审计机关应当加强对退耕还林资金和粮食补助使用情况的审计监督。

第二章　规划和计划

第十三条　退耕还林应当统筹规划。

退耕还林总体规划由国务院林业行政主管部门编制，经国务院西部开发工作机构协调、国务院发展计划部门审核后，报国务院批准实施。

省、自治区、直辖市人民政府林业行政主管部门根据退耕还林总体规划会同有关部门编制本行政区域的退耕还林规划，经本级人民政府批准，报国务院有关部门备案。

第十四条　退耕还林规划应当包括下列主要内容：

（一）范围、布局和重点；

（二）年限、目标和任务；

（三）投资测算和资金来源；

（四）效益分析和评价；

（五）保障措施。

第十五条　下列耕地应当纳入退耕还林规划，并根据生态建设需要和国家财力有计划实施退耕还林：

（一）水土流失严重的；

（二）沙化、盐碱化、石漠化严重的；

（三）生态地位重要、粮食产量低而不稳的。

江河源头及其两侧、湖库周围的陡坡耕地以及水土流失和风沙危害严重等生态地位重要区域的耕地，应当在退耕还林规划中优先安排。

第十六条　基本农田保护范围内的耕地和生产条件较好、实际粮食产量超过国家退耕还林补助粮食标准并且不会造成水土流失的耕地，不得纳入退耕还林规划；但是，因生态建设特殊需要，经国务院批准并依照有关法律、行政法规规定的程序调整基本农田保护范围后，可以纳入退耕还林规划。

制定退耕还林规划时，应当考虑退耕农民长期的生计需要。

第十七条　退耕还林规划应当与国民经济和社会发展规划、农村经济发展总体规划、土地利用总体规划相衔接，与环境保护、水土保持、防沙治沙等规划相协调。

第十八条　退耕还林必须依照经批准的规划进行。未经原批准机关同意，不得擅自调整退耕还林规划。

第十九条　省、自治区、直辖市人民政府林业行政主管部门根据退耕还林规划，会同有关部门编制本行政区域下一年度退耕还林计划建议，由本级人民政府发展计划部门审核，并经本级人民政府批准后，于每年8月31日前报国务院西部开发工作机构、林业、发展计划等有关部门。国务院林业行政主管部门汇总编制全国退耕还林年度计划建议，经国务院西部开发工作机构协调，国务院发展计划部门审核和综合平衡，报国务院批准后，由国务院发展计划部门会同有关部门于10月31日前联合下达。

省、自治区、直辖市人民政府发展计划部门会同有关部门根据全国退耕还林年度计划，于11月30日前将本行政区域下一年度退耕还林计划分解下达到有关县（市）人民政府，并将分解下达情况报国务院有关部门备案。

第二十条　省、自治区、直辖市人民政府林业行政主管部门根据国家下达的下一年度退耕还林计划，会同有关部门编制本行政区域内的年度退耕还林实施方案，报本级人民政府批准实施。

县级人民政府林业行政主管部门可以根据批准后的省级退耕还林年度实施方案，编制本行政区域内的退耕还林年度实施方案，报本级人民政府批准后实施，并报省、自治区、直辖市人民政府林业行政主管部门备案。

第二十一条　年度退耕还林实施方案，应当包括下列主要内容：

（一）退耕还林的具体范围；

（二）生态林与经济林比例；

（三）树种选择和植被配置方式；

（四）造林模式；

（五）种苗供应方式；

（六）植被管护和配套保障措施；

（七）项目和技术负责人。

第二十二条　县级人民政府林业行政主管部门应当根据年度退耕还林实施方案组织专业人员或者有资质的设计单位编制乡镇作业设计，把实施方案确定的内容落实到具体地块和土地承包经营权人。

编制作业设计时，干旱、半干旱地区应当以种植耐旱灌木（草）、恢复原有植被为主；以间作方式植树种草的，应当间作多年生植物，主要林木的初植密度应当符合国家规定的标准。

第二十三条　退耕土地还林营造的生态林面积，以县为单位核算，不得低于退耕土地还林面积的80%。

退耕还林营造的生态林，由县级以上地方人民政府林业行政主管部门根据国务院林业行政主管部门制定的标准认定。

第三章　造林、管护与检查验收

第二十四条　县级人民政府或者其委托的乡级人民政府应当与有退耕还林任务的土地承包经营权人签订退耕还林合同。

退耕还林合同应当包括下列主要内容：

（一）退耕土地还林范围、面积和宜林荒山荒地造林范围、面积；

（二）按照作业设计确定的退耕还林方式；

（三）造林成活率及其保存率；

（四）管护责任；

（五）资金和粮食的补助标准、期限和给付方式；

（六）技术指导、技术服务的方式和内容；

（七）种苗来源和供应方式；

（八）违约责任；

（九）合同履行期限。

退耕还林合同的内容不得与本条例以及国家其他有关退耕还林的规定相抵触。

第二十五条　退耕还林需要的种苗，可以由县级人民政府根据本地区实际组织集中采购，也可以由退耕还林者自行采购。集中采购的，应当征求退耕还林者的意见，并采用公开竞价方式，签订书面合同，超过国家种苗造林补助费标准的，不得向退耕还林者强行收取超出部分的费用。

任何单位和个人不得为退耕还林者指定种苗供应商。

禁止垄断经营种苗和哄抬种苗价格。

第二十六条　退耕还林所用种苗应当就地培育、就近调剂，优先选用乡土树种和抗逆性强树种的良种壮苗。

第二十七条　林业、农业行政主管部门应当加强种苗培育的技术指导和服务的管理工作，保证种苗质量。

销售、供应的退耕还林种苗应当经县级人民政府林业、农业行政主管部门检验合格，并附具标签和质量检验合格证；跨县调运的，还应当依法取得检疫合格证。

第二十八条 省、自治区、直辖市人民政府应当根据本行政区域的退耕还林规划，加强种苗生产与采种基地的建设。

国家鼓励企业和个人采取多种形式培育种苗，开展产业化经营。

第二十九条 退耕还林者应当按照作业设计和合同的要求植树种草。

禁止林粮间作和破坏原有林草植被的行为。

第三十条 退耕还林者在享受资金和粮食补助期间，应当按照作业设计和合同的要求在宜林荒山荒地造林。

第三十一条 县级人民政府应当建立退耕还林植被管护制度，落实管护责任。

退耕还林者应当履行管护义务。

禁止在退耕还林项目实施范围内复耕和从事滥采、乱挖等破坏地表植被的活动。

第三十二条 地方各级人民政府及其有关部门应当组织技术推广单位或者技术人员，为退耕还林提供技术指导和技术服务。

第三十三条 县级人民政府林业行政主管部门应当按照国务院林业行政主管部门制定的检查验收标准和办法，对退耕还林建设项目进行检查验收，经验收合格的，方可发给验收合格证明。

第三十四条 省、自治区、直辖市人民政府应当对县级退耕还林检查验收结果进行复查，并根据复查结果对县级人民政府和有关责任人员进行奖惩。

国务院林业行政主管部门应当对省级复查结果进行核查，并将核查结果上报国务院。

第四章 资金和粮食补助

第三十五条 国家按照核定的退耕还林实际面积，向土地承包经营权人提供补助粮食、种苗造林补助费和生活补助费。具体补助标准和补助年限按照国务院有关规定执行。

第三十六条 尚未承包到户和休耕的坡耕地退耕还林的，以及纳入退耕还林规划的宜林荒山荒地造林，只享受种苗造林补助费。

第三十七条 种苗造林补助费和生活补助费由国务院计划、财政、林业部门按照有关规定及时下达、核拨。

第三十八条 补助粮食应当就近调运，减少供应环节，降低供应成本。粮食补助费按照国家有关政策处理。

粮食调运费用由地方财政承担，不得向供应补助粮食的企业和退耕还林者分摊。

第三十九条 省、自治区、直辖市人民政府应当根据当地口粮消费习惯和农作物种植习惯以及当地粮食库存实际情况合理确定补助粮食的品种。

补助粮食必须达到国家规定的质量标准。不符合国家质量标准的，不得供应给退耕还林者。

第四十条 退耕土地还林的第一年，该年度补助粮食可以分两次兑付，每次兑付的数量由省、自治区、直辖市人民政府确定。

从退耕土地还林第二年起，在规定的补助期限内，县级人民政府应当组织有关部门和单位及时向持有验收合格证明的退耕还林者一次兑付该年度补助粮食。

第四十一条 兑付的补助粮食，不得折算成现金或者代金券。供应补助粮食的企业不得回购退耕还林补助粮食。

第四十二条 种苗造林补助费应当用于种苗采购，节余部分可以用于造林补助和封育管护。

退耕还林者自行采购种苗的，县级人民政府或者其委托的乡级人民政府应当在退耕还林合同生效时一次付清种苗造林补助费。

集中采购种苗的，退耕还林验收合格后，种苗采购单位应当与退耕还林者结算种苗造林补助费。

第四十三条 退耕土地还林后，在规定的补助期限内，县级人民政府应当组织有关部门及时向持有验收合格证明的退耕还林者一次付清该年度生活补助费。

第四十四条 退耕还林资金实行专户存储、专款专用，任何单位和个人不得挤占、截留、挪用和克扣。

任何单位和个人不得弄虚作假、虚报冒领补助资金和粮食。

第四十五条 退耕还林所需前期工作和科技支撑等费用，国家按照退耕还林基本建设投资的一定比例给予补助，由国务院发展计划部门根据工程情况在年度计划中安排。

第四十六条　实施退耕还林的乡（镇）、村应当建立退耕还林公示制度，将退耕还林者的退耕还林面积、造林树种、成活率以及资金和粮食补助发放等情况进行公示。

第五章　其他保障措施

第四十七条　国家保护退耕还林者享有退耕土地上的林木（草）所有权。自行退耕还林的，土地承包经营权人享有退耕土地上的林木（草）所有权；委托他人还林或者与他人合作还林的，退耕土地上的林木（草）所有权由合同约定。

退耕土地还林后，由县级以上人民政府依照森林法、草原法的有关规定发放林（草）权属证书，确认所有权和使用权，并依法办理土地变更登记手续。土地承包经营合同应当作相应调整。

第四十八条　退耕土地还林后的承包经营权期限可以延长到70年。承包经营权到期后，土地承包经营权人可以依照有关法律、法规的规定继续承包。

退耕还林土地和荒山荒地造林后的承包经营权可以依法继承、转让。

第四十九条　退耕还林者按照国家有关规定享受税收优惠，其中退耕还林（草）所取得的农业特产收入，依照国家规定免征农业特产税。

退耕还林的县（市）农业税收因灾减收部分，由上级财政以转移支付的方式给予适当补助；确有困难的，经国务院批准，由中央财政以转移支付的方式给予适当补助。

第五十条　资金和粮食补助期满后，在不破坏整体生态功能的前提下，经有关主管部门批准，退耕还林者可以依法对其所有的林木进行采伐。

第五十一条　地方各级人民政府应当加强基本农田和农业基础设施建设，增加投入，改良土壤，改造坡耕地，提高地力和单位粮食产量，解决退耕还林者的长期口粮需求。

第五十二条　地方各级人民政府应当根据实际情况加强沼气、小水电、太阳能、风能等农村能源建设，解决退耕还林者对能源的需求。

第五十三条　地方各级人民政府应当调整农村产业结构，扶持龙头企业，发展支柱产业，开辟就业门路，增加农民收入，加快小城镇建设，促进农业人口逐步向城镇转移。

第五十四条 国家鼓励在退耕还林过程中实行生态移民，并对生态移民农户的生产、生活设施给予适当补助。

第五十五条 退耕还林后，有关地方人民政府应当采取封山禁牧、舍饲圈养等措施，保护退耕还林成果。

第五十六条 退耕还林应当与扶贫开发、农业综合开发和水土保持等政策措施相结合，对不同性质的项目资金应当在专款专用的前提下统筹安排，提高资金使用效益。

第六章 法律责任

第五十七条 国家工作人员在退耕还林活动中违反本条例的规定，有下列行为之一的，依照刑法关于贪污罪、受贿罪、挪用公款罪或者其他罪的规定，依法追究刑事责任；尚不够刑事处罚的，依法给予行政处分：

（一）挤占、截留、挪用退耕还林资金或者克扣补助粮食的；

（二）弄虚作假、虚报冒领补助资金和粮食的；

（三）利用职务上的便利收受他人财物或者其他好处的。

国家工作人员以外的其他人员有前款第（二）项行为的，依照刑法关于诈骗罪或者其他罪的规定，依法追究刑事责任；尚不够刑事处罚的，由县级以上人民政府林业行政主管部门责令退回所冒领的补助资金和粮食，处以冒领资金额2倍以上5倍以下的罚款。

第五十八条 国家机关工作人员在退耕还林活动中违反本条例的规定，有下列行为之一的，由其所在单位或者上一级主管部门责令限期改正，退还分摊的和多收取的费用，对直接负责的主管人员和其他直接责任人员，依照刑法关于滥用职权罪、玩忽职守罪或者其他罪的规定，依法追究刑事责任；尚不够刑事处罚的，依法给予行政处分：

（一）未及时处理有关破坏退耕还林活动的检举、控告的；

（二）向供应补助粮食的企业和退耕还林者分摊粮食调运费用的；

（三）不及时向持有验收合格证明的退耕还林者发放补助粮食和生活补助费的；

（四）在退耕还林合同生效时，对自行采购种苗的退耕还林者未一次付清种苗造林补助费的；

（五）集中采购种苗的，在退耕还林验收合格后，未与退耕还林者结算种苗造林补助费的；

（六）集中采购的种苗不合格的；

（七）集中采购种苗的，向退耕还林者强行收取超出国家规定种苗造林补助费标准的种苗费的；

（八）为退耕还林者指定种苗供应商的；

（九）批准粮食企业向退耕还林者供应不符合国家质量标准的补助粮食或者将补助粮食折算成现金、代金券支付的；

（十）其他不依照本条例规定履行职责的。

第五十九条　采用不正当手段垄断种苗市场，或者哄抬种苗价格的，依照刑法关于非法经营罪、强迫交易罪或者其他罪的规定，依法追究刑事责任；尚不够刑事处罚的，由工商行政管理机关依照反不正当竞争法的规定处理；反不正当竞争法未作规定的，由工商行政管理机关处以非法经营额2倍以上5倍以下的罚款。

第六十条　销售、供应未经检验合格的种苗或者未附具标签、质量检验合格证、检疫合格证的种苗的，依照刑法关于生产、销售伪劣种子罪或者其他罪的规定，依法追究刑事责任；尚不够刑事处罚的，由县级以上人民政府林业、农业行政主管部门或者工商行政管理机关依照种子法的规定处理；种子法未作规定的，由县级以上人民政府林业、农业行政主管部门依据职权处以非法经营额2倍以上5倍以下的罚款。

第六十一条　供应补助粮食的企业向退耕还林者供应不符合国家质量标准的补助粮食的，由县级以上人民政府粮食行政管理部门责令限期改正，可以处非法供应的补助粮食数量乘以标准口粮单价1倍以下的罚款。

供应补助粮食的企业将补助粮食折算成现金额、代金券支付的，或者回购补助粮食的，由县级以上人民政府粮食行政管理部门责令限期改正，可以处折算现金额、代金券额或者回购粮食价款1倍以下的罚款。

第六十二条　退耕还林者擅自复耕，或者林粮间作、在退耕还林项目实施范围内从事滥采、乱挖等破坏地表植被的活动的，依照刑法关于非法占用农用地罪、滥伐林木罪或者其他罪的规定，依法追究刑事责任；尚不够刑事处罚的，由县级以上人民政府林业、农业、水利行政主管部门依照森林法、草原法、水土保持法的规定处罚。

第七章　附　则

第六十三条　已垦草场退耕还草和天然草场恢复与建设的具体措施，依照草原法和国务院有关规定执行。

退耕还林还草地区小流域治理、水土保持等相关工作的具体实施，依照水土保持法和国务院有关规定执行。

第六十四条　国务院批准的规划范围外的土地，地方各级人民政府决定实施退耕还林的，不享受本条例规定的中央政策补助。

第六十五条　本条例自2003年1月20日起施行。

国务院关于进一步做好退耕还林还草试点工作的若干意见

国发〔2000〕24号

（二〇〇〇年九月十日）

各省、自治区、直辖市人民政府，国务院各部委、各直属机构：

今年以来，按照党中央、国务院的部署，长江上游、黄河上中游各有关地区认真开展退耕还林还草的试点工作，进展比较顺利，得到广大农民的拥护和支持。但试点工作中也出现了一些新情况、新问题。主要是：一些地区由于试点范围偏大，工作衔接不够，种苗供需矛盾突出，树种结构不够合理，经济林比重普遍较大；有些地区由于严重干旱以及管理粗放，造林成活率较低。为了明确责任，严格管理，推动试点工作的健康发展，根据国务院总理办公会议的决定，并经今年7月中西部地区退耕还林还草工作座谈会讨论，现就进一步做好退耕还林还草试点工作作出以下规定：

一、加强领导，明确责任，实行省级政府负总责

1. 各级领导要深刻领会党中央、国务院关于实施退耕还林还草，加强西部生态环境保护和建设的重大意义，进一步提高认识，加强领导，切实把退耕还林还草试点工作列入重要议事日程，及时研究解决实施中的重大问题，保证这项工作健康有序地开展。

2. 实行省级政府对退耕还林还草试点工作负总责和市（地）、县（市）政府目标责任制。退耕还林还草试点工作，实行目标、任务、资金、粮食、责任五到省。各有关省级政府要确定一位省级领导同志具体负责，并认真组织实施好退耕还林还草试点工作。市（地）、县（市）、乡级政府也要层层落实退耕还林还草试点工作的目标和责任，实行目标管理责任制，层层签订责任状，认真进行检查和考核，确保试点工作顺利实施。

3. 国务院各有关部门要根据职能分工，密切配合，共同做好退耕还林还

草的有关工作。国务院西部地区开发领导小组办公室负责退耕还林还草工作的综合协调，组织有关部门研究制定退耕还林还草有关政策和办法；国家计委会同有关部门负责退耕还林还草总体规划的审核、计划的汇总、基建年度计划的编制和综合平衡；财政部负责退耕还林还草中央财政补助资金的安排和监督管理，参与退耕还林还草总体规划、计划的编制；国家林业局负责退耕还林还草工作总体规划、计划的编制，以及工作指导和督促检查监督；农业部负责已垦草场的退耕还草及天然草场的恢复和建设有关规划、计划的编制，以及技术指导和监督检查；水利部负责退耕还林还草地区小流域治理、水土保持等相关工作的技术指导和监督检查；国家粮食局负责粮源的协调和调剂工作。

各有关省（自治区、直辖市）、市（地）、县（市）的计划、财政、林业、农业、水利、粮食等部门，要在本级政府的统一领导下，按照各自的职能分工，各司其职、各负其责，密切配合，共同做好工作。

4. 实施退耕还林还草，应坚持“全面规划、分步实施，突出重点、先易后难，先行试点、稳步推进”的原则，有计划、分步骤地进行。各省（自治区、直辖市）政府根据国家核定的试点计划任务，负责编制本地区的年度计划，审批县级实施方案，报国务院有关部门备案。各地必须严格执行计划，不准随意扩大试点范围和增加面积。对于超出试点计划面积的，其粮食、现金和种苗补助，由本地区自行解决。

5. 各地退耕还林还草目标的确定，应与改善生态环境、调整农业结构和农民脱贫致富相结合，做好统筹规划和相互衔接，处理好退耕还林还草和农民生计的关系问题。退耕还林还草要坚持政策引导和农民自愿原则，充分尊重农民的意愿。对生产条件较好，粮食产量较高，又不会造成水土流失的耕地，农民不愿退耕的，不得强迫退耕。

二、完善退耕还林还草政策，充分调动广大群众的积极性

6. 要认真落实“退耕还林（草）、封山绿化、以粮代赈、个体承包”的措施，切实把国家无偿向退耕户提供粮食、现金、种苗的补助政策落实到户。国家每年根据退耕面积核定各省（自治区、直辖市）退耕还林还草所需粮食和现金补助总量。粮食和现金的补助年限，先按经济林补助5年，生态林补助8年计算，到期后可根据农民实际收入情况，需要补助多少年再继续补助多少年。要坚持营造生态林为主，而且不许自行砍伐。各部门、各地区要抓紧进行调

查研究，对生态林和经济林的比例做出科学的规定，生态林一般应占80%左右。对超过规定比例多种的经济林，只补助种苗费，不补助粮食。退耕户完成现有耕地退耕还林还草后，应继续在宜林荒山荒地造林种草，国家除对退耕地补助粮食外，还将对荒山荒地造林种草所需种苗给予补助。对1999年先行试点地区要按此抓紧兑现。

7. 粮源的组织由省（自治区、直辖市）政府负责，原则上以地方国有粮食企业的商品周转粮为主。当地政府要统一组织粮食的供应，就近调运，组织到乡、到村，兑付到户，减少供应环节，降低供应成本。每亩退耕地每年补助粮食（原粮）的标准，长江上游地区为300斤，黄河上中游地区为200斤。退耕地实际产量超过粮食补助标准，而农民不愿退耕的，要尊重农民自愿，绝不可强迫农民退耕。水土流失严重的地区，需要退耕而实际亩产粮食超过补助标准的，应相应提高补助标准。补助粮食的价款由中央财政承担，调运费用由地方财政承担，都不得向农民分摊。有关补助粮食费用的结算，由财政部门会同粮食部门和农业发展银行办理。

8. 国家给退耕户适当的现金补助。为鼓励农民退耕还林还草，并考虑到农民日常生活需要，国家在一定时期内可给予现金补助。现金补助标准按退耕面积每年每亩20元计算，补助年限与粮食补助年限相同。补助款由国家提供。

9. 国家向退耕户提供造林种草的种苗费补助。种苗费补助标准按退耕还林还草和宜林荒山荒地造林种草每亩50元计算，直接发给农民自行选择采购种苗。补助款由国家提供。

10. 退耕还林还草试点工程的前期工作和科技支撑等方面的费用，按退耕还林还草基本建设投资的一定比例由国家给予补助，由国家计委根据工程情况在年度计划中适当安排。

11. 对应税的退耕地，自退耕之年起，对补助粮达到原收益水平的，国家扣除农业税部分后再将补助粮发放给农民；停止粮食补助时，不再对退耕地征收农业税。具体由国务院有关部门另行规定。进行生态林草建设的，按国家有关税收优惠政策执行。

12. 采取中央对地方财政转移支付方式，对地方财政减收给予适当补偿。实施退耕还林还草试点的县，其农业税等收入减收部分，由中央财政以转移支付的方式给予适当补助。

13. 实施退耕还林还草的地区，要把退耕还林还草与扶贫开发、农业综合开发、水土保持等政策措施结合起来，对不同渠道的资金，可以统筹安排，综合使用。要调整农业支出结构，统筹安排使用支农资金。实施退耕还林还草地区的财政扶贫资金可重点用于该地区包括基本农田、小型水利在内的基础设施建设和农牧民科技培训、科技推广，提高缓坡耕地和河川耕地的生产能力，提高农民的科技水平，促进退耕还林还草。

14. 要在确定土地所有权和使用权的基础上，实行“谁退耕、谁造林（草）、谁经营、谁受益”的政策，将责权利紧密结合起来，调动农民群众的积极性，使退耕还林还草真正成为农民的自觉行为。农民承包的耕地和宜林荒山荒地，植树种草以后，承包期一律延长到50年，允许依法继承、转让，到期后可按有关法律和法规继续承包。

15. 采取多种形式推进退耕还林还草。有条件的地区可本着协商、自愿的原则，由农村造林专业户、社会团体、企事业单位等租赁、承包退耕还林还草，其利益分配等问题由双方协商解决。鼓励在有条件的地区实行集中连片造林、种草，鼓励个人兴办家庭林场和草场，实行多种经营。

三、健全种苗生产供应机制，确保种苗的数量和质量

16. 要按市场规律和科学规律办事，加强退耕还林还草的种苗基地建设，做好种苗生产和供应工作。要根据本行政区域内退耕还林还草的总体规划，做好种苗建设规划。林业部门和农业部门要做好对种苗生产、供应的指导、管理工作，切实抓好种苗基地建设。鼓励集体、企业和个人采取多种形式培育种苗，扩大种苗生产能力。

17. 要加强种子、苗木检验检疫工作。有关部门要加强种子质量检验工作，及时发现和制止生产、销售不合格种子。加强苗木生产全过程质量管理、检查监督、检验检疫，杜绝伪劣、带病虫害等不合格苗木造林。生产、销售种子和苗木必须有林业或农业部门出具的标签、质量检验证和检疫证，凡是不具备“一签两证”的种子、苗木，不准进入市场。

18. 要加强种苗调剂工作。各试点县退耕还林还草所用种苗，要做到尽量在本县内解决，尽量使用乡土和抗逆性强的树草种及新品种。因本地种苗供应不足须从外县调拨的，由林业或农业部门积极组织调剂。

19. 要加强种苗市场行政执法力度。坚决制止垄断种苗市场、哄抬种苗价格的行为，严厉打击种苗销售中的不法行为，维护农民合法权益。

四、依靠科技进步，合理确定林草种结构和植被恢复方式

20. 要根据不同气候水文条件和土地类型进行科学规划，做到因地制宜，乔灌草合理配置，农林牧相互结合。要加强推广应用先进实用科技成果，特别是要推广应用耐旱树草种以及良种壮苗繁育技术、集水保墒技术、植物生长促进剂、干热河谷造林种草技术等，提高造林种草质量。要加强防治林草病虫害的研究和管理，确保林草的健康成长。

21. 要在作业设计中科学地确定林种、树种和草种比例。要以分类经营为指导，坚持因地制宜的原则。在水土流失和风沙危害严重、25度以上的陡坡地段及江河源头、湖库周围、石质山地、山脉顶脊等生态地位重要地区，要全部还生态林草，并做到宜乔则乔、宜灌则灌、宜草则草，乔灌草结合，还林后实行封山管护，还草后实行围栏封育。在立地条件适宜且不易造成水土流失的地方，在保证整体生态效益的前提下，适当发展经济林、用材林和薪炭林。退耕还林还草要确保生态林草的主体地位。

22. 要建立科技支撑体系。各地要因地制宜制定退耕还林还草科技保障方案，依据植被地带性分布规律和水资源的承载力，研究乔灌草植被建设的适宜类型、适宜规模与合理布局，确定科学的乔灌草植被结构模式及相应的科技支撑措施。

五、加强建设管理，确保退耕还林还草顺利开展

23. 做好退耕还林还草的前期工作。要抓紧组织编制县级退耕还林还草实施方案，特别是要做好乡镇作业设计工作。要把退耕还林还草任务落实到山头地块，落实到农户。

24. 在地方各级政府对本行政区域内的退耕还林还草实行目标责任制的同时，还要实行项目责任制，确定项目责任人，对退耕还林还草的数量、质量、效益和管理负全责。

25. 各试点县（市）都要建立技术承包责任制，认真抓好先进科技成果的推广应用和工程建设质量。可由科技人员对退耕还林还草项目进行技术承包，技术承包人要与试点县（市）签订承包合同，负责技术指导、技术服务，其报酬与工程质量挂钩，实行奖惩制度。

26. 建立规范的退耕还林还草项目管理机制，严格按规划设计、按设计施

工、按标准验收、按验收结果兑现政策和奖惩。

27. 实行报账制。退耕还林还草任务完成后，由省、县两级政府组织林业、农业等有关部门专业人员，对农户退耕还林还草进行检查验收，农户凭验收卡领取粮食和现金补助，并逐级报账。

28. 退耕还林还草任务完成后，由当地林业、农业主管部门进行核实和登记，并由当地政府依法发放林草权属证书，明晰权属，使农民退耕后能安心地从事林草管护和其他生产，并为防止复垦提供法律保障。

29. 建立分级技术培训制度。国家林业局和农业部按各自职能分工，认真抓好试点县的县级主管领导、工程技术骨干等人员的培训工作。各地也要结合工程建设需要，对基层干部和农民进行退耕还林还草方针政策和先进实用技术等方面的培训。

30. 建立信息反馈和定期报告制度，及时、准确地反馈各地试点工作的情况和问题。

六、严格检查监督，确保退耕还林还草工程质量

31. 国务院有关部门要抓紧制定检查验收办法，认真做好监督检查工作。国务院有关部门和省、县两级政府及其有关部门，要通过自查、抽查、核查，认真落实验收工作，并将检查验收结果作为政策兑现的依据。

32. 要依据检查结果严格兑现奖惩。对于成绩突出的地方和个人要予以奖励；对未完成任务、质量不合格的，要相应扣减粮食及现金补助；对出现重大问题的，将追究项目责任人及相关人员的责任。

33. 要建立退耕还林还草举报制度。有关县、乡政府要公布举报电话，设立举报信箱，接受社会和群众监督。对违法违纪现象，一经核实，要按照有关规定对责任人做出处罚，对举报有功人员给予奖励。

国务院关于进一步完善退耕还林政策措施的若干意见

国发〔2002〕10号

（二〇〇二年四月十一日）

各省、自治区、直辖市人民政府，国务院各部委、各直属机构：

两年多来，按照党中央、国务院的部署，长江上游、黄河上中游等地区认真开展了退耕还林的试点工作。各级党委、政府高度重视，组织得力，退耕还林试点工作进展良好，取得了一定经验。实践证明，党中央关于退耕还林的决策和“退耕还林、封山绿化、以粮代赈、个体承包”政策措施是完全正确的，深得广大干部和群众的拥护，是加强西部地区生态环境建设和保护的重要举措，也是贫困山区农民脱贫致富的有效途径。为了加强对退耕还林试点工作的指导，国务院下发了《关于进一步做好退耕还林还草试点工作的若干意见》（国发〔2000〕24号），对确保退耕还林的顺利实施和健康发展起到了重要保证作用。但是，在试点期间也出现了一些需要研究和解决的问题，有些政策措施也要进一步完善。为把退耕还林工作扎实、稳妥、健康地向前推进，现就进一步完善退耕还林政策措施作出如下规定：

一、退耕还林必须遵循的原则

（一）退耕还林要坚持生态效益优先，兼顾农民吃饭、增收以及地方经济发展；坚持生态建设与生态保护并重，采取综合措施，制止边治理边破坏问题；坚持政策引导和农民自愿相结合，充分尊重农民的意愿；坚持尊重自然规律，科学选择树种；坚持因地制宜，统筹规划，突出重点，注重实效。

（二）实施退耕还林要认真落实“退耕还林、封山绿化、以粮代赈、个体承包”的政策措施，坚持个体承包的机制，实行责权利相结合。必须切实把握“林权是核心，给粮是关键，种苗要先行，干部是保证”这几个主要环节，确保退耕还林取得成功。

二、科学制订规划，加快退耕还林进度

（三）进一步明确退耕还林的范围。凡是水土流失严重和粮食产量低而不稳的坡耕地和沙化耕地，应按国家批准的规划实施退耕还林。对需要退耕还林的地方，只要条件具备，应扩大退耕还林规模，能退多少退多少。对生产条件较好，粮食产量较高，又不会造成水土流失的耕地，农民不愿退耕的，不得强迫退耕。

（四）因地制宜，科学制订规划。各省（自治区、直辖市，下同）要依据国家退耕还林工程规划编制省级退耕还林工程规划，明确工程建设的目标任务、建设重点和政策措施。

要根据不同气候水文条件和土地类型进行科学规划，做到因地制宜，乔灌草合理配置，农林牧相互结合。在干旱、半干旱地区，重点发展耐旱灌木，恢复原生植被。在雨量充沛，生物生长量高的缓坡地区，可大力发展竹林、速生丰产林。

各地在确保地表植被完整，减少水土流失的前提下，可取林果间作、林竹间作、林药间作、林草间作、灌草间作等多种合理模式还林，立体经营，实现生态效益与经济效益的有效结合。退耕后禁止林粮间作。

（五）及时下达退耕还林任务。为了抓住造林最佳季节，保证工程建设质量，从今年起，国家将根据退耕还林总体规划在10月31日前下达下一年度计划任务。各省要根据国家下达的年度任务，对水土流失严重的坡耕地、沙化耕地优先安排退耕还林，并按照轻重缓急的原则确定实施退耕还林的工程县（市、区、旗，下同），在接到计划一个月内将年度任务分解下达到各县。要组织编制县级退耕还林工程实施方案，特别是要做好乡镇作业设计，把工程任务落实到山头地块，落实到农户。

根据气候条件，在确保完成整地的条件下，允许国家退耕还林年度任务实行滚动安排。

（六）退耕还林要以营造生态林为主，营造的生态林比例以县为核算单位，不得低于80%。对超过规定比例多种的经济林，只给种苗和造林补助费，不补助粮食和现金。

三、认真落实林权，调动和保护农民退耕还林的积极性

（七）实施退耕还林后，必须确保退耕农户享有在退耕土地和荒山荒地上

种植的林木所有权，并依法履行土地用途变更手续，由县级以上人民政府发放权属所有证明。

（八）在确定土地所有权和使用权的基础上，实行“谁退耕、谁造林、谁经营、谁受益”的政策。农民承包的耕地和宜林荒山荒地造林以后，承包期一律延长到50年，允许依法继承、转让，到期后可按有关法律和法规继续承包。

（九）采取多种形式推进退耕还林。有条件的地区可本着协商、自愿的原则，由农村造林专业户、社会团体、企事业单位等租赁、承包退耕还林，其利益分配等问题由双方协商解决。鼓励在有条件的地区实行集中连片造林，鼓励个人兴办家庭林场，实行多种经营。

四、切实抓好粮食补助兑现，确保农民口粮供应

（十）国家无偿向退耕户提供粮食、现金补助。粮食和现金补助标准为：长江流域及南方地区，每亩退耕地每年补助粮食（原粮）150公斤；黄河流域及北方地区，每亩退耕地每年补助粮食（原粮）100公斤。每亩退耕地每年补助现金20元。粮食和现金补助年限，还草补助按2年计算；还经济林补助按5年计算；还生态林补助暂按8年计算。补助粮食（原粮）的价款按每公斤1.4元折价计算。补助粮食（原粮）的价款和现金由中央财政承担。

在粮食和现金补助期间，退耕农户在完成现有耕地退耕还林后，必须继续在宜林荒山荒地造林，由县或乡镇统一组织。

（十一）国家在下达年度计划的同时，核定各省的粮食补助总量，并下达到各省。对退耕农户只能供应粮食实物，不得以任何形式将补助粮食折算成现金或者代金券发放。

（十二）退耕还林补助粮食的调运组织由省级政府负责，原则上以地方国有粮食购销企业的商品周转粮为主，必要时可动用地方储备粮或申请动用中央储备粮。粮源缺口较大时，由国家根据实际情况帮助协调解决。当地政府要统一组织粮食的供应，就近调运，组织到乡，兑现到户，减少供应环节，降低供应成本。

（十三）粮食购销企业按顺价销售、不发生新亏损的原则供应粮食。农业发展银行据实收回贷款后，应适当返还粮食企业合理费用。粮食调运等有关费用，由地方政府承担，纳入地方财政预算，不得转嫁到供应粮食的企业和退耕农户。

（十四）对退耕农户供应的粮食品种，由省级政府根据当地口粮消费习惯和种植习惯以及当地粮食库存实际情况合理确定。各地可根据退耕户需要供应成品粮。对供应给退耕还林农户的粮食必须进行认真检验，补助粮食必须达到国家规定的质量标准。凡不符合口粮标准的，不得供应给退耕农户。

（十五）按报账制办法发放补助粮食。退耕还林第一年，粮食补助可分两次兑付。第一次在完成整地并经县级人民政府指定的主管部门检查验收后，可以预先兑付部分补助粮；第二次待退耕还林成活率验收合格后再兑现补助粮余额。每次兑现补助粮的数量由地方政府确定。以后每年要及时对退耕农户的幼林抚育、管护进行验收，验收合格的要及时发放验收卡，农户凭验收卡到粮食供应点领粮。承担粮食供应任务的企业要根据县级人民政府指定的主管部门的检查验收凭证，按国家确定的补助标准，向退耕户发放粮食。有关补助费用的结算办法，由省级财政部门会同粮食部门和农业发展银行进一步修改完善。

五、必须做到种苗先行，保障种苗供给

（十六）国家向退耕户提供种苗和造林费补助。退耕还林、宜林荒山荒地造林的种苗和造林费补助款由国家提供，国家计委在年度计划中安排。种苗和造林费补助标准按退耕地和宜林荒山荒地造林每亩50元计算。尚未承包到户及休耕的坡耕地，不纳入退耕还林兑现钱粮补助政策的范围，但可作宜林荒山荒地造林，按每亩50元标准给予种苗和造林费补助。干旱、半干旱地区若遇连年干旱等特大自然灾害确需补植或重新造林的，经国家林业局核实后，国家酌情给予补助。

退耕还林种苗和造林补助费发放方式，由各省根据实际情况确定。在尊重退耕农户意愿的前提下，退耕农户与种苗供应方签订书面合同，并在造林验收后，由种苗供应单位与退耕农户结算种苗补助费。任何单位和个人不得为退耕农户指定种苗供应商。种苗和造林补助费，只能用于种苗、造林补助和封育管护等支出，不得挪作他用。

（十七）种苗的数量充足、质量优良、品种对路，是实施退耕还林的必要前提和基础条件，必须先行建设，超前准备。各地区和各有关部门都要提前做好种苗的生产培育，组织好种苗的供应。

（十八）林业主管部门负责做好种苗建设规划，切实抓好种苗和采种基地建设。种苗生产供应要从实际出发，采取多种形式，走产业化经营的路子，积极鼓励农户育苗，促进农业结构调整和农民增收。要发挥国有苗圃龙头企业作用，组织和带动农民发展苗木产业，扩大种苗生产能力。

（十九）林业主管部门要负责提供种苗调运、栽培管理方面的技术指导和技术服务，加强种苗质量和疫病检验检测工作，确保种苗供应单位和育苗专业户按规定的树种、数量、质量提供退耕还林所需的合格种苗。

（二十）有关部门要加强种苗市场、价格的规范管理和监督检查。对生产、销售的种苗必须有林业部门出具的标签、质量检验证和检疫证，凡是不具备“一签两证”的种苗，不准进入市场。坚决制止垄断经营种苗和哄抬种苗价格的行为，严厉打击种苗销售中的不法行为，维护农民合法权益。

六、落实退耕还林各项配套措施，巩固退耕还林建设成果

（二十一）关于退耕地还林的农业税征收减免政策。凡退耕地属于农业税计税土地，自退耕之年起，对补助粮达到原常年产量的，国家扣除农业税部分后再将补助粮发放给农民；补助粮食标准未达到常年产量的，相应调减农业税，合理减少扣除数量。退耕之前的常年产量，按土地退耕前五年的常年产量平均计算。补助给农民的现金不计入补助粮食标准。退耕地原来不是农业税计税土地的，无论原来产量多少，都不得从补助粮食中扣除农业税。

农业税征收机关要按照退耕的农业税计税土地常年产量和当地补助粮食标准确定退耕土地应征收的农业税税额，并通知补助粮食发放单位从补助粮食中代扣农业税。退耕地的农业税只能从补助粮食中扣除，不得向农民征收。在停止粮食补助的年度，同时停止扣除农业税。

实施退耕还林的县，其农业税收入减收部分，由中央财政以转移支付的方式给予适当补助。

（二十二）为了加强生态保护和建设，要结合退耕还林工程开展生态移民、封山绿化。对居住在生态地位重要、生态环境脆弱、已丧失基本生存条件地区的人口实行生态移民。对迁出区内的耕地全部退耕、草地全部封育，实行封山育林育草，恢复林草植被。中央对生态移民生产生活设施建设给予补助。地方政府要搞好迁入地的生产生活设施建设，对生态移民的农户给予妥善安置，解决好他们的生计问题。有条件的地方，要把生态移民与小城镇建设结合起来。

（二十三）为保护好现有林草植被，巩固生态环境建设成果，各地区要结合退耕还林及天然林资源保护工程的实施，积极开展农村能源建设，从各地实际出发，大力发展沼气、小水电、太阳能、风能以及营造薪炭林等。沼气池建设要逐步标准化、规范化，走产业化发展道路。中央对农村能源建设给予适当补助。

（二十四）退耕还林后必须实行封山禁牧、舍饲圈养。退耕还林的农户，要保证造林的成活率、保存率，管护好林地和草地不受破坏。要彻底改变牲畜饲养方式，实行舍饲圈养，严禁牲畜对林草植被的破坏。要根据当地实际情况，制定切实可行的管理办法，加大执法力度。禁止采集发菜、滥挖甘草等人为破坏林草植被行为。

（二十五）加强川地、缓坡耕地的农田基本建设，提高粮食单产，解除农民退耕后吃粮的后顾之忧，扩大陡坡耕地的退耕空间，切实做到“树上山，粮下川”。实施退耕还林的地区，要将扶贫开发、农业综合开发、水土保持、生态环境综合治理等不同渠道的资金统筹安排，综合使用。

（二十六）退耕还林的地区，要结合生态建设，大力调整农村产业结构，发展龙头企业和支柱产业，开辟新的生产门路。要制定优惠政策吸引企业及社会各界参与生态环境建设，积极推广“公司加农户”，“工厂加基地”等做法，为农产品建立稳定的市场渠道，努力增加农民收入。

七、加强组织领导和监督检查，确保退耕还林工作顺利进行

（二十七）退耕还林是一项十分复杂的系统工程，广大干部特别是基层干部必须切实转变作风，深入基层，不折不扣地贯彻落实国家有关退耕还林的政策，组织群众做好退耕还林工作，要加强监督检查，务必注重实效，反对形式主义，及时发现和解决存在的问题。

（二十八）要进一步提高认识，统一思想。各级领导干部要进一步提高对退耕还林重大意义的认识，本着实事求是、因地制宜的原则，正确处理好生态效益与经济效益的关系，当前与长远的关系，真正把退耕还林这项“功在当代，利在千秋”的大事抓紧抓好。

（二十九）退耕还林实行“目标、任务、资金、粮食、责任”五到省，省级政府对工程负总责。各省级政府须确定一位省级领导同志具体负责，并认真组织实施好退耕还林工作。各级政府要切实把退耕还林工作列入重要议事日程，加强领导，及时研究解决实施中的重大问题。各省级政府要层层落实工程

建设的目标和责任，层层签订责任状，并认真进行检查和考核。

（三十）各省西部开发办和计划、财政、林业、粮食等部门，要在本级政府的统一领导下，按照各自的职能分工，各司其职、各负其责，密切配合，充分发挥部门优势，共同做好工作。

（三十一）退耕还林工程的规划、作业设计等前期工作费用和科技支撑费用，国家给予适当补助，由国家计委根据工程建设情况在年度计划中安排。前期工作费用和科技支撑费用的有关管理办法，由国务院有关部门另行制定。

退耕还林地方所需检查验收、兑现等费用由地方承担，国家有关部门的核查经费由中央承担。

（三十二）各省级政府、各县级政府要认真组织好县级自查、省级抽查工作，县级验收结果作为补助政策兑现的直接依据。有关部门要加强对退耕还林补助资金拨付、使用情况的监督检查，特别是要充分发挥审计等监督部门的作用。退耕还林粮食、现金补助兑现情况，要纳入乡村政务公开的内容，张榜公布，接受群众监督，防止冒领，杜绝贪污。要建立退耕还林举报制度，公布举报电话、设立举报箱，接受社会监督。对违法违纪现象，一经核实，要按照有关规定对责任人做出处罚，并奖励举报有功人员。

（三十三）本意见所称退耕还林，包括退耕地还林、还草、还湖和相应的宜林荒山荒地造林。本意见由国务院西部地区开发领导小组办公室负责解释。国务院有关部门按照职能分工，在本部门主管范围内，根据实际需要进一步制定具体实施意见。

国务院办公厅关于完善退耕还林粮食补助办法的通知

国办发〔2004〕34号

（二○○四年四月十三日）

各省、自治区、直辖市人民政府，国务院有关部门：

为了更好地贯彻落实国务院关于退耕还林的政策，保证退耕还林健康顺利进行，经国务院批准，现就完善退耕还林粮食补助办法有关问题通知如下：

一、坚持退耕还林的方针政策，国家无偿向退耕户提供粮食补助的标准不变。从今年起，原则上将向退耕户补助的粮食改为现金补助。中央按每公斤粮食（原粮）1.40元计算，包干给各省、自治区、直辖市。具体补助标准和兑现办法，由省级人民政府根据当地实际情况确定。

二、向退耕户继续提供粮食补助的，由省级人民政府仍按原办法组织粮食供应，兑现到户，粮食调运费用继续由地方财政承担。

三、退耕还林补助资金要专户存储，专款专用。任何单位和个人不得挤占、截留、挪用和克扣，不得弄虚作假、虚报冒领补助资金。要加大对违法违纪行为的查处力度。中央补助资金的具体管理办法由财政部制定，另行下发。

四、地方各级人民政府要深入细致地做好有关工作，安排好群众的生产生活。加强基本农田建设，提高退耕户粮食自给能力，保证粮食市场供应，防止毁林复耕。

五、加强检查验收工作，认真落实和兑现补助政策。退耕还林的面积、补助资金的数额，都要严格登记造册，张榜公布，认真接受群众监督，做到公开、公正、公平。

国务院办公厅关于切实搞好“五个结合”进一步巩固退耕还林成果的通知

国务院办公厅 国办发〔2005〕25号

（二〇〇五年四月十七日）

各省、自治区、直辖市人民政府，国务院各部委、各直属机构：

实施退耕还林，是生态建设的重大举措，是西部大开发的重要组成部分，是党中央、国务院从可持续发展战略出发作出的重大战略决策。几年来，各有关地区、有关部门按照党中央、国务院的部署，认真落实各项政策措施，广大干部群众的生态保护意识不断提高，工程区内生态环境得到改善，促进了农业结构调整，增加了农民收入。实践证明，党中央、国务院关于退耕还林的决策是正确的，效果是好的。但是退耕还林工作中也还存在一些突出问题，主要是一些地区退耕农户的长远生计缺乏保障，后续产业没有形成，农村替代能源没有同步建设等。为进一步落实《国务院关于进一步推进西部大开发的若干意见》（国发〔2004〕6号）关于“五个结合”（即把退耕还林与基本农田建设、农村能源建设、生态移民、后续产业发展、封山禁牧舍饲等配套保障措施结合起来）的要求，巩固退耕还林成果，经国务院批准，现就有关问题通知如下：

一、进一步明确退耕还林的指导思想和基本思路

退耕还林工作要认真贯彻党的十六大和十六届三中、四中全会精神，坚持以人为本，树立和落实科学发展观，统筹人与自然和谐发展。要以实现生态改善、生产发展、生活富裕为目标，把退耕还林工作与保障粮食安全、调整农业结构、增加农民收入有机结合起来，促进经济、社会和生态的协调发展。

退耕还林工作要坚持科学规划、完善政策、加强协调、突出重点、巩固成果、稳步推进的基本思路。近期要在继续推进重点区域退耕还林的同时，把工作重点转到认真搞好“五个结合”，解决好农民吃饭、烧柴、增收等当前生计和长远发展问题上来。坚持以农业为基础，加大基本农田建设，加强小流域综

合治理，确保退耕农户口粮基本自给；继续搞好以沼气为主的农村能源建设，有效保护林草植被；积极推进生态移民，改善重点区域生态环境，实现农民脱贫致富；发挥市场机制作用，发展后续产业，增加农民收入；继续推行封山禁牧、舍饲圈养，扩大林草保护面积，促进畜牧业的发展，切实做到退得下、稳得住、能致富、不反弹。

二、巩固退耕还林成果的重点任务及政策措施

各有关部门和地方各级人民政府要加强统筹协调，密切配合，做好“五个结合”保障措施的落实工作。把工程建设重点放在北方干旱半干旱沙化地区、黄土高原水土流失区、南方岩溶石漠化集中区、长江中上游地区、青藏高寒江河源区、京津风沙源区等六大区域，兼顾其他地区。根据不同区域特点，因地制宜，分类指导，采取有效措施，巩固退耕还林成果。

（一）大力加强农田水利基本建设，建设高标准基本口粮田。确保退耕农户在钱粮补助到期后口粮能够自给，是巩固退耕还林成果的关键。西部地区尤其要切实提高粮食自给能力，减少边远山区粮食长距离调运。各地要认真搞好规划，进一步严格保护基本农田，加强中低产田改造。要逐乡、逐村、逐户地摸清情况，制定加强退耕农户口粮田建设计划。原则上保证西南地区退耕农户人均耕地不少于0.033公顷（0.5亩）、西北地区人均耕地在0.133公顷（2亩）以上；不具备条件的地方，要努力引导和帮助退耕农户创造新的增收门路，使他们有购买口粮所需的收入。

各有关部门要安排好各项基本农田建设资金。水土保持综合治理中可用于农田基本建设的资金，以及安排在退耕还林重点区域内的小型农田水利设施建设补助专项资金，要与退耕还林相结合，主要用于水利灌溉排水设施和坡改梯改造工程建设。财政扶贫资金、以工代赈资金和其他支农资金，只要有条件与退耕还林结合的，就要做到统筹使用。要研究采取多种方式，支持西部地区建设区域性商品粮生产基地。退耕还林重点区域的县级人民政府要根据国家下达的有关投资计划，搞好项目衔接，做好组织实施工作。

（二）继续加强农村能源建设，保护林草植被。要从实际出发，以农村沼气建设为重点、多能互补，加强节柴灶、薪炭林建设，适当发展小水电、小风电、小光电。采取国家补助、地方配套和农民自筹相结合的方式，搞好退耕还林重点地区的农村能源建设。有关部门和地方对具备发展沼气条件的退耕还林

地区，应继续优先安排建设投资。配合普及节柴灶，结合荒山荒地造林，营造部分薪炭林，多渠道满足农村生活能源的基本需求。

（三）积极推进生态移民，从根本上改善生产生活条件。对居住地基本不具备生存条件的特困人口，要结合退耕还林，实行易地扶贫搬迁。对西部一些经济发展明显落后，少数民族人口较多，生态位置重要的贫困地区，国家要给予重点支持，实行集中连片扶贫开发。对西部地区生存条件最恶劣和生态条件最薄弱地区，国家继续优先安排生态移民投资。各地要积极解决好搬迁群众的生产生活问题，努力实现移民脱贫和生态保护的目标。

（四）加强后续产业发展，努力增加农民收入。坚持以促进农民增收为中心，加快农业结构调整，大力发展畜牧业和特色农业，积极发展林竹产业、中药材产业、观光旅游业等。按照区域化布局、专业化生产、标准化管理、产业化经营和社会化服务的要求，扶持龙头企业和农产品深加工项目，支持农业特色产业的基地建设，促进农民增收和县域经济发展。

要多渠道增加对退耕农户发展后续产业的资金扶持。对于符合国家产业政策和市场准入条件，对地区经济发展带动作用明显的重点农业龙头企业和原料基地，中央可适当给予投资补助。国家开发银行和有关金融机构，要支持后续产业发展，扩大贷款规模。在退耕还林重点地区安排的扶贫贴息贷款，要加大对后续产业的扶持力度。要制定优惠政策，鼓励和支持各类工商企业参与后续产业开发，增加农民就业机会。同时，要加强对农民的技能培训，提高农村劳动力素质，增强就业能力。

（五）加大封山禁牧和舍饲圈养力度，保护生态环境。继续总结推广各地封山禁牧、舍饲圈养经验，解决好饲草料基地灌溉设施建设，逐步改变传统放牧方式，尽快在退耕还林工程区全面实现封山禁牧、舍饲圈养。各地要通过典型示范、资金扶持等方式，大力普及舍饲圈养，壮大畜牧产业，增加农民收入。要根据市场需求变化和当地实际，进一步优化畜种结构，大力推行科学饲养管理，搞好繁育技术应用和疫病防治工作，推进畜牧业向优质高效方向发展。

（六）进一步完善退耕还林政策。认真落实退耕还林钱粮补助政策，足额兑现到户，取信于民。搞好粮食调运，方便退耕户购粮。退耕还林所造林木，按有关政策规定被确认为公益林的，在钱粮补助期满后逐步分别纳入中央和地方森林生态效益补偿基金补助范围；属于商品林的，允许农民依法合理采伐。

三、进一步加强领导和综合协调

（一）切实加强领导。要切实落实省级政府对退耕还林工程及“五个结合”保障措施负总责的制度。各有关省、自治区、直辖市人民政府要加强领导，组织有关部门采取有力措施，把巩固退耕还林成果作为一件大事来抓，逐级明确责任，落实任务，建立和完善各项工作制度。县级人民政府要摸清底数，制订落实方案，分类指导，狠抓落实，逐村、逐户地解决问题，保证退耕还林工作的顺利实施，切实巩固生态建设成果。

（二）加强组织协调。坚持国务院西部开发办主任办公联席会议制度，统筹协调退耕还林和“五个结合”配套保障措施有关问题，研究建立部门间的情况通报制度和协调机制。各有关部门要按照退耕还林的总体要求各负其责。在下达相关项目计划时要相互通报，协同配合，同步实施。国务院西部开发办要做好退耕还林政策的研究、协调和落实工作。

（三）加强监督检查。国家林业主管部门和地方各级人民政府要加强对退耕还林工作的监督检查，确保造林保存率达到国家规定标准。县级人民政府尤其要认真做好退耕还林工程的检查验收工作，检查验收结果必须在政策兑现前在村里张榜公布，接受群众的监督。要加强后期管理，搞好补植补造，组织退耕农户搞好抚育管护以及森林草原火灾、病虫害防治工作，确保退耕还林的质量和成效。各级审计等监督部门要加强对财政资金和各类专项资金的管理和监督。建立和完善监管机制和责任追究制度，坚决打击毁林毁草和复垦行为，依法追究有关人员的责任，确保退耕还林工作持续健康开展。

国务院关于完善退耕还林政策的通知

国务院　国发〔2007〕25号

（二〇〇七年八月九日）

各省、自治区、直辖市人民政府，国务院各部委、各直属机构：

实施退耕还林是党中央、国务院为改善生态环境做出的重大决策，受到了广大农民的拥护和支持。自1999年开始试点以来，工程进展总体顺利，成效显著，加快了国土绿化进程，增加了林草植被，水土流失和风沙危害强度减轻；退耕还林（含草，下同）对农户的直补政策深得人心，粮食和生活费补助已成为退耕农户收入的重要组成部分，退耕农户生活得到改善。但是，由于解决退耕农户长远生计问题的长效机制尚未建立，随着退耕还林政策补助陆续到期，部分退耕农户生计将出现困难。为此，国务院决定完善退耕还林政策，继续对退耕农户给予适当补助，以巩固退耕还林成果、解决退耕农户生活困难和长远生计问题。现就有关政策通知如下：

一、指导思想、目标任务和基本原则

（一）指导思想。以邓小平理论和“三个代表”重要思想为指导，坚持以人为本，全面贯彻落实科学发展观，采取综合措施，加大扶持力度，进一步改善退耕农户生产生活条件，逐步建立起促进生态改善、农民增收和经济发展的长效机制，巩固退耕还林成果，促进退耕还林地区经济社会可持续发展。

（二）目标任务。一是确保退耕还林成果切实得到巩固。加强林木后期管护，搞好补植补造，提高造林成活率和保存率，杜绝砍树复耕现象发生。二是确保退耕农户长远生计得到有效解决。通过加大基本口粮田建设力度、加强农村能源建设、继续推进生态移民等措施，从根本上解决退耕农户吃饭、烧柴、增收等当前和长远生活问题。

（三）基本原则。坚持巩固退耕还林成果与解决退耕农户长远生计相结合；坚持国家支持与退耕农户自力更生相结合；坚持中央制定统一的基本政策与省级人民政府负总责相结合。

二、政策内容

（四）继续对退耕农户直接补助。现行退耕还林粮食和生活费补助期满后，中央财政安排资金，继续对退耕农户给予适当的现金补助，解决退耕农户当前生活困难。补助标准为：长江流域及南方地区每亩退耕地每年补助现金105元；黄河流域及北方地区每亩退耕地每年补助现金70元。原每亩退耕地每年20元生活补助费，继续直接补助给退耕农户，并与管护任务挂钩。补助期为：还生态林补助8年，还经济林补助5年，还草补助2年。根据验收结果，兑现补助资金。各地可结合本地实际，在国家规定的补助标准基础上，再适当提高补助标准。凡2006年底前退耕还林粮食和生活费补助政策已经期满的，要从2007年起发放补助；2007年以后到期的，从次年起发放补助。

（五）建立巩固退耕还林成果专项资金。为集中力量解决影响退耕农户长远生计的突出问题，中央财政安排一定规模资金，作为巩固退耕还林成果专项资金，主要用于西部地区、京津风沙源治理区和享受西部地区政策的中部地区退耕农户的基本口粮田建设、农村能源建设、生态移民以及补植补造，并向特殊困难地区倾斜。

中央财政按照退耕地还林面积核定各省（自治区、直辖市）巩固退耕还林成果专项资金总量，并从2008年起按8年集中安排，逐年下达，包干到省。专项资金要实行专户管理，专款专用，并与原有国家各项扶持资金统筹使用。具体使用和管理办法由财政部会同发展改革委、西部开发办、农业部、林业局等部门制定，报国务院批准。

三、配套措施

（六）加大基本口粮田建设力度。建设基本口粮田是解决退耕农户长远生计、巩固退耕还林成果的关键。要加大力度，力争用5年时间，实现具备条件的西南地区退耕农户人均不低于0.5亩、西北地区人均不低于2亩高产稳产基本口粮田的目标。对基本口粮田建设，中央安排预算内基本建设投资和巩固退耕还林成果专项资金给予补助，西南地区每亩补助600元，西北地区每亩补助400元。退耕还林有关地区要加大投入力度，加强基本口粮田建设。

（七）加强农村能源建设。各地要从实际出发，因地制宜，以农村沼气建设为重点、多能互补，加强节柴灶、太阳灶建设，适当发展小水电。采取中央补助、地方配套和农民自筹相结合的方式，搞好退耕还林地区的农村能源建设。

（八）继续推进生态移民。对居住地基本不具备生存条件的特困人口，实行易地搬迁。对西部一些经济发展明显落后，少数民族人口较多，生态位置重要的贫困地区，巩固退耕还林成果专项资金要给予重点支持。

（九）继续扶持退耕还林地区。中央有关预算内基本建设投资和支农惠农财政资金要继续按原计划安排，统筹协调，保证相关资金能够整合使用。鼓励退耕农户和社会力量投资巩固退耕还林成果建设，允许退耕农户投资投劳兴建直接受益的生产生活设施。

（十）调整退耕还林规划。为确保“十一五”期间耕地不少于18亿亩，原定“十一五”期间退耕还林2000万亩的规模，除2006年已安排400万亩外，其余暂不安排。国务院有关部门要进一步摸清25度以上坡耕地的实际情况，在深入调查研究、认真总结经验的基础上，实事求是地制订退耕还林工程建设规划。

（十一）继续安排荒山造林计划。为加快国土绿化进程，推进生态建设，今后仍继续安排荒山造林、封山育林。继续按原渠道安排种苗造林补助资金，并视情况适当提高补助标准。在安排荒山造林任务的同时，地方政府要负责安排好补植补造、抚育管理、病虫害防治和工程管理等工作，并安排相应经费。在不破坏植被、造成新的水土流失的前提下，允许农民间种豆类等矮秆农作物，以耕促抚、以耕促管。

四、组织实施

（十二）加强领导，落实责任。省级人民政府要对本地区巩固退耕还林成果、解决退耕农户长远生计工作负总责，坚持目标、任务、资金、责任“四到省”原则。市、县、乡要层层落实巩固成果的目标和责任，逐乡、逐村、逐户地狠抓落实。

（十三）科学规划，统筹安排。有关省级人民政府要制订切实可行的巩固退耕还林成果专项规划，重点包括退耕地区基本口粮田建设规划、农村能源建设规划、生态移民规划、农户接续产业发展规划等，并安排必要的退耕还林工作经费。规划要综合考虑还林的经营管理措施和退耕农户近期生计及长远发展配套项目，坚持因地制宜，突出重点，远近结合，综合整治，并与当地新农村建设规划等各专项规划相衔接。规划报发展改革委会同西部开发办、财政部、农业部、林业局等有关部门审批。经批准的规划作为安排年度项目和巩固退耕还林成果专项资金的前提和依据。退耕还林工作经费安排方案要随专项规划一并上报。

（十四）强化监督，严格检查。地方各级人民政府要认真落实政策，严肃工作纪律，严格核实退耕还林面积，严格资金支出管理，严禁弄虚作假骗取和截留挪用对农户的补助资金及专项资金。对于不认真执行中央政策的，根据问题性质和情节轻重，依法追究有关责任人员特别是地方人民政府负责人的责任。各级监察、审计部门要加强监督检查。

（十五）健全机制，加强协调。建立巩固退耕还林成果部际联席会议制度，协调巩固退耕还林成果有关工作。有关部门要按照规划要求，各司其职，各负其责，加强沟通，协同配合，形成合力，确保退耕还林成果切实得到巩固，退耕农户长远生计得到有效解决。

退耕还林工程涉及到亿万农民，把这一项荫及子孙、惠及万民的工程建设好、巩固好、发展好，需要地方各级人民政府和全社会的共同努力。地方各级人民政府要从事关我国生态安全、全面建设小康社会和构建社会主义和谐社会的高度，充分认识巩固退耕还林成果的重要性和紧迫性，采取有力措施，确保政策落到实处，取得实效。

关于印发新一轮退耕还林还草总体方案的通知

国家发展和改革委员会　财政部　国家林业局　农业部　国土资源部

发改西部〔2014〕1772号

（二〇一四年八月二日）

各省、自治区、直辖市人民政府：

《新一轮退耕还林还草总体方案》（以下简称《方案》，见附件1）已经国务院批准，现印发给你们，请按照实施，并将有关事项通知如下：

一、制定本省（自治区、直辖市）兑现给农户的补助标准

请各省（自治区、直辖市）人民政府在不低于中央补助标准的基础上，尽快确定本省（自治区、直辖市）兑现给退耕农民的具体补助标准和分次数额，并将政策广泛向农户宣传，做到农户家喻户晓。

二、编制好省级退耕还林还草实施方案

各省（自治区、直辖市）要按照《方案》规定要求和程序编制好省级实施方案，自下而上，上下结合，充分尊重农民意愿。实施方案应依据年度土地变更调查成果和乡（镇）土地利用总体规划，将纳入退耕还林还草范围的耕地落实到2013年度土地变更调查成果的县级土地利用现状图（数据库）上，具体地块分以下三类严格控制范围：

（一）25度以上非基本农田坡耕地。

（二）严重沙化耕地，在国家有关部门进一步制定严重沙化耕地标准后，河北、山西、内蒙古、辽宁、吉林、黑龙江、河南、西藏、陕西、甘肃、宁夏、新疆（含兵团）、青海等省（区）再依据核定规模确定退耕范围。

（三）三峡库区、丹江口库区及上游区域县（市）（详见附件2）15—25度非基本农田坡耕地。

退耕还林还草省级实施方案要于2014年11月底前，经省级人民政府批准后报有关部门。

同时，各省（自治区、直辖市）可根据国务院批准的全国重要江河湖泊一级水功能区划中规定的保护区、保留区迎水面的15—25度非基本农田坡耕地（按水利部、国家发展改革委、环境保护部《关于印发全国重要江河湖泊水功能区划的通知》，水资源〔2012〕131号文要求）情况，提出重要水功能区退耕还林还草需求，待有关部门编制全国退耕还林还草实施方案时一并考虑。

三、报送2014年建设任务

2014年全国安排退耕还林还草任务500万亩，重点安排25度以上坡耕地集中地区。根据第二次全国土地调查和年度变更调查成果，请25度以上坡耕地较多的山西、湖北、湖南、广西、重庆、四川、贵州、云南、陕西、甘肃省（自治区、直辖市）于8月15日前，在摸清群众意愿的情况下，自下而上，将本省（自治区、直辖市）2014年退耕还林、退耕还草任务申请报送国家林业局、农业部，并抄送国家发展改革委、财政部和国土资源部。

附件1

新一轮退耕还林还草总体方案

退耕还林还草是治理我国水土流失和土地沙化的重大生态修复工程。为贯彻落实党的十八大和十八届三中全会精神，根据中央有关文件和国务院领导批示要求，发展改革委、财政部会同林业局、农业部、国土资源部，在认真总结经验、深入调查研究的基础上，提出新一轮退耕还林还草总体方案。

一、重要意义和总体思路

实施退耕还林还草是党中央、国务院从中华民族生存和发展的战略高度，着眼经济社会可持续发展全局做出的重大决策。截至2006年底，全国累计完成退耕地造林1.39亿亩，工程建设增加了林草植被，减少了水土流失和风沙危害，促进了农业结构调整，增加了农民收入，是一项深受老百姓欢迎的民心工程。目前，一些生态环境脆弱、生存条件恶劣地区仍然在耕种陡坡地和沙化地，由此造成严重的水土流失和风沙危害，导致江河源头、湖库周围等重要水源地涵养水源能力下降，山洪和地质灾害多发，基层干部群众期盼继续实施退耕还林还草。实施新一轮退耕还林还草，是贯彻落实科学发展观、推进生态文明建设的战略举措，是贫困地区农民脱贫致富、加快全面小康社会建设的有效途径。

借鉴以往退耕还林还草的经验，最重要的是要充分调动地方政府和农民群众积极性，使退耕还林还草成为广大群众保护生态环境、改善生产生活条件的自觉行动。为此，新一轮退耕还林还草拟采取“自下而上、上下结合”的方式实施，即在农民自愿申报退耕还林还草任务基础上，中央核定各省总规模，并划拨补助资金到省，省级人民政府对退耕还林还草负总责，自主确定兑现给农户的补助标准。

按照这一思路，新一轮退耕还林还草应遵循以下原则：

——坚持农民自愿，政府引导。充分尊重农民意愿，退不退耕，还林还是还草，种什么品种，由农民自己决定。各级政府要加强政策、规划引导，依靠科技进步，提供技术服务，切忌搞“一刀切”、强推强退。

——坚持尊重规律，因地制宜。根据不同地理、气候和立地条件，宜乔则乔、宜灌则灌、宜草则草，有条件的可实行林草结合，不再限定还生态林与经济林的比例，重在增加植被盖度。

——坚持严格范围，稳步推进。退耕还林还草依据第二次全国土地调查和年度变更调查成果，严格限定在25度以上坡耕地、严重沙化耕地和重要水源地15—25度坡耕地。兼顾需要和可能，合理安排退耕还林还草的规模和进度。

——坚持加强监管，确保质量。建立健全退耕还林还草检查监督机制，对工程实施的全过程实行有效监管。加强建档建制等基础工作，提高规范化管理水平。

二、总体规模和任务安排

（一）总体规模。到2020年，将全国具备条件的坡耕地和严重沙化耕地约4240万亩退耕还林还草。其中包括：25度以上坡耕地2173万亩，严重沙化耕地1700万亩，丹江口库区和三峡库区15—25度坡耕地370万亩。

对已划入基本农田的25度以上坡耕地，要本着实事求是的原则，在确保省域内规划基本农田保护面积不减少的前提下，依法定程序调整为非基本农田后，方可纳入退耕还林还草范围。严重沙化耕地、重要水源地的15—25度坡耕地，需有关部门研究划定范围，再考虑实施退耕还林还草。

（二）2014年任务安排。综合考虑粮食安全、种苗供应等情况，2014年安排退耕还林还草任务500万亩。优先安排符合退耕条件、群众退耕积极性高、前期工作准备充分的地方。严重沙化耕地和重要水源地15—25度坡耕地暂不安排，由国土资源部、农业部、国家林业局等部门尽快明确标准并落实到第二次全国土地调查和年度变更调查成果现状图上后，从2015年起开始安排。

三、补助政策

（一）中央根据退耕还林还草面积将补助资金拨付给省级人民政府。补助资金按以下标准测算：退耕还林每亩补助1500元，其中，财政部通过专项资金安排现金补助1200元、国家发展改革委通过中央预算内投资安排种苗造林费300元；退耕还草每亩补助800元，其中，财政部通过专项资金安排现金补助680元、国家发展改革委通过中央预算内投资安排种苗种草费120元。

（二）中央安排的退耕还林补助资金分三次下达给省级人民政府，每亩第一年800元（其中，种苗造林费300元）、第三年300元、第五年400元；退耕还草补助资金分两次下达，每亩第一年500元（其中，种苗种草费120元）、第三年300元。

（三）省级人民政府可在不低于中央补助标准的基础上自主确定兑现给退耕农民的具体补助标准和分次数额。地方提高标准超出中央补助规模部分，由地方财政自行负担。

（四）地方各级人民政府有关政策宣传、作业设计、技术指导、检查验收、政策兑现、确权发证、档案管理等工作所需经费，主要由省级财政承担，中央财政给予适当补助。

四、前期工作

（一）组织农户自愿申请。国务院批准实施新一轮退耕还林还草总体方案后，各有关省（自治区、直辖市）人民政府应尽快明确本省相关政策措施，并宣传到户，组织引导符合条件的农户申报各年度退耕还林还草任务。

（二）编制省级实施方案。县级政府有关部门登记并确认农户申请，汇总形成县级退耕还林还草总规模。在此基础上，省级林业、农业主管部门会同国土资源部门编制明确到县的省级实施方案，经省级发展改革部门和财政部门综合平衡后，报省级人民政府批准，并报送国家发展改革委、财政部、国家林业局、农业部、国土资源部。省级实施方案要做好与防沙治沙、环境保护等有关规划的衔接，并做好科学论证。

（三）编制全国退耕还林还草实施方案。在各省级实施方案基础上，国家林业局、农业部会同国土资源部编制全国新一轮退耕还林还草实施方案。国家发展改革委、财政部综合平衡后，报国务院审批。

（四）确定年度任务。国家林业局、农业部根据全国新一轮退耕还林还草实施方案、完成情况，提出年度任务建议，国家发展改革委、财政部会同有关部门综合平衡后下达年度任务。

五、工程实施

（一）省级人民政府在编制实施方案、确定年度任务时，要以县为单位相对集中，保证退耕一片，见效一片。可以采取竞争立项的方式，优先安排农民意愿强烈、县乡政府有积极性的县先期实施。

（二）新一轮退耕还林还草实施方案，要将退耕范围落实到土地利用现状图上，做到实地与图上一致。不得擅自扩大退耕还林还草规模，不得将基本农田、土地开发整理复垦耕地、坡改梯耕地、上一轮退耕还林已退耕地纳入退耕范围。

（三）国家林业局、农业部制订统一的新一轮退耕还林还草验收标准和合同范本。县级人民政府或由其委托的乡级人民政府要与退耕农户签订合同，明确退耕范围、面积、树种草种、初植密度、补助标准和金额，以及完成时间、质量要求、检查验收与资金兑付时间和管护责任等。

（四）县级林业、农业主管部门要大力培育良种壮苗，加强工作指导和技术服务，及时对退耕还林还草的情况进行验收检查，达到验收标准的，方可兑现补助资金。

（五）建立健全村级退耕还林还草公示制度，对退耕农户的退耕面积、退耕地点、树种草种以及质量要求、验收结果、补助资金等情况进行公示，接受社会和群众监督。

（六）各地要采取综合措施，确保农户退耕成果巩固，不反弹，不留后账。

六、监测考核

（一）国家林业局、农业部会同国土资源部制定监测考核办法，对各省退耕还林还草合格率、保存率进行验收，对是否落实到应退耕地开展监测。

（二）国家林业局负责还林第二年成活率验收；还林第四年验收、还草第二年验收由国家林业局、农业部会同国土资源部负责，依据年度土地变更调查成果，开展逐图斑的监测考核。

（三）考核结果依程序公开，并作为调整各省年度退耕还林还草任务、兑现补助资金、耕地保护责任目标考核的重要依据。

（四）财政、审计等部门要加强监督检查，确保财政资金足额用于退耕还林还草。

七、配套政策

（一）退耕后营造的林木，凡符合国家和地方公益林区划界定标准的，分别纳入中央和地方财政森林生态效益补偿。未划入公益林的，经批准可依法采伐。牧区退耕还草明确草地权属的，纳入草原生态保护补助奖励机制。

（二）在不破坏植被、造成新的水土流失前提下，允许退耕还林农民间种豆类等矮秆作物，发展林下经济，以耕促抚、以耕促管。鼓励个人兴办家庭林场，实行多种经营。

（三）在专款专用的前提下，统筹安排中央财政专项扶贫资金、易地扶贫搬迁投资、现代农业生产发展资金、农业综合开发资金等，用于退耕后调整农业产业结构、发展特色产业、增加退耕户收入，巩固退耕还林还草成果。

（四）退耕还林还草后，由县级以上人民政府依法确权变更登记。

附件2

三峡库区、丹江口库区及上游地区县市名单

一、三峡库区及其上游

省市	县级行政区
湖北	巴东县、秭归县、兴山县、夷陵区、利川市、神农架林区、远安县、宜昌市区
重庆	江津市、渝北区、巴南区、长寿县、涪陵区、武隆县、丰都县、石柱县、忠县、万州区、开县、云阳县、奉节县、巫山县、巫溪县、主城区（包括渝中区、大渡口区、江北区、沙坪坝区、九龙坡区、南岸区、北碚区等7区）、合川、永川、璧山、铜梁、潼南、大足、荣昌、綦江、万盛、南川、梁平、垫江、彭水、双桥、黔江、城口县、酉阳土家族苗族自治县、秀山土家族苗族自治县
四川	宜宾市城区、南溪县、江安县、长宁县、宜宾县、高县、屏山县、泸州市主城区（包括江阳区、纳溪区、龙子潭区）、泸县、合江县、古蔺县，内江市主城区（包括市中区、东兴区）、隆昌县、资中县，资阳市城区、简阳市，自贡市主城区（包括沿滩区、自流井区、大安区、贡井区）、富顺县，达川市开江县，广安市邻水县、壤塘县、马尔康县、红原县、黑水县、茂县、理县、金川县、小金县、汶川县、南坪县、阿坝县、松潘县、若尔盖县、通江县、巴中县、南江县、平昌县、彭县、都江堰市、新都县、郫县、金堂县、崇庆县、温江县、大邑县、双流县、邛崃县、新津县、蒲江县、成都市主城区、通川区、万源市、宜汉县、达县、渠县、大竹县、绵竹市、什邡市、广汉市、旌阳区、中江县、罗江县、稻城县、德格县、甘孜县、色达县、炉霍县、白玉县、新龙县、道孚县、理塘县、康定县、雅江县、泸定县、巴塘县、乡城县、得荣县、丹巴县、九龙县、石渠县、岳池县、武胜县、华蓥市、广安县、旺苍县、苍溪县、广元市区（含市中区、元霸区、朝天区3个区）、剑阁县、青川县、夹江县、井研县、峨眉山市、乐山市区（含市中区、五通桥区、沙湾区、金河口4个区）、犍为县、峨边彝族自治县、沐川县、马边彝族自治县
贵州	遵义市赤水市、习水县、仁怀县
备注	三峡库区及上游水污染防治规划（修订本）的范围

二、丹江口库区及上游

省	县级行政区
陕西	汉台区、南郑、城固、洋县、西乡、勉县、略阳、宁强、镇巴、留坝、佛坪、汉滨区、汉阴、石泉、宁陕、紫阳、岚皋、镇坪、平利、旬阳、白河、商州区、洛南、丹凤、商南、山阳、镇安、柞水、太白县
河南	卢氏、栾川、西峡、淅川、内乡、邓州
湖北	丹江口（含武当山特区）、郧县、郧西、竹山、竹溪、房县、张湾、茅箭、红坪镇、大九湖乡
备注	丹江口库区及上游水污染防治和水土保持“十二五”规划的范围

关于扩大新一轮退耕还林还草规模的通知

财政部　国家发展改革委　国家林业局　国土资源部　农业部　水利部
环境保护部　国务院扶贫办

财农〔2015〕258号

（二〇一五年十二月三十一日）

各省、自治区、直辖市人民政府，新疆生产建设兵团：

党中央、国务院高度重视林业生态保护和建设，2014年启动了新一轮退耕还林还草。总体来看，地方各级党委、政府对退耕还林还草工作高度重视，各部门密切配合，有序推进各项工作，基层干部群众的积极性比较高。但在新一轮退耕还林还草推进过程中，各地也反映总体规模偏小和实施进度偏慢等问题。为加快推进退耕还林还草，促进生态环境保护，推进连片特困地区脱贫致富，经国务院批准，现就有关事项通知如下：

一、充分认识扩大新一轮退耕还林还草的重要意义

加快推进新一轮退耕还林还草并扩大实施规模具有重要意义。一是有利于促进生态文明建设和可持续发展。《中共中央关于全面深化改革若干重大问题的决定》要求“稳定和扩大退耕还林范围”。《中共中央关于制定国民经济和社会发展第十三个五年规划的建议》提出“扩大退耕还林还草”。扩大新一轮退耕还林还草规模，把生态承受力弱、不适宜耕种的地退下来，种上树和草，是从源头防治水土流失、减少自然灾害、固碳增汇和应对气候变化的重要措施，是推进生态文明建设、实现可持续发展的重要举措。二是有利于推进连片特困地区脱贫致富。25度以上坡耕地（以下简称陡坡耕地）集中区域大多是连片特困地区。加快推进新一轮退耕还林还草并适当扩大规模，不仅能直接增

加退耕农户现金收入，而且能解放农村劳动力，增加外出务工收入。三是有利于稳增长、促改革、调结构、惠民生。各地普遍将退耕还林还草作为调整农村产业结构的重要契机，在改善生态环境的同时，推动了农村经济发展转型。

各有关省、自治区、直辖市和新疆生产建设兵团（以下简称省）要充分认识扩大新一轮退耕还林还草规模的重要意义，准确把握政策要求，扎实细致地做好相关工作，把新一轮退耕还林还草组织实施好。

二、扩大新一轮退耕还林还草规模的主要政策

（一）将确需退耕还林还草的陡坡耕地基本农田调整为非基本农田。对陡坡耕地划为基本农田且确需退耕还林还草的，各有关省可在充分调查并解决好当地群众生计的基础上，研究拟定区域内扩大退耕还林还草的范围，并提出省级耕地保有量和基本农田保护指标的调整方案。省级调整方案请于2016年3月底前按法定程序上报国务院，并抄送财政部、国家发展改革委、国家林业局、国土资源部、农业部、水利部、国务院扶贫办。

（二）加快贫困地区新一轮退耕还林还草进度。从2016年起，国家有关部门在安排新一轮退耕还林还草任务时，重点向扶贫开发任务重、贫困人口较多的省倾斜。各有关省在具体落实时，要进一步向贫困地区集中，向建档立卡贫困村、贫困人口倾斜，充分发挥退耕还林还草政策的扶贫作用，加快贫困地区脱贫致富。

（三）及时拨付新一轮退耕还林还草补助资金。国家按退耕还林每亩补助1500元（其中中央财政专项资金安排现金补助1200元、国家发展改革委安排种苗造林费300元）、退耕还草每亩补助1000元（其中中央财政专项资金安排现金补助850元、国家发展改革委安排种苗种草费150元）。中央安排的退耕还林补助资金分三次下达给省级人民政府，每亩第一年800元（其中种苗造林费300元）、第三年300元、第五年400元；退耕还草补助资金分两次下达，每亩第一年600元（其中种苗种草费150元）、第三年400元。各地要及时拨付中央下达的新一轮退耕还林还草补助资金。

（四）认真研究在陡坡耕地梯田、重要水源地15—25度坡耕地以及严重污染耕地退耕还林还草的需求。一是关于陡坡耕地梯田。各有关省可在充分调查并解决好当地群众生计的基础上，兼顾保护历史文化遗产的需要，在尊重农民意愿的前提下提出退耕还林还草的需求。二是关于重要水源地15—25度坡耕

地。各有关省可根据国务院批准的全国重要江河湖泊一级水功能区划中规定的保护区、保留区迎水面的15—25度非基本农田坡耕地情况，提出退耕还林还草的需求。三是关于严重污染耕地。对于严重污染耕地确需退耕还林还草的，各有关省可按照国家有关土壤污染防治要求，在充分调查认定的基础上提出退耕还林还草的需求。上述三项退耕还林还草需求，请于2017年4月底前，分别报送财政部、国家发展改革委、国家林业局、国土资源部、农业部、环境保护部、水利部、国务院扶贫办。

三、工作要求

（一）坚持农民自愿、政府引导的原则。各有关省在研究扩大新一轮退耕还林还草范围工作时，要始终坚持农民自愿、政府引导的原则，对特殊困难地区以及主要依靠陡坡耕地粮食维持生计的农户，可根据实际情况自愿选择是否退耕。继续由省级人民政府负总责，并由地方政府做好粮食调运等工作，确保特殊困难地区退耕农户口粮安全。

（二）毫不动摇地保护好基本农田。各有关省必须严格遵守《中华人民共和国土地管理法》《基本农田保护条例》等法律法规，优先划定永久基本农田，坚决保护好基本农田。此次调整仅限于调减陡坡耕地中的基本农田，严禁调减其他区域内基本农田，调减下来的基本农田必须用于退耕还林还草。

（三）加强部门之间沟通协调。财政、发展改革、林业、国土资源、农业、水利、环境保护、扶贫等相关部门要密切配合，积极沟通，妥善解决影响退耕还林还草进度的突出问题，确保各项工作顺利开展。进一步将退耕还林还草与农业结构调整、高标准口粮田建设、避险搬迁、土地整治、坡耕地水土流失治理等工作有机结合起来，采取积极措施，有效解决退耕农户的长远生计，切实巩固退耕还林还草成果。

关于扩大贫困地区退耕还林还草规模的通知

国家发展改革委办公厅　财政部办公厅　自然资源部办公厅
生态环境部办公厅　水利部办公厅　农业农村部办公厅　国家林草局办公室
国务院扶贫办综合司

发改办农经〔2019〕954号

（二〇一九年十月八日）

山西省、内蒙古自治区、湖北省、湖南省、重庆市、四川省、贵州省、云南省、西藏自治区、甘肃省、新疆维吾尔自治区发展改革委、财政厅（局）、自然资源厅（局）、生态环境厅、水利厅、农业农村厅、林草（业）局、扶贫办：

为贯彻落实《中共中央　国务院　关于打赢脱贫攻坚战三年行动的指导意见》中关于扩大退耕还林还草的决策部署，经报请国务院同意，现就扩大贫困地区退耕还林还草规模有关事项通知如下。

一、将25度以上坡耕地、严重沙化耕地、重要水源地15—25度坡耕地、陡坡梯田、严重污染耕地等5种地类纳入扩大贫困地区退耕还林还草范围，全国按2070万亩控制（详见附件）。对于灌排设施完备、维护较好、水土流失程度轻、具有文化传承价值的陡坡梯田，不安排退耕。

二、对于重要水源地15—25度坡耕地，由各地据实将需要退耕的地块和图斑落实到国土调查数据库，明确所对应的重要水源地范围，并对相关信息的真实性、合规性负责，自然资源部会同生态环境部、水利部、农业农村部、国家林草局进行调查认定，作为退耕的最终确定数再开展退耕。对于地方上报的严重污染耕地退耕需求，依据土壤污染状况详查、调查等，由农业农村部、生态环境部会同有关部门予以认定。

三、退耕还林还草工作由省级人民政府负总责，实行目标、任务、资金、责任四到省，要按照国家确定的各地类实施条件和控制规模，组织市县将退耕还林还草年度任务落实到具体地块，有关责任部门要加强事中事后监管，如发现弄虚作假，应及时纠正、严肃问责。任务完成后，由林业草原部门实行县级、省级、国家级三级检查验收。验收合格后，由自然资源部门根据验收结果进行土地利用变更和确权登记。

附件

扩大贫困地区退耕还林还草任务安排表

单位：万亩

序号	省区	总计	25度以上坡耕地	严重沙化耕地	重要水源地15—25度坡耕地	陡坡梯田	严重污染耕地
合计		2070.42	144	388	1147.06	369	22.36
1	山西	97			13	84	
2	内蒙古	206		206			
3	湖北	47.05			23	24	0.05
4	湖南	83.11			57	26	0.11
5	重庆	194	144		50		
6	四川	23.2			20	3	0.2
7	贵州	628			482	146	
8	云南	307			199	86	22
9	西藏	0.06			0.06		
10	甘肃	303			303		
11	新疆	182		182			

附录二 大事记

1997年8月5日 中共中央总书记江泽民在《关于陕北地区治理水土流失建设生态农业的调查报告》上作出“再造一个山川秀美的西北地区”的重要批示。

1998年8月 《国务院关于保护森林资源 制止毁林开荒和乱占林地的通知》（国发〔1998〕111号）要求，各地要在清查的基础上，按照谁批准谁负责，谁破坏谁恢复的原则，对毁林开垦的林地限期全部还林。

1998年8月29日 修订的《中华人民共和国土地管理法》第三十九条规定，禁止毁坏森林、草原开荒，禁止围湖造田和侵占江河滩地。根据土地利用总体规划，对破坏生态环境开垦、围垦的土地，有计划有步骤地退耕还林、还牧、还湖。

1998年10月14日 十五届三中全会通过的《中共中央关于农业和农村工作若干重大问题的决定》指出，禁止毁林毁草开荒和围河造田。对过度开垦、围垦的土地，要有计划有步骤地还林、还草、还湖。

1998年10月20日 《中共中央 国务院 关于灾后重建、整治江湖、兴修水利的若干意见》将“封山植树、退耕还林”放在灾后重建三十二字综合措施的首位，并指出：积极推行封山育林，对过度开垦的土地，有步骤地退耕还林，加快林草植被的恢复建设，是改善生态环境、防治江河水患的重大措施。

1999年8—10月 国务院总理朱镕基先后视察陕西、云南、四川、甘肃、青海、宁夏6省区，提出统筹考虑加快山区生态环境建设、实现可持续发展和解决粮食库存积压等多种目标，实施“退耕还林（草）、封山绿化、以粮代赈、个体承包”的政策措施。

2000年1月 中共中央、国务院印发《关于转发国家发展计划委员会〈关于实施西部大开发战略初步设想的汇报〉的通知》和国务院西部地区开发领导小组第一次会议将退耕还林列入西部大开发的重要内容。

2000年1月29日 国务院发布的《中华人民共和国森林法实施条例》第二十二条规定，25度以上的坡地应当用于植树种草。25度以上的坡耕地应当按照当地人民政府制定的规划，逐步退耕、植树种草。

2000年3月9日 国家林业局、国家计委、财政部联合印发《关于开展2000年长江上游、黄河上中游地区退耕还林（草）试点示范工作的通知》（林计发〔2000〕111号），启动退耕还林还草试点工作，范围涉及13个省（自治区、直辖市）和新疆生产建设兵团的174个县（团、场）。

2000年3月14日 国家计委、国家粮食局、国家林业局、财政部、农业部和中国农业发展银行联合下发《以粮代赈、退耕还林还草的粮食供应暂行办法》(计粮办〔2000〕241号)。

2000年6月21日 国家林业局、国家计委、财政部下发《关于在湖南、河北、吉林和黑龙江省开展退耕还林(草)试点示范工作的通知》(林计发〔2000〕268号),将湖南、河北、吉林、黑龙江4省14个县纳入试点范围。

2000年7月26日 中西部地区退耕还林还草试点工作座谈会在北京召开。国务院总理朱镕基到会并作重要讲话,国务院副总理温家宝、国务委员王忠禹出席会议。

2000年9月10日 国务院下发《关于进一步做好退耕还林还草试点工作的若干意见》(国发〔2000〕24号),就实行省级政府负总责、完善退耕还林还草政策、健全种苗生产供应机制等方面作出规定。

2000年10月11日 党的十五届五中全会通过的《中共中央关于制定国民经济和社会发展第十个五年计划的建议》提出,加强生态建设和生态保护,有计划分步骤地抓好退耕还林等生态建设工程,改善西部地区生产条件和生态环境。

2001年2月3日 国家林业局印发《退耕还林还草工程建设种苗管理办法》(试行)(林场发〔2001〕27号),提出在种苗选择上坚持质量优先、就地培养、就近调剂,优先选用乡土树种、草种和抗逆性强的良种壮苗。

2001年3月5日 国务院总理朱镕基在九届人大第四次会议上所作的《政府工作报告》中指出,有步骤因地制宜推进天然林保护、退耕还林还草以及防沙治沙、草原保护等重点工程建设,注意发挥生态的自我修复能力,逐步建成我国西部牢固的绿色生态屏障。会议通过的《中华人民共和国国民经济和社会发展第十个五年计划纲要》正式将退耕还林列入国民经济和社会发展“十五”计划。

2001年8月3日 中央机构编制委员会办公室批准国家林业局成立退耕还林(草)工程管理中心。

2001年10月26日 国务院总理朱镕基在国务院西部地区开发领导小组第二次会议上强调,当前发展农村经济、促进农民增收的一项十分重要的措施,就是要抓住粮食库存较多的有利时机,加快实施退耕还林,开仓济贫。要扩大退耕还林还草规模,进一步完善退耕还林还草的政策措施和实施办法。

2001年11月26日 国家林业局印发《退耕还林工程建设检查验收办法》（林退发〔2001〕521号），确定了退耕还林工程实行县级自查、省级复查和国家级核查的三级检查验收制度。

2001年11月28—30日 中央经济工作会议召开，决定将退耕还林还草作为调整农业经济结构、增加农民收入的一项重要措施，进一步扩大退耕还林还草规模，认真落实各项政策，加快宜林荒山荒地造林。

2002年1月10日 国务院西部开发办、国家林业局联合召开全国退耕还林电视电话会议，对试点工作进行总结，宣布全面启动退耕还林工程，工程范围扩大到25个省（自治区、直辖市）和新疆生产建设兵团。

2002年3月5日 国务院总理朱镕基在九届人大五次会议《政府工作报告》提出，要进一步扩大退耕还林规模，推进休牧还草，加快宜林荒山荒地造林，抓紧研究制定退耕还林的法规。

2002年3月29日至4月2日 国务院总理朱镕基在山西考察时强调，实施退耕还林的基本经验，概括起来说“林权是核心，给粮是关键，种苗要先行，干部是保障”。这四句话都做到了，退耕还林一定能成功。

2002年4月1日 中共中央总书记江泽民在6省区西部大开发工作座谈会上强调，要认真搞好天然林保护、防沙治沙和退耕还林等重点工程，注意把退耕还林还草与农田基本建设、农村能源、生态移民、农牧业结构调整结合起来。

2002年4月11日 国务院下发《关于进一步完善退耕还林政策措施的若干意见》（国发〔2002〕10号），进一步明确退耕还林必须遵循的原则和有关政策措施，要求切实把握“林权是核心，给粮是关键，种苗要先行，干部是保证”等主要环节，把退耕还林工作扎实、稳妥、健康地向前推进。

2002年5月10日 国务院西部开发办与国家林业局联合召开电视电话会议，对退耕还林还草工作当前存在的主要问题提出明确要求。

2002年12月14日 国务院总理朱镕基签署国务院第367号令，颁布《退耕还林条例》并于2003年1月20日起实施。

2002年 国家林业局先后在北京市、甘肃省天水市和兰州市、湖南省湘西州召开电视电话会、工作座谈会和现场经验交流会，总结交流经验，分析退耕还林还草工程面临的新形势和新任务，对工程建设存在的突出问题提出整改要求。

2003年1月20日 国家林业局、国务院西部办、国务院法制办在人民大会堂举行学习贯彻《退耕还林条例》座谈会。

2003年2—10月 受国家计委和国务院西部办委托，中国国际工程咨询公司组织64名专家、学者，对退耕还林工程开展中期评估。认为，党中央、国务院作出的退耕还林的战略决策完全正确，工程进展顺利，初见成效，农民满意。

2003年6月18日 国家林业局印发《退耕还林工程作业设计技术规定》（林退发〔2003〕90号）。

2003年6月25日 中共中央、国务院颁发《关于加快林业发展的决定》，将抓好六大重点工程作为实现林业战略目标的重要途径，赋予了退耕还林工程重要历史使命。

2003年7月23日 国家林业局办公室印发《退耕还林工程档案管理办法》（试行）（办退字〔2003〕33号）。

2003年8月21日 国家林业局出台《退耕还林工程建设监理规定》（试行）（办退字〔2003〕34号）。

2003年9月27—28日 国务院在京召开全国林业工作会议。国务院总理温家宝出席会议并作重要讲话，强调退耕还林工作要总结经验、搞好规划、完善政策、突出重点、循序渐进。

2004年1月6日 国家林业局下发《关于进一步完善退耕还林工程人工造林初值密度标准的通知》（林造发〔2004〕9号）。

2004年3月19—20日 国务院西部开发工作会议在北京召开。国务院总理温家宝出席会议并作重要讲话，强调要扎扎实实搞好退耕还林、退牧还草、天然林保护、风沙源治理等重点工程。退耕还林要巩固成果、确保质量、完善政策、稳步推进。

2004年3月26日 国家林业局下发《关于做好退耕还林工程效益监测工作的通知》（林退发〔2004〕49号），并印发《退耕还林工程效益监测实施方案（试行）》，实施方案以生态效益监测为主，从退耕还林三大效益的监测分区、监测站布设、监测内容、监测指标、监测方法等方面作出了规定。

2004年4月13日 国务院办公厅印发《关于完善退耕还林粮食补助办法的通知》（国办发〔2004〕34号），原则上将补助粮食实物改为补助现金。

2004年7月28日 财政部、国家发展改革委、国务院西部办、农业部、国家林业局、国家粮食局、中国农业发展银行联合下发《关于退耕还林、退牧还草、禁牧舍饲粮食补助改补现金后有关财政财务处理问题的紧急通知》（财建明电〔2004〕2号）。

2005年2月4日 国务院总理温家宝在人民日报发表《开拓创新 扎实工作 不断开创西部大开发的新局面》中指出，退耕还林成绩很大，既改善了生态环境，又增加了农民收入。要认真落实各项政策，取信于民，同时要加强检查验收，严格执行国家规定的标准。当前要把退耕还林工作的重点放在巩固成果上，抓紧研究完善退耕还林政策，把退耕还林、退牧还草与基本农田建设、农村能源建设、生态移民、后续产业发展、封山禁牧舍饲等配套保障措施有机结合起来，妥善解决农牧民长远生计问题，确保退得下、稳得住、能致富、不反弹。

2005年4月17日 国务院办公厅下发《关于切实搞好“五个结合” 进一步巩固退耕还林成果的通知》（国办发〔2005〕25号），要求在继续推进重点区域退耕还林的同时，把工作重点转到解决好农民当前生计和长远发展问题上来。

2005年10月11日 《中共中央关于制定国民经济和社会发展第十一个五年规划的建议》提出，要继续推进天然林保护、退耕还林、退牧还草、京津风沙源治理、水土流失治理、湿地保护和荒漠化治理等生态工程，加强自然保护区、重要生态功能区和海岸带的生态保护与管理，有效保护生物多样性，促进自然生态恢复。

2006年1月 中共中央总书记胡锦涛春节期间看望慰问陕西省干部群众时，到延安市安塞县沿河湾镇碟子沟村视察退耕还林现场，就退耕还林工作嘱咐当地负责同志，要坚持不懈，巩固成果，争取经过一段时间的努力，使延安的山川更加秀美，农民的生活更加富裕。

2006年2月3日 国家林业局新闻办公室发布《退耕还林工程总体建设情况报告》。报告认为，退耕还林工程自1999年启动以来实施顺利，工程建设总体情况良好，成效显著。

2006年4月27—28日 国家林业局在河北省保定市组织召开退耕还林后续政策研讨会。国务院研究室、国务院发展研究中心、中国社科院、中国林科院、北京林业大学等有关单位的专家学者应邀参加会议。

2006年4月29日 国务院总理温家宝在听取国家林业局工作汇报时强

调，退耕还林涉及1亿多农民，关系生态安全，关系农村稳定。要巩固成果，确保质量，完善政策，稳步推进。巩固好退耕还林成果，关键是搞好后续产业，核心是增加农民收入，根本是解决好农民的生计问题。

2006年9月16日　国家林业局在北京召开全国退耕还林工作会议，传达党中央、国务院领导关于退耕还林工作的一系列重要指示精神，全面分析当前退耕还林工作面临的新形势，安排部署下一步的退耕还林工作。

2007年2月　中共中央总书记胡锦涛春节期间看望慰问甘肃省干部群众时，视察定西市响河梁退耕还林示范基地，看到远近山梁上都已种上树木，昔日的荒山正在改变模样，十分欣慰。他对当地干部说，要下更大的力气，继续推进天然林保护、退耕还林、退牧还草、防沙治沙等工作，努力遏制生态恶化趋势，实现人与自然和谐发展。

2007年4月　中共中央总书记胡锦涛在宁夏回族自治区考察工作时指出，要在生态环境保护和建设上迈出更大步伐，要继续实施退耕还林等重点工程，确保已经取得的成果得到巩固，已经确定的计划稳步推进。

2007年6月20日　国务院总理温家宝主持召开国务院第181次常务会议，决定进一步完善退耕还林政策，即现行补助期满后，中央财政再延长一个周期对退耕农户给予适当补助。

2007年7月27日　国务院副总理曾培炎在北京主持召开退耕还林补助政策座谈会，研究完善退耕还林补助政策问题，部署巩固退耕还林成果、解决退耕农户长远生计工作。

2007年8月9日　国务院印发《关于完善退耕还林政策的通知》（国发〔2007〕25号），明确今后一个时期退耕还林还草工作的指导思想、目标任务、基本原则，提出继续对退耕农户直接补助和建立巩固成果专项资金等政策措施。

2007年8月25日　国家林业局在湖南省长沙市召开全国退耕还林工作会议，贯彻落实《关于完善退耕还林政策的通知》（国发〔2007〕25号）精神，总结退耕还林工程建设的经验成效，安排部署退耕还林工作。

2007年11月17—19日　中共中央总书记胡锦涛在内蒙古自治区考察时强调，要进一步完善退耕还林政策、巩固成果，坚持不懈地把这件利国利民的事情做好。

2008年7月15—16日　国家林业局在黑龙江省召开全国退耕还林阶段验

收工作会，部署从2008年起，连续7年对退耕还林原有补助政策到期的退耕地造林面积进行验收，为国家兑现退耕还林完善政策补助提供依据，促进退耕还林成果巩固。

2009年5月9日 国家发展改革委、国家林业局、农业部联合在湖南省邵阳市隆回县召开全国巩固退耕还林成果现场会。

2009年8月 经国务院批复同意，建立由国家发展改革委牵头，监察部、财政部、国土资源部、水利部、农业部、审计署、国家统计局、国家林业局、国家粮食局等部门参加的巩固退耕还林成果部际联席会议制度。

2009年9月8日 退耕还林展览馆在陕西省吴起县落成。

2009年9月8—9日 国家林业局在陕西省延安市吴起县召开全国退耕还林工程建设十周年总结大会，全面总结工程建设取得的显著成效和积累的宝贵经验，深刻分析进一步做好新时期退耕还林工作的重大意义，并对做好退耕还林工作提出明确要求。

2009年12月31日 《中共中央 国务院 关于加大统筹城乡发展力度 进一步夯实农业农村发展基础的若干意见》要求，巩固退耕还林成果，在重点生态脆弱区和重要生态区位，结合扶贫开发和库区移民，适当增加安排退耕还林。

2010年6月18—19日 全国巩固退耕还林成果部际联席会议第一次会议暨现场会在陕西省商洛市柞水县召开，会议重点研究基本口粮田建设问题，要求各地积极探索搞好基本口粮田建设的有效模式。

2010年6月29日 《中共中央 国务院 关于深入实施西部大开发战略的若干意见》要求，巩固和发展退耕还林成果，在重点生态脆弱区和重要生态区位，结合扶贫开发和库区移民，适当增加退耕还林任务。

2010年10月10日 《国务院关于切实加强中小河流治理和山洪地质灾害防治的若干意见》（国发〔2010〕31号）要求，在巩固退耕还林成果的同时，新增退耕还林任务要有重点地安排在江河源头、湖库周围，25度以上陡坡耕地要逐步实现退耕还林。

2010年12月 第十一届全国人大常委会第十八次会议修订的《水土保持法》规定，禁止在25度以上陡坡地开垦种植农作物。已在禁止开垦的陡坡地上开垦种植农作物的，应当按照国家有关规定退耕，植树种草；耕地短缺、退耕确有困难的，应当修建梯田或者采取其他水土保持措施。

2011年3月16日　第十一届全国人民代表大会第四次会议审议通过的《中华人民共和国国民经济和社会发展第十二个五年规划纲要》要求，巩固和扩大退耕还林还草、退牧还草等成果；在重点生态脆弱区和重要生态区位继续实施退耕还林还草，重点治理25度以上坡耕地。

2011年7月11—12日　全国巩固退耕还林成果部际联席会议第二次会议暨现场会在广西壮族自治区南宁市召开，会议重点研究农村能源建设问题，提出"十二五"期间要因地制宜推进农村能源建设，依据当地地理气候、自然资源和经济实力，科学规划农村能源，合理安排项目建设。

2011年12月31日　《中共中央　国务院　关于加快推进农业科技创新　持续增强农产品供给保障能力的若干意见》要求，巩固退耕还林成果，在江河源头、湖库周围等国家重点生态功能区适当扩大退耕还林规模。

2012年9月19日　国务院第217次常务会议决定，自2013年起，适当提高巩固退耕还林成果部分项目的补助标准，并根据第二次全国土地调查结果，适当安排"十二五"时期重点生态脆弱区退耕还林任务。

2012年10月12日　全国巩固退耕还林成果部际联席会议第三次会议暨现场会在宁夏回族自治区中卫市召开，会议重点研究生态移民问题，强调要扎实推进生态移民，切实抓好原有退耕还林地的抚育管护工作和迁出地、迁入地的造林绿化工作，改善贫困退耕农户的生存条件。

2012年12月29日　中共中央政治局常委、国务院副总理李克强在湖北省恩施市龙凤镇青堡村茶园沟组调研时，看到路边的陡坡上有一片玉米地。他冒着大雪，踩着泥滑的山道爬上坡。村民说种挂坡地有三难：爬上去难、管理难、收成难，动不动被雨冲，被野猪啃。李克强说，这样的地应退耕还林，改种经济林。可以在这里进行移民建镇、扶贫搬迁、退耕还林、产业结构调整综合试点。

2012年12月31日　《中共中央　国务院　关于加快发展现代农业　进一步增强农村发展活力的若干意见》要求，巩固退耕还林成果，统筹安排新的退耕还林任务。

2013年8月19日　国务院总理李克强在兰州主持召开促进西部发展和扶贫工作座谈会时强调，在推进开发式扶贫、增强造血功能的基础上，把生态文明建设作为重要抓手，切实保护好环境，探索生态移民、退耕还林、发展特色优势产业相结合的新路子。

2013年11月12日 《中共中央关于全面深化改革若干重大问题的决定》要求，稳定和扩大退耕还林、退牧还草范围。

2014年1月19日 《中共中央 国务院 关于全面深化农村改革 加快推进农业现代化的若干意见》提出，从2014年开始，继续在陡坡耕地、严重沙化耕地、重要水源地实施退耕还林还草。

2014年1月27日 国务院总理李克强在陕西省旬阳县金坡村考察慰问时，攀上陡坡，扒开土块查看旱情。他说，要下决心实施退耕还林，使生态得保护，农民得实惠。

2014年3月5日 国务院总理李克强在十二届全国人大第二次会议上作《政府工作报告》中指出，继续实施退耕还林还草，2014年拟安排500万亩。

2014年3月14日 中共中央总书记习近平强调，要扩大退耕还林、退牧还草，有序实现耕地、河湖休养生息，让河流恢复生命、流域重现生机。

2014年6—7月 国家林业局联合中央人民广播电台组织开展《绿色中国行动》大型系列报道活动，对退耕还林还草工程建设15年的实践和成效做了连续深度报道。

2014年8月2日 经国务院同意，国家发改委、财政部、国家林业局、农业部、国土资源部联合向各省级人民政府印发《关于印发新一轮退耕还林还草总体方案的通知》(发改西部〔2014〕1772号)，提出到2020年将全国具备条件的坡耕地和严重沙化耕地约4240万亩退耕还林还草。

2014年12月18日 国家林业局、农业部、国土资源部联合下发《关于印发新一轮退耕还林还草工程严重沙化耕地界定标准和省级实施方案编制提纲的通知》(林退发〔2014〕181号)。

2015年2月1日 《中共中央 国务院 关于加大改革创新力度 加快农业现代化建设的若干意见》指出，实施新一轮退耕还林还草工程，扩大重金属污染耕地修复、地下水超采区综合治理、退耕还湿试点范围，推进重要水源地生态清洁小流域等水土保持重点工程建设。

2015年3月5日 国务院总理李克强在十二届全国人大第三次会议上作《政府工作报告》中指出，当年新增退耕还林还草1000万亩，造林9000万亩。

2015年4月25日 中共中央、国务院印发《关于加快推进生态文明建设的意见》，提出要稳定和扩大退耕还林范围。

2015年8月6—7日 国家发改委、财政部、国家林业局、农业部、国土资源部在贵州毕节联合召开全国退耕还林还草现场经验交流会，总结前一轮退耕还林工程建设及巩固退耕还林成果专项规划实施经验，安排部署新一轮退耕还林还草工作。

2015年9月　中共中央、国务院印发的《生态文明体制改革总体方案》提出，建立耕地草原河湖休养生息制度。编制耕地、草原、河湖休养生息规划，调整严重污染和地下水严重超采地区的耕地用途，逐步将25度以上不适宜耕种且有损生态的陡坡地退出基本农田。建立巩固退耕还林还草、退牧还草成果长效机制。

2015年9月1日　国家林业局办公室印发《新一轮退耕地还林检查验收办法》（办退字〔2015〕111号）。

2015年9月25日　国家发改委办公厅、财政部办公厅、国家林业局办公室、农业部办公厅、国土资源部办公厅联合下发《关于加快落实新一轮退耕还林还草任务的通知》（发改办西部〔2015〕2502号）。

2015年11月　《深化农村改革综合性实施方案》提出，深入推进退耕还林还草、还湿还湖、限牧限渔。完善森林、草原、湿地、水源、水土保持等生态保护补偿制度。建立健全生态保护补偿资金稳定投入机制。

2015年11月27日　中共中央总书记习近平在中央扶贫开发工作会议的讲话中强调，要加大贫困地区新一轮退耕还林还草力度，对贫困地区25度以上的基本农田，可以考虑纳入退耕还林范围，并合理调整基本农田保有指标。会议要求，逐步对25度以上该退的陡坡耕地开展退耕还林还草。

2015年11月29日　《中共中央　国务院　关于打赢脱贫攻坚战的决定》提出，合理调整贫困地区基本农田保有指标，加大贫困地区新一轮退耕还林还草力度。

2015年12月31日　财政部、国家发改委、国家林业局、国土资源部、农业部、水利部、环境保护部、国务院扶贫办联合印发《关于扩大新一轮退耕还林还草规模的通知》（财农〔2015〕258号），要求将确需退耕还林还草的陡坡耕地基本农田调整为非基本农田，并认真研究在陡坡耕地梯田、重要水源地15—25度坡耕地以及严重污染耕地退耕还林还草的需求。

2015年12月31日　《中共中央　国务院　关于落实发展新理念　加快农业现代化　实现全面小康目标的若干意见》提出，探索实行耕地轮作休耕制度试点，通过轮作、休耕、退耕、替代种植等多种方式，对地下水漏斗区、重金属污染区、生态严重退化地区开展综合治理。扩大新一轮退耕还林还草规模。

2016年1月5日 中共中央总书记习近平在重庆召开推动长江经济带发展座谈会强调，要把实施重大生态修复工程作为推动长江经济带发展项目的优先选项，实施好长江防护林体系建设、水土流失及岩溶地区石漠化治理、退耕还林还草、水土保持、河湖和湿地生态保护修复等工程，增强水源涵养、水土保持等生态功能。

2016年1月26日 中共中央总书记习近平在中央财经领导小组第十二次会议上强调，森林关系国家生态安全。要着力推进国土绿化，坚持全民义务植树活动，加强重点林业工程建设，实施新一轮退耕还林。

2016年2月1日 中共中央办公厅、国务院办公厅印发《关于加大脱贫攻坚力度 支持革命老区开发建设的指导意见》提出，继续实施天然林保护、防护林建设、石漠化治理、防沙治沙、湿地保护与恢复、退牧还草、水土流失综合治理、坡耕地综合整治等重点生态工程，优先安排贫困老区新一轮退耕还林还草任务，支持老区开展各类生态文明试点示范。

2016年3月5日 国务院总理李克强在十二届全国人大第四次会议上作《政府工作报告》中指出，2016年退耕还林还草1500万亩，这件事一举多得，务必抓好。

2016年4月28日 《国务院办公厅关于健全生态保护补偿机制的意见》提出，扩大新一轮退耕还林还草规模，逐步将25度以上陡坡地退出基本农田，纳入退耕还林还草补助范围。

2016年6月30日到7月1日 国家林业局在云南省临沧市召开全国退耕还林经验交流现场会，总结交流新一轮退耕还林实施以来的经验做法，分析研判退耕还林工作面临的新形势、新任务，安排部署退耕还林工作。

2016年7月20日 中共中央总书记习近平在宁夏考察工作时要求，要加强绿色屏障建设，构筑以贺兰山、六盘山、罗山自然保护区为重点的“三山”生态安全屏障，持续推进天然林保护、三北防护林、封山禁牧、退耕还林还草、防沙治沙等生态建设工程。

2016年8月22—24日 中共中央总书记习近平在青海省考察时强调，青海生态地位重要而特殊,必须担负起保护三江源、保护“中华水塔”的重大责任。要加强退牧还草、退耕还林还草、三北防护林建设，加强节能减排和环境综合治理，确保“一江清水向东流”。

2016年12月14—16日 中央经济工作会议强调，要加大农村环境突出问题综合治理力度，加大退耕还林还湖还草力度。

2016年12月31日 《中共中央 国务院 关于深入推进农业供给侧结构性改革 加快培育农业农村发展新动能的若干意见》要求，加快新一轮退耕还林还草工程实施进度。前一轮退耕还林补助政策期满后，将符合条件的退耕还生态林分别纳入中央和地方森林生态效益补偿范围。

2017年1月9日 《中共中央 国务院 关于加强耕地保护和改进占补平衡的意见》提出：统筹推进耕地休养生息。对25度以上坡耕地、严重沙化耕地、重要水源地15—25度坡耕地、严重污染耕地等有序开展退耕还林还草，不得将确需退耕还林还草的耕地划为永久基本农田，不得将已退耕还林还草的土地纳入土地整治项目，不得擅自将永久基本农田、土地整治新增耕地和坡改梯耕地纳入退耕范围。

2017年2月7日 国家发改委、财政部、国家林业局、农业部、国土资源部联合向各工程省（自治区、直辖市）人民政府印发《关于进一步落实责任 加快推进新一轮退耕还林还草工作的通知》（发改办西部〔2017〕220号），要求进一步落实省级政府负总责的要求，加快推进退耕还林各项工作。

2017年3月5日 国务院总理李克强在十二届全国人大第五次会议《政府工作报告》中指出，完成退耕还林还草1200万亩以上。

2017年3月 反映我国陕北退耕还林的影片《山丹丹花儿开》在第34届迈阿密国际电影节上荣获最佳生态影片奖。

2017年5月26日 中共中央总书记习近平在第十八届中央政治局第四十一次集体学习时要求，要开展大规模国土绿化行动，推进天然林保护、防护林体系建设、京津风沙源治理、退耕还林还草、湿地保护修复等重大生态工程，加快城市绿化，加快水土流失和荒漠化、石漠化综合治理。

2017年5月 国务院批准核减17个省（自治区、直辖市）3700万亩陡坡耕地基本农田，用于扩大新一轮退耕还林还草规模。

2017年6月23日 中共中央总书记习近平在山西省太原市主持召开深度贫困地区脱贫攻坚座谈会上指出，山西联动实施退耕还林、荒山绿化、森林管护、经济林提质增效、特色林产业五大项目，通过组建造林合作社等，帮助深度贫困县贫困人口的脱贫。

2017年9月30日 中共中央办公厅、国务院办公厅印发《关于创新体制

机制　推进农业绿色发展的意见》要求，加快构建退耕还林还草、退耕还湿、防沙治沙，以及石漠化、水土流失综合生态治理长效机制。

2017年10月18日　中共中央总书记习近平在中国共产党第十九次全国代表大会作的报告中指出，完善天然林保护制度，扩大退耕还林还草。

2018年1月2日　《中共中央　国务院　关于实施乡村振兴战略的意见》提出，扩大退耕还林还草、退牧还草，建立成果巩固长效机制。

2018年3月5日　国务院总理李克强在十三届全国人大第一次会议《政府工作报告》中指出，推进重大生态保护和修复工程，扩大退耕还林还草还湿，加强荒漠化、石漠化、水土流失综合治理。

2018年6月15日　《中共中央　国务院　关于打赢脱贫攻坚战三年行动的指导意见》要求，推进西藏、四省藏区、新疆南疆退耕还林还草、退牧还草工程。加大贫困地区新一轮退耕还林还草支持力度，将新增退耕还林还草任务向贫困地区倾斜，在确保省级耕地保有量和基本农田保护任务前提下，将25度以上坡耕地、重要水源地15—25度坡耕地、陡坡梯田、严重石漠化耕地、严重污染耕地、移民搬迁撂荒耕地纳入新一轮退耕还林还草工程范围，对符合退耕政策的贫困村、贫困户实现全覆盖。

2018年6月16日　《中共中央　国务院　关于全面加强生态环境保护　坚决打好污染防治攻坚战的意见》要求，对生态严重退化地区实行封禁管理，稳步实施退耕还林还草和退牧还草，扩大轮作休耕试点，全面推行草原禁牧休牧和草畜平衡制度。

2018年9月26日　中共中央、国务院印发《乡村振兴战略规划（2018—2022）》，要求统筹山水林田湖草系统治理，优化生态安全屏障体系。大力实施大规模国土绿化行动，全面建设三北、长江等重点防护林体系，扩大退耕还林还草，巩固退耕还林还草成果，推动森林质量精准提升，加强有害生物防治。

2019年1月1日　《中华人民共和国土壤污染防治法》正式实施，其中第五十四条规定，各级人民政府及其有关部门应当鼓励对严格管控类农用地采取调整种植结构、退耕还林还草、退耕还湿、轮作休耕、轮牧休牧等风险管控措施，并给予相应的政策支持。

2019年1月3日　《中共中央　国务院　关于坚持农业农村优先发展　做好“三农”工作的若干意见》要求，扩大退耕还林还草，稳步实施退牧还草。

2019年1月3日　《自然资源部　农业农村部　关于加强和改进永久基本农田保护工作的通知》（自然资规〔2019〕1号）要求，妥善处理好生态退耕。对不能实现水土保持的25度以上的陡坡耕地、重要水源地15—25度的坡耕地、严重沙漠化和石漠化耕地、严重污染耕地、移民搬迁后确实无法耕种的耕地等，综合考虑粮食生产实际种植情况，经国务院同意，结合生态退耕有序退出永久基本农田。根据生态退耕检查验收和土地变更调查结果，以实际退耕面积核减有关省份的耕地保有量和永久基本农田保护面积，在国土空间规划编制时予以调整。

2019年3月5日　国务院总理李克强在十三届全国人大第二次会议《政府工作报告》中指出，继续开展退耕还林还草还湿。

2019年6月　中共中央办公厅、国务院办公厅印发《关于建立以国家公园为主体的自然保护地体系的指导意见》，要求根据历史沿革与保护需要，依法依规对自然保护地内的耕地实施退田还林还草还湖还湿。

2019年8月　第十三届全国人大常委会第十二次会议修订的《土地管理法》规定，根据土地利用总体规划，对破坏生态环境开垦、围垦的土地，有计划有步骤地退耕还林、还牧、还湖。

2019年9月4—6日　国家林草局在陕西延安召开全国退耕还林还草工作会议。会议全面总结了退耕还林还草20年的巨大成就和宝贵经验，深刻分析了当前工程实施面临的矛盾和问题，系统谋划了新时代推进工程建设的新思路、新目标和新举措，表彰了120个先进集体和200个先进个人。

2019年9月　中宣部新闻局、国家林草局组织40余家国家主流媒体集中深度报道20年来退耕还林还草取得的巨大成就。

2019年10月8日　国家发改委、财政部、自然资源部、生态环境部、水利部、农业农村部、国家林业和草原局、国务院扶贫办联合下发《关于扩大贫困地区退耕还林还草规模的通知》（发改办农经〔2019〕954号），扩大贫困地区陡坡耕地梯田、重要水源地15—25度坡耕地、严重污染耕地等地类的退耕还林还草规模2070.42万亩。

2020年1月2日　《中共中央　国务院　关于抓好“三农”领域重点工作　确保如期实现全面小康的意见》要求，扩大贫困地区退耕还林还草规模。

2020年1—11月　开展退耕还林还草标识（LOGO）征集和发布活动，并印发《退耕还林还草标识使用管理办法》。

2020年2—12月 委托中国科学院院士团队开展《退耕还林还草发展战略》研究。

2020年3月6日 中共中央总书记习近平在决战决胜脱贫攻坚座谈会上指出，通过生态扶贫、易地扶贫搬迁、退耕还林还草等，贫困地区生态环境明显改善，贫困户就业增收渠道明显增多，基本公共服务日益完善。

2020年4月23日 中共中央总书记习近平在陕西省考察时强调，要坚持不懈开展退耕还林还草，推进荒漠化、水土流失综合治理，推动黄河流域从过度干预、过度利用向自然修复、休养生息转变，改善流域生态环境质量。

2020年4月29日 国家林业和草原局退耕中心印发《退耕还林还草信息管理办法》（退信发〔2020〕21号）。

2020年5月17日 《中共中央　国务院　关于新时代推进西部大开发形成新格局的指导意见》要求，深入实施重点生态工程。进一步加大水土保持、天然林保护、退耕还林还草、退牧还草、重点防护林体系建设等重点生态工程实施力度。

2020年6月30日 国家林业和草原局发布《中国退耕还林还草二十年（1999—2019）》白皮书，系统回顾了中国20年退耕还林还草的辉煌历程和巨大成就，总结了工程实施过程中行之有效的政策措施和经验做法。

2020年7月16日 国家林业和草原局退耕中心印发《全国退耕还林还草综合效益监测评价总体方案（试行）》（退监发〔2020〕31号）。

2020年8月10日 国家发展改革委、财政部、自然资源部、国家林业和草原局联合印发《关于下达2020年退耕还林还草任务的通知》，安排10省区2020年第一批退耕还林还草任务618.28万亩。

2020年9月30日 国家发展改革委、财政部、自然资源部、国家林业和草原局联合印发《关于下达2020年第二批退耕还林还草任务的通知》，安排9省区2020年第二批退耕还林还草任务147.96万亩。

2020年10月26日 国家林业和草原局退耕中心修订出台《退耕还林还草群众举报办理规定》（退工发〔2020〕35号）。

2020年10月27日 国家林业和草原局修订出台《退耕还林还草合同范本》（办退字〔2020〕93号）。

2020年10月30日 国家林业和草原局修订出台《退耕还林还草责任书》。

2020年11月3日 国家林业和草原局修订出台《退耕还林还草作业设计技术规定》《退耕还林还草档案管理办法》（林退发〔2020〕98号）。

2020年11月10—12日 国家林业和草原局在江西省赣州市举办全国退耕还林还草高质量发展培训班，学习贯彻习近平总书记和党中央、国务院和局党组关于退耕还林还草的最新决策部署和指示精神，进一步统一思想，明确思路，狠抓落实，谋划退耕还林还草高质量发展。

2020年11月19日 国家发展改革委等有关部门联合印发《关于开展退耕还林还草政策实施情况总结评估的通知》，委托中国国际工程咨询有限公司作为第三方评估机构对全国退耕还林还草政策实施情况进行总结评估。

2020年12月26日 《中华人民共和国长江保护法》颁布，第五十六条规定：国务院有关部门会同长江流域有关省级人民政府加强对三峡库区、丹江口库区等重点库区消落区的生态环境保护和修复，因地制宜实施退耕还林还草还湿；第六十一条规定：长江流域水土流失重点预防区和重点治理区的县级以上地方人民政府应当采取措施，防治水土流失。生态保护红线范围内的水土流失地块，以自然恢复为主，按照规定有计划地实施退耕还林还草还湿；划入自然保护地核心保护区的永久基本农田，依法有序退出并予以补划。

后记

经过近两年的努力,《退耕还林还草纪实》终于杀青,我们深感欣慰。

本书是退耕还林还草文化构建的阶段性成果之一,由国家林业和草原局退耕还林(草)工程管理中心(以下简称退耕中心)组织编写,国家林业和草原局原总经济师张鸿文、森林草原防火司司长周鸿升为顾问,中心主任李世东任主编,总工程师刘再清任常务副主编,李青松、张秀斌、吴礼军、敖安强、付蓉任副主编。主要编写人员及分工为:第一篇高立鹏、王轲永;第二篇高立鹏、文雯;第三篇陈晓妮、郭希的;第四篇刘慎元、丁洪美、温雅莉、潘春芳、刘斯文、刘年元、王轲永、郭希的、乐也、任晓彤;附录乐也。其他编写人员也在资料收集、内容编写、图片收集、稿件誊校等方面发挥了积极作用。张鸿文任退耕中心主任时,就提议编写退耕还林还草纪实并做了初步安排,中心原主任周鸿升参与了本书撰写的前期谋划和写作大纲的审定。本书编写人员主要来自全国退耕还林还草工程管理部门和中国绿色时报社，我们希望工程组织实施的管理者和新闻媒体资深记者强强联合，实现资源互补整合，从而更好地完成编写任务。

在思谋了主题、结构和章节后，编委会曾组织部分编写人员赴退耕还林还草先发地区和典型地区调研，走访了许多退耕还林还草的一线人员。调研重点地区内蒙古乌兰察布、湖北恩施、湖南湘西、陕西延安等市（州）的党委、政府和林草主管部门的同志们给予了大力帮助和支持。同时，25个工程省区和新疆生产建设兵团林业和草原部门直接或间接提供了相关文献资料，为本书的编撰奠定了基础。

本书也是全国退耕还林还草工作的回顾和总结，各地丰富的实践和探索，不但铸就了退耕还林还草工程建设的光辉业绩，而且成为本书创作的智慧源泉。因此，我们不会忘记所有直接或间接参与退耕还林还草工作的决策组织者和实施管理者，诸如国家发展改革委员会、财政部、自然资源部、生态环境部、水利部、农业农村部、国家粮食和物资储备局、国家林业和草原局、国务院扶贫开发领导小组办公室等部门有关司局工作人员；退耕还林还草工程省区各级党委、政府和相关部门工作人员；参与退耕还林还草工程建设的基层干部群众；一直以来关心、支持和帮助退耕还林还草事业的全国人大代表、全国政协委员，部队、工商联、共青团、妇联等部门有关人员及海内外的专家学者、企业人士等。中国大地出版社的相关人员为本书的设计、编辑、校对和印刷付出了大量心血！在此，对所有为本书组织撰写和正式出版付出心血的友人致以衷心的感谢！

本书编写过程中，广泛查阅了生态保护建设和退耕还林还草历史文献，引用文字和资料力求注明出处和相关链接，以示对原作者的尊重，但因本书参考、借鉴资料众多，来源渠道广泛，参考文献罗列难免有遗漏，如有疏漏，或未能及时联系核对的，我们在此致以歉意并请予谅解！

退耕还林还草作为一项涉及“三农”的社会变革，具有长期性、艰巨性和复杂性。随着工程建设和实践的深入推进，退耕还林还草的理论和创新还会不断拓展和深化。因此，本书的出版，必然带有阶段性的局限和不足，欢迎大家不吝赐教、批评指正。

《退耕还林还草纪实》编委会

2021 年 9 月